24 HORAS

DEADLINE

JAMES SWALLOW

TRADUÇÃO: MARCIA MARIA MEN

Título original: *24: Deadline*

Preparação de texto: Vivian Souza
Revisão: Paula Jacobini
Adaptação da capa para edição brasileira: Ideias com Peso
Diagramação: Andressa Santos/Lira Editorial e Camila Araújo

Dados Internacionais de Catalogação na Publicação (CIP)
Angélica Ilacqua CRB-8/7057

Swallow, James
24 Horas : deadline / James Swallow; tradução de Marcia Maria Men. – São Paulo : LeYa, 2014.
304 p.

ISBN 978-85-441-0085-1

Título original: *24: Deadline*

1. Literatura norte-americana 2. 24 horas (programa de televisão) 3. Televisão – seriados I. Título II. Men, Marcia Maria

14-0598 CDD 813

Índices para catálogo sistemático:
1. Literatura norte-americana

2014
TEXTO EDITORES LTDA.
[Uma editora do grupo LeYa]
Rua Desembargador Paulo Passaláqua, 86
01248-010 – Pacaembu – São Paulo – SP
www.leya.com.br

PRÓLOGO

MAL HAVIA PASSADO PELA PORTA QUANDO ELES O ATACARAM.

Dois homens, um de cada lado, saltando de trás da cobertura dos contêineres de suprimentos e das prateleiras do estoque. Nas sombras do porão, não conseguiu perceber muitos detalhes, apenas uma impressão de massa muscular e velocidade antes que os golpes começassem a chover sobre ele.

A pancada seca de um cassetete explodiu sobre seu antebraço e a força aplicada ali fez seus nervos arderem. Ele soltou sua pistola, a arma caindo de seus dedos dormentes, e grunhiu de dor. O outro braço se ergueu para desviar um soco arrasador do segundo atacante.

Girando o corpo sem sair do lugar antes que qualquer um dos dois homens pudesse colocar as mãos nele outra vez, inclinou-se para a frente e completou a esquiva com uma cotovelada no peito do homem que vinha pela esquerda. Pôde sentir uma costela estalar sob o impacto e ouviu o atacante ofegar em agonia.

O cômodo era iluminado por uma lâmpada industrial, a implacável luz branca de trás de uma jaula ovalada, lançando o espaço ao redor deles em sombras profundas. Era mais que suficiente para que ele pudesse lutar.

Sem perder o ritmo, ele deixou o sujeito com a costela quebrada recuar aos tropeções e pressionou seu ataque sobre o outro, o do cassetete, que levantava a arma para um segundo golpe. Fazendo uma garra com sua mão vazia, disparou para a frente e agarrou a garganta do primeiro atacante, atingindo-o com força suficiente para fazê-lo expelir todo o ar de seus pulmões. Tropeçando, os dois caíram no feixe de luz criado pela lâmpada no teto, e ele manteve a pressão, socando sem parar – ataques curtos e cortantes que atingiam a pele macia da garganta do sujeito.

Percebeu um movimento vindo de trás. O cara com a costela quebrada estava voltando à cena, e ele se virou para poder se defender, mas foi lento. *Lento demais.*

Toda a fadiga das últimas horas, todo o esforço sem fim o deixaram menos afiado e, pouco a pouco, roubaram dele segundos preciosos dos quais precisava.

Lento demais. O outro atacante deu-lhe um chute forte atrás do joelho e sua perna dobrou-se debaixo dele com um choque de dor. Ele vacilou e desabou sobre o piso de concreto empoeirado, as palmas das mãos atingindo o chão para conter sua queda.

Ouviu alguém gritar, mas as palavras soaram abafadas e indistintas, o som distorcido pela névoa deixada pelos socos que tomara na cabeça. Apenas o tom era claro: uma ordem, dura e cortante. Alguém furioso com ele, alguém querendo que dessem jeito nele rapidamente.

Um pequeno lampejo de azul cintilou na mão de um dos homens, e antes que ele pudesse se desviar os contatos metálicos de um *tazer* pressionaram contra seu peito e o aparelho disparou.

Milhares de volts de eletricidade percorreram sua carne e ele uivou. Seus músculos se trancaram, rígidos, e por longos e agonizantes segundos ele sentiu como se tivesse sido mergulhado em fogo. E então estava deitado de costas, tremendo, abalado. Podia sentir um leve odor de algodão queimado e carne tostada.

Eles o arrastaram pelos cotovelos e o largaram sobre uma cadeira de plástico gasta. Ele ficou ali como uma marionete com as cordas cortadas, ofegante, tentando se recompor.

O homem que ele atingira na garganta o encarava com morte no olhar, ofegando e tossindo sangue, esfregando o pescoço. O outro atacante abaixara-se para apanhar sua pistola de onde ela havia caído, movendo-se com lentidão exagerada devido a seu novo ferimento.

Notou que havia outros no local. Um homem grande e bronzeado, com um rosto de boxeador e cabelos brancos e ralos estava na fronteira das sombras, as mãos cruzadas à sua frente com a forma alongada de uma pistola com silenciador em seus punhos. Outra silhueta – essa, menos distinta – estava mais distante do feixe de luz, emoldurada pelo brilho da tela de um celular. Uma mulher – percebeu ele –, o azul frio da tela destacando as linhas planas de seu rosto como uma escultura de gelo.

– Prendam-no – disse o grandalhão, gesticulando com a arma. Os dois brutamontes se aproximaram e usaram lacres de plástico para prender os pulsos dele aos braços da cadeira.

Ele se mexeu levemente na cadeira, pensando em ângulos de ataque. Aquilo lhe vinha de maneira automática, por instinto. Começou a construir um plano para tomar a pistola do sujeito, avaliando quem era a maior ameaça naquela sala, decidindo qual deles deveria morrer primeiro.

– Fico impressionado que você ainda esteja vivo – o grandalhão falou diretamente com ele pela primeira vez. Havia um sotaque claro do Leste Europeu em suas palavras; provavelmente da Geórgia. – Você já devia ter morrido uma dúzia de vezes.

Ele concordou com um gesto cansado da cabeça.

– Já me disseram isso – com cuidado, testava o quanto haviam apertado os lacres. Havia alguma liberdade ali, mas não muita.

– Não mais – disse o georgiano. – Hoje, seu tempo se esgota – ele inclinou a cabeça, examinando seu novo prisioneiro como se se tratasse de algum quebra-cabeça. – Eu sei tudo a seu respeito. Você fez tantos, tantos inimigos, meu amigo. Imagino quantos homens vão dormir mais tranquilos essa noite, depois que isto tiver acabado.

Ele não disse nada, esperando pelo momento certo.

O outro homem prosseguiu, desapontado por não receber a resposta que queria.

– Sim. Será um tipo de bondade, acho. Olhe para você. Como um cão de guerra, velho demais e longe demais de sua coleira para ser controlado. Sua própria gente te quer morto! Estou lhes fazendo um favor.

– Então *faça logo* – rosnou ele. – E vá embora.

O grandalhão deu uma espiada para um dos outros, que apareceu com seu próprio celular e o ergueu, enquadrando os dois na minúscula câmera do aparelho.

A arma se levantou e uma luz fraca brilhou no cano preto do silenciador.

– Jack Bauer... – o georgiano disse o nome como se fosse uma maldição e seu dedo comprimiu o gatilho. – Seu tempo se esgotou.

24 HORAS ANTES

01

CHET REAGAN SURGIU DA SALA DE PESSOAL ARRUMANDO A CAMISA DE SEU UNIforme e tentando conter um bocejo. Dirigindo-se para a recepção, notou que a sala de espera estava vazia, o que era estranho para um dia de semana. Tipicamente, o turno da noite era quando as coisas começavam a ficar agitadas na clínica. As pessoas costumavam aparecer no centro médico de emergência saindo de um dia puxado no trabalho, talvez buscando uma desculpa para não precisar voltar ao escritório no dia seguinte – eram esses ou o pessoal que não tinha conseguido uma folga para marcar uma consulta com o médico durante a manhã.

Mas não nessa noite. Ele viu algumas pessoas esperando sua vez, os tipos modernosos do East Village em vez do pessoal habitual que morava nas redondezas da clínica, no Lower East Side. Pareciam um pouco deslocados e ele se divertiu imaginando o que havia de errado com eles. Alguma DST, talvez? Algo que eles não queriam que seu médico de costume ficasse sabendo? Ele conteve um sorriso. A clínica recebia muitos pacientes desse tipo.

Quando se aproximou da mesa, viu Lindee atendendo e não pôde evitar uma expressão de desgosto quando ela fez uma careta e apontou para o relógio de pulso com um dedo longo e de unha bem-feita. O olhar de Chet desviou-se para a tela de TV na parede da sala de espera, eternamente ligada no canal de notícias principal da CNB, e viu o horário no canto da tela. *Cinco horas.* Era esse o horário em que seu turno começava, e era essa hora em que ele estava ali. Claro, sabia muito bem que o supervisor deles gostava que os técnicos em medicina chegassem dez, até vinte minutos mais cedo, mas Chet não estava disposto a passar mais tempo de seu dia na clínica do que era obrigado. Eles não lhe pagavam o suficiente para ir além do básico.

– Que foi? – perguntou para Lindee. – Não estou atrasado.

– Mas também não está adiantado – retrucou ela. – Você tem sorte de não estarmos com pressa. Mas podemos ficar a qualquer segundo. Você recebeu a mensagem de texto? – os olhos dela se estreitaram, seu rosto oval e escuro se contorcendo em uma expressão de irritação.

– Não – a bateria de seu telefone tinha acabado na noite passada e ele se esquecera de recarregá-la. – Olha, eu cheguei a tempo, não cheguei? Mas não foi graças à polícia. Eles estão em todos os lugares hoje...

– A mensagem de texto – insistiu Lindee. – A prefeitura colocou todos os hospitais e clínicas em alerta... – a voz dela foi sumindo. – Você esteve, tipo, enfiado em uma caverna ontem? Não viu os jornais?

– Não – repetiu ele. – Que foi, morreu alguém famoso?

A expressão de Chet se fechou. Uma das coisas mais inconvenientes de morar e trabalhar em Manhattan era que ali também era o lar de dignitários estrangeiros, de embaixadas e das Nações Unidas – e sempre que eles estavam em peso na cidade, todo nova-iorquino comum tinha de lidar com a perturbação causada por sua presença. Chet se lembrou de algo que tinha visto nos jornais sobre um grande acordo político acontecendo com o povo de um daqueles países árabes, porém não se interessara pelos detalhes.

– Eu nunca assisto aos jornais – disse ele. – É tudo palhaçada, isso sim.

Lindee rolou os olhos. Ela havia tido essa conversa com Reagan mais de uma vez antes e já tinha se cansado dela há muito tempo. Em vez disso, pegou o controle remoto da TV e apontou-o para a tela, aumentando o volume.

– Bem, talvez você queira prestar atenção a essa parte.

Chet voltou a olhar para a tela quando a voz da âncora da CNB ficou mais alta. Por sobre o ombro da locutora loira havia imagens de um prédio da ONU e um vídeo mostrando a presidente Allison Taylor diante de um púlpito.

– Eu nunca votei nela – comentou Chet com desprezo.

– *As circunstâncias continuam inconstantes* – dizia a âncora. – *O que a CNB pode confirmar até agora é que a presidente Taylor, em um anúncio chocante para a imprensa mundial, abandonou as conversas de um acordo de paz entre os Estados Unidos, a Federação Russa e a República Islâmica do Camistão. A presidente falou em uma conspiração por trás do acordo e em atividades criminais nas quais ela mesma teve participação. A Casa Branca prometeu uma declaração formal iminente, mas em um dia no qual abundam rumores sobre uma possível atividade terrorista na cidade de Nova York, um dia que também viu o assassinato do líder da República Islâmica do Camistão, Omar Hassan, em solo americano, podemos apenas cogitar que tipo de revelações as próximas horas trarão.*

– Hum – disse Chet, absorvendo a informação. – Então um político mentiu a respeito de alguma coisa. Mas que surpresa.

Lindee o encarou ferozmente.

– Você não entendeu? Isso é importante! Vai ter gente ficando furiosa... as pessoas podem sair feridas!

Porém Chet já estava se afastando.

– Esse é o tipo de merda que acontece quando mexemos com outros países. Não haveria nada se esses caras do Cami-qualquer-coisa ficassem na casa deles, não é?

Ele pegou uma prancheta e desceu pelo corredor na direção das salas de exame nos fundos do prédio. O primeiro trabalho que faria nesse turno seria o inventário das salas 10 e 11 – e se ele fizesse isso sem pressa, sabia que conseguiria ficar fora do radar do supervisor por pelo menos duas horas.

Tinha dado dois passos para dentro da sala 10 quando percebeu que o interruptor de luz não estava funcionando. Apertou-o algumas vezes e fez uma careta, mas no segundo seguinte seu sapato esmagou um pedaço de vidro quebrado e ele notou que o tubo fluorescente acima tinha sido deliberadamente arrebentado. Um ar frio tocou seu rosto e ele viu que a janela de vidro protegido por uma grade estava aberta, permitindo a passagem da brisa.

Iluminada apenas pelo dia que se apagava, a sala era composta por vários tons de sombra, e o coração de Chet saltou até sua boca quando ele finalmente percebeu a presença de mais alguém ali.

Um homem em uma blusa de moletom cinza rasgada surgiu de trás da cortina colocada ali para oferecer privacidade aos pacientes junto à maca. Em uma das mãos dele havia o formato metálico de uma arma.

As entranhas de Chet se contraíram e ele sentiu um suor frio descer pelo pescoço.

– Ah, merda – ele ergueu as mãos. – Ei. Ei, espere. Não atire em mim, tá? Eu... eu tenho família. Só... olha, leve o que você quiser, tá? Eu não vou te impedir.

Eles o tinham avisado sobre esse tipo de coisa quando aceitou o emprego na clínica. Viciados em drogas ou criminosos de rua tentando levantar dinheiro rápido roubavam clínicas de pronto-socorro em busca de analgésicos ou quaisquer drogas que pudessem vender.

– Tranque a porta – disse o homem armado.

– O quê?

– Tranque-a – da segunda vez que ele falou, Chet se viu obedecendo sem hesitação. Com as mãos trêmulas, virou a tranca e encolheu-se em um canto, os olhos dardejando pela sala em busca de algum meio para escapar. Havia apenas a janela aberta, e o homem armado estava entre Chet e ela.

O cara parecia ter entrado em uma discussão com uma jamanta e perdido. Exibia cortes em sua testa e em seu queixo, e através dos rasgões em seu moletom Chet podia ver outros cortes e contusões de gravidades diversas.

– Você vai me ajudar – disse o sujeito com a arma. Ele leu o crachá do técnico. – *Chet.* Eu preciso me limpar. Preciso de curativos limpos. Remédios.

– Você vai me matar? – perguntas escavam dos lábios de Chet antes que ele percebesse as palavras se formando em seu cérebro. – Aquilo nas notícias, é sobre você? Você é... um terrorista?

– Não – o homem baixou o cano da pistola até que ela estivesse apontando para algum ponto próximo ao joelho direito de Chet. – Mas tenho uma ótima mira. E vou te aleijar se você tentar alguma bobagem, entendeu?

– Sim – foi a resposta mais enfática que Chet já havia dado a qualquer pergunta.

– Bom – o homem acendeu uma luminária ao lado da maca antes de pegar um bisturi e usá-lo para abrir a blusa com um corte, despindo-a para revelar seu peito nu.

Chet perdeu o ar ao ver as cicatrizes formando um retalho pelo torso do sujeito. Ele reconheceu as marcas pregueadas de tiros quando as viu, e as linhas severas de facadas e cortes antigos. Havia, porém, outras cicatrizes ali, marcas que ele não podia nem imaginar do que seriam. A carne do sujeito era um mapa de violência sofrida e sobrevivida. A mais recente era um curativo de batalha sobre um tiro de raspão, e o tecido preso sobre o ferimento estava preto amarronzado e ensopado. Com cuidado, Chet retirou a bandagem antiga e começou a aplicar a nova.

Jack Bauer observava enquanto o técnico fazia o que lhe fora ordenado. As mãos do sujeito estavam tremendo, o que era de se esperar.

– Você disse que tem uma família – o homem se retesou quando Jack falou.

– Sim? – disse ele, a voz rouca de medo.

– Conte-me sobre eles.

Chet engoliu seco.

– Um... um filho. Petey. Ele tem seis anos. Esposa. Jane.

– Aqui em Nova York?

– Certo. Sim.

Jack pesou a pistola Sig Sauer roubada, em sua mão.

– Você deveria levá-los para fora da cidade por alguns dias. Sair daqui.

Ele não pôde evitar a visão do rosto de Kim em sua mente, a filha sorrindo para ele e prometendo que as coisas iriam melhorar entre eles. Naquele momento, Jack queria que aquilo fosse verdade mais do que qualquer outra coisa no mundo.

Mas o destino tinha o hábito de se meter no caminho do que Jack Bauer queria e arrastá-lo para uma confusão sangrenta após a outra. Ele olhou para o homem à sua frente, esse cara comum com seu trabalho comum e sua vida comum, e, por uma fração de segundo, Jack o *odiou* por isso.

Chet deve ter visto aquele lampejo de fúria em seus olhos, porque ele recuou, a cor sumindo de seu rosto.

– O-o quê?

Jack afastou aqueles pensamentos.

– Continue trabalhando.

O impulso desapareceu tão rapidamente quanto havia surgido, porém uma dor aguda se prolongou. Em algum nível, Jack ressentia-se do fato de que qualquer chance de ter uma vida normal havia ficado para trás há muito tempo. Ele podia sentir o peso de tudo aquilo pressionando-o, não só as horas de luta e corrida e batalha para continuar vivo, mas a dor em sua alma. A consequência de todas as suas escolhas e de todas as coisas que havia feito.

Outrora, Jack fora um soldado de sua nação, lutando por um ideal que acreditava ser bom e correto. Em algum momento, aquela lealdade havia se ofuscado e desaparecido. Olhou para dentro de si e encontrou ali uma questão esperando por ele: *pelo que você vai lutar agora, Jack?*

– Eu tenho uma família – disse ele em um sussurro. – Eles são tudo para mim.

– Eles estão... aqui?

Jack não respondeu. Qualquer coisa que dissesse para aquele homem iria terminar nas mãos das pessoas que o estavam caçando.

– Vou sair daqui – disse ele, após um momento. – Para longe. *Hong Kong.*

Foi o primeiro lugar que lhe ocorreu, e era uma mentira boa o bastante para deixar para trás.

Chet parou, a bandagem acima do tiro substituída e os outros cortes tão bem cuidados quanto era possível. Ele se virou, apontando para os gabinetes de remédios.

– Olha, eu posso...

– Não precisa – Jack saiu da maca e colocou as mãos ao redor do pescoço do técnico antes que ele pudesse impedi-lo. Apertando com firmeza, ele deu uma gravata no pescoço de Chet e observou-o ofegar e lutar. – Não lute.

Em alguns segundos, o técnico amoleceu, e Jack o colocou gentilmente no chão. Tirou as chaves de Chet do chaveiro em seu cinto e vasculhou os gabinetes atrás de doses de antibióticos e analgésicos. Ele tinha o peito mais estreito que o de Jack, mas a camisa que vestia sob o uniforme lhe servia mais ou menos. Jack pegou o pouco de dinheiro que o homem tinha consigo e saiu de novo pela janela pela qual entrara.

Do lado de fora, as nuvens se aproximavam e o sol já havia sumido de vista sob os prédios de apartamento que margeavam a avenida.

A um bloco dali, encontrou um antigo Toyota com uma fechadura enferrujada. Cinco minutos depois estava dirigindo para o oeste, escondendo-se em plena vista entre as filas do trânsito da hora do rush.

Jack deu uma olhada em si mesmo no retrovisor e aqueles conhecidos olhos verdes o espiaram de volta, uma memória espreitando ali. A lembrança de uma promessa feita, a única que ele ainda tinha para manter, a única que lhe restara.

– Eu vou te ver em breve, Kim – disse para o ar.

As portas do elevador se abriram para deixar o Agente Especial Thomas Hadley no 23º andar do prédio Jacob K. Javits e ele saiu para uma espécie de caos controlado. A atmosfera no escritório do FBI em Nova York era tensa e ele umedeceu os lábios inconscientemente, quase como se pudesse sentir o sabor da urgência no ar. Hadley se identificou e ainda estava prendendo o crachá ao bolso do terno quando quase colidiu com Mike Dwyer, um agente supervisor, e seu superior direto.

– Tom, que bom – disse Dwyer, puxando-o de lado. – Você chegou.

Chegando aos cinquenta anos e atarracado, Dwyer contrastava imensamente com a compleição esguia e atlética de Hadley – pálido e loiro, enquanto o jovem era moreno e tinha a cabeça raspada.

Hadley assentiu, reparando nos outros doze agentes indo de um lado para o outro, todos concentrados em tarefas urgentes que ele mal podia adivinhar.

– Todos a postos, hein?

Dwyer balançou a cabeça afirmativamente.

– Todos e mais alguns.

– Eu tenho tempo para tomar um café?

– Não – o outro agente apontou com o polegar para um escritório fechado de vidro do outro lado da sala. – O AEAE deixou ordens para enviá-lo diretamente a ele quando chegasse aqui. Se descobrir que eu deixei você sequer pendurar o casaco antes de falar com ele, cortaria minhas bolas.

Os olhos de Hadley se arregalaram. No longo caminho dirigindo até ali, tinha recebido fragmentos de informações do que estava acontecendo em Nova York pelas estações de notícia do rádio, no entanto nada muito concreto.

– Tão ruim assim?

– Seja lá o que você tenha ouvido – disse Dwyer, afastando-se –, é pior.

Os lábios de Hadley se curvaram e ele abriu caminho pelo escritório, pegando relances de outros agentes revisando filmagens ou berrando ordens ao telefone. Havia torcido para que os rumores de um ataque terrorista na cidade fossem apenas histeria, uma reação exagerada de gente que tinha ouvido parte da verdade e tinha uma imaginação hiperativa. Mas estar naquele escritório agora lhe dizia que este não era o caso.

Enquanto se aproximava do escritório do Agente Especial Assistente Encarregado Rod O'Leary, viu que o irlandês grandalhão estava ao telefone, o aparelho grudado a seu ouvido. O'Leary viu Hadley através do vidro e o chamou com um gesto tenso da mão.

– Não ajuda ninguém se você começar a enrolar – dizia o AEAE. – Se você quer que o FBI faça algo que nós possamos chamar efetivamente de *assistência,* sugiro que consiga que o pessoal da Segurança Nacional gentilmente tire as cabeças dos próprios rabos – O'Leary assentiu enquanto uma vozinha do outro lado da linha replicava em afirmativo. – Arrã. Certo. Faça isso. E me ligue quando conseguir.

Ele colocou o telefone no receptor e soltou o fôlego.

– Senhor – começou Hadley. – O senhor queria me ver?

– Feche a porta, Tom, e sente-se.

Hadley se largou em uma cadeira do outro lado da mesa lotada de seu chefe e ficou observando enquanto O'Leary organizava seus pensamentos. O homem era inflexível, com frequência grosseiro, mas também era direto, e isso era algo com que Thomas Hadley podia lidar. Contudo, nos meses desde que fora designado para o escritório da cidade de Nova York, ele nunca havia sentido que o AEAE desejasse lhe dar alguma atenção. Imaginou o que teria mudado.

– Para encurtar a história... – O'Leary se lançou em uma explanação antes que Hadley pudesse fazer qualquer pergunta. – Nas últimas vinte e quatro horas tivemos o líder de um governo estrangeiro sequestrado e morto em nosso próprio território, pelo povo dele.

– Omar Hassan – disse Hadley, assentindo.

– O que *não* chegou ao conhecimento público é que os assassinos de Hassan tinham uma bomba atômica que iriam explodir aqui mesmo, em Nova York. Ou que, aparentemente, pode haver elementos dentro do governo russo que estavam envolvidos para fazer isso acontecer.

A garganta de Hadley secou.

– Isso... isso foi confirmado?

– Não, não foi confirmado droga nenhuma – disparou O'Leary, sua irritação ficando óbvia. – Temos a matriz de todos os incidentes internacionais se desenrolando bem diante de nossos olhos, além de uma bagunça que faria o 11 de setembro parecer um show de beira de estrada. O FBI, a Segurança Nacional, o Serviço Secreto, a polícia de Nova York, todos estão bem no meio disso e nós não estamos sequer na mesma página. A Unidade Contraterrorismo foi completamente destruída, algo a ver com um ataque em seus sistemas, então eles estão de fora... – ele suspirou. – E se isso não bastasse, parece que a presidente vai melar toda a sua carreira antes do fim do dia.

– Certo... – a mente de Hadley estava em disparada, tentando processar tudo isso. – Então, qual a minha tarefa nisso tudo?

– Nós vamos chegar lá – o comportamento de O'Leary mudou. – Antes, uma outra coisa. Tenho más notícias – ele fez uma pausa. – Tenho de lhe dizer que Jason Pillar foi morto a tiros há pouco mais de uma hora. Sinto muito, eu sei que ele era seu amigo.

– O quê? – sem nenhum pensamento consciente, a mão de Hadley foi até o ponto acima de sua clavícula, onde, sob sua camisa, estava uma tatuagem em fonte gótica dizendo *Semper Fidelis; Sempre Fiel,* o lema da Marinha dos Estados Unidos.

– Eu sei que Pillar foi seu comandante no Golfo, e que vocês eram próximos. Queria que você ouvisse primeiro por mim.

– Obrigado, senhor... – Hadley ficou em silêncio por um instante. A verdade era que sua época na Marinha não tinha sido boa, e se não fosse por Pillar, teria sido ainda pior. Quando Hadley e a corporação se separaram, enfim – e em termos nada amigáveis –, tinha sido seu ex-comandante que ajudara Tom a encontrar seu caminho para uma carreira como policial e, eventualmente, no FBI. O homem havia dito que vira algo nele.

O próprio Pillar tinha seguido em frente para missões maiores e melhores, primeiro com a Agência de Espionagem da Defesa e depois como assistente-executivo do ex-presidente Charles Logan; e os dois tinham mantido contato próximo ao longo dos anos. Hadley sabia que algumas pessoas no escritório de campo de Nova York – inclusive O'Leary – acreditavam que Pillar ajudara a ignorar coisas no passado de Hadley que talvez impedissem seu avanço.

E tudo aquilo era *verdade,* claro, mas Hadley jamais admitiria. E agora seu amigo e aliado estava morto.

– Os detalhes são vagos – O'Leary estava dizendo. – O tiroteio ocorreu dentro do prédio das Nações Unidas. Charles Logan estava lá com ele e está em estado crítico devido a um ferimento a bala. O Serviço Secreto está escondendo o jogo, não estão nos dizendo nada. Nada foi divulgado a respeito de quaisquer suspeitos. Mas o rumor é que Logan pode não sobreviver a esta noite.

– Isso está relacionado ao assassinato de Hassan e ao plano da bomba?

– Não podemos excluir essa possibilidade – O'Leary inclinou-se para a frente. – Porém, neste momento, preciso que você se concentre em uma nova missão. Tenho gente vindo de todo canto e, ainda por cima, temos uma ordem com prioridade número um direto do diretor-suplente – ele segurou uma pilha de papéis e a entregou ao agente. – Você precisa reunir uma equipe de perseguição para rastrear e prender esse homem.

– Jack Bauer – Hadley leu o nome do arquivo diante dele. – Já ouvi falar desse cara. Se metade do que dizem sobre ele for verdade, ele é uma ameaça...

O'Leary fechou a cara.

– Aonde ele vai, logo surgem problemas. Também perdemos um dos nossos na noite passada, uma ex-agente chamada Renee Walker. Ela era parte daquele negócio com Starkwood um tempo atrás, mas deixou o FBI logo em seguida... Bauer teve algo a ver com isso. Aposto que ele está envolvido na morte dela.

– É sobre isso, então? – Hadley ergueu o arquivo. – Nós o queremos pelo assassinato de Walker?

– Nós o queremos porque há um mandado pela cabeça dele por atos de traição e conspiração contra os Estados Unidos, além do assassinato de uma porção de russos. Toda essa merda com a República Islâmica do Camistão, o acordo de paz... – O'Leary gesticulou no ar. – Ele está ligado a tudo isso. No entanto, não vamos saber *como*, exatamente, até que ele esteja numa sala de interrogatório. Seu amigo Pillar estava usando a UCT para rastreá-lo, mas ele escapou.

Os olhos de Hadley se arregalaram.

– Então Bauer está ligado também ao tiroteio na ONU?

– É possível. Não temos certeza. Ele não adorava o Logan, isso é fato. Porém, neste momento estamos trabalhando baseados em suposições e circunstância. Isso tem que mudar. Estamos razoavelmente seguros de que

Bauer ainda está na cidade, mas até agora eu não tinha o pessoal para ir atrás dele. Esse é o seu trabalho agora.

Hadley aquiesceu gravemente, seu olhar endurecendo.

– Entendido. Vou terminar o que Pillar... o que foi começado.

O AEAE o observou com atenção.

– Olha, Tom... eu vou ser sincero com você. Nós nunca nos entendemos muito bem, você e eu. Acho que seus métodos são questionáveis. Mas agora tenho uma caçada humana para executar, além de um alerta de terrorismo pela cidade toda, e pelo fato de ser o homem errado no lugar errado, você vai ser o cara que vai fazer isso para mim. Agora, pegue seja lá o que for que lhe sirva de motivação e execute o trabalho. Não quero vê-lo nem ouvi-lo até que Bauer esteja algemado. Fui claro?

– Como cristal, senhor.

– Dwyer cedeu algumas pessoas para isso. Dell, Markinson, Kilner e mais dois, se você precisar de reforço. Atualize-se e oriente-os.

O telefone tocou e o AEAE o atendeu, dispensando Hadley com um gesto.

Ele saiu da sala e voltou para o escritório principal, processando tudo o que foi dito. Analisou a imagem de Jack Bauer em seu arquivo, tentando decifrar o sujeito que jamais conhecera.

As mãos de Hadley fecharam-se em punhos. Se Bauer *estivesse mesmo* ligado à morte de Pillar, ele devia a seu antigo comandante essa prisão; ocorria-lhe agora que essa também podia ser uma oportunidade para calar qualquer desconfiança que ainda houvesse sobre ele desde que viera para Nova York. E se isso significasse que ele precisaria utilizar alguns dos métodos "questionáveis" que O'Leary não apreciava... isso não era problema para ele.

Do outro lado de Manhattan, alguns quilômetros ao norte e em um sobrado com fachada de pedra perto da East 91st Street, outro ex-soldado estava analisando o mesmo rosto e o mesmo objetivo.

Arkady Bazin ainda era um garoto quando tinha ido para a guerra durante a invasão do Afeganistão; um jovem abaixo da idade de alistamento que roubara a certidão de nascimento do irmão mais velho e a utilizara para fingir ter idade suficiente para lutar. Na época, ele estava cego por um fervor patriótico que agora lhe parecia pitoresco. Todavia, mesmo décadas depois, o amor de Bazin pela Mãe Rússia não havia desvanecido. Ele se transformara em um tipo de inércia resoluta e impiedosa – como se Bazin fosse uma arma que tivesse sido solta para rolar e rolar, esmagando os inimigos de seu povo.

E nunca havia uma escassez desses. Naqueles primeiros dias de sangue e fogo como um jovem soldado, Bazin aprendera uma verdade fundamental: a guerra não tinha fim, eram apenas os campos de batalha e os rostos de seus inimigos que mudavam.

Ele largou a pasta que tinha na mão e seus lábios se apertaram. Pela janela em arco atrás dele moviam-se linhas de luz brilhante, lançando fachos descorados pelas paredes e pelo teto da sala de conferência onde ele estava sentado. Havia furgões televisivos lá fora, uma fila deles estacionados juntos uns dos outros com suas antenas transmissoras armadas e seus repórteres intercambiáveis falando sem parar nos microfones em suas mãos. As luzes caíam das lâmpadas das câmeras, capturando o branco, vermelho e azul da bandeira tremulando sobre a entrada do Consulado Geral da Federação Russa.

Cercando as equipes de TV estava a polícia americana, resmungona e de cara azeda diante de suas obrigações, e dentro do perímetro das cercas de ferro preto ao redor do prédio do consulado havia outra classe de observadores. Esses estavam armados de submetralhadoras Skorpion e pistolas Makarov escondidas sob jaquetas volumosas, cautelosos para garantir que as pessoas do lugar não os vissem. O SBP – serviço de segurança presidencial da Rússia – estava aqui com força total para proteger o presidente Yuri Suvarov em sua visita internacional, porém os eventos das últimas horas haviam mudado o ritmo dessa atividade de uma discreta projeção de poder para uma força de ocupação militar.

Dentro do consulado, o SBP tinha fixado guardas em todos os níveis. Bazin vira um relance deles na Sala de Situação, em uma comunicação tensa com a equipe do jato de Suvarov na pista de pouso do aeroporto internacional John F. Kennedy. Ele franziu o cenho ao pensar nisso. Se a decisão estivesse nas mãos dele, Bazin teria enviado seu presidente diretamente para o aeroporto e ele estaria no ar agora, fora de qualquer risco e longe do solo estrangeiro.

Verdade fosse dita, se a decisão fosse dele, em primeiro lugar, jamais teria permitido que Suvarov viesse até a América, para falar com os governantes desse país e todos os outros como se fossem seus *iguais*. A ideia em si fazia seu lábio se retorcer em uma expressão de desdém.

Anos de operações secretas nos Estados Unidos e seus arredores haviam instilado nele uma profunda desconfiança dessa nação e de seu povo. Como oficial da Sluzhba Vneshney Razvedki, a agência de inteligência externa da Federação Russa, a exposição de Bazin à América tinha acontecido prioritariamente ao lidar com traidores, gananciosos e os tipos mais venais entre a população daquele país. O que sempre o mantivera focado era o conhecimento de que seu trabalho detinha uma corrosão vital, sempre devorando a superioridade imaginária do velho inimigo de sua terra natal.

Alguns dias ele se cansava daquilo, mas sabia que não podia recuar. O Ocidente não podia vencer, nem mesmo por um momento. Eles precisavam se opor, até a morte, se necessário.

Bazin achava difícil considerar os americanos gente de verdade, enquanto os comparava com seus camaradas russos. Eles eram inferiores, com sua egolatria e seu comportamento superficial e materialista – e o que mais o assustava era a possibilidade desse comportamento estar lentamente cruzando o oceano para infectar o *seu* povo.

Ele queria ver isso acabar, e parecia que Yuri Suvarov era um homem que também pensava assim. Uma pequena parte de Bazin torcia para que ele de fato conseguisse conhecer o presidente; certamente, ambos estavam sob o mesmo teto naquele instante. Suvarov era um homem que compreendia que o Grande Urso Soviético não havia perecido, apenas hibernado; era o tipo de líder que podia reacender a velha união de que os estados russos tinham desfrutado nos dias da Era Comunista, se recebesse a chance. Bazin gostava de pensar que Suvarov veria nele um espírito irmão, alguém que relembrava e reverenciava os dias em que sua nação era uma força que não podia ser ignorada na política global.

Mas não. Desprezou o pensamento como bobagem e não profissional. Estava correto que o presidente Suvarov jamais conhecesse seu rosto ou seu nome. Bazin via a si mesmo como um filho leal da Mãe Pátria, e era suficiente que Suvarov soubesse apenas que havia armas à sua disposição que poderiam ser usadas para mostrar aos inimigos da Rússia o seu poder.

Ele olhou de novo para a foto. Esse homem, esse Jack Bauer, era um desses inimigos. As informações a seu respeito haviam sido reunidas por espiões infiltrados na CIA e por aliados no governo chinês, uma colcha de retalhos de meias verdades e boatos que montavam uma imagem de quem era Bauer e do que ele era capaz. Um policial, um soldado, um espião, um assassino... Bauer tinha sido todas essas coisas, porém agora era apenas *um alvo.*

A expressão de desprezo voltou ao rosto de Bazin. Esse ex-assassino da CIA era o exemplo perfeito de por que ele fazia o que fazia. Eles tinham quase a mesma idade, pouco mais de seis meses entre suas datas de nascimento, e talvez, na superfície, ambos parecessem o mesmo tipo de homem. Mas uma comparação assim deixaria Bazin enfurecido. O arquivo de Bauer revelava a verdade sobre ele; ele era tão *americano,* cada missão executada por ele nascia de alguma noção arrogante de sua nação de que eles tinham o direito de impor sua vontade ao resto do mundo. Bauer era um canalha; sua carreira sangrenta, na melhor das hipóteses, era mal disfarçada por seu governo com um tecido tão fino quanto uma folha de papel – na pior das hipóteses, era o trabalho de um psicopata sem nenhum código de honra, nenhuma lealdade a nada além de seu próprio senso de certo e errado. Eles nunca tinham se encontrado, mas em algum nível Bazin já odiava esse homem. Ele desprezava o canceroso sistema capitalista que podia criar alguém como Jack Bauer.

Houve uma batida na porta e Bazin ergueu o olhar quando uma mulher entrou. Ela tinha a pose orgulhosa de uma garota da sociedade moscovita, no entanto ele sabia por experiência própria que esse comportamento era apenas uma cortina de fumaça. Embora Galina Ziminova fosse mais jovem que ele, e, às vezes, liberal demais para seu gosto, Bazin apreciava o fato de que a agente da SVR era uma assassina talentosa e verdadeira patriota... mesmo que a "nova" Rússia da qual ela vinha não fosse a mesmo que tinha sido mãe e protetora para ele.

– A equipe está aqui, senhor – disse ela.

Ele assentiu.

– Traga-os para dentro.

Ziminova retornou o gesto dele e fez uma pausa ao olhar para a fotografia de Bauer.

– Esse é ele?

– Alguém por quem você poderia passar na rua e achar comum – respondeu Bazin. – Apesar disso, esse homem foi marcado para morrer pela nossa autoridade mais alta.

02

– TEMOS UMA ORDEM CLARA E DIRETA – DISSE HADLEY AOS OUTROS. – RECEBEMOS um mandado federal para a prisão de Jack Bauer, e vamos prendê-lo.

Os outros agentes na sala de reuniões trocaram olhares. À esquerda dele, as agentes especiais Kari Dell e Helen Markinson eram muito semelhantes: ambas magras e de aparência austera, vestindo um terninho preto quase idêntico; à primeira vista tudo o que as diferenciava eram seus cortes de cabelo. O de Dell era curto e vermelho, enquanto o de Markinson era preto e chegava-lhe aos ombros. Ambas observaram Hadley passar suas instruções com uma intensidade de águia. O boato no escritório era que elas tinham se juntado em Quântico e formavam uma equipe formidável. Apenas uma semana antes, fora o trabalho delas que expusera o caso Anselmo. Hadley podia trabalhar com esse nível de habilidade. Ele precisava de gente agressiva e proativa em sua equipe se quisesse ser bem-sucedido.

– Um cara como esse não vai se entregar calmamente – arriscou Markinson, um pouco de seu sotaque de Boston aparecendo.

Dell concordou.

– Ele pode não nos deixar muitas opções quando chegar a hora.

– Vamos queimar essa ponte quando a alcançarmos – respondeu Hadley, ouvindo o homem à sua direita respirar fundo. Ele olhou para o outro agente, aguardando que dissesse o que lhe passara pela cabeça.

Jorge Kilner tinha aquele tipo de rosto franco e honesto que parecia mais adequado a um *quarterback* de colegial do que a um agente do FBI, mas naquele momento sua expressão era de uma preocupação profunda. Suas mãos se apertavam diante do corpo e ele se remexia na cadeira, desconfortável.

– Esse homem... – ele fez uma pausa, escolhendo suas palavras. – Ele não é um criminoso.

Dell indicou o mandado de prisão na mesa de conferência.

– Com licença, mas eu discordo.

Kilner balançou a cabeça e prosseguiu.

– Olha, vocês só precisam ler este arquivo para saber que Bauer é um ex-agente da Unidade Contraterrorismo. Já foi exigido dele que fizesse muitas coisas pelo seu país, o tipo de coisa que daria pesadelos ao resto de nós. Nós lhe devemos mais do que simplesmente tratá-lo como algum bandidinho a ser algemado e jogado em uma jaula.

– Tudo o que devemos a Jack Bauer é o devido processo e uma chamada telefônica – disparou Hadley. – Isso, se ele for esperto o bastante para botar as mãos ao alto quando o encontrarmos.

Os lábios do outro agente se apertaram.

– Agente Hadley, eu conheci Bauer e Renee Walker. Não acredito, nem por um segundo, que ele seja responsável pela morte dela.

– Certo... você estava no escritório de Washington DC durante o ataque à Casa Branca – Hadley olhou para Kilner com honestidade. – Isso é bom. Podemos usar seu *insight* do sujeito. Mas isso é tudo. Se você acha que vai demonstrar empatia indevida a um fugitivo procurado, pedirei ao Agente Especial Dwyer para realocá-lo.

– Não senhor – insistiu Kilner. – Se alguém vai algemar Bauer, quero que seja eu. Para ter certeza de que a coisa seja feita corretamente.

– Então, por onde começamos? – indagou Markinson. – Há um alerta da polícia com o rosto de Bauer por toda a costa leste e a polícia de Nova York está passando um pente-fino em Manhattan por causa desse negócio dos camistaneses. Ainda estamos operando com a suposição de que ele está dentro dos limites da cidade?

– Neste momento, sim – Hadley atravessou a sala de conferência e foi até a janela para olhar para a Federal Plaza. – Como o agente Kilner nos relembrou, nosso fugitivo é um ex-UCT, e antes disso foi da Força Delta e da CIA. Ele é treinado para operações urbanas, conhece nossos métodos e nossa capacidade. Também sabe que, se não sair de Nova York dentro das próximas horas, ele está praticamente preso. Temos uma pequena janela de oportunidade aqui, pessoal, e ela está se fechando a cada segundo – ele se virou e fez um gesto de cabeça para os outros agentes. – Temos monitoramento sobre cada contato conhecido de Bauer nessa cidade, estamos vigiando aeroportos, estações ferroviárias, terminais de balsa, pontes e túneis. Ele vai levantar a cabeça, e nós estaremos lá quando fizer isso. Cada um de vocês vai coordenar buscas setorizadas com o comando tático. Se pegarem o seu rastro, não hesitem. Vão com tudo para cima dele – Hadley apontou para a porta. – Ao trabalho.

Dell, Markinson e os outros agentes se levantaram e começaram a sair, porém Hadley colocou a mão no ombro de Kilner antes que ele pudesse escapar.

– Algum problema? – disse o outro homem.

– Diga-me você – exigiu Hadley. – Quando chegar a hora e você tiver que apontar uma arma para o Bauer, vai conseguir ir até o fim?

– Se eu for obrigado...

– *Se?* – Hadley espetou o dedo no peito dele. – Seja realista, Jorge. Você acha que um cara como ele vai lhe dar escolha? Markinson tem razão. Bauer é do tipo *atire primeiro*.

Kilner o encarou.

– Com todo o respeito... talvez não seja *eu* quem deveria estar pensando sobre a própria motivação.

Hadley hesitou, prestes a soltar uma resposta, mas conseguiu se conter.

– Sua honestidade é muito apreciada. Mas quero você lá fora, nas ruas. Bauer está quase sem recursos, então deve precisar de dinheiro e equipamento. Ele estava no Hotel Chelsea, no West Side. Vá até lá e cheque o local, só para garantir.

– Garantir o quê? A Equipe de Resposta e Evidência já analisou o local de cima a baixo.

– Mesmo assim – insistiu Hadley, passando por ele para ir embora. – Vá checar. É uma ordem.

Enquanto o engarrafamento se arrastava pela Second Avenue até depois da Stuyvesant Square, Jack se afundava ainda mais na blusa de moletom com capuz que encontrara no banco de trás do Toyota roubado. A hora do rush sempre era um pé no saco, mas a malha de ruas da cidade de Nova York conspirava para transformá-la em um tipo especial de inferno. Filas de carros e furgões se arrastavam adiante, aos trancos e barrancos, e motoristas socavam suas buzinas uma fração de segundo se alguém falhasse em seguir o fluxo. Ele observou um par de taxistas na faixa ao lado se movendo ao mesmo tempo, enquanto conduziam uma discussão barulhenta pelas janelas abertas. Vez por outra uma sirene de polícia soava e, no retrovisor, Jack via viaturas azuis e vermelhas forçando caminho pelo trânsito parado, às vezes subindo na calçada para conseguir ultrapassar.

O som metálico do rotor de um helicóptero passou por cima dele e Jack resistiu ao impulso de colocar a cabeça para fora para dar uma olhada. Bastaria um vislumbre para que uma câmera móvel ou um monitor estático capturasse sua imagem e a anunciasse. Jack tinha parado para esfregar um pouco de sujeira preta nas bochechas antes de entrar no carro, uma linha assimétrica interrompida que parecia acidental mas que na verdade seria suficiente para enrolar qualquer programa de reconhecimento facial que pegasse uma imagem sua. Era uma medida emergencial, todavia, e não funcionaria contra um observador humano.

Seus dedos batucaram o volante. Ele se sentia *exposto,* preso no mesmo lugar dentro da caixa metálica do carro. Mesmo agora, seus caçadores poderiam estar vetorizando sua posição. Atiradores nos prédios do outro lado da rua, homens armados em veículos, seguindo-o. Cada pessoa lá fora era uma ameaça em potencial, cada janela, um lugar de onde um atirador poderia mirar.

Jack percebeu que os taxistas tinham silenciado, suas vozes substituídas pelos resmungos de um rádio. Outros carros ao redor dele estavam fazendo o mesmo, aumentando o volume e descendo as janelas para que todos pudessem escutar. Ele se inclinou adiante e ligou o rádio no console do Toyota, e a mesma voz estava em todas as estações que ele encontrou.

Allison Taylor, a primeira mulher presidente dos Estados Unidos, dirigia-se à nação em uma transmissão ao vivo.

– *Meus compatriotas americanos* – começou ela. – *É com o coração pesado que devo falar com vocês esta noite. Surgiu uma situação que eu não posso permitir que se estenda ainda mais e permanecer de consciência tranquila. Neste momento, estou formalmente renunciando ao meu cargo como sua presidente e deixando o posto de comandante em chefe. Passo adiante essa grave responsabilidade para meu vice-presidente e amigo de confiança, Mitchell Heyworth.*

Jack ouviu a voz dela, imaginando Taylor de pé diante do púlpito, suas palavras ressoando diante de uma sala cheia de repórteres chocados e silenciosos. Tentou analisar seus sentimentos em relação a ela. Sua raiva diante dos atos da presidente ainda estava viva e crua, e era difícil separar isso das várias emoções surgidas após a morte de Renee.

Era inquestionável seu respeito pelo cargo da presidência – isso tinha sido inculcado nele e, lá no fundo, ele sempre seria o bom soldado –, mas também sabia muito bem as terríveis responsabilidades exigidas daqueles que ocupavam tal alto posto. Jack pensou em David Palmer, um homem de caráter forte e ideais elevados que lutara para cumprir seus mandatos no Salão Oval com honra e coragem, e de seu irmão Wayne, que fizera seu melhor para seguir o exemplo de David. Outros, como Noah Daniels e James Prescott, tinham sido levados a fazer escolhas perigosas e pagaram pelas consequências. Hoje, Allison Taylor também conheceria esse preço.

– *Quando eu deixar esta sala, vou me entregar ao Procurador-Geral para interrogatório* – dizia ela. – *Uma grave conspiração esteve se desenrolando no último dia e, para minha vergonha, devo reconhecer que não fiz o bastante para esclarecê-la quando a oportunidade foi-me apresentada. Peço seu perdão e sua compreensão neste momento, e prometo que haverá uma solução rápida, justa e, acima de tudo, transparente para essas horas difíceis. Obrigada.*

A sala explodiu com perguntas enquanto os repórteres reunidos lutavam para ser o primeiro a desafiar as palavras de Taylor. Os olhos de Jack se estreitaram e ele tornou a abaixar o volume do rádio, processando o que havia escutado.

Ela tinha mantido a palavra que lhe dera, comprometendo-se a expor o complô para atrapalhar o acordo de paz do Camistão e os jogos de poder por trás dele. Talvez ele tivesse se enganado sobre ela.

O que aconteceria em seguida nos corredores das Nações Unidas, da Casa Branca, do Kremlim e do Parlamento da República Islâmica do Camistão estaria por conta dos estadistas e legisladores. Talvez isso significasse nação se voltando contra nação, tensões elevadas e punhais a postos... Neste momento, tudo aquilo parecia muito distante, algo bastante remoto do mundo de Jack.

A honestidade da presidente Taylor tinha soprado o apito final de sua carreira política e a deixara vulnerável à ameaça de prisão e ao encarceramento. Mais que isso: qualquer possibilidade de que sua administração pudesse proteger Jack e os amigos dele tinha evaporado. Seus colegas da UCT, gente como Chloe O'Brien, Arlo Glass, Cole Ortiz e todos os outros também se veriam na ponta do facão. Ficava enfurecido ao pensar que eles poderiam encarar sentenças de prisão por ousarem fazer a coisa certa em circunstâncias impossíveis. Ele se sentia impotente para ajudá-los, da mesma forma que estivera impotente para salvar a vida de Renee enquanto ela sangrava até a morte por causa da bala de um franco-atirador.

Um humor sombrio o assolou, um imenso vazio negro se abrindo em seu peito. Tantas pessoas tinham sido tiradas dele, tanto de sua vida arrancado a fogo e sangue. E agora, aqui estava ele outra vez, na beira do abismo. Abandonado e sozinho, sua liberdade medida pelos tiques do relógio.

Por um momento, Jack se permitiu imaginar o que poderia acontecer se ele simplesmente abrisse a porta do carro e saísse na rua, as mãos para o alto. Qual seria o destino de Jack Bauer?

As forças de sua própria nação estavam em seu encalço, assim como os agentes de seus inimigos. Havia uma carnificina assinada com seu nome, e seria uma corrida entre o governo americano e os agentes secretos da Federação Russa para ver quem o encontrava primeiro. Ambos queriam fazê-lo pagar pelas leis que quebrara e as vidas que ceifara. Jack sabia que nenhum dos dois lhe daria trégua quando o alcançasse. O melhor que poderia esperar era uma condenação perpétua em alguma prisão anônima e não registrada; o pior, uma bala na nuca e seu corpo jogado no rio.

Ele rejeitou a ideia. *Não,* disse a si mesmo. *Eu fiz uma promessa para minha filha. Eu* não *vou decepcioná-la. Vou vê-la de novo. Uma última vez.*

Lá no fundo, ele sabia que a escolha inteligente, a opção mais prática e conveniente seria cortar todos os laços e desaparecer agora mesmo, naquele segundo. Jack conhecia uma dúzia de maneiras para virar um fantasma e reconstruir uma nova vida para si em outro lugar.

Porém, aquilo lhe parecia uma traição. Kim era toda a família que lhe restava, a última estrela brilhante no céu escuro de sua vida. Ele pensou em nunca mais vê-la outra vez, e algo dentro dele se retorceu como uma faca de gelo.

Apesar de nada mais estar claro para ele, o juramento que fizera a Kim era inquebrável. Sua filha, o marido dela, Stephen, e a linda neta de Jack, Teri... todos eles corriam risco enquanto ele estivesse por perto. Ele já havia desaparecido antes e o faria outra vez, simplesmente sair do radar e sumir. Todavia, antes, precisava cumprir sua promessa e fazer suas despedidas. Ele não permitiria que ninguém impedisse isso. *Ninguém.*

– Ei, colega!

Jack despertou de seu devaneio com um sobressalto, o som do disparar de uma buzina trazendo-o de volta ao momento presente. Ergueu o olhar e viu um dos taxistas se inclinando para fora da janela para gritar com ele. O taxista indicou a via diante dele com o dedo em riste, para o espaço crescente onde o tráfego tinha finalmente começado a andar.

– Aonde está indo, cara? – demandou ele.

– Para casa – respondeu Jack.

– Essas ordens vieram diretamente do presidente Suvarov – disse Bazin, fazendo uma pausa para que aquela declaração repercutisse. Ziminova não disse nada, mas ele pôde ver que os outros três homens na sala estavam prestes a dizer algo. Ele fez um gesto receptivo com a mão. – Falem. Tenho baixa tolerância com aqueles que se mantêm em silêncio por medo do desafio.

Previsivelmente, Yolkin foi o primeiro a falar.

– Suvarov autorizou isso pessoalmente? – magro e musculoso, Yolkin tinha frios olhos azuis e falava em um tom monótono que se arrastava pela sala. – Hoje?

– Há menos de uma hora. O assassinato de um cidadão americano, sim – assentiu Bazin. – Não fui claro?

– Não apenas um cidadão – Mager foi o próximo a se manifestar. Talvez ele fosse o homem mais *comum* que Bazin já conhecera, tão comum que você poderia perdê-lo em uma multidão e no instante seguinte teria de se esforçar para lembrar do rosto dele. – Um soldado altamente treinado. Um agente federal.

– *Ex*-agente federal – corrigiu Ziminova. – Ele é um homem procurado agora. As agências de execução da lei deles foram mobilizadas para rastreá-lo e prendê-lo.

– Por que não permitir que façam isso? – Ekel finalmente resolveu fazer sua pergunta das profundezas da poltrona de couro onde se esparramara, uma das mãos brincando com uma mecha de seu cabelo preto oleoso. – Não seria mais fácil deixar que eles se virem para prender o Bauer e então pagar a algum criminoso para que o mate em sua cela? – ele ergueu as mãos. – Sairíamos limpos desse assunto.

Yolkin grunhiu algo que deveria ser uma risada.

– Isso não tem a ver com sairmos limpos, gatinho. Isso é para mandar um recado.

Bazin concordou com um gesto da cabeça.

– Como sempre, Yolkin vai direto ao assunto. Sim. O motivo dessa ordem é vingança, pura e simples. O presidente Suvarov está furioso com esse Bauer. Parece que ele foi diretamente responsável pelo fracasso de certos planos operacionais e, além disso, o sujeito ainda teve a temeridade de achar que podia atacar membros do governo russo diretamente.

– Por vingança – destacou Mager. – Aquele idiota do Tokarev atirou na mulher do Bauer.

– Tokarev foi penalizado por aquilo – disse Ziminova. – Ele foi eviscerado como um porco.

– E não foi o único – acrescentou Bazin, seu maxilar endurecendo ao pensar nos outros assassinatos.

Ziminova seguiu em frente, retomando o assunto de reunião.

– Bauer também é responsável pelas mortes do ministro Mikhail Novakovich e seus guarda-costas. Oito homens no total.

Bazin conhecera pessoalmente três daqueles homens. Ele os treinara em táticas contraterroristas, na época em que a SVR ainda era a KGB, e o americano mandara todos eles para a cova. Era mais um motivo para que ele estivesse liderando essa operação, para empatar esse placar. Ele se inclinou adiante em sua cadeira.

– Não se enganem. Isso é uma questão de *respeito*. Uma questão de reparação por uma ofensa cometida. O próprio presidente Suvarov estaria sob a mira de Bauer se as circunstâncias tivessem se desenrolado de maneira diferente. O americano não pode continuar vivendo depois de cometer esses atos.

– Isso seria fraqueza – Yolkin concordou com um gesto da cabeça. – Fará Suvarov parecer tolo, se não fizer nada.

– Esse navio já zarpou – resmundou Ekel.

Bazin fixou o olhar nele.

– O que você quer dizer com isso?

Ekel corou de leve, depois se endireitou. Quando tornou a falar, baixou a voz, como se estivesse com medo de que Suvarov pudesse ouvi-lo de onde quer que se encontrasse no prédio do consulado.

– É só que... estão falando que as linhas telefônicas entre Moscou e aqui estão pegando fogo. O primeiro-ministro e seu gabinete ligaram pedindo uma reunião de emergência da Assembleia Federal. Há boatos de que vão declarar que o presidente esteve envolvido no assassinato de Hassan... – Ekel hesitou. – Suvarov não vai encontrar um comitê de boas-vindas para recepcioná-lo na volta para casa.

Todos eles tinham escutado o rumor, e Bazin ficava irritado pelos outros o discutirem como se ele já se tratasse de um fato. Ele se ajeitou na cadeira e fixou um olhar duro em Ekel.

– O primeiro-ministro e seus amigos no Duma... aqueles homens são *políticos*, meu amigo. Mas Yuri Suvarov é um *líder*. Seguimos as ordens desse último, não dos primeiros. O que acontece ou deixa de acontecer quando ele tornar a colocar os pés em solo russo não é da sua conta. Nós recebemos uma ordem de nosso comandante-em-chefe e ela será obedecida. Recebemos a tarefa de encontrar e exterminar um inimigo da Mãe Pátria. A menos que essa ordem seja retirada, vamos proceder com esse objetivo – com isso, ele se levantou e o resto da equipe fez o mesmo.

Como seu segundo em comando, Ziminova expediu o conjunto de ordens seguinte.

– Vamos seguir para uma área de ensaio para pegar armas e equipamento. De lá, vamos nos separar em equipes e dar início à operação. Vocês tomarão as coordenadas diretamente com nosso operador aqui no consulado, via comunicação criptografada.

Os três homens assentiram e saíram, deixando Bazin de pé junto à extremidade da mesa longa e alta. Ele tirou um smartphone do bolso e começou a digitar uma mensagem de texto.

Ziminova o observava da porta.

– Senhor – começou ela. – Sei que não preciso dizer, porém devemos operar com extremo cuidado a partir deste ponto. Se qualquer um dos nossos for descoberto enquanto rastreamos Bauer, as consequências serão consideráveis.

– Está com medo de dar ao mundo mais motivos para nos odiar? – zombou Bazin. – Somos russos. Isso nunca nos importou. Mas não se preocupe. Vou chamar um agente livre local para ajudar.

– Isso é prudente?

Ele continuou a digitar no minúsculo teclado.

– Ela já trabalhou para nós antes. Tenho toda a confiança que sim.

A mulher hesitou.

– Senhor. Ekel levantou um ponto importante, embora de forma desastrada. O presidente Suvarov quer Bauer morto não por razões políticas, e sim pessoais. Isso é por vingança. Seus motivos não são diferentes daqueles usados pelo americano, quando ele matou Pavel Tokarev.

Bazin a encarou.

– Você leu a ficha de Bauer.

– Apenas os pontos em destaque.

– E há vários deles. Mesmo pelo retrato incompleto que temos desse homem, uma coisa fica bastante clara: Jack Bauer é um inimigo tenaz e resoluto. Contra toda a probabilidade, contra toda a razão, Bauer já demonstrou que não tem nenhuma piedade para com aqueles que acredita terem lhe feito algum mal. Essa lista agora tem o nome de Yuri Suvarov. Outros que se encontraram nela já estão mortos – ele balançou a cabeça. – O sujeito é perigoso demais para ter permissão de vagar livremente por aí. Até os próprios mestres dele já admitiram isso. Você foi criada numa fazenda coletiva, Galina. Diga-me, o que você faz com um cachorro que ficou selvagem demais para obedecer?

Os olhos dela se estreitaram.

– Eu o sacrifico.

– Isso mesmo – o telefone de Bazin apitou quando uma mensagem surgiu na tela e ele sorriu de leve. – Ah. E assim começamos.

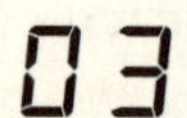

JACK ABANDONOU O SURRADO TOYOTA PRÓXIMO À EIGHTH AVENUE E PUXOU O capuz do moletom sobre a cabeça, encolhendo-se para mudar sua linguagem corporal. Logo estaria escuro, e embora o anoitecer tornasse mais fácil para ele se perder entre a população da cidade, não podia se permitir baixar a guarda nem por um segundo.

Todavia, a fadiga dificultava tudo. Um cansaço profundo e pesado havia se assentado sobre seus ossos e ele podia sentir esse peso deixando-o mais lento. Há quanto tempo ele estava se esforçando durante as últimas vinte e quatro horas? Mesmo com seu treinamento, Jack não podia seguir eternamente em frente sem que os efeitos se fizessem sentir. *Quatro dias*, eles lhe haviam dito na Força Delta. Um homem em boa forma, saudável, com comida e água, podia passar setenta e duas horas acordado e ainda se manter alerta. Ele imaginou o quanto esse número se alterava quando se somavam a ele as variáveis, como estar se recuperando de um ferimento a bala recebido há menos de duas horas, ou ser forçado a fugir.

No entanto, o que mais preocupava Jack não era manter-se acordado e de pé, era manter sua mente focada. A fadiga era ácida e corroía o julgamento e a claridade. Se ele não ficasse alerta, corria o risco de tomar as decisões erradas no momento errado, e isso podia levá-lo à morte. Para Jack, não era suficiente apenas reagir aos eventos se desenrolando ao seu redor. Ele precisava ser proativo. Precisava de um plano.

Ele não podia depender de Chloe ou da UCT, não podia voltar a suas velhas fontes como Jim Ricker e seus antigos contatos na CIA. Todos que poderiam estar dispostos a ajudá-lo estavam sendo vigiados, trancados, presos ou mortos. Ele estava sozinho, sem apoio, sem equipamentos e sem nenhum lugar aonde ir. Por um breve momento ele olhou para cima, imaginando um grande nó se fechando em volta dele. Desvencilhando-se da imagem sombria, seguiu em frente.

Jack respirou fundo e atravessou a avenida para a esquina da West 23rd Street, caminhando no mesmo ritmo estável e sem pressa que os outros pedestres. Adiante, divisou a familiar fachada do Hotel Chelsea, os tijolos vermelhos e as cercas de ferro preto do velho prédio ao estilo gótico vitoriano estendendo-se na direção do céu. Ele gostava dali; tinha sido o marido de Kim quem lhe arranjara um apartamento ali, cobrando um favor de um parente para que ele tivesse um lugar onde ficar enquanto estivesse na cidade. Um marco da cidade de Nova York desde o século XIX, o Chelsea tinha sido o lar de uma longa lista de artistas famosos – atores e músicos, escritores e pintores. Seu xará Jack Kerouac tinha escrito *On the Road* ali, e ele se lembrava da primeira vez que entrara no prédio, sentindo algo da história entranhada naquelas paredes. Estava a milhares de quilômetros dos lugares onde Jack Bauer levara sua vida, os lugares que chamara de lar.

A viatura estacionada do outro lado da rua em frente à entrada do Chelsea era claramente visível a uma boa distância, e Jack pôde perceber dois policiais no banco da frente conversando animadamente, de vez em quando vasculhando os arredores por algum sinal dele. Jack seguiu em frente, mudando seu caminho para passar pelas portas do lobby. Ele inclinou a cabeça para ver se havia um segundo vigia lá dentro, mas não viu nada. Não importava. Não se arriscaria com algo tão tolo quanto entrar pela porta da frente.

Algumas centenas de metros adiante havia uma porta simples de vidro que levava a um prédio de escritórios espremidos entre dois restaurantes e ele entrou ali, saindo de vista. Lançando um olhar para trás, Jack começou a correr e desceu um corredor estreito até chegar a uma janela que se abria para um pátio no meio do quarteirão. No primeiro dia que chegara ao Hotel Chelsea, a força do hábito o levara aos fundos do prédio em busca de métodos alternativos de acesso, e a janela era parte da rota que desenvolvera em sua mente. Segundo sua experiência, era sempre melhor ter um plano de fuga e não precisar dele do que precisar de um e não tê-lo.

Por ser um prédio de referência histórica, as janelas do Chelsea retinham várias das características dos anos 1940, o que tornava sua segurança um alvo fácil para Jack derrotar. Em poucos momentos, ele tinha conseguido acesso a uma área de serviço no segundo andar e de lá pegou as escadas dos fundos, parando a cada andar para se certificar de que não estava sendo seguido.

A porta do apartamento estava lacrada com faixas da fita amarela com os dizeres POLÍCIA – NÃO ULTRAPASSE. Com cuidado, abaixou para se desviar delas e destrancou a porta tão silenciosamente quanto conseguiu.

Ele identificou o cheiro denunciador de produtos químicos no hall de entrada, resíduos de aerossol para impressões digitais e spray de luminol para detecção de sangue. Havia marcas pretas ao redor dos interruptores de luz e em superfícies de onde uma equipe de evidências havia retirado impressões digitais de praticamente tudo. No apartamento em si, parecia que um furacão cuidadoso havia passado pelos cômodos. Todos os gabinetes estavam entreabertos, todas as gavetas parecendo com bocas abertas. Jack viu suas roupas em uma pilha sobre a cama e as malas que preparara para seu voo de volta a Los Angeles jazia no chão, vazia. Como ele esperava, haviam levado seu *notebook* – não que houvesse algo lá que a polícia ou o FBI pudessem usar contra ele – e passado um pente-fino em tudo o mais.

Quando ele entrou no banheiro, soube imediatamente que os investigadores tinham encontrado a sacola para viagem que escondera ali. Um azulejo estava faltando no teto sobre sua cabeça e ele olhou para a escuridão ali, sem ver nada além de teias de aranha e poeira. Como a rota de fuga, a sacola de viagem era outro costume que ajudava Jack Bauer a dormir melhor; uma sacola pequena e à prova d'água, fechada com um cordão, contendo um kit de primeiros socorros, uma faca de sobrevivência, dinheiro e algumas identidades falsas. Caso tudo fosse para o inferno, era a única coisa que ele precisava pegar e sair. Jack assentiu para seu reflexo no espelho do banheiro. Ele já esperava por isso. Os investigadores do FBI sabiam o tipo de homem que ele era, e saberiam que deviam procurar pela sacola.

E, assim, quando a encontrassem, provavelmente não procurariam pelo *segundo* kit de emergência que Jack escondera no depurador, acima do fogão. Ele ainda estava lá, um pequeno maço de dólares e euros em notas altas, junto a um passaporte canadense em nome de John Barrett, uma identidade de emergência que era conhecida no meio das operações secretas como um "disfarce a jato".

De volta ao quarto, ele descartou as roupas que estava vestindo e encontrou outras limpas. Como a maioria de seu guarda-roupa, o gosto de Jack em cores tendia para os tons escuros, uma intenção consciente de se misturar e permanecer indistinto. Encontrando uma bolsa de academia, ele colocou ali outra muda de roupas, fazendo rapidamente uma mala leve.

Ele pegou uma jaqueta e havia uma blusa feminina sob ela. Não precisou tocá-la para saber que tinha pertencido a Renee.

Vê-la disparou uma enxurrada de memórias que ele tentou, mas não conseguiu conter. Para fazer as coisas que essa nação lhe pedira, para ser o homem que ele era, Jack Bauer tinha aprendido a se compartimentalizar. Mesmo enquanto entrava nesse prédio, colocara suas lembranças de Renee Walker atrás de um muro e as selara ali.

Ou era o que ele havia pensado. Em um segundo, tudo desmoronou sobre ele, que desabou sobre a cama desarrumada. Sua cabeça se levantou e seu olhar encontrou o buraco do tiro na janela, marcado com um canetão pela equipe de evidências. Apenas um tiro, disparado do outro lado da rua por Pavel Tokarev, havia atravessado ali e encontrando seu alvo do lado de dentro.

De repente, Jack estava revivendo aquele momento. O som do vidro se partindo e o impacto quando o corpo de Renee caiu. O peso dela em seus braços enquanto ele a segurava e corria pelos corredores do hotel. Seu rosto pálido, a vida se esvaindo de seus olhos enquanto ele a olhava, a terrível sensação de impotência ao saber, naquele instante, que iria perdê-la.

Raiva e sofrimento borbulharam dentro dele. Espremeram sua garganta como um grito de pura fúria forçando sua saída. Jack precisou de cada grama de seu autocontrole férreo para não ceder àquele impulso. Em vez disso, ele se agarrou à raiva, segurando-a e usando-a para queimar sua exaustão. Ele a transformou em seu combustível, na motivação que o colocou de volta sobre seus pés.

Na porta, Jack fechou os olhos e se permitiu pensar em Renee Walker uma última vez antes de se virar e ir embora.

Kilner estacionou o Ford Fusion preto junto à calçada e aproximou-se da viatura, seu crachá levantado.

– Viram alguma coisa? – perguntou ele aos policiais uniformizados dentro do carro.

Ambos os oficiais balançaram a cabeça negativamente.

– Nenhum sinal dele aqui – disse um deles. Preso ao console do carro deles estava o boletim de "procura-se" de Jack Bauer, e os lábios de Kilner se apertaram quando ele o analisou.

– Ei, seja sincero com a gente – disse o outro policial. – Esse cara é realmente burro o bastante para voltar aqui? Quero dizer, tem tantos policiais na rua agora que todo meliante nessa cidade está pastando.

– Ele não é burro – disse-lhes Kilner, franzindo o cenho.

Mas talvez eu seja, pensou o agente, voltando a seu carro e sentando. *Devia ter mantido minha boca fechada na reunião.* Estava claro para ele que o agente especial Hadley estava espumando para pegar Bauer, e que, ao ousar expressar suas dúvidas sobre a culpa do homem, Kilner já havia se colocado em oposição ao outro agente antes mesmo de a caçada humana começar. Por que outro motivo Hadley ordenaria que Kilner fosse de carro até o hotel se não para se livrar dele?

Ele batucou os dedos no painel e pensou em atravessar a rua para checar o apartamento no andar de cima. Será que Hadley o censuraria por fazer isso? Kilner sentia-se dividido a respeito de tudo aquilo.

Em vez disso, estendeu a mão para o porta-luvas do Ford e tirou de lá um par de binóculos. Virando-se no banco, ele os levou ao rosto e examinou as janelas do Hotel Chelsea, contando os pisos e as janelas, em busca do apartamento de Bauer. Depois de um momento ele o encontrou, avistando a vidraça quebrada. Imaginou o que havia acontecido lá em cima. O relatório preliminar da cena do crime falava sobre uma bala de rifle que tinha sido retirada da parede, provavelmente do mesmo tiro que atravessara Renee Walker, ferindo-a fatalmente.

Kilner balançou a cabeça. Isso não era jeito de morrer, e apesar de saber que Jack Bauer violara a lei em sua busca por vingança pelo assassinato de Walker, não podia evitar imaginar se ele mesmo teria agido de forma diferente nas mesmas circunstâncias.

Aquilo ainda estava em seus pensamentos quando ele viu o que pareceu ser parte de uma sombra se movendo dentro do apartamento selado.

Jack considerou o dinheiro e o passaporte de Barrett. Não era o bastante. Ele precisava de mais equipamentos se fosse transformar em realidade sua fuga da cidade. Não tinha armas, meios de comunicação nem veículo.

Refletindo sobre a questão, Jack considerou que tinha duas opções diante de si. A primeira tinha um nível mais baixo de risco imediato, porém levaria tempo e o relógio corria contra ele. Ele podia sair escondido do hotel e caminhar, encontrar um jeito de sair de Manhattan e, se a sua sorte perdurasse, poderia ter desaparecido em estradinhas para o interior já na tarde do dia seguinte. Mas para fazer aquilo, teria de correr o risco de ser reconhecido a cada passo. O departamento de polícia de Nova York tinha seu rosto e não faltava muito tempo para que o FBI resolvesse contar ao mundo que ele era um homem procurado; e ainda havia seja lá quais recursos hostis os russos estavam mobilizando contra ele.

A segunda opção era extremamente arriscada, de alto impacto e dependia de atacar rápido, antes que seus perseguidores pudessem solidificar seu controle sobre a cidade.

No final, refletiu, *não tenho muita escolha, na verdade.*

Ele se aproximou da janela da sala de estar do apartamento e se abaixou, olhando cautelosamente sobre o beiral para a rua lá embaixo. Um carro preto havia se juntado à patrulha policial do outro lado da entrada do Hotel Chelsea e Jack não precisava ver o para-choque para saber que ele tinha placas federais.

Ele se levantou. Do outro lado da sala havia uma estante cheia de livros sobre culinária e guias de viagem pertencentes ao dono do apartamento. Os livros haviam sido retirados um por um e recebido uma busca superficial, sendo em seguida empilhados na prateleira. Um guia colorido da cidade de Montreal estava entre eles, e Jack cruzou a sala lentamente para apanhá-lo. Ele se certificou de passar diante das duas janelas antes de pegar o livro e dobrar sua lombada ao meio.

A equipe de evidências do FBI tinha vasculhado tudo, inclusive os livros, no entanto a avaliação deles tinha sido apenas superficial, feita sob pressão devido ao prazo, em vez de uma busca completa e detalhada. Nada surpreendente, devido ao caos que caíra sobre a cidade nas últimas horas. Outra equipe provavelmente voltaria ali para conduzir uma pesquisa mais profunda no dia seguinte ou no outro, mas aí já seria tarde demais.

Jack retirou uma parte solta da capa dura e usou as unhas para segurar a ponta de um minúsculo cartão Micro-SIM encaixado ali, o mesmo tipo de cartão de memória usado em milhões de celulares comerciais. O pedacinho de plástico escuro era menor que a ponta de seu polegar, mas continha uma quantidade de informações que, se necessário, podiam valer mais do que o maço de dinheiro que ele havia escondido em outro lugar. Criptografada quadruplamente para seu uso pessoal, cortesia do ex-marido de Chloe, Miles, o cartão de memória era o equivalente ao "livro negro" de Jack. Agora, tudo de que ele precisava era algo com que ler o cartão.

Ele tornou a olhar para a janela, e em seguida para o relógio MTM Blackhawk em seu pulso. Jack estimava ter cerca de dez minutos antes que seus convidados chegassem. Puxou o cordão para descer as persianas e voltou para a porta da frente.

Kilner piscou quando o homem de jaqueta escura apareceu e desapareceu na janela do apartamento. Sua garganta secou.

– Ele está lá. Ele está lá *mesmo* – Kilner precisou dizer isso em voz alta para fixar esse pensamento em sua mente. De algum jeito, Bauer tinha passado pelos policiais e entrado no apartamento. A mente do agente estava em disparada. Esse era o ato mais tolo ou mais calculado que o sujeito podia ter feito. Será que ele pensava que ninguém jamais procuraria por ele ali? Ou Bauer teria voltado para buscar algo que os técnicos em evidências haviam deixado passar?

Não importava. Kilner apertou o botão de discagem rápida em seu telefone e Hadley atendeu no segundo toque.

– *Que foi?* – exigiu ele.

– Estou vendo o Bauer – despejou Kilner. – Ele está no Hotel Chelsea agora mesmo!

– *Tem certeza de que é o nosso homem?*

– Acabo de olhar diretamente para ele – Kilner umedeceu os lábios. – Senhor, temos uma chance de acabar com isso agora, antes que vá além... se eu subir lá, posso...

Hadley silenciou-o com um rosnado.

– *Nem pensar. Você já tem suas ordens, agente Kilner. Mantenha sua posição e observe as saídas. Se Bauer deixar o prédio, siga-o, mas não entre em contato direto, você me ouviu?*

Ele assentiu, murchando.

– Sim, senhor.

Kilner ouviu Hadley chamando outra pessoa, movendo-se com dificuldade.

– *Estou indo até você agora mesmo. Uma equipe tática já foi mobilizada. Ouça, continue em sua posição, deixe a equipe fazer o que ela sabe. Não atrapalhe.*

– Quais... – Kilner hesitou. – Quais são as diretrizes para a abordagem?

– *Bauer é uma ameaça letal* – retrucou Hadley com firmeza. – *A equipe tática tem ordens de não correr nenhum risco com ele.*

O sangue de Kilner gelou quando ele percebeu que havia acabado de assinar a sentença de morte de Jack Bauer.

Exatamente doze minutos se passaram antes que a equipe tática do FBI chegasse. *Desleixados*, pensou Jack. *Eu poderia chegar aqui em metade desse tempo.*

Com o ouvido apertado contra a porta, ele pôde ouvir o arrastar de botas no piso térreo, os leves sussurros dos homens armados que se preparavam antes de fazer uma entrada dinâmica. Jack recuou lentamente para a cozinha, ativando o micro-ondas antes de ir para a área do quarto.

Em sua mente, visualizou o que a equipe de seis homens estava fazendo. Eles estariam se alinhando ao longo da parede do lado de fora do apartamento, armas a postos, travas de segurança desativadas. Um batedor armado com uma escopeta grande, a Remington 870, uma das favoritas do Bureau, miraria na fechadura e, depois de contar até três, abriria um buraco do tamanho da cabeça de uma criança na porta grossa de madeira.

Jack contou com eles, e houve um estouro ensurdecedor quando a escopeta foi disparada. Uma simples cápsula de calibre .12 lançou um projétil de cera e aço em pó no mecanismo da tranca da porta da frente, destruindo-o instantaneamente. Um segundo agente chutou a porta arruinada e jogou uma granada M84, de efeito moral, para o interior do apartamento; a explosão liberou uma quantidade chocante de luz e som que fez as janelas tremerem no espaço confinado.

O ataque propriamente dito começara. Aos pares, os agentes do FBI passaram pela porta segurando suas armas próximas a seus coletes à prova de bala. Exceto pelo sujeito com a escopeta, todos os outros cinco homens carregavam submetralhadoras Heckler & Koch MP5/10, e tinham permissão de utilizá-las se julgarem necessário. As ordens de Hadley receberam o sinal verde do Distrito. Bauer deveria ser considerado armado e extremamente perigoso.

À esquerda, o apartamento era aberto, a área de estar se estendendo até a parede mais distante, o espaço dividido apenas por mesas baixas, estantes de livros e outros móveis. Três dos seis agentes se espalharam naquela direção, o sujeito com a Remington sendo o último a entrar, puxando o ferrolho para recarregar a arma. À direita havia a área da cozinha e uma porta levando a uma varanda estreita, e, depois dela, um corredor curto levando ao quarto e ao banheiro da suíte. Um dos homens foi até a cozinha, os outros dois seguiram pelo corredor.

A porta do quarto já estava aberta.

– Jack Bauer! – gritou o agente que entrara primeiro. – Apareça, agora!

Ele deu um passo para o lado quando seu companheiro de equipe o alcançou, e entrou no banheiro. O segundo homem girou na outra direção, encontrando um grande *closet* no canto do quarto.

Com a MP5/10 mirando na altura do peito, o segundo agente estendeu a mão para abrir a porta veneziana do *closet*. Seus dedos enluvados estavam no puxador de latão quando as portas romperam-se. Jack estourou as finas tábuas e atingiu o agente do FBI no rosto com a frigideira de ferro que pegara na cozinha.

A cabeça do agente ricocheteou para trás, o impacto inesperado chacoalhando o crânio dentro do capacete. Seu nariz se despedaçou e sangue escorreu de suas narinas. Tonto, o agente caiu no chão e lutou para se manter consciente.

Jack não parou para se certificar de que o primeiro homem estava fora de combate. Se não agisse com rapidez, isso não importaria. Largando a frigideira, disparou pelo quarto e encontrou o outro agente quando ele estava saindo do banheiro, gritando *Limpo!*

– Não exatamente – respondeu Jack, acertando um soco paralisante na garganta do agente. O grito de ajuda do homem foi sufocado e Jack o empurrou de volta para o banheiro, usando uma das mãos para afastar a MP5/10. Ele tinha o ímpeto do movimento a seu favor e o utilizou para bater a cabeça do agente contra a caixa d'água do vaso sanitário, depois chutou as pernas de seu oponente para retirar qualquer equilíbrio que ainda lhe restasse.

Cheio de proteções pelo corpo, um capacete com equipamentos e o colete tático, o agente do FBI se movimentava mais lentamente do que Jack, e no espaço apertado do banheiro do apartamento aquela pequena vantagem era tudo de que Bauer precisava.

Ele deu uma rasteira no sujeito, que caiu e bateu a cabeça na borda da pia, desabando no chão, inconsciente.

No mesmo segundo, a latinha de desodorante que Jack tinha colocado no micro-ondas atingiu o ponto crítico e, com um estampido violento, a porta do forno explodiu das dobradiças. Dali saiu uma bola de fogo laranja, disparando o alarme de fumaça de imediato.

O agente na cozinha cambaleou, recebendo nas costas o calor do explosivo improvisado. Ele praguejou, caindo contra a porta da varanda, e lutou para conseguir ajustar sua submetralhadora à posição de tiro.

Um após o outro, meia dúzia de pequenos cilindros pretos vieram voando do quarto, batendo nas paredes e no piso de madeira. Jack jogou as bombas de efeito moral e de fumaça que havia retirado dos cintos dos outros agentes, em seguida se jogou de lado enquanto elas detonavam como uma onda de trovões.

Uma densa fumaça branca encheu o apartamento, reduzindo a visibilidade a quase nada. Jack ouviu os outros agentes chamando, xingando e gritando por ajuda.

Puxando uma camiseta descartada para cobrir o rosto como uma máscara, Jack disparou para a frente e o homem na cozinha tropeçou nele enquanto tentava tatear seu caminho de volta para o quarto. Junto com as granadas, Bauer havia pegado um *tazer* X2 em formato de pistola dos agentes que neutralizara, e agora o usava para derrubar o outro homem silenciosamente.

Na fumaça, os outros três agentes chamavam um ao outro.

– Que diabos foi isso? – perguntou uma voz alta e aguda de tensão. – Você vê alguma coisa?

– Precisamos recuar – disse outra.

Um par de *lasers* verdes das miras das pistolas cortou a névoa.

– Concentrem-se. Encontrem esse cara!

Jack manteve-se abaixado e da fumaça saiu uma figura vestida de azul e cinza, fazendo a varredura da área com o cano de sua arma. O X2 roubado ainda tinha uma carga, portanto Jack se virou e o enfiou nas costelas do agente.

A arma de choque zumbiu como uma vespa presa dentro de uma lata e o agente gritou. Sua mão se contorceu e ele sem querer disparou uma rajada de sua arma, uma penca de cápsulas de dez milímetros arrebentando o gesso do teto. Jack o deixou cair e dirigiu-se a uma das outras vozes.

Ouviu uma pancada quando o agente carregando a escopeta colidiu com uma luminária de chão, esmagando o vidro com o pé. Jack repetiu o mesmo ataque que usara no homem do banheiro e aproximou-se abaixado, mirando um chute letal no ponto em que supunha estar o joelho do outro.

Sua mira foi boa. O osso estalou e o batedor se dobrou, uivando em agonia. Jack o silenciou com um segundo e um terceiro golpes antes de tomar a Remington e ir atrás do último homem.

O último membro da equipe tática estava recuando para o vago contorno da porta quando o cano da escopeta foi subitamente pressionado contra sua garganta. Ele congelou.

– Abaixe sua arma – disse Jack. – O cinto de armas também. Faça isso agora.

O agente fez o que lhe foi ordenado.

– Calma, Bauer... – ele começou. – O que você acha que está fazendo, cara? Vai me matar? Você só está piorando as coisas.

– Ninguém aqui está morto – retrucou Jack e com um safanão brutal, bateu no rosto do agente com a coronha da Remington, deixando-o inconsciente.

Ele girou a arma e disparou na direção das janelas do apartamento, estourando as persianas e o vidro a cada tiro. Imediatamente, a fumaça começou a vazar para o ar vespertino. Jack se agachou e deu uma olhada profissional no equipamento do agente do FBI inconsciente.

Uma voz baixa vazou do rádio preso ao ombro do agente. *Aqui é Kilner, equipe tática! Relatório! Relatório! Alguém está recebendo essa mensagem? Câmbio.*

Jack pegou o aparelho de rádio e o enfiou em um bolso da jaqueta. Depois, com movimentos rápidos e econômicos, despiu os agentes caídos de todo o equipamento de que iria precisar e guardou tudo em sua mochila.

04

O AGENTE KILNER ENCAROU O APARELHO DE RÁDIO, SUA GARGANTA SECA.

– Eu repito, alguém está recebendo minha transmissão?

Apenas a estática respondeu. Os dois policiais da cidade de Nova York tinham saído do carro após os sons das detonações de granada, e agora estavam de pé, as armas nas mãos, olhando para os fios de fumaça que escapavam das janelas estilhaçadas do apartamento. Kilner ouviu um deles avisando a central e o outro olhou para ele.

– Vamos dar uma olhada na entrada, você fique aqui!

Os dois oficiais atravessaram a 23rd Street correndo, desviando de táxis parados e do tráfego que tinha parado para olhar na confusão que se desenrolava. Kilner descartou o rádio tático e pegou seu celular, apertando a tecla de rediscagem.

– Agente Hadley, onde você está?

A voz de Hadley ecoava como se ele estivesse falando no viva-voz.

– Estou a três quarteirões daí, o maldito trânsito desta cidade é uma porcaria. Qual é o problema?

– Eu perdi o contato com a equipe da SWAT! O comandante da unidade insistiu em entrar direto, não quis esperar você chegar aqui.

Kilner podia ouvir sirenes ao fundo da ligação, e segundos depois o mesmo som o alcançou. Hadley xingou baixinho.

– Eu os avisei para não subestimar Bauer.

Sem aviso, o Ford balançou quando alguém abriu uma das portas traseiras e desabou no banco atrás dele.

– Bom conselho – disse uma voz rouca e dura. Uma automática Springfield M1911A1 do FBI apertou a nuca de Kilner e uma mão veio à frente para tomar o telefone dele, desligando a chamada.

O agente tentou se virar e a pistola se enterrou em sua pele.

– Espere, não...

– Kilner, certo? De Washington DC? – disse Jack. – Eu me lembro de você – ele deu outro empurrão com a arma. – Dirija.

– Você matou aqueles homens lá em cima?

Jack deu uma fungada de zombaria.

– Eles vão sobreviver. Agora coloque essa coisa em movimento. Não vou pedir outra vez.

– Certo... – Kilner engatou o carro e entrou no trânsito.

– Pise fundo – insistiu Jack. – Não pare por nada.

Kilner levou o carro até a faixa central e começou a ir para o oeste, na direção do rio Hudson.

– Para onde estamos indo?

– Apenas dirija – pelo canto do olho, Kilner viu Jack deslizar a parte traseira do celular que havia pegado dele e retirar o cartão SIM e a bateria, deixando o mecanismo rastreador contido ali temporariamente inútil.

– Bauer... *Jack* – Kilner engoliu seco e tentou manter sua voz firme. – Ainda dá tempo para acabar com isso. Entregue-me a arma, deixe que eu o leve. Podemos resolver tudo isso.

– Você acha? – Jack mexeu em uma sacola no banco traseiro e inclinou-se para a frente. – Se eu for preso, vou desaparecer. Sei como isso funciona. Ou o meu próprio lado me enfia em um buraco escuro e profundo, ou a SVR vai me pegar antes disso.

– SVR? – repetiu Kilner. – Os russos não podem fazer nada a você... – ele percebeu o que estava falando. – Ao menos, não legalmente.

– Agora você está entendendo... – o tom de Jack mudou quando Kilner tirou o pé do acelerador. Eles estavam chegando ao cruzamento com a Eighth Avenue e os semáforos não estavam a seu favor. – Eu disse para não parar!

Kilner estava prestes a responder, porém um lampejo de faróis em seu espelho lateral chamou sua atenção. Um Ford Expedition preto e reluzente estava vindo atrás deles com rapidez e ele viu um rosto conhecido atrás do volante: Markinson. No banco do passageiro estava Hadley, uma pistola na mão e o telefone na orelha.

De repente, de trás da grade dianteira do Expedition piscaram luzes vermelhas e azuis escondidas e o utilitário colou na traseira do carro menor.

Jack foi mais para a frente e agarrou o joelho de Kilner com a mão livre, apertando-o como um torno. Ele forçou a perna de Kilner sobre o acelerador e o motor do Fusion rosnou, o carro dando um salto adiante.

O agente apertou o volante com força e serpenteou com o carro pelas filas de trânsito no cruzamento, uma tempestade de buzinas e xingamentos seguindo-os enquanto eles atravessavam em disparada e desciam o quarteirão seguinte. O velocímetro subia mais e mais enquanto Jack continuava forçando Kilner a acelerar.

O utilitário de Hadley ainda os seguia, embora perdesse preciosos segundos desviando para evitar um ônibus.

Jack apontou a Springfield para o para-brisa traseiro do Fusion e disparou duas vezes. A primeira transformou o vidro transparente em uma bagunça opaca e fosca, a segunda arrebentou o para-brisa e lhe deu uma vista clara do Expedition. Ele mirou cuidadosamente e deu outro tiro, cegando um dos faróis altos do utilitário.

O agente Hadley já estava de pé e inclinando-se para fora da janela do passageiro, uma arma em sua mão. Ele devolveu os disparos, atingindo o porta-malas do sedã. Então, o utilitário, em uma arrancada poderosa, aproximou-se ao mesmo tempo em que o cruzamento com a Ninth Avenue surgia no final do quarteirão.

Adiante deles, um par de caminhões de água ocupavam, de uma ponta à outra, as faixas que iam para o oeste. Kilner tentou pisar nos freios, mas Jack tinha outras ideias. No último instante, estendeu a mão e girou o volante para a esquerda, jogando o carro de atravessado e colocando-o no caminho dos carros que vinham.

– *Merda!* – Kilner virou o volante para evitar uma batida de frente com um coletivo e disparou pelo cruzamento. Contudo, Markinson ainda estava atrás deles. A agente manobrou com agilidade o grande utilitário em uma imitação do que Kilner tinha feito, balançando perigosamente o carro sobre a suspensão mais alta enquanto ambos, perseguidor e perseguido, costuravam pela 23rd Street. – Está tentando nos matar?

– Entre na Tenth – exigiu Jack. Ele fez uma curta pausa. – Você tem filhos, não é?

– O quê? – a pergunta tinha vindo do nada, mas logo ele se lembrou. Anos antes, quando ambos tinham se conhecido, Jorge conversara com Bauer em DC antes do FBI colocá-lo em isolamento. Só os dois no carro, conversando sobre o que eles acreditavam ser verdade, sobre suas famílias e seu trabalho. – Sim, uma filha. *Fiona*. – Agora estava acontecendo tudo de novo, porém as circunstâncias não poderiam ser mais diferentes.

– É só fazer o que eu lhe disser e você vai vê-la novamente – o próximo cruzamento se aproximava com rapidez. – Entre aqui.

Kilner engoliu seco. Não é como se ele tivesse muitas opções à sua frente. Conforme se aproximavam do cruzamento, ele fechou um carro que ia diante deles e pneus cantaram, o Fusion deixando uma faixa preta no asfalto, a traseira rabeando com a curva abrupta.

Mais tiros soaram atrás deles enquanto entravam na Tenth Avenue e corriam para o norte. Jack atirou de volta. Kilner supôs que ele estivesse mirando baixo, tentando atingir as rodas ou o bloco do motor do utilitário.

Hadley, no entanto, não parecia lhes estender a mesma cortesia. Uma bala quase atingiu Bauer e abriu um buraco do tamanho de um punho no para-brisa. No momento seguinte, Kilner ouviu um estalo e resmungos vindo do rádio tático que estava onde ele o deixara, no banco do passageiro.

– *Pare o carro* – ordenou Hadley no canal aberto. – *Kilner, está me ouvindo? Estacione, cara!*

– Esse cara é que está no comando? – indagou Jack, enquanto eles passavam pela 26th Street e seguiam atravessando o trânsito cada vez mais parado.

Kilner assentiu.

– Agente Hadley. Sim. Ele está com muito ódio de você.

– Ele pode pegar uma senha e entrar na fila. Nem o conheço.

– Ele era amigo de Pillar...

– Jason Pillar? – Jack fez uma careta. – Eu não sou responsável pelo que aconteceu com ele – Jack estendeu a mão e pegou o rádio, apertando o botão para falar.

– Hadley. Recue antes que alguém se machuque.

– Isso não vai acontecer, Bauer – Hadley deu uma olhada para Markinson, soltando o botão para que suas próximas palavras não chegassem ao outro veículo. – Aonde ele pensa que está indo?

– Deve estar tentado chegar ao Túnel Lincoln – disse ela. – Tudo o que ele precisa é largar o carro no meio do caminho e entrar em uma das passagens de manutenção. Aquilo lá embaixo é um ninho de ratos, nós nunca o encontraríamos.

Hadley olhou para Dell, que estava encolhida sobre um laptop no banco de trás.

– Mande todas as nossas unidades para a 30th Street. Se ele *está* indo para o túnel, vai ter uma surpresa desagradável.

– Apoio aéreo indisponível – disse ela. – Temos mais dois carros e outra equipe tática.

– É o bastante – ele voltou a falar no rádio. – Última chance, Bauer. Porque se eu tiver que explodir esse carro no meio da rua para pegar você, é o que eu vou fazer.

– *Eu tenho um refém. Vou matá-lo se você não recuar.*

– Não vai, não – Hadley largou o rádio e estendeu a mão para Dell. – Me dê o M4.

Kilner piscou lentamente ao ouvir aquilo.

– Ele está certo – confirmou Jack. – Eu não vou te matar. – Em seguida, apertou a boca da M1911 contra o joelho de Kilner. – Mas vou abrir um buraco na sua perna que vai fazer com que você nunca mais possa dar uma caminhada com sua filha de novo.

– Entendido... – suas mãos estavam suando e ele apertava os dedos no volante. Quando cruzaram a 28th Street, Kilner viu um borrão azul e branco, e uma patrulha fez uma curva para encontrá-los.

Os dois carros bateram um no outro, correndo paralelamente enquanto isso, trocando manchas de tinta e soltando faíscas pela via.

Jack agiu sem hesitar, estourando a janela lateral do Fusion e o vidro reforçado do compartimento traseiro da viatura. Kilner escutou o *tink* familiar de um pino sendo puxado e um vago cheiro de enxofre. Jack jogou uma granada de fumaça no banco traseiro do carro de polícia e voltou a se abaixar.

Houve um estouro surdo e a névoa branca encheu o interior da viatura. O carro oscilou antes de parar, derrapando. Os oficiais saíram de lá aos tropeços, mas o utilitário do FBI ainda estava vindo e Kilner viu Markinson usar o veículo mais pesado para empurrar a viatura parada para fora do caminho. O teto solar da Expedition se abriu e a cabeça e os ombros de Hadley emergiram.

O agente especial havia decidido trocar sua arma por outra maior. Agora portava uma carabina Colt M4, uma arma de alto calibre e disparo mais rápido. Hadley disparou, atingindo o porta-malas do Fusion com as balas de 7,62 mm. Kilner sentiu um dos pneus traseiros estourar e a tração do carro ficou frouxa. Ele tentou compensar.

– Acho que ele estava falando sério – resmungou Jack, parando para recarregar a Springfield. – Desafio aceito, então.

Ele apareceu por cima do banco traseiro e disparou uma salva de tiros rápidos que ricochetearam no capô do utilitário, enquanto outras balas atingiram o para-brisa blindado sem penetrá-lo. Mesmo assim, foi o suficiente para fazer Hadley recuar para o interior do veículo por um momento.

– Mais cedo ou mais tarde a rua vai acabar, Jack! – gritou Kilner, o estresse e o medo pressionando-o contra o banco. Era difícil impedir que o sedã escorregasse para a faixa seguinte. – O que você está fazendo?

– Saindo desta cidade – retrucou ele. À frente deles, o cruzamento com a 30th Street se aproximava rapidamente. Ambos podiam vê-lo, coberto por uma estrutura de ferro preto como as pernas de uma extratora de petróleo; eram os restos do velho sistema de trens elevados, agora redirecionados como parques urbanos. – Entre aqui.

Kilner piscou.

– Eles nunca vão te deixar entrar no túnel, Jack. Vai ser uma linha de fogo!

– Eu sei – ele tornou a se inclinar para a frente e apontou para a direção errada quando eles chegaram ao cruzamento. – Desça por aqui.

– É uma rua de mão única!

– Nós vamos em uma direção só.

Jack fez o mesmo truque de antes, agarrando o volante e torcendo-o para que o Fusion girasse na direção contrária e saltasse contra o fluxo do tráfego. Kilner se segurou como pôde enquanto eles disparavam diretamente no caminho de outros carros e furgões, forçando-os a derrapar e subir a calçada em vez de bater. O agente apertava a buzina no centro do volante, gritando para os outros motoristas se desviarem. Não estavam a mais do que dois ou três quarteirões agora da fronteira de Manhattan e do rio logo depois. Estavam quase que literalmente no final da rua.

O espelho do lado do motorista explodiu quando um tiro o atingiu e Kilner se encolheu. O utilitário, espremido na rua mais estreita, ainda estava se arrastando atrás deles, porém, mais uma vez, a curva permitira que o carro ampliasse a distância entre ambos. Correndo para lá do Hudson Yards à direita, Kilner vislumbrou de relance as silhuetas vultosas dos caminhões de lixo indo para a frente e para trás no pátio do estacionamento do Departamento de Limpeza e Higiene. Ele pisou com tudo no acelerador para forçar o Fusion a ultrapassar um dos grandes caminhões brancos que saía para a rua e em algum lugar atrás dele pneus cantaram quando o utilitário precisou lançar âncoras para evitar bater de frente com o caminhão.

Agora eles estavam quase no cruzamento com a Lincoln Highway e o coração de Kilner batia descompassado em seu peito. Hadley havia demonstrado estar mais do que disposto a arriscar a vida do agente para acertar sua rixa – e Bauer, um homem que Jorge respeitava, parecia tão igualmente determinado a não deixar que isso acontecesse.

A boca quente da pistola o espetou na perna.

– Saia – ordenou Jack. – Vá, agora!

– Mas nós estamos...

– *Agora!*

Kilner pensou em Fiona e um tiro que poderia aleijá-lo; então, soltou seu cinto de segurança e abriu a porta, mesmo com o carro em rápido movimento. Ele usou a beira da porta para se empurrar para fora do veículo e lançar-se ao ar.

O agente aterrissou com força sobre o asfalto e rolou, quicando até a calçada, a superfície áspera ralando suas mãos e rasgando seu casaco. Tonto, ele parou contra a base de um poste de luz a tempo de ver o sedã disparar adiante outra vez quando Jack se sentou no banco do motorista e pisou no acelerador. O carro oscilou pelas faixas da estrada movimentada, provocando desvios e colisões conforme outros veículos tentavam sair de seu caminho a tempo e fracassavam.

Kilner se levantou, cada junta de seu corpo doendo como o diabo. Ele viu o Ford derrapar e parar em um pequeno estacionamento de um cais de concreto na borda do rio Hudson.

Foi só naquele momento que ele percebeu exatamente como Jack Bauer pretendia deixar a cidade.

– Hadley – Jack falou no aparelho de rádio enquanto saía do carro estacionado. – Não leve isso para o lado pessoal.

Suas palavras obtiveram exatamente a resposta que ele imaginou.

– Tarde demais para isso, Bauer. Você já era.

Ele suspirou.

– Escute. Fique fora do meu caminho e eu terei sumido dentro de 24 horas. Vou desaparecer da face da Terra e você nunca mais vai ouvir falar de mim outra vez – Jack fez uma pausa, lançando um olhar para trás, do outro lado da rodovia para onde o utilitário tinha ido parar. – Mas se você vier atrás de mim... vai se arrepender.

A réplica de Hadley veio em voz baixa e carregada de ameaça.

– Eu vou te executar pessoalmente antes do final do dia, está me ouvindo? Suas únicas opções são algemas ou um saco do necrotério.

Não havia mais nada a ser dito. Jack jogou o rádio e arrumou a pesada sacola em seu ombro, pegando a pistola enquanto corria a toda velocidade até a porta de um escritório pré-fabricado. Ele entrou como um trem de carga, gritando a plenos pulmões.

– Mãos ao alto!

Por dentro, o local era dividido em uma área aberta de recepção e uma sala de espera de um lado, e do outro, um conjunto de cubículos. Mapas, tabelas aeronáuticas e fotos do horizonte da cidade, tiradas de um ponto aéreo, decoravam as paredes. Na recepção, dois homens de ternos escuros que estavam no meio de uma animada conversa sobre o desempenho dos Mets ficaram em um silêncio chocado pela súbita chegada de um furioso invasor armado.

Uma mulher gritou quando entrou no campo de visão de Jack, e, com o susto, derrubou a pilha de papéis que estava carregando. Ao lado dela, um homem mais velho com aparência de lutador aposentado recuou aos trancos e barrancos, tentando agarrar algo escondido debaixo de uma das mesas.

O velho era um veterano, Jack viu isso nos olhos dele e no jeito como ele reagiu como um soldado treinado – não com pânico, mas com algo mais semelhante a desafio. Ele devia estar procurando uma arma, um alarme ou ambos.

Jack não hesitou. Disparou apenas um tiro de .45 ACP no relógio de parede atrás do sujeito, estourando-o em mil pedaços em uma demonstração barulhenta e escandalosa de força.

– Não dê uma de herói – disse.

– Vá se danar! – respondeu o veterano, hesitando.

Jack avançou, passando por um portão na altura da cintura que dava acesso ao escritório propriamente dito. Ele podia ouvir o zumbido dos rotores e, pela janela que dava vista ao resto do píer, podia ver o formato de um par de helicópteros.

O heliporto da West 30th Street tinha não só a vantagem de estar mais próximo ao Hotel Chelsea, como de ser uma base para aeronaves para as quais Jack já estava totalmente qualificado. Nova York tinha vários terminais para helicópteros, porém todos ficavam longe demais para ele se arriscar a chegar lá. Os colegas de Hadley no FBI tinham acreditado no falso rastro que Jack preparara para eles, pressupondo erroneamente que ele estava indo para o Túnel Lincoln. Agora, precisava fazer com que a oportunidade criada funcionasse para ele.

– Mexam-se! – ele indicou a porta com o cano da Springfield. – Saiam daqui, todos vocês!

– Por quê? – exigiu saber o velho. – Para que você possa atirar nas nossas costas enquanto corremos? – ele apontou um dedo para Jack. – Você é um dos ratos que matou aquele coitado do árabe? Você trouxe a guerra deles para cá, não foi?

Eu tentei salvar a vida de Omar Hassan. Ele sentiu vontade de dizer isso, mas as palavras morreram em sua garganta. Em vez disso, disparou outra vez para o teto.

– Eu disse *vão*!

Foi o bastante para os homens de terno, e eles correram para a porta, a mulher seguindo logo atrás. O veterano deu a Jack um olhar amargo e desgostoso e saiu logo após.

– Você vai passar o resto da vida morto, filho – disse ele para Jack.

– Sem dúvida – retrucou Jack, saindo por uma segunda porta do outro lado do escritório para o heliporto.

O primeiro helicóptero estava imóvel, seus rotores amarrados com faixas para impedi-los de se moverem com o vento vindo do rio. Todavia o segundo – um modelo Bell 206 Long Ranger marrom e verde – já estava ligado. As lâminas davam voltas preguiçosas enquanto o piloto mantinha a aeronave funcionando a baixa velocidade. Jack achou que ele estivesse fazendo algum teste pré-voo, talvez uma checagem depois de manutenção em um dos sistemas do helicóptero. Isso explicava também como o piloto não tinha ouvido os disparos sob o assovio do motor.

Os passageiros e a equipe que ele expulsara para a rua seriam suficientes para atrapalhar caso Hadley e a equipe do FBI viessem atrás dele, mas Jack supunha ter apenas alguns momentos antes que agentes federais armados invadissem o heliporto à sua procura.

Ele correu até o Long Ranger e abriu a porta do piloto em um movimento rápido.

– Ei, mas que... – Antes que ele pudesse terminar a frase, Jack agarrou a jaqueta do piloto e o arrancou para fora do banco. O homem não tinha se preocupado em prender o cinto de segurança apenas para um teste de motor, e caiu rolando no concreto, os fones saindo de suas orelhas quando o cabo se enrolou na beira da porta.

O piloto ainda tentou se levantar, apenas para dar de cara com o cano da pistola M1911 apontada para o centro de sua testa. Jack não precisou gritar ordem alguma por cima do som das lâminas girando. A transação foi clara, e o homem recuou, as mãos para os lados, abaixando-se quando o vento das lâminas ficou mais intenso.

Jack se ajeitou no *cockpit* do helicóptero e trancou a porta. O piloto saiu correndo e, pelo canto dos olhos, Jack pôde ver um movimento perto do escritório. Ele não tinha tempo a perder.

A arma foi guardada na lateral de sua cintura e suas mãos moveram-se automaticamente para as posições corretas no câmbio circular diante dele e na alavanca coletiva ao seu lado. Seus pés encontraram os pedais e ele aumentou a velocidade com uma torção do pulso. O ronco baixo dos rotores se transformou em um rosnado ensurdecedor quando ele liberou mais poder para o motor. Jack sentiu as lâminas mordendo o ar e o helicóptero imediatamente ficou mais leve, elevando-se do chão.

Algo acertou a traseira do Long Ranger com um eco abafado e Jack olhou à direita, vendo a equipe do FBI mirando e disparando. Ele apertou um dos pedais com força e a cauda do helicóptero girou, apontando a serra circular do rotor traseiro na direção deles. Jack continuou colocando mais força no motor, deliberadamente mirando o vento dos rotores principais na direção de seus perseguidores, para atrapalhar a mira deles.

Quando ele colocou o helicóptero outra vez em posição, teve um vislumbre de Hadley tentando atingi-lo com sua carabina. Jack direcionou o nariz do Long Ranger para a linha da costa de Nova Jersey, no lado mais distante do Hudson, e a aeronave disparou como uma flecha. Mais tiros soaram contra a fuselagem, porém sem resultados.

Movendo-se em baixa altitude e com rapidez, ele deslizou sobre a superfície do rio, tomando a rota mais curta possível de uma margem à outra até se aproximar outra vez das ruas suburbanas de Union City.

Jack encontrou o indicador do combustível e viu que a agulha apontava 75%. Era o suficiente para levá-lo até o Maine, talvez atravessar a fronteira canadense, ou na direção de Filadélfia e Baltimore, se ele se voltasse para o sul – mas isso apenas se ele conseguisse evitar contato com alguma unidade policial ou da Guarda Aérea Nacional.

Estava na hora de se camuflar. Ele desligou seu transponder, anulando qualquer tentativa de controladores de tráfego aéreo locais de tentar encontrar seu vetor e levar outros até ele. Em seguida, Jack desativou as luzes do Long Ranger e a iluminação da cabine até que o brilho suave do painel de instrumentos fosse a única luz. O sol havia se posto e o céu azul começava a escurecer, cada vez mais negro. Desde que ele pudesse se manter fora da linha de detecção dos radares e distante dos centros urbanos, a fuga era possível.

Ao menos até essa coisa ficar sem combustível, pensou. *E aí, o que diabos eu vou fazer?*

Ele olhou para a bolsa preta que tinha jogado no banco vazio ao seu lado, pensando no cartão Micro-SD que havia recuperado do apartamento. O FBI teria acesso a sua ficha pessoal da UCT e ali estaria a maioria dos nomes e números de seu "livro negro". Se Hadley fosse esperto, já teria colocado escutas nos suspeitos mais prováveis e deixado os analistas de tráfego de comunicações vigiando o resto. E ainda havia os russos, que tinham muitos recursos, um alcance bastante longo e todo um conjunto peculiar de estratégias de inteligência.

Ele não podia ligar para Kim para alertá-la sobre sua situação, nem cobrar favores de seus contatos usuais. Terminar o que havia iniciado envolveria pensar não apenas fora, mas bem longe da caixa. Ele fez uma curva com o helicóptero, apontando-o na direção do sol desaparecido.

Lentamente, Jack compreendeu que a única pessoa que poderia ajudá-lo era um homem morto.

05

O DEPÓSITO NAS CERCANIAS DE PITTSBURGH JÁ GUARDARA ROLOS COLOSSAIS DE papel para transportar para gráficas e indústrias por todo o país, mas agora era um espaço vago e cheio de ecos. Apenas mais um exemplo da decadência econômica escrita na infraestrutura da cidade, agora lar de uma colônia de ratos obstinados e pouca coisa mais.

Os sem-teto e os sem sorte, todavia, sabiam que não deviam buscar abrigo naquele lugar. Por mais que estivesse vago e vazio, o depósito ainda fazia negócios, de certa forma. Ele pertencia à família criminosa deSalvo, e eles o mantinham nos livros como um lugar onde podiam se reunir sem medo de serem ouvidos pelos Federais. O fato de o lugar ser isolado o suficiente para que um tiro não chamasse a atenção era só um bônus.

Charlie Williams entrou ali pelas portas semiabertas com o Chrysler 300 prateado e parou, a uma curta distância de dois Crown Victoria pretos estacionados sob a grande claraboia. Pelo retrovisor ele podia ver Roker no banco traseiro se remexendo, desconfortável, e suando visivelmente, embora a noite estivesse fria. Ele puxava o colarinho de sua camisa e ficava repuxando seu terno como se estivesse justo demais.

Relaxe, ele sentiu vontade de dizer. *Eles não iriam te trazer até aqui só pra te matar.* Mas não falou nada. Aprendera do jeito mais difícil que "Big Mike" Roker não gostava que seus empregados falassem com ele – e Charlie Williams era um serviçal na casa Roker, como Big Mike e sua esposa gostavam de lhe relembrar a qualquer oportunidade.

Ele desligou o motor e sentiu um espasmo de dor na mão direita. Pensou no potinho plástico de comprimidos Percocet no bolso de seu terno e, inconscientemente, umedeceu os lábios. Hoje tinha sido um dia ruim para o antigo ferimento e ele podia sentir a dormência se alastrando pelos dedos como uma podridão a se espalhar. O dano ao nervo nunca se curara por completo ali, e ele tentara fazer as pazes com esse fato. No entanto, às vezes, mesmo um ato tão simples quanto manter um aperto firme no volante era difícil. Com esforço, ele afastou o pensamento do alívio temporário que o remédio lhe traria e concentrou-se em seus arredores.

Ernest deSalvo tinha quatro sujeitos de pé junto dele. Examinando o depósito, Charlie viu a sombra de alguém sob um dos guindastes de apoio próximo aos fundos do prédio. Um homem extra, um vigia, talvez. Ele reprimiu um discreto sorriso. Ernest gostava de pensar que era algum tipo de general, falando sobre o seu lado da organização como se se tratasse de uma unidade militar, com "batedores" e "vigilância tática" e outras terminologias desse tipo. No entanto, o fato era que todo o conhecimento militar e de guerra do sujeito vinha de uma dieta composta por lúgubres documentários de guerra no History Channel.

Roker chutou a parte de trás do banco de Charlie.

– O que é que você está esperando? Vá lá para fora!

– Certo – disse Charlie, apertando os lábios. Ele saiu do carro e abriu a porta traseira para que Rocker pudesse sair com algo semelhante a estilo.

Ernest fez um gesto com a cabeça para um dos rapazes e o guarda-costas aproximou-se e revistou Charlie, antes de fazer o mesmo com Big Mike, embora apenas superficialmente.

– Ei – reclamou Roker. – Não sem pagar um jantar e um cinema antes.

Aquilo arrancou um riso seco de deSalvo.

– Esse aí. Sempre um piadista.

Charlie seguiu Roker até o grupo, mas manteve-se alguns metros para trás. Seu olhar era atraído instintivamente para o homem nas sombras. Big Mike ainda não havia notado o sexto cara.

– Nós, ah, não estamos prendendo a atenção do seu garoto, Mikey? – disse Ernest, indicando Charlie.

Roker disparou-lhe um olhar.

– Que foi? – exigiu ele.

Charlie suspirou e apontou diretamente para o homem escondido.

– Ele está procurando por ratos?

– Quem? – Ernest se fingiu de bobo.

– O *seu* garoto, senhor deSalvo. Aquele que acha que está brincando de fantasma, logo ali.

O sorriso oleoso no rosto de deSalvo congelou por um segundo. Ele não gostava de ser descoberto. Em seguida, ele riu e falou alto.

– Bobby! Pare de enrolar!

O sexto homem emergiu das sombras, envergonhado, e acendeu um cigarro, olhando feio para Charlie.

– Olhos de águia – notou Roker. – É por isso que pago tanto pra ele!

– Nem *tanto* assim – resmungou Charlie baixinho.

– Sim – Ernest lançou a Charlie um olhar duro. – Como está a mão, durão? – zombou ele. – Ainda está tomando aquelas pílulas?

Roker o olhava de cara feia quando Charlie respondeu:

– Uns dias são bons, outros são ruins – ele passou a mão sobre sua cabeça raspada e desviou os olhos.

Porém deSalvo já o esquecera. A conversa prosseguiu exatamente da maneira que o motorista imaginara. Ernest não estava contente com o desempenho de Roker, e viera ali para relembrá-lo que seu sucesso contínuo, sua casa confortável e a bela carreira que esculpira para si administrando sua concessionária, todas essas coisas existiam pela indulgência da organização deSalvo.

Ernest era esperto o bastante para não falar de nada específico, mas estava tudo ali nas entrelinhas. A revendedora de Roker lavava dinheiro para os deSalvo, no entanto como isso funcionava de fato não era algo que interessasse Charlie Williams. Na verdade, ele fazia questão de permanecer tão ignorante sobre os negócios de Roker quanto era possível. *Sou apenas o motorista,* dizia a si mesmo. *Apenas o segurança dele. Nada mais, nada menos.*

E havia alguns dias em que quase podia acreditar nisso. Os outros dias – aqueles momentos em que Charlie pensava no homem que tinha sido antes de acabar em Pittsburgh sem dinheiro nem perspectivas – eram os momentos nos quais ele odiava a si mesmo. Mas as pílulas ajudavam a amortecer esses sentimentos, do mesmo jeito que matavam a dor em sua mão. *Por algum tempo, pelo menos.*

A reunião chegou ao fim e Ernest deSalvo fez uma piada de mal gosto da qual todos foram obrigados a rir. Roker mal podia esperar para sair dali e quase correu de volta para o Chrysler, sem esperar que Charlie abrisse a porta para ele. Quando estavam de volta na estrada, ele se inclinou para a frente e, com raiva, cutucou seu motorista.

– O que diabos foi aquela merda lá atrás? Eu adivinhei que Bobby estava por perto. Você não precisava dizer nada!

Aquilo era uma mentira, e ambos sabiam disso.

– Só fazendo o meu trabalho – foi a desculpa oferecida por Charlie, encolhendo-se quando a mão enviou outro espasmo de dor subindo pelo seu braço. – Ernie gosta de ser o maioral, claro, mas você não pode deixar ele pensar que você é uma besta – a dor agora ocupava todos os seus pensamentos, e assim que as palavras saíram de sua boca ele soube que aquela era a coisa errada a dizer.

– Eu sou o quê, agora? – Roker estava explodindo de fúria. Não era nada surpreendente: toda aquela frustração e aquele medo ao ser forçado a encarar deSalvo não tinham nenhum outro lugar para ir, então seriam expressados agora em raiva, direcionada a Charlie. Ele xingou alto e espetou o dedo na direção do rosto do motorista. – Eu pago seu maldito salário, seu cretino! Eu te pago para dirigir e calar a porcaria da sua boca, entendeu?

– Entendido, sr. Roker – disse ele com voz neutra, passando por uma conversa que já havia ocorrido dúzias de vezes.

– É isso mesmo! – retrucou Roker. Enquanto eles seguiam seu caminho, Big Mike começou a destrinchar a reunião com deSalvo até os últimos detalhes, repetindo-a e revivendo-a como se estivesse tendo uma conversa consigo mesmo.

Charlie não ofereceu nenhum outro conselho, apenas deixou que Roker falasse e falasse, e quando eles estavam saindo da rodovia na direção da revendedora, Big Mike já havia rearranjado a narrativa da reunião para fazer parecer que tinha sido ele quem fizera tudo acontecer, falando até convencer a si mesmo de que ele era a peça fundamental naquele jogo.

O *showroom* era um hangar com a frente toda envidraçada, cheio de Chrysler novos, como o 300, e alguns poucos *muscle cars* clássicos. O lugar lembrava a Charlie um aquário gigantesco, impressão que era reforçada pela fria luz branca-azulada em seu interior, que destacava as carrocerias polidas e os detalhes cromados dos veículos. Acima da entrada, uma grande faixa anunciava GRANDES NEGÓCIOS DO BIG MIKE!, e Charlie refletiu que aquilo era tanto uma declaração da missão de vida de Roker quanto uma propaganda para sua revendedora. Mike Roker queria desesperadamente ser importante, e vivia furioso com o mundo por não lhe permitir chegar lá.

Charlie franziu o cenho ao estacionar nos fundos do prédio, onde a baia de manutenção estava aberta ao ar da noite.

A esposa de Roker, Barbara, passou por dois dos mecânicos que estavam trabalhando até mais tarde e veio na direção deles, parecendo também estar disposta a arrumar uma briga. Ele se lembrou de algo que seu pai lhe dissera uma vez: *este é o tipo de gente que arrumaria motivo para briga em um buquê de rosas.*

Por um momento, a expressão azeda de Barbara Roker mudou quando Charlie saiu do carro. Ao ver o motorista, o rosto dela se acendeu com um sorriso predatório.

– Ei, Charlie – ronronou ela.

– Sra. Roker – respondeu ele. A mulher já havia deixado bem claro que estava interessada em levar o relacionamento patrão-empregado mais além do que ele achava confortável, e, até agora, ele tinha conseguido se manter à distância.

No instante seguinte, contudo, a expressão dela voltou a ser de irritação quando seu marido saiu do 300.

– Onde você estava? – cobrou ela.

– Ah, merda – Big Mike murchou, passando a mão pelo rosto. – Barb. Ah, é. Desculpe.

– *Desculpe*? – repetiu ela, levantando a voz. – Era para você ter ido me buscar, seu idiota! Eu tive de pegar um táxi!

– Surgiu um compromisso – insistiu Roker, forjando um sorriso. – No último segundo. Ernie deSalvo me ligou. Precisava que eu o ajudasse.

Ele fez parecer que o outro o procurara de joelhos, mas Barbara não caiu no modo como o marido descrevia a situação e fechou ainda mais a cara.

– Ah, é? Ele estala os dedos e você fala "pois não", certo? – ela balançou a cabeça. – Mike, quando você vai se revoltar contra aquela barata? Você me dá nojo.

O semblante de Roker desabou e Charlie viu as bochechas dele corarem.

– E fazer o quê? Se eu responder atravessado para ele, levo uma bala na cara dez segundos depois! E de onde você tiraria o dinheiro para sua estúpida coleção de sapatos, então, hein?

– Você não sabe de nada – disparou ela de volta. – Homens como ele? Eles respeitam força – Barbara olhou para Charlie. – Você sabe do que eu estou falando, não é?

– Não pergunte para ele! – berrou Roker. – O que diabos ele pode saber?

Charlie abriu a boca para dizer algo que o desembaraçasse da briga a se desenrolar, mas não houve necessidade. Ela já estava a pleno vapor e nem o marido, nem a mulher o enxergavam mais; saiu andando na direção do banco onde os dois mecânicos da revendedora estavam enrolando.

Frank e Josh tinham cerca de vinte anos e pareciam achar que trabalhar para Roker era uma porta de entrada para o lucrativo mundo criminoso secreto de Pittsburgh. Charlie não tinha coragem de lhes contar o quanto estavam enganados.

– O que aconteceu? – perguntou Frank. Dos dois, ele era o maior, encorpado, com músculos trabalhados por horas e horas de musculação na academia local.

Charlie balançou a cabeça.

– O de sempre, o de sempre.

– Hum – Josh assentiu para si mesmo, aceitando a resposta de Charlie como se fosse algo críptico. O outro mecânico era baixo e atarracado e irradiava uma energia nervosa.

– Ei, cara, você viu o jornal hoje à noite? – ele apontou para uma pequena TV portátil sobre o banco.

Na tela manchada havia um repórter da CNB falando sobre uma filmagem de Nova York. Tinha ocorrido o sequestro e assassinato de um eminente líder estrangeiro, e agora algo estava acontecendo com a presidente.

– O que é isso tudo?

– A presidente se demitiu, cara – disse Frank sabiamente. – Você sabe que a coisa deve estar preta se a presidente joga a toalha.

– Malditos russos – Josh ofereceu sua opinião. – Foram eles, pode apostar. É como se eles quisessem voltar aos anos 80 ou algo assim. Com o Império do Mal e toda aquela merda.

Frank encarou o outro mecânico.

– O que é que você sabe sobre os anos 80, sua anta? Sua mãe era, tipo, um bebê naquela época.

– Eu vi um filme – disse Josh, na defensiva.

– O que você acha, Charlie? – disse Frank. Porém, o motorista já não estava mais prestando atenção. Na tela da TV, o noticiário estava exibindo filmagens daquele mesmo dia mais cedo, figuras vestidas em jaquetas refletivas azuis enxameavam uma rua do lado de fora do prédio das Nações Unidas. Grandes letras amarelas designavam as agências para as quais elas trabalhavam: FBI, NYPD, UCT.

A dor em sua mão ressurgiu e Charlie se afastou sem responder. Com sua mão boa, ele procurou no bolso do terno pelo vidrinho de Percocet. Seu celular tocou antes que conseguisse pegá-lo.

A tela mostrava o número de quem estava ligando como DESCONHECIDO, e, em um impulso que não pôde explicar, ele tocou na barra para aceitar a chamada.

– Sim?

– *Olá, Chase* – disse uma voz baixa e áspera do outro lado da linha. – *Você pode conversar?*

Naquele segundo, foi como se o chão se abrisse sob seus pés e ele mergulhasse em um abismo congelado e sem fundo. Seu equilíbrio se foi e ele teve de se apoiar contra um dos carros estacionados. De repente, estava ciente de cada velho ferimento que já sofrera, cada cicatriz pesando sobre ele. Do nada, o passado que se esforçava tanto para ultrapassar o alcançara.

Ele engoliu seco.

– Quem... quem é? – mas ele já sabia a resposta antes mesmo de ouvi-la.

– *É o Jack. Preciso de sua ajuda.*

Ele olhou para trás, para os eventos mostrados na tela da televisão, seus pensamentos em disparada.

– Como você encon...

– *Podemos falar sobre isso mais tarde* – houve uma pausa e, naqueles breves segundos, ele quase pôde ouvir o som de seu mundo se partindo ao redor dele. – *Você me deve, Chase. E agora estou cobrando o favor.*

– Chase Edmunds está morto – murmurou ele, pegando um relance de seu próprio rosto nos vidros fumê do carro. O rosto de um homem que tinha fugido de si mesmo, que tinha perdido tudo o que já fora. *Ou foi o que eu pensei.*

– *Eu também estava* – disse a voz ao telefone. – *Mas não durou.*

Ele imaginou se seria difícil simplesmente fugir e deixar tudo para trás de novo. Todas as vezes em seu passado que cogitara fazer exatamente isso, parecia uma escolha impossível de se tomar. Agora, parecia simples. Ele já tinha tomado a decisão, em algum lugar lá no fundo, talvez meses ou anos atrás.

– O que você quer, Jack?

– *Dê uma olhada nas suas mensagens* – a chamada foi interrompida, e um momento depois chegou uma mensagem de texto. Um endereço na Interestadual, para lá de Monroeville; ele sabia onde era.

– Ei! Ei, escute aqui! – abruptamente, ele percebeu que Roker atravessava a oficina em sua direção, o rosto fechado e furioso. – Fale no telefone em seu horário de folga, seu bosta!

Ele olhou para o homem, e foi como se o estivesse vendo pela primeira vez. Viu cada pequeno defeito em Big Mike Roker, tudo que desprezava e detestava nesse homem mesquinho e venal.

– Você vai acabar sendo morto, sabia?

– O que foi que você disse?! – berrou Roker. – Está me ameaçando? O deSalvo falou alguma coisa?

– Mike... – começou ele, entrando no 300. – Para mim chega. Pegue seu trabalho de merda e enfie você sabe onde. Eu me demito.

– Ei, esse carro é meu! – Roker veio na direção dele enquanto ele pisava no acelerador e saía com tudo para a escuridão. – Quem diabos você pensa que é, Charlie?

– Não sou esse cara – disse Chase Edmunds.

Jack olhou para o celular que roubara do agente Kilner, o mecanismo interior do aparelho estava exposto onde ele tinha usado uma faca de mesa para abrir a parte de trás e desconectar o chip de rastreamento. Ninguém o incomodara na cabine do restaurante de beira de estrada, a esparsa clientela da lanchonete 24 horas se concentrava em suas próprias refeições e conversas. Havia o que parecia ser uma câmera de segurança barata de plástico em uma bolha sobre a porta, contudo ela apontava na direção errada para captar seu rosto.

O restaurante era um daqueles lugares inspirados nos anos de 1950 com um teto em curva e uma placa de neon em um poste no estacionamento, cheio de arquitetura pretensamente antiga e velhas placas de lata – mas era surrado demais para ser considerado retrô; o verniz da madeira falsa descascando e os assentos cansados remendados com fita adesiva. Uma fila de caminhões escondia Jack da vista de qualquer carro passando pela rodovia e ele olhou pela janela quando um carro da patrulha da Polícia Estadual passou acelerado, desaparecendo na noite com tanta rapidez quanto surgira.

Para lá do oásis da luz emitida pelo restaurante, havia apenas a escuridão: nada além de campos, florestas e bolsões suburbanos por quilômetros ao redor. A garçonete que lhe servira uma generosa xícara de café velho não tinha comentado o fato de que Jack entrara vindo da estrada sem um veículo. Ele imaginou se alguém o escutara pousar o Long Ranger em uma clareira alguns quilômetros antes do pedágio. Se a sorte estivesse a seu lado, o helicóptero só seria encontrado à luz do dia seguinte.

O café estava bom e forte, e o ajudou a se concentrar. Ele tornou a ligar o telefone, tomando cuidado para não deslocar o cartão SIM saliente do *slot* de memória e apagou a gravação da chamada que tinha acabado de fazer. Por um momento, sentiu um lampejo de culpa. Sabia, pelo tom de voz de Chase, que seu contato havia caído como um raio, vindo do nada para atrapalhar seja lá qual fosse o tipo de vida que seu antigo parceiro montara para si em Pittsburgh.

Aquilo o corroía por dentro, a noção de que ele podia surgir do nada e destriur a chance de alguém de ter um novo começo – porém Jack não tinha outras opções abertas à sua frente naquele momento. Seus associados, seus amigos e sua família estavam todos sob estrita vigilância. Para conseguir aquilo de que precisava, a única esperança de Jack era entrar em contato com alguém que o resto do mundo julgava estar morto e enterrado.

Os caminhos de Jack Bauer e Chase Edmunds tinham se cruzado pela primeira vez vários anos antes, durante um incidente que juntara os ramos da UCT de Washington DC e de Los Angeles. Um complexo plano para matar milhares de inocentes na Califórnia fora desbaratado em grande parte devido ao trabalho dos dois agentes. Edmunds se transferira para a UCT de Los Angeles logo depois, e os dois se tornaram uma equipe eficiente. Meses depois, quando o ataque com o vírus Cordilla explodiu e Jack estava disfarçado, infiltrando-se no cartel Salazar, tinha sido Chase quem o protegera. Mas aquilo não acabara bem para nenhum dos dois durante aquelas horas mortais, e quando tudo terminara, as coisas entre os dois agentes haviam mudado para sempre. Jack fizera escolhas que ainda pesavam sobre ele, e quem pagara por elas fora Chase.

Ele imaginou o que diria quando tornasse a ver seu antigo colega. Muita coisa acontecera desde que eles foram cada um para o seu lado, e foi apenas devido a algum senso irritante de responsabilidade que Jack tinha continuado a acompanhar a vida do outro.

O modo como as coisas se desenrolariam nas horas seguintes determinaria se o plano de fuga de Jack funcionaria, ou se ele estava destinado a passar o resto de sua vida apodrecendo em uma prisão federal. *Ou morto*, pensou ele, lembrando-se das palavras do velho veterano no heliporto.

Havia uma grande chance de que Jack Bauer terminasse sendo morto antes do fim do dia, e ele precisava encontrar um jeito de controlar essas possibilidades. Tinha de estreitar seu foco, controlar a situação.

Ele passou por sua lista de contatos no cartão de dados, deslizando pelos nomes e números de amigos e inimigos. Seu dedo hesitou sobre uma pessoa em particular e seus olhos se estreitaram.

A informação era antiga, a única pista que levava a alguém que nunca havia sido, mesmo remotamente, considerado um aliado. Alguém que – em outro dia, em tempos passados – Jack não teria hesitado em matar. Agora, no entanto, não podia se dar a esse luxo.

Ele pressionou o botão de chamada e esperou a conexão. O que faria a seguir seria outro risco, talvez o mais perigoso que assumira desde sua decisão de fugir de Nova York. Mas se funcionasse...

A ligação foi atendida pelo clique metálico de um sistema automático de correio de voz. Ele não perdeu tempo com preâmbulos ou explicações.

– Aqui é Jack Bauer – começou ele. – Eu quero conversar – ele deu o número de seu celular reprogramado e desligou.

– Quer que complete, meu bem? – a garçonete voltou com uma jarra de café fresco na mão e Jack aceitou um refil, agradecido. Ele pediu um hambúguer e fritas e seu estômago roncou ao pensar na comida. De repente, Jack percebeu que fazia muito tempo desde que ele se "abastecera".

Estava terminando sua refeição quando o telefone tocou.

– Você ligou de volta, mesmo – disse ele. – Achei que tinha 50% de chance.

– *Faz um tempinho* – foi a resposta. – *Você tem a minha atenção, Jack.*

A área de ensaio oferecida aos agentes SVR ficava nos fundos de uma precária barbearia em Hell's Kitchen. O lugar tinha um cheiro permanente de cabelo queimado e fluidos de limpeza.

Na frente do salão, lá fora, alguns homens cujo acesso de segurança era limitado demais para conhecer todos os detalhes da missão estavam de guarda, vigiando a rua. Sozinha na sala dos fundos, Ziminova tinha um *laptop* reforçado montado sobre uma mesa bamba e um telefone por satélite conectado a um carregador. Ela batucou os dedos de uma das mãos no tampo da mesa, folheando preguiçosamente com a outra uma revista *National Geographic* de meses atrás.

Bazin e Ekel ainda não tinham retornado com seu veículo; o comandante falara sobre ir buscar alguns itens especiais de equipamento em uma casa segura no Harlem, e aquilo estava demorando mais do que eles tinham pensado. Ela fez cara feia para o relógio.

Embora disfarçasse bem, a agente da SVR estava ansiosa. Galina Ziminova detestava a inação, um fato que contrastava constantemente com a carreira que escolhera. Uma parte essencial das operações de espionagem nas quais ela trabalhava envolvia não fazer nada, com frequência esperar que um alvo fizesse o movimento seguinte antes de entrar com tudo para matá-lo ou capturá-lo. Apesar disso, ela não tinha conseguido fazer as pazes com o silêncio e a vigilância do relógio. Em uma missão como a atual, essa tensão se multiplicava por dez. A cada momento que ela passava sentada naquela sala, Jack Bauer se afastava cada vez mais.

O registro operacional de Ziminova era excepcional – era um dos motivos pelos quais ela fora designada para trabalhar na América, com a unidade de Bazin – e ela não tinha vontade alguma de vê-lo manchado pelo fracasso em capturar o agente renegado da UCT. Mesmo assim, não conseguia se desvencilhar da sensação de que a missão deles tinha mais a ver com o desejo mesquinho por vingança de um político do que com a proteção da nação.

Ela considerou Bazin por um momento. Tinha feito parte da equipe dele pelos últimos seis meses e ainda não o entendera por completo. Seu comandante vinha de uma era em que o povo da União Soviética via seus líderes como homens predestinados, figuras maiores do que a vida, que exemplificavam o caráter eterno da Mãe Pátria. Como filha da Nova Rússia, aquilo lhe parecia antiquado. Para Ziminova, os homens no topo eram parte do problema, parte da razão pela qual ela decidira servir sua nação – para que pudesse defendê-la *apesar* deles. A Rússia que Galina mantinha em seu coração era um lugar em que *o povo* era a nação, não os homens que mandavam nela.

Ela franziu o cenho ao pensar nisso e olhou para o relógio outra vez. A pessoa com quem ela viera se encontrar ali estava atrasada, uma característica habitual sobre a qual fora alertada por seu contato no consulado. O sujeito era do tipo cauteloso, dado a pensar demais nas coisas, e Ziminova imaginava que, em um dia como hoje, ele estava girando em círculos, tentando garantir que não fosse seguido até o ponto de encontro. Seus lábios se apertaram. Esperteza só chegava até certo ponto; a partir dali, tornava-se uma perda de tempo.

Uma virada de página na revista revelou uma imagem de um avião, e a mente de Ziminova seguiu para outro assunto. O jatinho do presidente Suvarov devia estar no ar agora, seguindo para longe, em um voo atravessando o Atlântico Norte que o levaria para casa o mais rápido possível. Se as Nações Unidas quisessem interrogar Suvarov sobre sua participação nos eventos do dia, eles tinham perdido a chance de fazer isso, ao menos por enquanto.

As ordens de Bazin para a equipe incluíam uma diretiva para atualizar o chefe da comitiva do presidente sobre a caçada a intervalos regulares. Por enquanto, havia pouco a relatar, apenas que o FBI não estava com Jack Bauer em custódia. Ele estava, para usar um termo local, *solto ao vento*.

Do nada, o telefone por satélite tocou e Ziminova o retirou do carregador.

– Prossiga.

– *Eu tenho uma atualização* – disse Yolkin. O outro agente estava em algum lugar ao ar livre, talvez em cima de um teto. Ziminova podia ouvir o vento e o distante som das sirenes de caminhões de bombeiros ao fundo. – *Mager confirmou com seu informante no departamento de polícia de Nova York que houve uma perseguição armada no distrito de Chelsea. Há relatos de que um helicóptero comercial foi sequestrado, tendo sido avistado pela última vez sobre Nova Jersey.*

– Era o Bauer?

Yolkin fez uma pausa.

– *Isso não ficou claro.*

– Que tipo de helicóptero?

Houve outra pausa enquanto Yolkin checava os detalhes.

– Um Bell 206 Long Ranger. Mas seja lá quem for o sequestrador, as agências da lei estão loucas para encontrar uma pista. Nesse nível de atividade, só pode ser o nosso alvo.

Houve uma batida de leve na porta e Ziminova ergueu os olhos, encontrando um dos guardas espiando pela porta entreaberta. Ele indicou a outra sala com o polegar.

Ela aquiesceu, dispensando-o, antes de voltar sua atenção para o telefone.

– Não presuma nada – prosseguiu ela. – Bazin vai querer fatos, apenas fatos. Tenho que ir, o contato está aqui.

Ziminova desligou a chamada e hesitou por um momento, absorvendo o que Yolkin dissera. A aeronave de que ele estava falando tinha uma autonomia de 550 a 650 quilômetros com o tanque cheio. Ela imaginou aonde Bauer pretendia chegar dentro desse limite, todavia era uma perda de tempo perseguir possibilidades tão vagas. Eles encontrariam o alvo usando fatos, não adivinhações. Ela se levantou e foi até a barbearia.

Um homem de estatura mediana com cabelo escuro e compleição morena esperava por Ziminova no meio da sala. Os dois seguranças da SVR – ambos de aspecto abrutalhado e silenciosos – ficaram entre ele e a porta de saída para a rua. Assim que Ziminova entrou, um deles passou o trinco na fechadura.

O homem – *o informante* – massageava o colarinho de seu casaco e seus olhos corriam entre Ziminova e a porta.

– Eu vim o mais rápido que pude – disse ele. – Foi difícil conseguir me afastar. Não posso ficar aqui por muito tempo, minha ausência será notada.

Ela tinha olhado a ficha do informante. Seu histórico era comum no mundo da espionagem. Ele tinha sido subornado não por amor a uma ideologia ou por chantagem, mas por pura cobiça. Um oficial técnico trabalhando para o maior provedor de redes de sistema para celulares, ele tinha sido bem pago pelo Estado russo em troca de pequenos atos de espionagem industrial. A inteligência comercial que ele vazara tinha permitido aos interesses corporativos que trabalhavam de mãos dadas com o Kremlin competir de forma equilibrada com as companhias estrangeiras e, em algumas áreas, até ultrapassar seus rivais.

Porém, aquela informação tinha sido apenas parte do trato. O informante tinha sido preservado por outro motivo, e agora ele descobriria o porquê.

Ziminova analisou-o de cima a baixo e começou a coagi-lo.

– Você vai nos fornecer acesso total aos registros da sua rede – disse ela, e o homem empalideceu. – Especificamente, da área centralizada em Nova York com um raio de... – ela fez uma pausa, pensando a respeito. – Seiscentos quilômetros.

– Eu... eu não posso...

– Pode, sim – disse ela, como se a recusa fosse algo tolo. – Sabemos que você pode. E isso deve ser feito com rapidez. Estamos procurando por alguém, entendeu?

De um bolso, ela tirou um pen drive preparado por um técnico no consulado. Nele havia uma amostra da voz de Jack Bauer e um delicado software de reconhecimento de padrões.

O informante pegou o pen drive com mãos trêmulas.

– Você não compreende – dizia ele. – Não foi com isso que concordei. Segredos industriais são uma coisa, mas isso aqui é completamente diferente!

– Você será recompensado – disse ela. – Quer mesmo considerar o que vai acontecer se você se recusar? – Ziminova não esperou que ele respondesse. – Nós não temos tempo para encontrar outra opção. Portanto, o homem para quem eu trabalho vai matar sua esposa e seus filhos, um por um, até que você faça o que foi solicitado.

Ela manteve o tom de sua voz calmo, quase simpático.

– *Não!* – o informante piscou, os olhos marejando. – Tudo bem... mas, por favor, não os machuque...

– Faça o que estamos dizendo e eles ficarão bem – ela estendeu a mão, pousando-a no ombro dele. – Estaremos esperando.

O agente perto da porta abriu-a para deixar o informante passar, e Ziminova observou o homem se afastar como se envolto em uma névoa, desaparecendo de vista. Ela espiou outra vez o relógio. Tinha destruído a vida de alguém aqui, em menos de um minuto de conversa.

Ziminova divagou se seria necessário cumprir aquela sombria ameaça e, de maneira distante e desapegada, buscou em si mesma um restinho de compaixão pelo informante. Não encontrou. Em vez disso, imaginou se o informante teria coragem suficiente para dar o alarme. Se ele o fizesse, toda a operação iria para o espaço.

Mas então se recordou de algo que Bazin lhe dissera sobre todos aqueles que eles selecionavam para subornar. *Nunca escolhemos homens fortes o bastante para resistir a nós.*

06

CHASE DEIXOU O CHRYSLER NO ESTACIONAMENTO DO RESTAURANTE COM A frente do carro apontando para a estrada, caso fosse necessária uma saída rápida. Era um ato instintivo que lhe vinha automaticamente, algum resto de seu treinamento retornando. Ele havia permitido que algumas de suas habilidades se atrofiassem nos últimos anos, e era bom saber que não as esquecera por completo.

Antes de sair do carro, checou a trava de segurança na Ruger automática no coldre sob seu terno e caminhou para a lanchonete. Analisando os rostos dos clientes, encontrou uma figura solitária na cabine escura nos fundos.

O homem que Chase viera encontrar estava de costas para a parede e tinha escolhido um lugar que era ao mesmo tempo fora do caminho e a poucos metros da saída de emergência. Não podia ser outra pessoa.

Chase abriu um sorriso pálido para a garçonete e entrou na cabine.

– Ei.

Ele queria começar dizendo outra coisa, mas agora que estava aqui, olhando diretamente para os firmes olhos verdes de Bauer, não tinha certeza do que dizer.

– Obrigado por vir – disse-lhe Jack, e parecia estar falando sério. O homem mais velho parecia tenso e exausto, porém ainda existia em seu olhar aquele traço de algo selvagem. Bauer o lembrava um lobo encurralado. – É bom vê-lo, Chase.

– Não tenho sido Chase Edmunds há um bom tempo – retrucou ele.

– Eu sei – disse Jack, com um gesto cansado de cabeça. – Vi a certidão de óbito – ele fez uma pausa. – Sinto muito. Mas você é a única esperança para mim agora.

Chase deu uma risada sem humor.

– Então, aquele negócio em Nova York, hein? Está enfiado naquilo até o pescoço? Eu devia ter adivinhado.

– É complicado.

– Sempre é – ele espiou pela janela, depois para dentro. – Tenho uma porção de perguntas.

– Sem dúvida. Olha, devíamos pegar a estrada...

Chase ergueu a mão.

– Não. Jack, não vou me mexer daqui até você me dar algumas respostas. Se quer minha ajuda, vai ter que falar comigo.

Bauer se afundou de volta no assento.

– Tudo bem.

A primeira questão – aquela que Chase realmente queria perguntar – ficou presa em sua garganta e ele a deixou de lado, tomando outra abordagem.

– Eu trabalhei duro para transformar Chase Edmunds em um fantasma e Charlie Williams em realidade. E, apesar disso, aqui está você como se nada tivesse acontecido. Como você me encontrou, Jack?

Bauer observou-o com cuidado e respondeu primeiro a pergunta que ele não ousara fazer.

– Kim está bem. Ela está em Los Angeles agora, casada. Eu tenho uma neta.

Chase tentou e não conseguiu esconder as emoções que aquela declaração levantou, a onda de remorso misturado com alívio genuíno. Era difícil para ele analisar sua reação.

– Isso... isso é bom. Fico feliz por ela.

Mas ambos sabiam que essa não era toda a verdade.

Anos atrás, quando Kim Bauer fora tomada como cativa durante uma operação da UCT, tinha sido Chase quem a resgatara, e durante o período subsequente os dois haviam se aproximado. Por algum tempo, as coisas foram bem sérias entre eles, no entanto tudo mudou depois do incidente com o vírus Cordilla, depois do que acontecera com Chase durante a corrida para neutralizar aquela ameaça fatal. Em um reflexo, ele massageou seu braço ruim.

Jack apontou para o ferimento.

– Como está?

Chase o encarou.

– Você cortou minha mão com um machado de incêndio, Jack. Você a decepou e eles tiveram que recosturá-la no lugar. Como você *acha* que está?

Ele fez uma expressão de poucos amigos e Bauer não disse nada. O fato era que Jack tinha sido forçado a fazer o que fez. Durante toda a situação com Salazar, um frasco de um vírus bacilo mortal tinha sido preso ao braço de Chase e teria disparado e infectado inúmeros inocentes se não fosse removido.

Todavia aquele ato tinha prejudicado o elo entre os dois, e se Chase fosse honesto consigo mesmo, havia também lançado as sementes da separação com Kim. Após a cirurgia, o dano aos nervos do pulso cortado tinha significado que Chase seria incapaz de se requalificar para trabalhar na UCT, mesmo com toda a fisioterapia pela qual passara. O trabalho que tinha sido seu primeiro, sua vocação, estava perdido para ele, e olhando para trás, ele podia ver que aquele fora o início da queda que o levara cada vez mais para baixo, até o ponto em que se encontrava agora. Meses mais tarde, quando Kim recebera a notícia de que seu pai tinha, aparentemente, sido morto, foi o começo do fim para o casal. Chase nunca acreditara de fato que Bauer tinha morrido e, de certa forma, Kim o odiara por se apegar a essa crença quando tudo o que ela queria era seguir em frente com sua vida. A ironia cruel de que Chase estivera certo o tempo todo não passava em branco para ele enquanto sentava-se do outro lado da mesa diante do pai de Kim.

– Chloe – disse Jack, retornando à primeira pergunta. – Chloe O'Brien o encontrou, não eu. Eu pedi a ela que procurasse por você depois do que aconteceu com a bomba em Valência.

– Certo... – Chase assentiu para si mesmo.

– Angela... – Jack disse suavemente, e a menção do nome da filha de Chase fez seu peito se contrair. – Ela foi...?

– Não – Chase colocou as mãos retas sobre a mesa. – Graças a Deus, não. Ela estava em San Diego com minha irmã quando aquilo aconteceu. Eu... eu a mandei embora.

Ele se lembrava daquele momento como se tivesse sido ontem. Foi alguns anos depois da UCT declará-lo inválido, e as coisas não estavam bem para ele. Estava com dívidas, à deriva em sua própria vida. Embora Chase tivesse tentado encontrar algo novo para desafiá-lo, trabalhando para um grupo de segurança privada, nada do que ele fazia parecia ter tanta importância quanto a UCT tivera. Sem Kim em sua vida, ele não conseguia encontrar um foco e, conforme Angela crescia, ficava cada vez mais difícil para ele se conectar com a garota.

E, então, um grupo terrorista havia detonado uma bomba nuclear portátil de baixo rendimento em um depósito em Santa Clarita, a apenas alguns quilômetros de onde ele morava. A explosão tinha limpado Valência do mapa e assassinado mais de doze mil pessoas em um instante. O efeito daquela brutalidade ainda era sentido atualmente, com uma seção do município de Los Angeles murada para conter a zona do impacto, um legado de tragédias humanas e o esforço para descontaminar a área que ainda estava em andamento e se estenderia por décadas.

No dia em que tudo aconteceu, Chase estivera afogando suas mágoas em uma garrafa de Jack Daniels no lado mais distante de Los Angeles e algo dentro dele havia *estalado*. Com claridade perfeita, ele viu a estrada diante de si e soube que ela não levava a lugar algum. Decidiu deixar que o mundo acreditasse que Chase Edmunds morrera no atentado de Valência e recomeçar do zero. Angela receberia o dinheiro do seguro e, com ele, a chance de ter uma vida muito melhor do que ele podia lhe oferecer.

– Você fingiu sua própria morte – disse Jack, adivinhando o rumo de seus pensamentos. – Usou o atentado para escapar e ter a chance de um recomeço. Fez isso bem o suficiente para enganar a maioria das pessoas.

– Mas não Chloe, hein? – Chase olhou para as próprias mãos. – Eu não devia ficar surpreso – ele voltou a olhar para seu antigo parceiro. – Não é fácil, hein, Jack? Deixar que todo mundo que se importa com você acredite que você se foi.

– Não – disse Jack, baixinho, e Chase sentiu uma pontada de pena do outro homem. – Agora nós dois compreendemos o preço dessa escolha.

– Acho que sim. Mas não funcionou para mim exatamente do jeito que eu havia planejado. Quatro anos depois, e eu estou pior do que antes – ele sorriu, arrependido. – E então você cai do céu e eu venho correndo. O que raios isso diz a meu respeito?

– Para mim, diz que você não mudou tanto assim. Que você ainda é leal a seus amigos – Jack sustentou o olhar dele. – E neste momento, tenho muito poucos.

– O que houve em Nova York? – perguntou Chase. E Jack lhe contou.

Ele falou sobre o plano para matar o líder da República Islâmica do Camistão, da ameaça de bomba contra Manhattan e, finalmente, sobre a conspiração que ele havia tornado pública. Contudo, ainda havia mais, Chase podia sentir – e quando pressionou Jack para explicar, viu os olhos dele se tornarem frios e distantes.

– Eles mataram alguém com quem eu me importava. E agora estou com um alvo nas minhas costas. O FBI, a inteligência russa... é uma aposta difícil saber qual deles me pega primeiro – ele suspirou. – Eu só quero uma coisa, e depois eu sumo. Quero ver minha família pela última vez.

Chase não falou nada, e, em sua mente, viu Angela de novo. Ele tentava não pensar muito nela, porém quando o fazia, o remorso o corroía como lâminas. Podia facilmente compreender o impulso primitivo e humano por trás da motivação de seu ex-parceiro. Ele aquiesceu.

– Então, precisa da minha ajuda para chegar a Los Angeles inteiro.

– Posso te pagar. Tenho uma conta secreta da qual ninguém sabe, nem mesmo a UCT.

– Dinheiro para emergências, hein? – Chase balançou a cabeça. – Não precisa. Você tinha razão quando disse que tinha um favor a cobrar de mim. Salvou minha vida várias vezes. Estou te devendo.

– Obrigado.

Ele se levantou e Jack o seguiu.

– Eu conheço um cara – prosseguiu Chase. – Acho que pode chamá-lo de especialista, ou algo assim. Ele faz trabalhos sob encomenda para meu antigo chefe.

– Antigo?

Chase deu de ombros.

– No caminho eu explico.

Contudo, no fim, sair não seria tão simples. Quando os dois deram a volta em um caminhão, Chase viu o Pontiac azul estacionado de qualquer jeito atrás de seu Chrysler 300 roubado e os dois homens recostados nas beiradas do capô prateado do sedã.

Josh e Frank ainda vestiam seus macacões de mecânico sob jaquetas escuras e, conforme se aproximavam, Josh olhava para eles de sob a aba de seu boné de beisebol encardido.

– Finalmente – resmungou ele, afastando-se do carro.

Frank avançou, flexionando as mãos grandes.

– Charlie – começou ele, balançando a cabeça. – Você não devia ter saído daquele jeito. O senhor Roker está muito brabo mesmo com isso.

Josh apontou para Jack.

– Quem é esse? – ele cheirou o ar como se tivesse farejado algo ruim. – Ele parece um policial.

Chase soltou um suspiro.

– Você me seguiu.

– É. Vi o carro da rodovia – Frank balançou a cabeça. – O senhor Roker quer ele de volta inteiro.

Jack ficou completamente parado. Chase olhou para ele e nenhum dos dois disse nada, no entanto conheciam-se bem o bastante para adivinhar suas intenções. Havia uma questão no olhar de Jack: *Vai resolver isso?* Chase assentiu quase imperceptivelmente: *Eu dou conta.*

– As chaves! Passe pra cá! – exigiu Josh, estendendo a mão. Para enfatizar suas palavras, ele deixou que o pequeno pé de cabra que estava escondendo debaixo da manga escorregasse para sua mão.

Chase observou os dois mecânicos.

– Deixe-me adivinhar – disse ele. – Roker disse a vocês que aquele que me der uma surra fica com a minha vaga, estou certo? – o fato de que nenhum dos dois lhe deu uma resposta de imediato disse-lhe que tinha razão. Ele balançou a cabeça. – Olha, gente. Vocês precisam de outro lugar para trabalhar. O Big Mike vai fazer vocês serem mortos algum dia. Mais cedo ou mais tarde, ele não terá mais utilidade para os deSalvo e eles vão executá-lo. Se vocês forem pegos no fogo cruzado, acham mesmo que ele vai cuidar de vocês?

Frank hesitou, mudando o peso do corpo de um pé para o outro.

– Você não devia falar assim do senhor Roker. É desrespeitoso.

A tolerância de Chase chegou ao fim.

– Ele é um idiota. Diga a ele que eu falei isso, e que vou ficar com o carro como pagamento final.

– Resposta errada! – gritou Josh e balançou sobre os calcanhares, erguendo o pé de cabra enquanto vinha na direção de Chase. No mesmo momento, Frank tentou golpear Jack e encontrou apenas o ar.

Chase desviou-se do ataque e acertou um soco curto e cortante no rosto de Josh. O mecânico recuou, mas parecia apenas levemente tonto. Pelo canto do olho, Chase viu Jack golpear a garganta de Frank com os dedos juntos e, em seguida, atingi-lo com um cruzado de esquerda. Quando Frank tossiu, cuspindo grossos fiapos de saliva, o sangue reluziu em meio ao líquido.

Josh lançou-se sobre Chase outra vez, agora brandindo o pé de cabra como se ele fosse uma espada, tentando acertar-lhe a cabeça e os ombros com a ponta curvada.

– Você é tão durão! – disparou o mecânico. – Vem pra cima, cara! Vem cá!

Por reflexo, Chase tentou segurar o pé de cabra e forçá-lo para longe, porém usou a mão ruim sem pensar. Não conseguiu fechar o punho a tempo e a arma improvisada passou sobre sua pele e arrancou sangue. Josh saltou, agora espetando com a ponta do pé de cabra como se achasse que podia esfaquear Chase com ele. Chase retrocedeu e Josh continuou vindo.

Próximo deles, Jack e Frank estavam trocando golpes enquanto o sujeito maior tentava agarrar Bauer em uma chave de braço, no entanto não conseguia segurá-lo. Chase ouviu um estalo quando Jack deu um chute duro na canela de Frank e quebrou o osso. O mecânico robusto soltou um gemido estrangulado e caiu sobre um joelho.

Estava na hora de acabar com isso, antes que alguém dentro do restaurante os visse e resolvesse chamar a polícia. O erro de Josh foi estender demais um dos movimentos de estocada e Chase agarrou o pé de cabra, dessa vez com a mão boa. Ele o puxou em sua direção e Josh perdeu o equilíbrio, tropeçando para a frente. Chase deu-lhe uma cabeçada que fez o mecânico desabar no chão em uma pilha de membros contorcidos; ainda segurando o pé de cabra, Chase virou-se a tempo de ver Jack dar uma cotovelada no rosto de Frank e deixá-lo no chão.

Um pedaço do osso branco destacava-se da perna da calça de Frank e ele ofegava, segurando-a. Jack pegou o celular do mecânico e o esmagou sob sua bota. Ele apontou para a perna quebrada.

– Isso vai sarar. Você vai poder andar normalmente em uns dois anos. Dez meses, se for uma pessoa motivada.

Chase apontou a cabeça do pé de cabra para Josh quando este tentava se levantar.

– Fique aí – disse ele. – Seja esperto, uma vez na vida.

Ele usou as pontas para furar os pneus do Pontiac e jogou o pé de cabra na grama alta.

Jack deu-lhe uma olhada quando eles entravam no Chrysler.

– Esse tal de Roker vai dar mais problemas?

– Nada – Chase balançou a cabeça em negação e deu partida no carro. – Você já tem o bastante por nós dois, certo?

Jorge Kilner fez uma careta ao atravessar a unidade, a atadura ao redor de sua perna direita apertando a cada passo que dava. Ele tinha outra bandagem na palma de uma das mãos e alguns curativos adesivos em cortes pequenos no seu rosto – todos, marcas deixadas para trás pela sua breve e perigosa jornada como motorista involuntário de Jack Bauer. A queda do carro em movimento havia arruinado seu casaco e agora Kilner vestia uma jaqueta de incursão com o brasão do FBI no peito e as iniciais gravadas nas costas. Outros agentes em roupas similares olharam para ele enquanto passava pela sala, nenhum deles disposto a encontrar seu olhar. Todos tinham ouvido falar na perseguição de carro por Chelsea e do helicóptero roubado, a despeito das tentativas de conter essa informação. A essa altura, a participação de Kilner em toda a bagunça não era mais segredo, de Nova York até Miami.

Ele fechou a cara enquanto abria caminho para as salas de conferência. Alguns dos civis que estiveram no heliporto se juntaram em um pequeno e ansioso agrupamento em uma área de espera junto à cafeteira e, quando Kilner passou por ali, um homem de terno ficou de pé.

– Você é um agente? – exigiu ele.

Os lábios de Kilner se apertaram e ele não disse nada, apenas apontou para a jaqueta que estava vestindo.

O executivo disparou em um discurso sobre como era injusto mantê-lo ali sendo ele um importante executivo de uma imensa corporação, que tinha uma reunião importantíssima com outra corporação imensa em Baltimore, a qual iria perder por causa da "interferência" do FBI.

Ele levantou o olhar exatamente quando Dell surgiu de um corredor lateral com um homem mais velho.

– Obrigada por sua cooperação – dizia ela. – Se o senhor puder esperar aqui, posso lhe arranjar uma carona para casa e...

O executivo voltou-se para a agente Dell, imediatamente dispensando Kilner.

– Finalmente! Olha aqui, eu preciso sair desse lugar. Será que você pode apenas presumir que eu vi o mesmo que esse pessoal e deixar por isso mesmo?

Os olhos de Dell lampejaram.

– Sente-se e espere – retrucou ela, com o tipo de voz que alguém usaria em um cachorro indisciplinado. – Você vai ter a sua vez.

Ela olhou para Kilner.

– Ainda com a gente?

– Mais ou menos – eles se afastaram, deixando o executivo fumegando. – Conseguiu algo útil?

Dell apontou para trás de si com o polegar.

– O velhinho esteve na Coreia e se ofereceu para vir com a gente para encontrar Bauer. Disse que tem habilidades.

– Ele pode ficar no meu lugar. Acho que Hadley vai me dispensar por ter me envolvido com ele.

Markinson comentou, quando ambos se aproximaram da porta aberta da sala de instrução.

– Isso pode valer para os dois lados – sugeriu ela.

– Como assim?

– Assim que voltamos depois de cercar o local, Hadley foi arrastado para uma reunião com o Agente Especial Dwyer e o AEAE. Se você prestar atenção, pode ouvir O'Leary comendo o rabo dele, mesmo com toda a proteção contra vazamento de som – ela bebericou água de um copo plástico. – Mas você não pensou em *parar* o carro, agente Kilner?

– Não – disse, raivoso –, isso nunca me ocorreu – olhando de Markinson para Dell. – Eu *tentei* prendê-lo. Tentei, mesmo. Mas vocês viram a ficha de Bauer. Ele não é exatamente o tipo de meias medidas. Ele não quis escutar.

Markinson ergueu uma sobrancelha.

– Então você mudou de ideia sobre atirar primeiro e perguntar depois?

– Eu nunca disse isso.

– Bem... – Dell apoiou-se na ponta da mesa. – Seja lá como aconteceu, precisamos de um novo plano, e precisamos enviá-lo para ontem.

– Alguma coisa nos contatos dele? – perguntou Kilner.

– Não, Bauer é esperto demais para entrar em contato com qualquer um de seus associados conhecidos na Costa Leste – Dell balançou a cabeça. – Para lá da Costa Leste? Talvez.

– Aquela mulher com quem ele trabalhou na UCT, O'Brian? – começou Markinson. – Devíamos trazê-la até aqui, ver o que ela sabe.

Dell tornou a balançar a cabeça.

– O agente Franks e sua equipe estão em cima dela. Estará algemada em breve, mas não vamos poder dar uma olhada nisso.

– Humpf – Markinson mediu Kilner de cima a baixo. – Os médicos disseram que você está bem, então? Nenhum dano permanente?

– Apenas à minha reputação.

– Não só à *sua* – disse uma voz vinda da porta. Os três se viraram para ver Hadley de pé ali, sua expressão rígida e fria. – Todos vamos sofrer as consequências disso.

Nenhum deles o ouvira entrar. Hadley avançou para dentro da sala e, por um segundo, Kilner achou que o sujeito estava se preparando para desfechar-lhe um soco.

– Foi uma decisão difícil – disse ele. – Eu sustento o que fiz.

O agente líder encarou Markinson e Dell.

– Deixem a sala – exigiu ele, e as duas agentes saíram sem uma palavra. Hadley fechou a porta atrás delas e voltou-se para Kilner.

– Quem diabos você pensa que é?

Dado o que conhecia da reputação do sujeito, Kilner esperava que Hadley fosse explodir em fúria; em vez disso, seu tom era tranquilo e frio.

– Eu já dei meu depoimento enquanto os paramédicos ainda estavam me examinando – afirmou ele. – Com todo o devido respeito, *leia aquilo*. Vai ver que não tive escolha. Bauer tinha uma arma apontada para mim o tempo todo.

– Não o tempo todo – corrigiu Hadley. – Não quando ele estava atirando em uma via pública ou disparando sobre agentes federais.

O mau gênio de Kilner despertou.

– Lembre-me do que *o senhor* estava fazendo durante essa perseguição em alta velocidade, por favor, *senhor?*

Hadley ignorou a agulhada.

– O que ele lhe disse, Jorge? Sobre o que vocês conversaram?

– Ele me disse que iria abrir um buraco em minha perna se eu não fizesse o que ele queria – retrucou Kilner. – Sem contar isso, Bauer não estava muito falante. Depois ele me expulsou à força de um veículo em movimento.

– Você teve a chance de impedi-lo e não a aproveitou. Explique isso.

O agente mais jovem balançou a cabeça.

– Você está enganado. Eu *aproveitei* a chance. Tentei argumentar com ele. Trazê-lo preso sem derramamento de sangue. Mas ele não deu ouvidos.

– Bauer atirou primeiro – insistiu Hadley.

– Depois que você enviou uma unidade tática com armas em punho.

Hadley o encarou.

– Você não pode me dizer como dirigir esta operação – ele apontou para os cortes e hematomas no rosto de Kilner. – Olhando para tudo isso... agente Kilner, devido aos seus recentes ferimentos, imagino se não seria melhor você recuar e dar seu expediente aqui por encerrado.

– Não, *senhor* – respondeu Kilner, desafiadoramente. – Estou aqui até o fim.

O outro homem começou a perder a cabeça.

– Você acha que ele é algum tipo de herói, não é? Jack Bauer, o homem, a lenda? Digo, todos nós ouvimos os rumores a respeito dele, certo? O assassinato de Palmer, o susto nuclear, todo o negócio com Starkwood. Existem histórias de operações secretas de Jack Bauer suficientes para encher uma porcaria de biblioteca – Hadley avançou na direção dele. – Mas sabe o que eu acho? Acho que Jack Bauer é uma relíquia que pertence à era das trevas. Ele é uma espécie de matador sombrio, cheio de truques sujos. Ele é o *pior* de nós, Kilner. Nenhum remorso, nenhuma consciência, nenhum direito de estar caminhando livremente.

– Você está errado – disse Kilner. – Não sabe o que ele teve de sacrificar. Você não o conhece.

– E você conhece? – Hadley sustentou o olhar do outro. – Jason Pillar, um homem que salvou minha vida na Guerra do Golfo e depois de novo quando voltei para casa, está morto hoje por causa do que Bauer fez! Pillar foi atrás de Bauer e, como resultado, foi morto! É isto que ele é. É isso que ele deixa para trás, aonde quer que vá!

Kilner balançou a cabeça.

– Bauer não é responsável pelo assassinato de Pillar. Enquanto eu estava dando meu depoimento, ouvi sobre um vazamento no Serviço Secreto. Há um rumor de que pode ter sido Charles Logan quem atirou em Pillar. O homem para quem ele estava trabalhando!

Mas Hadley não estava escutando.

– Se você quer continuar nessa missão, tudo bem. Contudo deste ponto em diante vai fazer apenas o que eu lhe disser, e apenas quando eu lhe disser para fazer, ficou claro? – ele não esperou pela resposta de Kilner. – O AEAE concordou em me dar os recursos necessários para expandir a busca para fora do estado de Nova York. Vou prender Jack Bauer, e seria bom que você não atrapalhasse este processo mais do que já o fez. Estamos claros?

Kilner abriu a boca para falar, porém antes que pudesse dizer uma palavra, a agente Dell entrou na sala correndo, segurando uma folha impressa na mão.

– Temos uma pista – disse, sem fôlego. – O helicóptero que Jack sequestrou.

– Onde? – disparou Hadley.

– Alguém o encontrou abandonado no meio de um campo depois do pedágio da Pensilvânia, perto de Greensburg. Ligaram para o escritório do xerife local avisando.

Hadley tomou o papel da mão dela.

– Estamos certos de que é o mesmo helicóptero?

– Bell Long Ranger – disse Dell, assentindo. – Tem que ser ele.

– O pedágio da Pensilvânia leva direto a Pittsburgh – sugeriu Kilner, pensando a respeito. – Mas Bauer não tem nenhum contato ativo nessa cidade.

– Não que a gente saiba – disse Hadley. Ele olhou para Dell, subitamente animado. – Consiga um mapa da área para mim, e quero falar com os agentes da lei locais. Diga a Markinson para entrar em contato com a Unidade Tática de Aviação; vamos precisar de uma aeronave se quisermos chegar lá.

Dell hesitou.

– Se ele o deixou em plena vista, tem que saber que nós o encontraríamos.

Hadley concordou.

– Só que não antes do amanhecer. Podemos ter conseguido uma brecha aqui. Não vamos desperdiçá-la.

A outra agente saiu e Kilner viu-se sozinho outra vez com Hadley.

– Ele já vai ter partido há muito tempo – aventurou-se a dizer o agente mais jovem. – Isso pode, inclusive, ser uma tentativa deliberada de nos despistar.

Hadley não se incomodou em olhar para ele.

– Agente Kilner, você é bem-vindo para ficar aqui e continuar dizendo a qualquer um que queira ouvir por que nunca vamos pegar nosso fugitivo. No entanto, dentro de uma hora, pretendo estar voando. A caminho de qualquer aeroporto de quintal que seja mais próximo de Greensburg.

07

CHASE DIRIGIU NOITE AFORA, LEVANDO-OS PARA LONGE DA INTERESTADUAL E A caminho de Cedar Creek. O contorno de árvores ao redor deles ficou mais denso e o tráfego na estrada diminuiu. Depois de algum tempo, ele começou a contar as placas dos quilômetros ao lado da estrada até chegarem ao início de uma saída ainda em construção ao lado da via principal.

Jack deu uma olhada para trás para ter certeza de que ninguém os seguia enquanto o Chrysler pulava do asfalto para uma estrada de terra. O caminho mal era visível da estrada, meio escondido por arbustos crescidos demais que batiam contra as laterais do carro prateado quando ele passava, mergulhando mais profundamente na escuridão.

– Não é um lugar fácil de se achar – comentou Jack.

– A menos que você saiba onde procurar – Chase assentiu e apagou os faróis do Chrysler, reduzindo a aceleração. – É de propósito. O cara que nós vamos encontrar... ele não gosta de chamar atenção. Ele não gosta... – Chase fez uma pausa, pensando a respeito. – Bem. De *gente,* essencialmente. Ele não gosta muito de gente.

– Diga-me outra vez por que estamos no meio do nada.

Chase manteve os olhos no caminho adiante.

– Estou levando-o para conhecer Hector Matlow. Ele se chama de "Hex". É meio ermitão, mas é muito bom no que faz. Os deSalvo o utilizam para armar seus crimes cibernéticos, os sites de jogos online armados, os sites pornográficos, tudo isso.

– Você mencionou esse nome antes – disse Jack. – Máfia local?

Chase aquiesceu.

– Os canalhas de sempre. Nada de mais.

– E o outro, Roker? Está ligado a eles? – Jack observava Chase, analisando-o. Não podia evitar pensar como o rumo da vida de Chase Edwards o empurrara para a órbita de uma família do crime organizado.

– Bem que ele queria. Mike Roker é um peixe pequeno, querendo crescer. Hex faz alguns trabalhos para ele também, principalmente alterando registros no DMV para fazer carros roubados parecerem *kosher**.

– Certo. E como esse cara, Hex, vai me ajudar?

Chase virou o volante quando a estrada de terra se abriu em uma clareira.

– Se você quiser chegar a Los Angeles sem ser detectado, ele vai ter uma solução – ele parou o carro. – É aqui.

Jack tirou uma lanterna Maglite de sua bolsa e saiu do veículo. Mantendo uma das mãos perto da pistola em sua cintura, moveu o facho de luz ao seu redor para ver onde estavam.

Encontravam-se diante dos restos de um estacionamento de trailers. Meia dúzia de casas móveis repousavam sobre fundações despedaçadas de madeira, todas elas escurecidas de lama e falta de uso. Não havia sinais de moradia em lugar algum, nada que pudesse indicar a presença de outro ser humano naquele lugar. Parecia que estava daquele jeito há anos, talvez até décadas.

---

* O termo se refere a uma característica da comida judaica, que segue alguns princípios com relação à procedência e ao preparo dos alimentos. Aqui, Chase quer dizer que Hex faz os carros roubados parecerem lícitos. (N.T.)

Ele mirou a lanterna para o teto do trailer mais próximo. Não havia nenhum cabo de telefone ou energia elétrica em nenhum dos veículos. Era como se eles tivessem sido largados ali em duas filas organizadas e deixados para apodrecer lentamente. Uma pilha de folhas sopradas pelo vento havia se juntado nas bases dos trailers.

– O seu cara mora aqui? – Jack franziu o cenho.

– O que você tem que entender sobre o Hex – disse Chase, arrumando uma lanterna para si –, é que ele é o que as pessoas chamariam de *excêntrico*.

– Como você o conhece?

– Ele me deve um favor – o tom na resposta de Chase disse a Jack que isso era tudo o que ele estava disposto a contar no momento, por isso não insistiu.

Chase assumiu a frente, caminhando entre os trailers inativos e contando-os até chegar ao quinto. Puxou a tranca da porta, que se abriu com um estalo metálico. Ele chamou Jack e os dois entraram.

Por dentro, o trailer era vazio de decoração, móveis e tudo o mais, exceto por um refrigerador que chegava à altura do peito, que Jack distinguiu com o feixe de luz da lanterna. Chase procurou pela parede e encontrou o interruptor de luz. Acima de suas cabeças, um tubo fluorescente piscou e inundou o espaço com uma iluminação esverdeada.

Jack olhou ao redor. O interior do trailer tinha sido reformado com painéis cinza-escuro, uma segunda parede interior sem nenhuma distinção além das junções entre cada painel. Ele já tinha visto esse tipo de coisa antes; o trailer havia sido reforçado com o mesmo tipo de material reflexivo que o exército dos EUA usava para esconder bases avançadas em zonas de batalha dos olhos de *drones* e satélites.

Ele olhou para lá da lâmpada acima deles e viu o que parecia ser uma câmera montada no canto.

– Ele está nos observando.

– *E ouvindo, também* – veio a resposta afiada, através de uma caixa de som escondida. – *Charlie, é você? Eu te disse para nunca vir aqui sem telefonar antes. E definitivamente, eu te disse para não trazer estranhos.*

Chase acenou para a câmera.

– Oi, Hex. É, sobre isso, me desculpe. Mas eu tinha de ser rápido, sabe como é? Não tive tempo para telefonar – ele indicou Jack com um gesto de cabeça. – Este é um velho amigo meu. Boto a mão no fogo por ele. Ele está numa situação que requer suas habilidades únicas.

– *Ah, é?*

Jack se aproximou da câmera.

– Eu preciso de transporte.

– *Certo. E você, Charlie?*

– Só ajudando um amigo.

– *É mesmo? Porque aquele cretino do Big Mike já me ligou, tentando me convencer a encontrar você. Eu disse a ele que não podia ajudar. Ele xingou um montão.*

Chase deu um sorriso débil.

– Obrigado.

– *Eu não gosto dele. Também não gosto de você, só que detesto o Roker muito mais.*

– Então, temos um trato, aqui? – disse Jack.

Houve uma pausa bastante longa e, por um momento, Jack pensou que Hex decidira dispensá-los. Mas então a voz retornou.

– *Certo. Tirem todas as suas armas – pistolas, facas, bastões afiados, seja lá o que for – e coloquem no freezer. Seus celulares também.*

Chase abriu a tampa do freezer. Ele não estava ligado, mas as paredes dele eram grossas o bastante para impedir qualquer sinal de escapar.

– Hex é um pouquinho paranoico – comentou Chase, fazendo o que lhe havia sido ordenado.

– *Eu ouvi isso* – retrucou Hex. – *Não tente nenhuma gracinha. Tenho duas minas Claymore enterradas nas paredes desse trailer. É só apertar um botão e elas vão transformar vocês dois em molho de tomate.*

– Isso é verdade? – perguntou Jack em voz baixa.

Chase deu de ombros.

– Eu não pagaria para ver.

Jack franziu o cenho e imitou Chase, deixando sua M1911 e o iPhone modificado de Kilner, além da automática Ruger. A tampa se fechou com uma pancada e, no mesmo momento, uma faixa do piso vazio do trailer abruptamente se ergueu. Sob o olhar de Jack, ele se levantou como uma ponte levadiça invertida, revelando uma escadaria de concreto logo abaixo. Um leve odor de comida chegou até eles.

– Entrem – chamou Hex lá de baixo. – E sem gracinha.

A porta secreta se baixou sobre eles assim que chegaram ao final da escadaria e Chase escutou-a sendo selada com trancas pesadas. Olhando para cima, podia ver que a porta era espessa e feita de ferro fundido, como algo que ele esperaria encontrar em um submarino da Segunda Guerra Mundial.

Adiante deles, um espaço amplo se estendia. O teto era baixo e forrado de lâmpadas industriais, e em todo lugar para onde olhava, Chase podia ver estantes esqueléticas de metal empilhadas com todo tipo de suprimento concebível.

Jack deu uma olhada atenta em uma das prateleiras pesadas com caixas de enlatados e papel higiênico.

– Esse cara assaltou um supermercado?

Em outras prateleiras, havia caixas de rações de combate do exército americano e galões de água purificada, junto com caixas de metal contendo vários tipos de munição, filtros para máscaras de gás e kits médicos de emergência. Cada centímetro disponível de espaço tinha sido convertido em estoque. Eles seguiram em frente, dando em uma área aberta que era um cruzamento entre um apartamento de porão de um adolescente e uma casamata militar. Em um canto havia um computador de mesa ultramoderno com múltiplos monitores e um equipamento de rádio com uma antena que desaparecia no teto. Chase percebeu que o espaço subterrâneo em que se encontravam tinha tranquilamente a largura do falso estacionamento de trailers acima deles.

– Mantenham as mãos aonde eu possa vê-las – disse Hex. De altura abaixo do normal, Hector Matlow era um pouco gordinho demais para a pesada calça cargo que vestia, e a blusa de moletom camuflada sobre seus ombros estava suja e desleixada. Há muito tempo ele devia ter tido uma pele escura, porém seu rosto agora tinha a óbvia palidez de alguém que não via a luz do dia com frequência. Seu nariz arrebitado e achatado se franziu quando ele levantou o revólver calibre .38 niquelado em sua mão direita.

– Não tentem nada – insistiu ele. – E não toquem em meu estoque. Não é para vocês.

Chase abriu as mãos.

– Não estamos aqui por suas rações, Hex.

Jack foi até a parede onde pilhas de livros se amontoavam em fileiras ordenadas; acima deles, mais prateleiras contendo caixas e mais caixas de complexos jogos de guerra. Uma mesa dobrável perto dali estava montada com um desses jogos já começados, um mapa abstrato com uma grade hexagonal cheia de pequenos dadinhos quadrados, cada um deles representando um esquadrão de soldados da infantaria ou um tanque.

– A Batalha de Stalingrado, acertei? – indagou Jack, olhando para Hex.

Aquilo lhe concedeu um gesto positivo com a cabeça.

– Mais algumas rodadas e vou vencer.

– Contra quem você está jogando?

Hex franziu o cenho.

– *Contra?* Eu não tenho oponentes.

– Certo – Jack olhou para Chase e indicou as pilhas ao redor deles. – Então, creio que seu amigo aqui seja um sobrevivencialista.

– É assim que eles são chamados? – Chase tinha ouvido falar de gente assim, mas nunca conhecera ninguém que houvesse abraçado a ideia tanto quanto Hex claramente o fizera. Quarenta anos atrás, alguém como Matlow teria sido chamado de "isolado", alguém que abandonara o estilo de vida normal para se desconectar de uma sociedade que ele via como cheia de falhas e, em última análise, condenada. Em épocas mais recentes, a tecnologia tinha paradoxalmente facilitado essa passagem, desde que a pessoa tivesse o dinheiro e os recursos para tanto.

– Prefiro pensar em mim mesmo como um *sobrevivente* – disse Hex. – Porque é isso o que eu planejo ser quando chegar o colapso.

– É isso o que você faz aqui embaixo? – disse Chase. – Sempre pensei que você estivesse... sei lá, plantando maconha ou algo assim. Você está esperando pelo fim do mundo? Como isso vai acontecer?

Hex fez um ruído de desprezo.

– Olha, cara, quando o golpe chegar, as pessoas não estarão preparadas. Mas eu vou estar. Morei na cidade por muitos anos, eu vi como é. Foi por isso que vendi tudo, vim para cá e saí da grade. Eu estou pronto para qualquer coisa. Invasão. Pandemia viral. Colapso financeiro. Erupção de um super vulcão. *Qualquer coisa.* Só trabalho para você e seus colegas para manter o motor girando, sabe como é.

– Você acredita nisso? – perguntou Jack. – Que o fim está chegando?

Hex assentiu enfaticamente.

– Você assiste aos noticiários? – ele foi até uma TV de tela plana na parede mais distante e a ligou. – Quantas vezes esse país já foi atingido por terroristas, combatentes inimigos, até nosso próprio povo? Ah, isso tudo vai se partir em pedacinhos, cara. A única questão é *quando* – na tela, um repórter estava do lado de fora da Casa Branca enquanto uma faixa de texto rolava pela parte de baixo da tela. Hex balançou a cabeça, soturno. – Francamente, fico surpreso que já não tenha acontecido.

O volume estava baixo, no entanto Chase ouviu o repórter enviado falando sobre a presidente Taylor – não, agora era *ex-presidente Taylor* – e a onda de choque que sua renúncia espalhara pelo governo. Enquanto eles assistiam, a imagem mudou para um vídeo filmado mais cedo naquela noite do antigo Secretário de Defesa, James Heller, chegando com Ethan Kanin, da administração de Taylor, para o que a âncora chamou de "conversas de emergência".

Chase viu uma sombra passar sobre o rosto de Jack quando ele viu Heller, mas um momento depois ela desaparecera.

– Acho que não posso culpar seu raciocínio – admitiu Jack. – Então, por que não conversamos sobre como eu posso fazer uma generosa contribuição para seus fundos de sobrevivência?

O furgão Ford Econoline verde-oliva que a equipe da SVR recebera estava deixando Hell's Kitchen quando o fone via satélite tocou e Ziminova tirou o aparelho da base.

– Sim?

– *Deixe-me falar com Arkady* – disse uma voz estranha e inexpressiva do outro lado da linha. Ela tinha a neutralidade de gênero de alguém se disfarçando eletronicamente; mesmo assim, a agente russa teve a sensação instintiva de que estava falando com outra mulher. O mostrador no telefone exibia uma fileira bagunçada de números que mudavam de uma hora para a outra, indicando que a ligação estava saltando por vários protocolos de servidores de voz da internet, o que a tornava praticamente impossível de rastrear.

Ziminova olhou para Bazin.

– A mercenária – explicou ela.

Ele assentiu e indicou sua orelha, gesticulando para que ela passasse para o viva-voz.

– Aqui é Bazin – disse ele para o ar. – Você teve bastante tempo para considerar minha oferta. Vai aceitar o contrato?

– *É um trabalho interessante, tenho que admitir.*

Ziminova franziu o cenho. Ela não gostava da ideia de trazer alguém de fora para essa missão, especialmente uma estrangeira, ainda que fosse alguém com os talentos que Bazin valorizava tanto.

– Isso é um sim?

– *Jack Bauer...* – a voz, indistinta e mecânica, testou o nome. – *Ele é um alvo singular. Muitos tentaram lidar com ele antes e fracassaram. Seria um desafio. Sem mencionar a pressão do tempo.*

Bazin deu um sorriso apertado.

– Está tentando aumentar seus honorários, é isso? Vai querer "dinheiro pelo perigo"?

– *Trinta por cento além do meu valor usual, Arkady. Essa é minha contraproposta.*

O comandante de Ziminova não hesitou.

– Feito. Não importa como você vai fazer, apenas que Bauer seja exterminado com danos extremos. E rapidamente.

– *E os danos colaterais?*

Ele deu de ombros.

– Sou indiferente a isso. O método de execução eu deixo à sua escolha. A única exigência é que depois você ofereça provas de que ele está realmente morto.

Houve uma risada suave.

– *Quer que eu te envie a cabeça dele numa caixa, é isso?*

– O que for mais conveniente. O homem que ordenou isso quer ter certeza de que o trabalho foi feito.

– *Posso arranjar isso* – houve uma pausa. – *Um terço do dinheiro agora, não retornável, o resto quando você receber a prova. Use a conta do Brightstar Cayman Trust. Você conhece as senhas, as mesmas da última vez.*

Bazin concordou.

– A transferência será feita na próxima hora. Um dos nossos vai te passar todos os dados que temos sobre os movimentos mais recentes de Bauer.

– *Tenho minhas próprias fontes* – disse a assassina. – *Mas vá em frente.*

Ziminova ergueu uma sobrancelha mas não disse nada. Bazin tornou a assentir.

– Claro, se encontrarmos Bauer primeiro, você compreende que o trato está desfeito, sim?

– *Boa sorte com isso.*

– Um prazer trabalhar novamente com você, minha querida.

– *Igualmente, Arkady. Entrarei em contato.*

O telefone ficou mudo e Ziminova desligou, estudando o aparelho por um instante como se ele pudesse lhe dar alguma pista da identidade da misteriosa "mercenária".

– Por que precisamos dessa pessoa? – perguntou ela. – Certamente esse dinheiro poderia ser gasto de maneira melhor, não?

– Não confia em mercenários? – disse Bazin.

– Lealdade a dinheiro não é lealdade – retrucou Ziminova. – É cobiça. E gente cobiçosa sempre pode ser manipulada.

– Talvez – cedeu Bazin. – Pense nisso como... uma apólice de seguro. E lembre-se, Bauer é "um alvo singular". Nossa amiga pode nem mesmo estar viva para cobrar o resto da recompensa pela cabeça dele.

– O presidente Suvarov aprovou isso? – ela não pôde evitar um traço de escárnio em seu tom.

– Está dentro de minha autoridade – respondeu Bazin. – Você compartilha a visão de Ekel em relação ao presidente.

A declaração veio do nada e a pegou desprevenida.

– Senhor?

– Estou errado? – pressionou Bazin, analisando-a em busca de alguma reação.

– Eu não votei nele – retrucou ela, finalmente.

Bazin riu sem nenhum humor, porém, no instante seguinte, o comandante de Ziminova ficou sério e frio.

– Ele é o que nosso país precisa, Galina. Isso vai além da política. É sobre força de vontade.

Ela não respondeu. Ziminova não havia chegado até seu cargo declarando abertamente sua opinião em todas as oportunidades.

Todavia, Bazin não queria abandonar o assunto.

– Fale livremente – disse ele, e era uma ordem. – Eu sei que você tem suas dúvidas.

Ela escolheu suas palavras com cuidado.

– Há uma boa chance de que a autoridade de Yuri Suvarov como líder da Rússia vá terminar no mesmo instante em que a aeronave presidencial aterrissar. Eu me pego imaginando como o senhor responderá a isso, senhor.

Ele ficou em silêncio por um momento, e ela pensou se tinha ido longe demais com seu discurso. E então Bazin desviou o olhar.

– Vou agir como sempre fiz. Vou fazer o que servir melhor ao meu país e ao meu povo.

– Bauer também pensa assim.

– Nunca *me* compare a alguém como *ele* – Bazin voltou-se contra ela, os olhos reluzindo. – A menos que queira me causar irritação. Não sou parecido em nada com Bauer, e nós não nos parecemos em nada com os americanos – ele gesticulou apontando para a cidade que passava do lado de fora. – Este lugar... essas pessoas. Eles não merecem ser vitoriosos em nenhuma batalha. Eles não fizeram por merecer, como nós fizemos. Nós resistimos, e para quê? Para ver esse país e seus soldados, homens como esse Bauer, marchar pelo mundo como se ele fosse o seu parque de diversões? – ele balançou a cabeça, como se chegasse a algum tipo de conclusão. – Vamos encontrar nosso alvo e vamos fazê-lo pagar por seus crimes. Fazendo isso, daremos uma lição à América...

– Que lição?

– De que a Rússia não deve ser desrespeitada.

Jack se sentou no braço de uma poltrona estofada do outro lado do jogo de tabuleiro de Hex e brincou com um dos quadradinhos.

– Preciso chegar à Costa Oeste até amanhã. Los Angeles. E preciso fazer isso sem que ninguém me veja.

– É um pedido difícil – os dedos de Hex batucaram no guarda-mato de seu revólver, pensando na exigência. – E por que eu deveria me importar com isso? Deixei você entrar aqui porque devia um favor a Charlie, mas isso não te garante mais nada.

Sem hesitar, Jack pôs a mão no bolso e colocou um maço de notas com três centímetros de altura em cima do mapa do jogo de guerra.

– Isso basta para fazer você se importar?

Os olhos de Hex se arregalaram e ele pegou o dinheiro como se estivesse com medo de que Jack fosse subitamente mudar de ideia.

– Normalmente, eu não negocio em dinheiro físico – acrescentou, lambendo os lábios.

– Então, gaste-o rapidamente – sugeriu Chase. – Sabe, antes do *colapso* e tudo mais.

O dinheiro foi guardado em uma caixa de munição e, em seguida, Hex estava olhando para Jack, medindo-o de cima a baixo.

– Certo, esta é a primeira parte do seu pagamento. Então, quem está atrás de você?

– Todo mundo – resmungou Chase.

– Preciso de respostas específicas – disse Hex, inclinando-se para a frente. – Quem são: policiais locais ou estaduais? Federais? Ou é a máfia? A tríade? Vamos lá! Preciso saber de todo mundo que você deixou emputecido, mesmo que seja o Clube Rotary e os maçons. Quem quer te ver bater as botas?

– Suponhamos que todos os citados – sugeriu Jack. – Não posso me arriscar a mostrar minha cara em um voo comercial. Estações ferroviárias e estradas interestaduais estão sendo monitoradas...

Hex deixou-se cair sentado em uma poltrona giratória e virou-se para o terminal do computador.

– Então, há um alerta da polícia sobre você. Quando ele foi disparado?

– Há três ou quatro horas – disse Jack. – Não tenho certeza.

– Vamos dar uma olhada – Hex ligou interruptores para colocar o terminal online e Jack viu que a máquina era conectada a um circuito isolado de criptografia do mesmo tipo usado na UCT. Hex notou para onde ele estava olhando e fez um gesto positivo com a cabeça. – É isso aí. Sabe, na maior parte do tempo eu mantenho minha plataforma fora da web para não ser rastreado digitalmente. Eu uso transmissões sem fio codificadas... não há nada que me conecte ao mundo real. É, tipo, como estar em um submarino... eu só levanto o periscópio quando preciso olhar ao redor, e depois volto para as profundezas.

– Uma identidade falsa e um carro veloz não vão resolver – disse Chase, pensando alto. – Você não pode fazer nada que vá deixar pegadas, Jack. Precisa ser um fantasma.

Ele assentiu, observando Hex executar uma rápida invasão pelos firewalls do servidor principal da Polícia Estadual da Pensilvânia. Em poucos instantes, um diretório dos mandados e boletins do dia surgia na tela. Jack teve um vislumbre de seu próprio rosto e apontou.

– Ali.

– Olá... – Hex clicou em um ícone e o aviso de alerta abriu em outra janela.

A imagem que o acompanhava tinha sido retirada do antigo crachá de identificação da UCT, o mesmo rosto rígido e sério que ele via no espelho todos os dias.

– Jack Bauer. Procurado por... *puta merda...* – a voz de Hex foi sumindo.

– Procurado em conexão com os assassinatos de múltiplos indivíduos de nacionalidade russa e um ex-agente federal – Jack leu em voz alta, listando os crimes que o FBI havia anunciado a todo o mundo. – Possível associação com terroristas. Violações adicionais incluem ataque com uma arma letal, arrombamento e invasão, roubo de carro, risco à população civil... – ele saltou o resto da lista e foi direto à última linha. – Considerado armado e extremamente perigoso. Aproximar-se com cautela.

Hex engoliu seco e pareceu se recordar de seu revólver, o qual havia posto de lado na mesa, próximo ao teclado. Ele olhou para a arma, claramente cogitando se deveria pegá-la.

– Então... você é o quê, O Bandido Mais Procurado da América?

– Aqui e agora? – disse Chase. – Mais ou menos isso.

– É pior do que você pensa – Jack olhou nos olhos de Hex, sustentando o olhar dele. – Há uma grande probabilidade de que o serviço de inteligência russa também esteja à minha procura. Isso é um problema para você, *Hector?*

– É claro que sim! Vocês têm que sair daqui agora mesmo! – insistiu ele. – Não preciso do tipo de problema que você está arrastando, cara!

– E nós vamos sair – disse Jack, cuidadosamente. – Assim que você nos ajudar. Agora você entende o quanto isso é sério, certo? Eu quero sair daqui; você quer que eu saia daqui. Faça isso acontecer.

– Certo – as mãos de Hex se juntaram e seus dedos se cruzaram. Ele estava começando a suar. – Certo – repetiu ele. – Deixa eu pensar... eles estarão vigiando Los Angeles? Eles sabem que você está indo para o oeste?

Jack e Chase se entreolharam.

– É provável.

Hex se levantou e começou a andar em círculos.

– Então... aeroportos, estações ferroviárias e terminais rodoviários estão fora de questão – ele fez um gesto circular com o dedo, desenhando no ar. – Dirigir por estradas secundárias poderia funcionar, mas você precisaria pegar uma rota complexa e isso significaria uma viagem de dois, talvez três dias.

– Não posso esperar tudo isso – Jack balançou a cabeça. – Com tudo o que está havendo em Nova York e as consequências da renúncia de Taylor, há uma chance de eu escapar pelas frestas. Porém, na melhor das hipóteses, isso já terá passado no máximo amanhã, a essa hora. A partir daí, eu terei toda a atenção de cada agente da lei desta nação.

– Além disso, um longo período na estrada aumenta as chances de captura – disse Chase. – Significa trocar de carros, evitar testemunhas...

– Você não pode simplesmente ir para o norte? – insistiu Hex. – Pular a fronteira para o Canadá, se perder na terra Canuck?

– Não é uma opção – disse Jack, sem entonação. – Tem que ser Los Angeles – ele desviou o olhar, pensando em Kim. – Eu fiz uma promessa.

– Você ouviu o homem – insistiu Chase. – O que mais?

O rosto de Hex se contorceu em uma careta.

– Caminhões são uma possibilidade, mas eles vão ser investigados se os Federais estiverem monitorando pedágios e rodovias... Olha, a menos que você queria roubar um jato da Força Aérea ou cavar um túnel até a Califórnia, está ferrado! Nada, a não ser uma estrada subterrânea, vai... – ele parou de falar de repente, olhando para o espaço.

– O quê? – pressionou Chase.

– Você pode... Pegar um trem – o rosto de Hex se abriu em um sorriso. – Ah, sim. Isso pode funcionar.

– Não acabamos de concordar que isso era inviável? – Jack balançou a cabeça. – Estações ferroviárias terão policiais de trânsito e câmeras de segurança vigiando as plataformas. É um risco grande demais.

Hex tornou a se sentar, chacoalhando a cabeça.

– Não, não. Não estou falando de trens de *passageiros*. Falei em pegar uma carona em trens de carga. Surfar nos trilhos, à moda antiga – ele trabalhou no teclado, buscando um mapa dos EUA. – Aqui: a maioria das pessoas acha que caminhões e aviões carregam toda a carga pelo país hoje em dia, mas são os trens que fazem o serviço pesado. Eles têm feito isso por mais de cem anos... – ele falava sem tomar fôlego, seus dedos passando pelo teclado como um borrão, enquanto se entusiasmava com o assunto. – Quando o colapso vier, eles serão uma das primeiras conexões a cair, entendeu? Quando o diesel valer mais que o ouro, essas grandes locomotivas serão as primeiras a serem abandonadas para enferrujar...

O mapa mostrava uma teia complexa de linhas de trem que se entrecruzavam, redes se interconectando da Costa Leste até a Costa Oeste, do Canadá até lá embaixo, no México. Jack procurou e encontrou Pittsburgh em uma junção de linhas que se estendiam em todas as direções do compasso. Hex trabalhou na imagem, reposicionando-a para centralizar em uma área a muitos quilômetros de distância, na direção do Meio-Oeste. Uma longa fita em vermelho cruzava os Grandes Lagos e descia por sua borda, antes de recuar para o interior americano e formar um caminho arqueado que terminava no Porto de Los Angeles.

– A Union Pacific vai te levar aonde você quer chegar – anunciou Hex. – Há um trem de carga de alta velocidade que sai de Chicago e não para até chegar a Los Angeles. Essa linha começou a operar nos últimos anos. Essa é a sua carona, bem aqui. Sem espera, sem detectores de metal, sem policiais. A segurança é mínima, uma vez que ele esteja em movimento.

– Isso funcionaria – comentou Chase –, exceto por essa parte de "não para". Como vamos subir em um trem de carga rodando a cem, cento e dez quilômetros por hora?

Jack estudou o mapa.

– Ele não deve ir a essa velocidade o caminho todo. Teria que diminuir para inclinações, curvas...

Hex estalou os dedos e apontou para ele.

– Exatamente! E eu posso lhe dar o ponto mais próximo em que o trem vai estar em sua melhor e mais baixa velocidade... – o mapa da rota se iluminou com amontoados de pontinhos arrumados em densidade variável como medida da velocidade típica do trem de carga. Depois de um momento, Hex inclinou-se para dar uma espiada na tela e sorriu. – Isso parece bom. *É*. Aqui vamos nós. A cerca de oito quilômetros de distância de uma cidadezinha do interior, a algumas horas de carro daqui – ele olhou para seu relógio. – Pouco antes do amanhecer amanhã, o trem de carga Blue Arrow, que vem de Chicago, vai passar nos trilhos dessa área. Ele tem que diminuir a velocidade aqui porque os trilhos não foram construídos para vagões de alta velocidade. É onde você pode embarcar.

– Isso é, se não for despedaçado na tentativa – disse Chase, sombrio.

Jack analisou o mapa.

– Qual o nome do lugar?

– Ah, você vai adorar isso – Hex sorriu enquanto lia na tela. – O nome da cidade é *Deadline*.

08

A NOITE PARECEU SE AMONTOAR SOBRE ELES ENQUANTO O CHRYSLER DISPARAVA pela estrada, o motor com seu ronco baixo e sempre presente, e Chase mantendo a velocidade a estáveis noventa por hora. Ao deixar a casamata de Hex, seu primeiro instinto havia sido o de abandonar o carro e procurar por outro, no entanto o relógio estava contra eles e o 300 tinha a vantagem de ainda estar com bastante gasolina no tanque e dispor de um GPS com uma rota de estradas secundárias, generosamente oferecido pelo hacker. Antes de saírem outra vez, Jack e Chase recuperaram suas armas e inutilizaram seus celulares, que foram deixados no porta-malas, junto com a trava antifurto, que tinha sido a primeira coisa a ser removida por Chase após deixar a Big Mike's Autos.

Jack estava no banco traseiro, a bolsa de lona preta que trouxera do restaurante no assento ao seu lado. Pelo retrovisor, Chase observou enquanto ele removia o conteúdo item por item, checando e fazendo um inventário do que havia ali. Ele viu rádios táticos do tipo usado pela polícia, um colete revestido com placas à prova de bala, clipes de munição de 10 mm e o formato conhecido de uma submetralhadora MP5/10.

– Minha nossa, Jack. O que você fez, esvaziou um arsenal da polícia enquanto fugia da cidade?

– Algo assim – disse Bauer, distraído, conferindo o funcionamento da SMG antes de recarregá-la. – Você tem outra coisa, além daquela Ruger?

Ele aquiesceu e indicou a parte inferior do assento do motorista.

– Roker sempre mantém uma escopeta Remington aqui embaixo. Você sabe, em caso de *complicações*.

Jack pescou a escopeta prateada dali e deslizou a telha para trás, bombeando para ejetar todos os cartuchos, metodicamente checando cada um deles antes de recarregá-los.

– Isso deve bastar.

– Para quê?

– Como você falou – conteve um bocejo e esfregou a testa. – Em caso de complicações.

– Hex é confiável – Chase antecipou-se ao comentário antes que Jack o pronunciasse. – Ele não vai falar com o FBI. Você conhece esses sobrevivencialistas, eles odeiam o governo federal e todos que trabalhem para ele.

– Não é com o Bureau que estou preocupado – Jack devolveu a escopeta ao lugar anterior e se sentou. Padrões de cor dançavam sobre ele quando o ocasional feixe de luz vindo dos faróis de outros carros atingiam o Chrysler. – Os russos... eles é que são o problema. Não precisam aderir ao devido processo, nem seguir o protocolo. Suvarov já provou que seu pessoal é mais do que capaz de qualquer coisa. Se eles me conectarem a você... a Charlie Williams...

– Eventualmente vão descobrir que Hex é um elo conhecido, sim – concluiu Chase, franzindo o cenho. – Não tinha pensado tão adiante...

– Se ele for esperto, vai nos vender no instante em que eles aparecerem na porta dele – disse Jack. – E quando isso acontecer, isso já não vai importar. Estaremos bem longe.

– Mais motivo ainda para nos mantermos um passo à frente – Chase se remexeu no assento, desviando de um caminhão pequeno que estava andando lentamente. Um leve tremor percorreu sua mão ruim e ele se enrijeceu, sentindo os músculos de seu braço ficando duros por uns momento, tensos como cabos de aço. Depois de alguns segundos, a dor arrefeceu e o espasmo foi embora. Uma memória sensorial trouxe o sabor de giz dos comprimidos de Percocet à sua boca, imediatamente associando-o à dor, e ele umedeceu os lábios secos. O pote de plástico com os comprimidos ainda estava no bolso de seu terno, fechado.

Ele afastou esse pensamento.

– Esse negócio do trem de carga é uma boa ideia. Junto com as pistas plantadas por Hex, deve funcionar – como parte de seu pagamento por encontrar para eles uma rota para a Califórnia, o hacker também tinha feito compras usando algumas das identidades falsas menos confiáveis de Bauer. Qualquer um que estivesse procurando por Jack encontraria um punhado de passagens de avião e ônibus para vários destinos, cada um deles criado para deixar as coisas mais complicadas.

Jack assentiu lentamente.

– Vamos ver o que acontece. Eu sempre faço planos para o pior cenário possível.

– Isso é um pouco deprimente – comentou Chase, dando um sorriso débil.

– É experiência – disse Jack. – Então, o que foi que você fez por Matlow? – perguntou ele, mudando de assunto.

Chase suspirou.

– Eu o mantive fora da cadeia. Ele... se envolveu em algo que deu errado. Uma pessoa foi morta. Eu o tirei de cena antes que os policiais chegassem.

Jack se ajeitou no amplo assento e pareceu desaparecer nas sombras ali atrás.

– Você o conheceu... através do Roker?

– Sim. Pelos meus pecados – inconscientemente, as mãos dele se apertaram no volante. – Depois que deixei Valência e fiz meu truque do desaparecimento, pulei de uma coisa para outra por algum tempo. Mas eu estava sem nenhum dinheiro – ele não queria conversar a respeito, no entanto aqui e agora, com a passagem estável da estrada e nada diante deles a não ser silêncio e asfalto, Chase podia sentir o peso daqueles anos de escolhas ruins vindo à superfície. – Acabei indo parar em Pittsburgh sem nada em meu nome e com um monte de arrependimentos. O trabalho era escasso... bem, trabalho *legal* era escasso, certo? Do outro tipo, nem tanto. Então, Roker me fisgou. Ele precisava de músculos e eu precisava de trabalho, *qualquer trabalho*.

Talvez fosse porque ele finalmente tinha superado a inércia em sua vida e se distanciado de Roker e dos deSalvo, ou talvez fosse porque Jack Bauer era o único cara do mundo que podia de fato compreender tudo pelo que ele havia passado.

– Eu fui contratado como segurança, como motorista dele, só que acabou sendo muito mais do que isso. Trabalho de recuperação de bens no começo, com ênfase na recuperação à força – ele começou a falar atropeladamente. – Você vê, Roker tinha vários ramos nos quais trabalhava e um deles era vender carros a idiotas que não podiam pagar por eles. Assim que suas vítimas não conseguiam cumprir os pagamentos, ele buscava os carros de volta e tornava a vendê-los para o próximo tolo da fila. Isso, porém, atraiu a atenção do conglomerado deSalvo, e eles colocaram a concessionária dele como um meio para lavar uma parte de seu dinheiro – ele tomou bastante fôlego. – Eu só queria dirigir. Mas com essa porcaria de mão, não havia muito que eu *pudesse* fazer.

Chase falou essas últimas palavras com mais emoção do que pretendia, e o que veio em seguida pareceu sair do nada.

– Quando disseram que você tinha morrido em ação, Jack... Diabos, eu não acreditei naquilo por um segundo que fosse, mas Kim acreditou. Era como se ela estivesse esperando por aquilo, sabe? Depois que perdeu a mãe, era como se ela soubesse que era inevitável você ir também. Eu espero... Espero que ela não esteja mais pensando assim, espero mesmo. Quero dizer, você disse que ela tem uma filha agora, certo? – ele parou por um momento. – Isso é bom. Eu queria que pudesse ter sido diferente entre mim e ela – seus olhos permaneceram fixos na estrada escura adiante. – A coisa de que eu me arrependo... mais do que tudo... é ter estragado isso.

Foi nesse momento que Chase teve uma súbita, aguda percepção de sua própria motivação. *É isso, sou eu tentando compensar esse fato? O motivo pelo qual eu saí correndo para ajudar Jack Bauer é por estar em dívida com sua filha, por tê-la decepcionado?*

Uma patrulha policial indo na direção contrária passou por eles, porém não houve nenhum brilho de luzes piscando, nenhum barulho de freio.

– Olha – recomeçou Chase, olhando para trás para ver os olhos de Jack –, o que eu quero dizer é...

Ele parou, o resto de suas palavras permanecendo não ditas quando percebeu que estava falando sozinho. Os olhos de Bauer estavam fechados e sua respiração estava tranquila. A fadiga das últimas horas finalmente o alcançara.

– É – disse Chase e voltou-se para a estrada, penetrando ainda mais fundo na noite.

O Cessna Citation X sobrevoou lentamente o campo de pouso e, enquanto Kilner olhava pela janela oval, a voz do piloto pelo interfone avisou que eles estavam prestes a pousar. Kilner fechou o cinto de segurança em seu colo e Markinson se sentou ao lado dele.

– A que distância estamos do local? – perguntou ele.

– A trinta minutos, creio eu – respondeu ela. – O transporte em terra já está à nossa espera lá embaixo.

Do outro lado do corredor, Hadley ergueu os olhos da pasta de documentos em sua mão e lançou um olhar para a agente.

– Se esses jecas locais tocaram naquele helicóptero, vou fazer um escarcéu.

– Você espera encontrar um bilhete preso ao painel? – disse Kilner.

– Eu já ouvi tudo o que aquele Jack Bauer tinha a me dizer – rebateu Hadley. O pequeno jato estremeceu ao se virar para a abordagem final, os freios de ar sendo empregados para desacelerar. – Estou mais interessado no que ele fez em seguida.

– O departamento do xerife está entrevistando o pessoal da área – ofereceu Dell, do outro lado da cabine. – Alguém deve tê-lo visto.

– Ainda que ele seja tão bom quanto todos dizem – falou Hadley com firmeza –, ele não é invisível. Só precisamos manter a pressão, continuar forçando. Bauer vai cometer um erro, e quando ele o fizer, estaremos lá.

Não havia nenhuma hesitação nas palavras do homem, Kilner reparou. Nem mesmo o mais leve traço de dúvida. Hadley tinha feito da captura desse alvo uma missão pessoal. Kilner imaginou até onde o outro agente iria para conseguir a conclusão que tanto desejava.

A aeronave atingiu a pista com uma pancada e os jatos uivaram enquanto o piloto revertia o empuxo para diminuir a velocidade. A pista de aterrissagem não estava autorizada para algo como o bimotor Citation – era mais adequada a aviões a hélice e aeronaves mais leves, mas Hadley tinha conseguido uma licença temporária da unidade aeronáutica do FBI que essencialmente lhe permitia pousar o jato em qualquer lugar exceto um campo de futebol, como parte da caça a Jack Bauer.

Hadley estava fora de seu banco e estendendo a mão para a porta enquanto a aeronave ainda estava em movimento diante de um hangar brilhantemente iluminado, reunindo seu equipamento. Kilner espiou outra vez pela janela e viu um par de patrulhas brancas e verdes do departamento de polícia do condado de Westmoreland estacionadas junto a um utilitário preto sem designação. Oficiais uniformizados estavam de pé em um grupo disperso, aguardando os recém-chegados.

Ao contrário de como as coisas eram mostradas nos filmes, no mundo real a chegada de um grupo de agentes federais a uma jurisdição local não resultava automaticamente em rivalidade e conflito sobre quem ficaria no comando. Pela experiência de Kilner era bem pelo contrário. Os policiais estaduais ou municipais, com menos mão de obra e, tipicamente, orçamentos operacionais já estendidos ao limite, davam as boas vindas ao FBI. Na última década, os recursos do FBI haviam se concentrado cada vez mais em descobrir ameaças terroristas, além de todas as outras responsabilidades que já possuíam, algo que extrapolava e muito o alcance das forças policiais menores. A caça a Bauer caía bem no meio daquela categoria, mesmo que Kilner sentisse que deveria ser de outra maneira.

– Sou o xerife Bray – disse o oficial esperando por eles no final das escadas do jato. Ele era um homem corpulento, com uma barba rala e olhos fundos, e fez um gesto positivo com a cabeça indicando um oficial mais alto e mais magro à sua direita. – Este é o oficial Roe.

Hadley cumprimentou-os com um gesto de cabeça e fez uma breve introdução de Kilner e das outras.

– Ouvi dizer que o senhor tem meu helicóptero, xerife.

Bray assentiu, franzindo o cenho, e Kilner imediatamente teve a impressão de que o homem não estava confortável com a situação que lhe caíra no colo.

– Está correto. Um Bell 206 Long Ranger verde e marrom, alguns buracos de bala na fuselagem. Cortesia sua, Agente Especial Hadley?

– Eu claramente preciso de mais tempo no estande de tiro para melhorar minha mira – retrucou Hadley, caminhando para os carros estacionados. – Quem o encontrou?

– O senhor Todd Billhight – disse Roe, olhando para seu bloquinho. – O helicóptero está estacionado no meio de uma plantação nas terras dele. Disse que tinha saído para fumar, porque sua mulher não gosta de seus charutos... e viu a coisa de onde estava, e então nos ligou.

– Ele não ouviu nada? – perguntou Dell.

Roe balançou a cabeça.

– Não, senhora. A noite hoje teve muita ventania. A maioria das pessoas estava dentro de casa.

– Quero uma cópia do depoimento de Billhight – disse Hadley. – Você fez uma busca na propriedade dele?

– Foi a primeira coisa que fizemos – assentiu Bray. – Assim que percebemos que isso tinha ligação com o seu homem, o Bauer. Mas não encontramos nada. Se o suspeito esteve por lá, não ficou muito tempo.

– A rodovia fica perto dali – acrescentou Roe. – Temos unidades indo nos dois sentidos, conversando com os proprietários das casas, procurando carros roubados, tudo.

Bray hesitou ao abrir a porta de seu veículo.

– Olha... eu tenho de perguntar isso antes de começarmos aqui. Eu li o jornal falando sobre o Bauer e ele é claramente um seríssimo filho da puta. Se ele está envolvido com toda aquela merda que está nas notícias, qual é o tamanho do perigo que ele representa para meus homens e meus eleitores? A folha corrida dele faz parecer que eu deveria estar chamando a Guarda Nacional, pelo amor de Deus!

– Não vou dourar a pílula, xerife – disse Hadley. – Ele é um assassino treinado, pura e simplesmente. Um tipo de fugitivo com o qual eu garanto que o senhor nunca cruzou antes.

Kilner observou a expressão mudar no rosto de Bray e seus lábios se estreitarem.

– Mas é por isso que estamos aqui – interrompeu ele, antes que Hadley pudesse emitir uma ordem de atirar assim que o outro aparecesse. – Para prendê-lo de forma rápida e limpa.

Os olhos de Hadley chisparam com a intromissão de Kilner, porém ele deixou passar.

– Vamos levá-los até a casa de Todd, então – disse o xerife, claramente ansioso em acabar logo com aquilo tudo.

O sono nunca veio fácil para Jack.

Era quase como se sua habilidade de se libertar e cair no descanso verdadeiro tivesse sido cauterizada em algum ponto do caminho. A menos que usasse ajuda química – e houve vezes na vida dele em que fizera exatamente isso –, Jack vivia em um estado no qual o sono era meio semelhante a uma pequena morte. Quando estava apagado, o mundo seguia sem ele, todavia ele nunca tinha sido o tipo de pessoa de se sentar e deixar as coisas passarem por ele. Se pudesse dormir literalmente com um olho aberto, ele teria feito isso. Era difícil sair do estado básico de alerta que aprendera a manter na época da Força Delta. Ele achava duro se desvincular e isso ficava ainda pior quando ele estava em um avião ou um veículo. Era como se uma partezinha de seu cerebelo animal tivesse se quebrado, um interruptor em seu cérebro que estava emperrado para sempre na posição "ligado". Alguma parte dele queria estar preparada, estar pronta para o momento em que seria preciso entrar em ação.

Nas raras ocasiões em que o sono – o sono profundo, real, honesto – o engolfava, não era uma experiência bem-vinda. Era mais como se um atacante silencioso se aproximasse de Jack pelas sombras, deslizando a mão ao redor de sua garganta para arrastá-lo para longe, descendo e descendo cada vez mais na escuridão.

Em sua carreira militar ele havia aprendido a desfrutar de momentos de descanso sempre que pudesse, pequenos instantes que ele podia aproveitar entre os períodos de vigília ou nas calmarias antes das operações. Como o predador definitivo, ele dormia aos pedaços, aqui e ali. Mas dormir profundamente, realmente abrir mão do controle... aquilo nunca era fácil. Dormir significava baixar sua guarda. Permitir-se ficar perdido, ficar vulnerável, ainda que apenas por algum tempo.

No entanto, acontecia. E então ele acordava com um susto, a pele coberta de suor frio, como se fosse um homem se afogando que tivesse se livrado das águas sem fundo. Ele se recordava de encontrar a si mesmo todo enrolado nos lençóis ao lado de Teri, seus dedos curvados no gatilho de uma arma que não estava ali. Ela havia tornado esses momentos mais fáceis para Jack por algum tempo. Mas, então, um dia sua esposa desaparecera, e a paz que a presença dela lhe trazia também se foi, e ele sabia que jamais iria consegui-la outra vez.

Durante o sono, ele ia para aquele local mais escuro. Um local selvagem e sombrio, povoado por fantasmas e memórias que se recusavam a permanecer enterradas. Coisas do aqui e agora se tornavam nubladas e derretiam como cera quente; o tempo se fundia. Passado e presente giravam juntos.

No sono, Jack ia para todos os infernos que já conhecera, e ele imaginava se isso seria algum tipo de pena por cada gota de sangue que derramara, cada vida que tinha sido forçado a terminar.

Algumas vezes seria o calor e a areia do Afeganistão, e ele seria um homem mais jovem, ainda novo a tudo isso, não tão endurecido pela perda, não temperado pelo fogo. Ele caminharia por aquelas ruas empoeiradas e chegaria a uma casa, sabendo e sem saber ao mesmo tempo o que encontraria lá dentro; os últimos segundos de um irmão soldado, assistindo, sem nunca ser capaz de impedir o brutal ato de execução, enquanto a cabeça de seu amigo era separada de seu pescoço.

Outras vezes seriam as ruínas sangrentas do que ocorrera em Kosovo durante a Operação Anoitecer. Ele estaria lá com Saunders, Kendall, Crenshaw e os outros, seguro em seu conhecimento de que o homem que estavam ali para matar era um criminoso de guerra do tipo mais cruel. E então veria o plano perfeito da missão desmoronar ao seu redor, veria seus homens morrendo em uma salva de tiros. E queimaria com a culpa de saber que a bomba que ele tinha plantado para matar Victor Drazen havia, em vez disso, acabado com a vida de inocentes. Repetidas vezes ele veria aquilo, o horror de tudo que acontecera gravado nele.

Nas piores noites, porém, ele estaria na China outra vez. Jack acordaria do sonho de liberdade para encontrar seu mundo invertido, a realidade distorcida e colocada de cabeça para baixo. Sempre começava do mesmo jeito, com seu interrogador, Cheng Zhi, acordando-o com um chute dentro daquela cela fétida e decrépita. Jack passou vinte longos e dolorosos meses ali, separado do mundo pelo Ministro da Segurança do Estado chinês como vingança pela participação dele na morte de um de seus diplomatas. Ele sentia um tipo especial de medo então, sentia esse medo correndo por ele de novo em uma onda gelada enquando sua mente lhe dizia que ele jamais deixara de fato aquele lugar terrível, que suas memórias de ter sido libertado sob o pedido do terrorista Abu Fayed eram apenas uma fantasia. E Cheng observaria Jack com um olhar impiedoso e lhe diria que não importava o quanto ele se afastasse, não importava o quanto ele vivesse, nunca escaparia de verdade da jaula em que o tinham colocado. Às vezes, impossivelmente, Teri estaria lá também, e ele teria de vê-la morrer, forçado a testemunhar o assassinato da esposa que, na vida real, ele tinha chegado tarde demais para impedir.

Então Jack não dormia, não *realmente*. Ele ficava pelas beiradas do sono e tentava não dormir.

Seus olhos estavam abertos; ele não sentiu a transição do cochilo em que tinha caído na traseira do carro. O veículo tinha parado de se mover, o ronco baixo do motor tinha silenciado. Ele sentiu ar frio em seu rosto e viu que a porta do motorista estava escancarada.

– Chase?

O outro homem tinha sumido e, enquanto Jack inclinava-se para alcançar o banco à sua frente, a trava de inércia no seu cinto de segurança segurou-o com um safanão. Ele praguejou e puxou o fecho, que estava rígido e por isso não conseguiu abrir. A mão de Jack voou para o bolso de sua jaqueta, procurando pela multiferramenta dobrável que carregava ali, mas não conseguiu encontrá-la. Tinha certeza de que estava com ela antes de saírem do complexo de Hex, e procurou no interior escuro do carro, caso ela tivesse caído no piso.

Jack não encontrou nada e sua pele se arrepiou quando percebeu que a bolsa preta que continha todo o equipamento que trouxera consigo também tinha desaparecido. Por que Chase a pegaria? Aonde ele teria ido? Não fazia sentido.

Uma voz fria e horrenda no fundo de sua mente lhe disse que seu amigo o traíra, do mesmo jeito que Tony Almeida tinha feito, do mesmo jeito que todos os outros em que Jack havia tolamente acreditado poder confiar. Ele balançou a cabeça, expulsando o pensamento à força e olhou pelo para-brisa, ainda puxando inutilmente contra o cinto de segurança.

Ele não reconheceu a paisagem. A noite era uma cortina negra sem nenhuma distinção e não havia estrelas. Um brilho branco se derramava dos faróis do Chrysler, iluminando um terreno plano e empoeirado que desaparecia para lá do alcance do feixe de luz. Havia outro carro ali, uma forma escura e quadrada que mal ficava visível por detrás da estonteante inundação de seus próprios faróis altos.

Jack viu Chase caminhar na direção do outro veículo, arrastando a bolsa preta atrás de si, já que era pesada demais para ele conseguir levantar. Ele o chamou pelo nome, gritando a plenos pulmões, porém se Chase o ouviu, não reagiu. Uma segunda figura saiu da traseira do outro carro e uma semente de dúvida cresceu no peito de Jack.

Será que Chase realmente o traíra? Será que tinha feito algo, dado alguma droga a Jack quando sua guarda estava baixa? Ele acreditara que Chase ainda era o homem que sempre tinha sido, mesmo após todos os testes que a vida lhe impusera, e Jack não podia aceitar que seu antigo parceiro o venderia... mas teria sido esse seu maior erro? Estaria seu senso de confiança tão prejudicado, tão corroído que ele o depositara no lugar errado mais uma vez?

Agora ele puxava o cinto com toda a força, e mesmo assim ele não se movia, não saía do encaixe. Ele viu a outra pessoa indo encontrar Chase no meio dos feixes de luz, no entanto ambos eram irreconhecíveis, apenas silhuetas iluminadas por trás pelos faróis.

Chase parou, como se subitamente tivesse visto algo, e soltou a alça da bolsa, levantando as mãos. A outra pessoa também levantou uma das mãos, mas havia algo metálico nela e um trovão ressoou.

– *Não*!

Como se tivesse levado um coice de um touro, Chase se retorceu, um jato de sangue saindo de seu rosto. Ele desabou no chão, saindo de vista. Seu assassino se voltou para o Chrysler e avançou em passos lentos e deliberados, o formato grande da pistola prateada reluzindo.

A fúria de Jack se traduziu em ação e ele agarrou o cinto de segurança travado com as duas mãos, enrolando-o ao redor de ambos os pulsos para ganhar tração. Com um grito sem palavras de esforço, ele puxou a trava com toda a sua força e o trinco de metal subitamente se despedaçou, libertando-o. Ele se jogou contra a porta do passageiro e saiu do carro aos tropeços para a terra rachada e ressequida. Sentia-se lerdo e tonto, como se tivesse sido privado de oxigênio.

Jack lutou para reestabelecer seu equilíbrio e olhou para trás, uma sombra caindo sobre ele. Viu o rosto de uma mulher, a familiar pele pálida e boca maliciosa emolduradas por cabelos pretos e curtos. Houve um tempo em que ele encontrara conforto naqueles braços, antes de descobrir que tudo não passava de uma mentira. Os olhos dela eram gelados e cruéis.

– Jack – ronronou ela. – Você não pode fugir. Deve saber disso.

– *Nina...* – murmurou ele. – Você não pode estar aqui. Está morta. *Eu atirei em você!*

– Atirou – concordou ela, e agora sangue se acumulava ao redor do pescoço dela, empapando a blusa de seda branca que ela vestia. Nina Meyers bateu com um dedo contra a própria cabeça e sorriu. – Mas você não pode me matar *aqui,* Jack. Aquela voz no fundo da sua mente? Aquilo não é Cheng, nem Drazen, nem Marwan, nem nenhum dos outros. Sou eu – ela ergueu a arma e a ponta se abria como a boca de um túnel. – Sou sempre eu.

A pistola disparou com uma pancada monstruosa...

... E Jack acordou com um salto, sua pele gelada.

Sobre ele passou a luz da cabine de um caminhão na faixa mais distante e ele piscou, respirando fundo.

– Você está bem aí atrás? – do banco do motorista, Chase olhou para ele por cima do ombro. – Jack?

– Estou bem – mentiu ele, fazendo uma careta ao ajustar o cinto de segurança que havia se apertado ao redor de seu peito.

– Sonho ruim?

Ele ignorou a pergunta.

– Por quanto tempo eu apaguei?

O lábio de Chase se curvou.

– Não se preocupe, você não perdeu nada – com a cabeça, ele indicou uma placa que surgiu acima da rodovia sob a luz dos faróis. – Não estamos longe, agora.

Jack se inclinou adiante e viu o texto na placa: DEADLINE – PRÓXIMA SAÍDA.

09

DEADLINE ERA UMA CIDADE QUE HAVIA MORRIDO DUAS VEZES.

Nascida como um vilarejo aderido dos arredores do caminho da crescente rede ferroviária, batizada de improviso por um capataz da equipe de construção com um senso de humor mordaz, por algum tempo ela foi o lar de uma comunidade de fazendeiros batalhadores e tipos de gênio forte que gostavam da paisagem de savana e do céu aberto. Contudo, quando veio a Grande Depressão, a cidade foi atingida como que por um furacão. As pessoas perderam seus empregos, suas casas e suas fontes de renda, e Deadline se tornou uma caricatura esquelética de uma comunidade real. Ela permaneceu assim por anos, até que as sombras da guerra caíram sobre a distante Europa e, do nada, a promessa de um novo propósito trouxe a cidade de volta à vida.

Atraído pelo clima do campo e pela estrada de ferro próxima, no começo dos anos de 1940, o Exército americano chegou a Deadline com grandes planos. Famílias que labutavam para cultivar as terras inclementes há gerações venderam tudo em troca de generoso pagamento do governo. Elas deixaram seus lares para começar do zero mais perto do centro da cidade, em casas recém-construídas. Os militares se mudaram para lá com divisões blindadas recém-chegadas após martelar os tanques nazistas até enviá-los para o ferro-velho. Com elas vinham dez mil soldados. Eles chamaram o lugar de Fort Blake e construíram muito, por muito tempo.

Para os habitantes locais, foi uma era de ouro. A cidade se tornou um motor para servir aos imperativos da base e tinha de tudo, desde restaurantes e lavanderias até uma economia mais ilícita para cobrir as necessidades mais cruas dos soldados. Vinte anos depois dos tanques terem entrado na cidade, Deadline era uma entidade completamente simbiótica, toda sua existência sustentada por soldados que estavam agora nas linhas de frente da Guerra Fria. Homens e armas treinavam e aguardavam o chamado às armas para a disposição super rápida contra um avanço do exército soviético que nunca vinha.

Então, um dia, o Muro de Berlim caiu e o inimigo que Fort Blake havia construído para combater se foi. Assim como a política e a ameaça de uma guerra a milhares de quilômetros de distância haviam trazido a cidade de volta da beira do abismo, agora acontecia o contrário. Em uma questão de anos, cortes na defesa e reduções na força levaram os soldados embora, aposentaram os tanques e lentamente sufocaram Deadline. A base foi deixada nua, trancada e abandonada para apodrecer. Aqueles que podiam arranjar dinheiro venderam tudo e seguiram as pegadas das botas do exército. Quem não tinha escolha além de continuar ali viu sua vida se despedaçar, forçados a se agarrar a esmolas da previdência social enquanto, ao redor deles, bairros inteiros eram largados. As ruas ficaram silenciosas, ecoando o pesaroso uivo dos trens de carga que passavam por ali sem nunca parar.

A cidade secou e foi soprada pelo vento. Tudo o que restou foi uma surrada rua principal com uma mistura de hotéis baratos, boates de striptease e lojas de bebida que atendiam a uma população flutuante de caminhoneiros a caminho de outro lugar.

Quando a onda seguinte de dinheiro e novos visitantes chegou, havia neles um propósito muito mais sombrio.

– Belo lugar – disse Chase, quando entraram na cidade propriamente dita. Tinham passado por fileiras de casas fechadas por tábuas no subúrbio, mas agora podiam ver sinais de vida. Placas de neon sensacionalistas e vitrines gastas faziam com que toda a cidade parecesse débil e hostil. As ruas eram amplas mas havia pouco tráfego, nada além de algumas picapes arrebentadas ou motocicletas. As formas chapadas de grandes trailers congregavam-se em estacionamentos com péssima manutenção junto a restaurantes oleosos e bares encardidos, e toda a área passava uma impressão de decadência.

Jack assentiu, sombrio. Tinha visto bairros melhores em zonas de guerra no Terceiro Mundo, e havia algo perturbador em ver um lugar assim no coração de seu país. Inconscientemente, ele ajustou a posição da pistola M1911 em sua cintura e analisou as ruas laterais.

– A que distância estamos da linha de ferro?

– Perto o bastante – retrucou Chase. – Mas estamos adiantados. Temos muito tempo para matar. Então, precisamos encontramos algum lugar para dormir, nos esconder e esperar a hora – ele indicou com a cabeça a placa iluminada no extremo da rua, a oitocentos metros de onde estavam. – Aquilo ali parece ser um hotel. Um lugar tão bom quanto qualquer outro para nos esconder. Talvez eles tenham até TV a cabo...

O carro parou em uma encruzilhada quando o farol pendurado em um arame acima deles ficou vermelho.

– Digo, nós não queremos chamar atenção, certo?

Jack ia responder, mas um rosnado rouco o interrompeu e ele viu a luz de faróis atrás deles quando alguma outra coisa se aproximou da intersecção. Ele conhecia aquele som, os poderosos motores de grandes motos de estrada: Harleys, Indians e semelhantes. Quando era adolescente, ele andava com esse mesmo tipo de moto por Santa Monica, mas nunca tinha sido capaz de se conectar à subcultura nômade que elas simbolizavam.

Seis motos pesadas pararam no farol, amontoando-se ao redor do Chrysler como uma matilha de lobos cercando um bisão. Jack se retesou, deixando sua mão pousar na coronha de sua pistola, e disparou um olhar de aviso a Chase. O outro aquiesceu, mantendo uma das mãos no volante e a outra ao alcance de sua própria arma.

A motocicleta ao lado do motorista era uma Gilroy Indian Scout com detalhes preto-azulados e cromada, obscurecida de leve por uma camada de poeira da estrada. Seu piloto se inclinou levemente no banco e espiou o carro. A jaqueta preta de couro do motociclista era grossa e cheia de inserções de placas rígidas para protegê-lo no caso de uma queda. Jack viu o emblema em três partes nas costas do sujeito – suas *cores*. Dois "rockers" (faixas curvas), em cima e embaixo, declaravam que ele era um membro dos Night Rangers MC. No meio, um emblema ovalado mostrava uma figura monstruosa e espectral com mãos em garra cruzadas sobre seu peito. O espectro carregava uma imensa faca serrilhada de combate em uma das mãos e um revólver antigo Colt Peacemaker de seis tiros, estilo Velho Oeste, na outra. Se esse emblema triplo não fosse suficiente para convencê-lo de que esses homens eram motoqueiros fora da lei, Jack também viu o símbolo menor, em forma de diamante, no peito do piloto. Dentro dele estava escrito "1%", indicando que ele não era parte dos chamados 99% dos motociclistas que respeitavam as leis circulando nas estradas.

O motoqueiro se virou, retirou um canivete *butterfly* do bolso, abriu-o com um floreio e utilizou-o para tirar sujeira de sob as unhas. O ato era puro teatro, pura ameaça calculada. Ele estendeu o braço e gentilmente bateu a lâmina na janela do motorista.

Chase baixou o vidro três centímetros.

– Noite – disse ele. – Posso ajudá-lo em alguma coisa?

O motoqueiro se abaixou para dar uma olhada mais atenta em quem estava no carro e Jack viu um distintivo com o nome "Brodur". Junto a ele estavam outros símbolos, todos parte do complexo brasão da comunidade dos motociclistas fora da lei: um crânio com ossos cruzados, uma bola oito, um sinal de dólar.

– Bela gaiola – disse ele, inspecionando o Chrysler. – Modelo deste ano... – Brodur era magro e angular, com rosto quadrado, cabeça raspada e barba por fazer no queixo forte. Ele fez questão de mostrar estar olhando para as placas do carro. – Vindo da Pensilvânia, hein? Vocês estão perdidos, cavalheiros?

– Estamos só de passagem – retrucou Chase. – Não queremos nenhum problema.

– Claro que não – a resposta de Brodur foi lânguida, enquanto ele brincava com o canivete. – Um conselho? Continue seguindo, parceiro. Os caras de fora da cidade conseguem se meter em problemas por aqui, se não tiverem cuidado.

– Manterei isso em mente – disse Chase, enquanto a luz do farol mudava para verde.

– Faça isso – Brodur tornou a se ajeitar em sua moto e saiu, deixando que a ponta do canivete arranhasse a pintura do carro quando ele passou. Os outros motoqueiros foram com ele, acelerando os motores no caminho.

– Filho da... – Chase fechou a cara enquanto eles seguiam em frente. – Como eu disse, *belo lugar.* Acho que esses garotos eram o comitê de boas-vindas.

Jack balançou a cabeça.

– Não, eles são de fora. Acabaram de sair da estrada, assim como nós. Estão só fazendo barulho, mostrando para nós quem são os chefes aqui.

– O que te dá tanta certeza?

– Eu participei de uma operação infiltrado em um clube de motociclistas em Los Angeles. Anos atrás, antes da sua época, antes da UCT. Eu sei como eles operam.

– Vou aceitar sua palavra nisso.

Eles estavam se aproximando da entrada do hotel e Jack viu uma velha placa de concreto no formato de uma tenda de desenho animado.

– *Apache Motel* – leu Chase em voz alta. – E eles têm vagas. Ótimo. Não é exatamente o Hilton, mas não podemos ser exigentes.

Jack deu uma olhada pela janela traseira enquanto eles entravam no estacionamento do hotel. Outro par de motocicletas Night Ranger rosnou, passando por trás deles.

– Encontre um lugar onde o carro não possa ser visto da estrada. Como você disse, não queremos chamar atenção.

A porta do escritório se abriu e o informante deu três passos para dentro antes de perceber que a sala já estava ocupada. Ele reagiu com um nível quase cômico de choque, quase derrubando os papéis que carregava. Olhou de um lado para o outro entre Ziminova, que estava de pé perto da estante de livros com as mãos cruzadas à sua frente, e Bazin, que tinha se sentado atrás da mesa impressionantemente ampla do informante.

– Vocês não podem estar aqui! – ele deixou escapar.

Bazin abriu suas mãos para indicar a sala.

– E no entanto...

– Não! *Não*! – a cor se esvaiu do rosto do homem e ele deu um passo adiante. Então, como se subitamente se lembrasse de quem era e com quem estava falando, sua voz se reduziu a um quase sussurro. – Vocês não podem vir até meu escritório, vocês não deveriam estar aqui...

– *Você* entrou em contato *conosco* – disse Ziminova. – Disse que tinha encontrado alguma coisa.

– Eu disse! Eu encontrei! Mas ia levar até vocês!

Bazin sorriu e balançou a cabeça, brincando com alguns dos itens na mesa.

– Você não tem autorização para tomar esse tipo de decisão.

– Não funciona desse jeito! – insistiu ele.

– Funciona – disse a mulher, avançando para ele – como nós dissermos que funciona.

Qualquer resistência que ainda houvesse no sujeito sumiu naquele momento, e Bazin viu o olhar derrotado dele.

– Não posso deixar que os vejam aqui. Isso me causaria problemas.

– Nós compreendemos – permitiu-se dizer Bazin. – Melhor do que você imagina, meu amigo. Não vamos colocá-lo em risco, isso seria ruim para todos nós. No entanto, como eu deixei claro para você mais cedo, tempo é fundamental aqui.

– Eu... – ele engoliu seco. – Eu quero algumas garantias.

Bazin assentiu.

– Você as terá, é claro – ele olhou para Ziminova, que continuava observando o informante do jeito que um falcão observaria um rato no campo.

O informante não parou para confirmar de fato no que consistiam aquelas nebulosas *garantias,* apenas assentiu e pareceu aceitar que Bazin estava falando a verdade. Era deplorável, de certa forma, como era simples manipular aquele homem. A realidade era que Bazin não tinha intenção alguma de manter sua palavra com o informante além do ponto em que ele não tivesse mais utilidade. Ele batucou na moldura de latão de uma foto de família na mesa do homem e o ato foi o suficiente para concentrar a atenção do outro.

Ele se sentou na cadeira oposta à de Bazin e pegou o teclado sem fio de seu computador, virando o monitor de tela plana para que ambos pudessem vê-lo.

– Eu ativei o protocolo de busca que ela me deu durante uma brecha em nosso pico de tráfego e este foi o resultado.

Na tela havia o contorno gráfico da metade leste dos Estados Unidos, com amontoados de pontinhos pelo mapa para indicar os locais onde havia torres de comunicação de celular. Ao redor das cidades, elas formavam densas manchas de luz, mas nas áreas rurais elas estavam mais espalhadas. A zona no mapa era do tamanho que Bazin direcionara, grande o bastante para abarcar o máximo alcance do helicóptero civil que Jack Bauer havia roubado.

As mãos do informante se moveram no teclado e ele pegou o pen drive que a subordinada de Bazin lhe dera de um bolso interno. Piscando, ele o encaixou em uma entrada lateral do teclado e uma janela *pop-up* apareceu.

Ele apertou a tecla *enter* para que o programa rodasse outra vez e houve uma bolha de ruídos vindo dos autofalantes na parte de baixo do monitor. Para qualquer um que estivesse ouvindo, aquilo soaria como uma transmissão truncada de rádio, cheia de sons guturais e grunhidos. Na verdade, eles estavam escutando um fluxo de amostras de elementos de voz capturadas de várias fontes. O som era a impressão digital auditiva do alvo deles, o padrão de voz de Jack Bauer fragmentado em seus elementos básicos.

Moscou pagara muito bem a seus amigos em Pequim por esse arquivo, e eles o ofereceram de boa vontade. Pelo jeito, a República Popular da China também estava na longa lista daqueles que desejavam ver Bauer morto e enterrado.

O programa no pen drive usou o próprio software interno do provedor da rede para analisar as milhares de conversas telefônicas que tinham passado pelos servidores pelas últimas horas, tirando amostras e comparando trechos do padrão com as chamadas que tinham pipocado pela Costa Leste. Não era muito conhecido o fato de que a maioria das torres de celular continha um *buffer* de memória que retinha detalhes das ligações e desvios que passavam por elas, mantendo essa informação por até um dia antes que fosse tudo expurgado e reiniciado. Assim como o software de monitoramento PRISM da Agência de Segurança Nacional ou os canais de acesso secretos da Unidade Contraterrorismo, este era um segredinho sujo que a administração Taylor tinha tentado, com muito esforço, manter longe do conhecimento público.

Obviamente, se a ASN e a UCT estavam sabendo de alguma coisa, o governo russo também estava. A SVR, em sua terra natal, tinha um equipamento similar em operação para espionar seu próprio povo, do mesmo modo que os chineses, os britânicos, os franceses... Porém, enquanto as agências americanas precisavam de mandados presidenciais legais e autorizados para fazer uma busca por um certo padrão de voz, tudo de que Bazin precisava era um homem de caráter fraco e uma ameaça de assassinato. Ele se divertia ao pensar que os americanos haviam lhe fornecido as ferramentas que usaria para rastrear e matar um deles.

– Aqui – disse o informante, quando o programa se concentrava em uma lasca do tráfego de voz. – Quicando de uma torre perto de Monroeville em Allegheny County, Pensilvânia. A cerca de 24 quilômetros a leste de Pittsburgh.

– *Olá, Chase* – a voz estava entrecortada e cheia de ecos. – *Você pode conversar?*

– É ele? – disse Ziminova.

Bazin não disse nada, ouvindo a conversa distorcida.

– *Quem... quem é?* – indagou uma segunda voz, de um homem mais jovem.

– *É o Jack* – veio a resposta, e o sorriso de Bazin cresceu. – *Preciso da sua ajuda.*

– Você já tem a sua resposta – disse ele para a mulher. Bazin olhou para o informante e estalou os dedos. – Copie essa conversa no pen drive e em seguida apague o *buffer* da torre por completo.

O sujeito lambeu os lábios.

– Isso vai levar tempo.

– Faça agora – insistiu Ziminova, movendo-se para junto dele.

– Tudo bem... – ele se pôs ao trabalho, teclando furiosamente. Depois de um momento, ele separou o pen drive e o entregou a Bazin, incapaz de impedir suas mãos de tremerem.

Ziminova estudou os dados na tela.

– O telefone celular de onde a chamada se originou. Você pode rastreá-lo, não? Isolar outras torres de celular por onde ele passou depois que essa chamada foi feita?

– Eu já procurei por isso – conseguiu dizer ele, fazendo uma pausa. – Seja lá quem for que vocês... digo, a pessoa que fez aquela ligação... ele fez uma segunda ligação, então, depois de algum tempo recebeu uma terceira chamada. E então desativou o aparelho. Ele saiu da grade.

– E você não teria gravações dessas comunicações também, imagino?

– Não – o informante pareceu temeroso e chacoalhou a cabeça. Antes que Bazin pudesse dizer mais, ele falou rapidamente. – Por favor, entendam! A segunda e terceira chamadas foram direcionadas por um aplicativo de criptografia BlackPhone! O *buffer* não conseguiu ler os registros!

Bazin e Ziminova se entreolharam, considerando aquele fato.

– E o que sabe sobre o receptor da primeira chamada, esse homem chamado "Chase"? Tem algum dado sobre o aparelho celular dessa pessoa?

– Sim, alguns – ele parou, piscando.

Ziminova estudou o homem atentamente.

– Ele acredita que vamos matá-lo quando terminarmos aqui. Não é?

Os olhos do informante reluziram, úmidos.

– Sim – conseguiu dizer.

– Não – corrigiu Bazin. – No momento, você é útil demais pra mim para ser desperdiçado sem um bom motivo. A menos que pretenda *me dar* um bom motivo – ele imprimiu um tom cuidadoso. – Pretende?

– Não – disse o homem, engolindo a palavra em um suspiro trêmulo.

– Então responda à pergunta.

– O outro celular pertence a alguém chamado Charles Williams, registrado em um endereço de East Hills, Pittsburgh. Ele paga suas contas em dia, todas as vezes. Não utiliza o telefone com frequência – as palavras saíram de sua boca em uma enxurrada.

Ziminova sacou seu próprio telefone e começou a falar em russo:

– Senhor, vou entrar em contato com o operacional, no consulado, e dar a eles o nome e endereço, pedir que chequem tudo. Mager pode falar com seu informante na polícia, conferir se ele tem ficha criminal.

Bazin assentiu.

– Certo. E chame Yolkin, faça-o chegar à casa desse homem tão rápido quanto possível.

Ela concordou e saiu do escritório para deixar os dois homens sozinhos.

O informante quebrou o silêncio.

– Sou um traidor agora – disse ele, quase que para si mesmo.

– Você já é um traidor há um bom tempo – Bazin voltou a falar em inglês, mantendo a empatia em sua voz ao mesmo tempo em que seu desprezo pelo tolo homenzinho crescia. – É tarde demais para arrependimentos. Mas não se culpe. Isso não é culpa sua. Não estamos lhe dando outra escolha.

– Isso vai ficar pior? Vai acabar?

Bazin permitiu que um pouco de seu desgosto transparecesse enquanto sacava sua pistola Makarov PM e a segurava sobre a superfície da mesa. Ele o fez para sublinhar a dinâmica de poder no relacionamento deles, apenas para se certificar de que não houvesse mal-entendidos.

– Essas coisas estão além do seu controle – disse ele. – Nunca se esqueça disso.

O homem na recepção do Apache Motel tinha uma pança que levou Chase a identificá-lo como um *linebacker** fracassado. Vestia uma camisa chamativa de boliche por cima de uma camiseta engordurada com um desenho do Dino, o mascote de *Os Flintstones*. De imediato, este foi o nome que Chase colou ao sujeito em seus pensamentos.

Dino mediu os dois homens com um olhar penetrante que não se alterou quando Jack tirou algumas centenas de dólares e pagou por dois quartos. Eles receberam chaves de latão com grandes chaveiros de madeira imitando o formato da tenda da placa no exterior do prédio, o número dos quartos gravados na superfície.

– Para ter *pay-per-view*, precisa pagar extra – disse ele, as palavras saindo com o tom espesso e rascante de um fumante habitual. – Vocês vão querer? – quando nenhum dos dois respondeu, a expressão dele se tornou lasciva. – Ou querem a coisa ao vivo?

– Só os quartos.

– Aproveitem a estadia – disse Dino roboticamente, voltando à revista em sua mesa. Chase podia ver, pela expressão nos olhos dele, que já estava se esquecendo deles. E aquilo era ótimo. Eles não queriam causar nenhuma impressão.

Os quartos ficavam no segundo andar, lado a lado, com janelas sujas que davam para canteiros cheios de grama marrom e semimorta. O mais importante era que eles podiam ver o carro dali, além de ter um ângulo para a recepção e a rua. O lado negativo era que a luz intermitente da placa do posto de gasolina do outro lado da rua vazava, amarela, pelas janelas, e as finas cortinas de pouco valiam para atenuar isso.

Ambos os quartos eram espelhos um do outro, com duras camas duplas e todo forrado com o tipo de madeira que tinha saído de moda desde a era disco. Um quarto estava levemente menos fedido do que o outro, então escolheram este como o local para dormir, mas não antes de prepararem o outro como disfarce. Jack e Chase arranjaram as cortinas, os abajures e deixaram a TV ligada com o volume baixo, tudo para dar a qualquer passante casual a impressão de que havia alguém ali. O outro foi deixado quase sem

* Posição no futebol americano em que o jogador tenta impedir os competidores do time adversário de moverem-se com a bola pelo campo. (N.T.)

luz, e tinham silenciosamente movido o guarda-roupa para bloquear a porta, impedindo que ela se abrisse por completo. *Só por prevenção.*

Havia uma janela pequena no banheiro com uma barra de segurança atravessando-a, provavelmente para que ninguém pudesse utilizá-la como saída rápida em vez de pagar a conta, todavia não foi muito difícil para eles desparafusá-la e soltá-la da moldura. De novo, *só por prevenção.*

Em silêncio, eles dividiram entre si os lençóis e fizeram os arranjos para dormir em lados opostos do quarto, embaixo, no chão, bem longe da cama. Chase franziu o cenho para uma mancha antiga cor de ferrugem no carpete escuro, a qual nem mesmo uma pesada aplicação de limpador foi capaz de remover. Alguém tinha sangrado ali, provavelmente de uma facada. Ele imaginou o que veria pelo quarto se tivesse uma luz UV e concluiu que ficaria melhor sem saber.

Jack estava na janela, olhando por uma fresta nas cortinas bolorentas.

– Pode ver o Dino daí? – perguntou Chase.

– Quem?

– O recepcionista.

– Sim – Jack fez uma pausa. – Ele não parece estar telefonando para ninguém.

Chase levantou o olhar.

– Ele não nos reconheceu.

– Não – concordou Jack. – Mas isso não significa que ele não tem ordens permanentes para avisar alguém sempre que gente nova chega na cidade.

– E para quem ele iria contar isso? O xerife local? Se houver um policial em um raio de cem quilômetros desse burgo, será um milagre.

– Eu não estava pensando na polícia – houve outro ronco de motor de motos, uma coisa rouca como a de um animal poderoso.

Chase veio até a janela e viu mais motos como as que os haviam cercado fazendo amplos semicírculos na estrada enquanto se dirigiam para uma boate de striptease escandalosa e piscando em neon no final da rua principal. A placa no teto declarava que o lugar se chamava "Caixa de Motor".

– Então, se você sabe um pouco sobre clubes de motociclistas fora da lei, sabe alguma coisa sobre esses caras, os Night Rangers?

– Já ouvi esse nome uma ou duas vezes – admitiu Jack. – Mas acho que nunca estiveram em alguma lista de observação da UCT. Muito embora isso não signifique que eles estejam limpos.

– Só não estão sujos o bastante para serem uma ameaça à segurança nacional – acrescentou Chase. – No entanto, eu já vi esquisitões assim. Eles ficam para cima e para baixo pela interestadual vendendo armas, esse tipo de coisa.

Jack concordou com um gesto lento de cabeça.

– Isso é parte do que eles fazem. Mas pode apostar que eles também estão vendendo drogas por aqui. Metanfetamina ou oxicodona.

– Ah é, *heroína caipira* – Chase se afastou. – Mais motivo ainda para ficar longe deles.

Mas Jack não arredou da janela, nem por um instante.

Chase sentou-se na cama, checando sua Ruger, e tentou não observar Jack. Ele sabia melhor do que ninguém o quanto Bauer havia lutado com seus demônios pessoais em uma batalha contra o vício em drogas, e a dura estrada que ele enfrentou para se livrar daquilo. Pensando nisso, Chase divagou se seu antigo parceiro tinha sido capaz de se manter limpo durante os anos em que estiveram distantes. Jack Bauer possuía o mais forte instinto de sobrevivência entre todas as pessoas que Chase Edmunds já conhecera, porém aquilo tinha sido muito tempo atrás.

Jack pareceu sentir a atenção dele e disparou-lhe um olhar.

– Você deve estar cansado depois de dirigir. Vá em frente, descanse um pouco. Eu pego o primeiro turno de vigia.

Chase se recostou em uma cadeira perto da porta com a Remington de Big Mike em seu colo. Enquanto dizia isso, Jack tentou conter um súbito bocejo.

– Tem certeza? Se quiser dormir primeiro, eu aguento.

O outro balançou a cabeça e seu olhar voltou-se para dentro.

– Não preciso dormir de novo. Não gosto do que vejo quando durmo.

10

NA HISTÓRIA DE TODAS AS DECISÕES RUINS QUE LAUREL TENN JÁ HAVIA TOMADO, começava a ficar claro que esta tinha sido a pior.

Todo o negócio com aquele rato do seu ex-namorado Don tinha sido o catalisador, e só de saber que ele estava lá fora procurando por ela era suficiente para fazer com que Laurel quisesse sair de Indianápolis e nunca, jamais, olhar para trás. Se ela soubesse no que ele estava metido, sobre os golpes que aplicava e a jogatina em que vivia, nunca teria se juntado a ele. No entanto, o que estava feito estava feito, e, no final, a única opção disponível para ela era fugir.

Ela não tinha nenhuma família consanguínea, até onde sabia. Seus amigos – não que eles realmente merecessem esse título – eram principalmente os amigos de Don, e procurar algum deles a levaria de volta ao ponto de partida. Os pais adotivos que ela havia deixado para trás depois que os abandonara e fugira anos antes, estavam em Oregon, tão longe que eles poderiam muito bem estar na lua. E ela duvidava que eles quisessem vê-la outra vez.

Havia também a pequena questão do dinheiro. Com uma sacola contendo tudo o que ela tinha conseguido pegar no apartamento de Don e as roupas que vestia, Laurel tinha exatamente vinte pratas e alguns trocados. Mas, então, se lembrara do que Trish, do bar Double Eight, havia lhe falado, sobre o cara legal de fora da cidade que estava recrutando garotas para trabalhar na cozinha de um cassino fora do estado. Um trabalho e uma rota de fuga. Dois dias atrás, o desespero e o pânico fizeram com que aquela parecesse a escolha mais inteligente.

Contudo, o cassino não era onde o cara disse que seria. Só havia estrada e mais estrada. O ônibus antigo que carregava Laurel, Trish e um punhado de outras continuava rolando pela interestadual, parando apenas aqui e ali para pegar outros grupos de pessoas que pareciam estar tão mal das pernas quanto ela. E não eram só garotas. Pessoas mais velhas, homens e mulheres com idade para ser mãe ou pai de Laurel, sem nada em comum além das histórias de azar. Todos desesperados por trabalho, lutando para encontrar um jeito de fazer dinheiro quando as fábricas nas quais trabalhavam tinham se mudado para o Extremo Oriente ou sido fechadas de vez, quando a previdência social não bastava para pagar pela comida, pelos remédios ou pelo aquecimento. Ela ouviu um homem resmungar sobre a promessa de um emprego na construção civil, e foi então que começou a cogitar que haviam mentido para todos eles. Não havia nenhum cassino. Ele nunca tinha existido.

Mas ela não tinha ficado com medo real e verdadeiro até o momento em que o sol se pôs, com eles ainda na estrada, e os homens nas motocicletas vestidos de couro preto e com olhos duros vieram até eles, rondando o ônibus. Um deles a flagrou de olhos arregalados pela janela e lhe sorriu. Ele tinha a boca cheia de dentes cromados e tatuagens pelo rosto que pareciam garras.

O cara mais velho, o trabalhador de construção, foi o primeiro a dizer algo a respeito. Ele exigiu alguma resposta do motorista e do recrutador simpático de Indianápolis. Então eles pararam no acostamento no meio do nada, desceram do ônibus com ele e o espancaram. Bem ali, em plena vista de todo o mundo, empurrando-o de um para o outro entre os motoqueiros, socando o homem até deixá-lo ensanguentado, até ele finalmente desabar em uma vala. Laurel não conseguiu ver se ele ainda estava respirando.

Quando o motorista subiu de volta, não precisou perguntar se mais alguém iria reclamar. Ninguém mais se atreveu. O recrutador disse a eles que havia trabalho bom e sólido para cada pessoa no ônibus, mas que se alguém pensasse que podia causar problemas, esse alguém teria o mesmo destino do cara mais velho. Eles voltaram para a estrada e seguiram a viagem em silêncio.

Trish começou a chorar baixinho, isso até o recrutador passar pelo corredor e fazê-la parar com apenas um olhar. Com o cabelo escuro e rosto de um elfo, a maioria das pessoas a achavam mais bonita que a loira aguada Laurel, com seu corpo de fazendeira, e a outra estava convencida que elas tinham, sem saber, se alistado como escravas sexuais. *Mas esse tipo de coisa só acontece em outros países,* pensou Laurel. *Não aqui.*

A única coisa de que tinha certeza era que a cada quilômetro deixado para trás ela ficava cada vez mais distante de qualquer tipo de segurança.

Nesse momento o ônibus saiu da rodovia e estremeceu em cima de um atalho sobre uma ferrovia, e Laurel divisou a placa de uma cidade chamada Deadline.

A respiração de Chase se tornou lenta e regular, e Jack percebeu que seu amigo havia caído em um necessário sono profundo. Voltou sua atenção outra vez para a janela, examinando o estacionamento do motel e a rua além dele.

De certo modo, era estranho que os dois tivessem simplesmente reassumido do ponto em que deixaram. Após os anos que tinham se passado entre eles, depois de toda a mágoa e as experiências a que ambos haviam sobrevivido, alguém de fora poderia achar difícil de entender. Mas o oposto também era verdade: Jack e Chase haviam se unido sob fogo, e esse tipo de conexão nunca se esgota realmente. Jack não considerava muita gente sua amiga, não no sentido mais verdadeiro da palavra. Chloe O'Brian. Bill Buchanan. Carl Benton. Chase Edmunds também estava nessa curta lista, fosse qual fosse o valor disso. Muitos deles tinham partido, e Jack se arrependia por Chase quase ter acabado assim também.

O fato é que era *fácil* cair na mesma velha parceria. Era algo em que ambos eram bons, e durante o tempo que compartilharam na UCT tinham feito um bom trabalho, salvando muitas vidas.

Contudo, ainda havia uma dúvida silenciosa, aquela questão implícita que Chase ainda não trouxera à tona. Jack admitiu ter usado Chloe para ficar de olho em Chase após ele fingir a própria morte, porém nunca tinha interferido na nova vida do outro até agora.

Por quê? Jack suspirou. Ele não tinha resposta para isso. Houve vários momentos em que poderia ter entrado em contato com seu antigo parceiro, mas nunca se arriscara a isso até hoje.

Por que não era útil para você, disse a voz de Nina no fundo de sua mente. *E você sempre costuma fazer a escolha mais conveniente, não é, Jack?*

Ele fez uma careta e apertou a mão na escopeta, silenciando os pensamentos traidores. Jack olhou para seu relógio de pulso, para o andar estável do segundo ponteiro, e pensou na ferrovia a alguns quilômetros de distância. Ainda tinha horas até a passagem do trem de carga. Horas para ficar sentado aqui e assistir ao mundo girar.

Lá fora, em algum lugar na noite, a equipe de perseguição a fugitivos do FBI e os caçadores e assassinos da SVR de Suvarov procuravam por ele, folheando frações de dados e fragmentos de pistas que ele pudesse ter deixado para trás. Se eles viessem, Jack estaria pronto, mas torcia para que não chegasse a esse ponto.

O que ele queria era passar por isso sem disparar outro tiro. Apenas olhar para o relógio e deixar o tempo se esgotar. Jack pôs a mão em um bolso interno da jaqueta e tirou de lá um papel grosso dobrado. Ele o abriu, revelando uma foto desbotada de sua filha, seu genro e a filhinha deles. Os três sorriam para ele, congelados naquele momento tranquilo, livres de toda a escuridão que seguia a vida sombria de Jack.

Amanhã à tarde ele já estaria em Los Angeles. Veria Kim e contaria tudo a ela. Ele devia isso a sua filha. Não podia apenas desaparecer de novo, não depois da última vez. Conversar com Chase tinha trazido tudo aquilo de volta, dando a ele uma nova compreensão do que exatamente ele havia deixado para trás da última vez que sua família acreditara que ele estivesse desaparecido, presumivelmente morto.

Não posso fazê-la passar por isso uma segunda vez, disse a si mesmo. *E não vou.* Depois de um momento, ele cuidadosamente dobrou a foto e guardou-a.

Lá fora, na rua, uma movimentação atraiu seus olhos. Um velho e maltratado ônibus Greyhound estava parando do outro lado da rua do motel.

Para Laurel, Deadline era como um horrível *flashback* do lugar anônimo onde ela crescera, e se estendia do outro lado das janelas enquanto o ônibus rodava pela rua principal. Era tudo de que ela passara a vida tentando fugir, tentando e falhando vez após vez se livrar da atração de uma cidade sem saída, sempre desejando algo melhor mas fracassando, sem meios de conseguir.

Ela imaginou se era algum tipo de vingança por todas coisas ruins que tinha feito em sua vida. Seria isso seu carma, de alguma forma? Teria um poder maior decidido que Laurel Tenn jamais seria livre, e a arrastado de volta para isso?

Afastou esse pensamento sombrio quando o ônibus freou em frente a um posto de gasolina e o recrutador se levantou, apontando para eles com um cassetete que parecia ter surgido do nada.

– Certo – gritou ele. O sorriso agradável que usara em Indianápolis já tinha ido embora há muito tempo, e ele agora tinha os olhos de um tubarão e estava cansado da viagem, sua voz tensa e raivosa. – Estamos quase lá, então escutem. Se vocês quiserem mijar, usem os banheiros daqui. Não vão sair todos de uma vez. As mulheres primeiro. Quatro de cada vez – ele as chamou e Laurel ficou de pé com Trish e duas outras. – Nenhuma gracinha.

Uma brisa fria atingiu as pernas dela quando desceu no pátio do posto de gasolina, a densa mistura de fumaça de motor a diesel e gasolina fazendo suas narinas arderem. Laurel passou a mão pelo rosto e puxou a jaqueta sobre os ombros, ousando olhar para os motoqueiros que tinham escoltado o ônibus pelos últimos quilômetros. O sujeito com os dentes cromados estava rindo alto de algo que outro homem dizia. O outro, musculoso, de cabeça raspada e rosto duro, estivera esperando por eles. Ele examinava os passageiros do ônibus com uma expressão de indiferença. Ela teve a impressão de que era ele que estava no comando.

Laurel conseguiu ouvir parte da conversa deles e seu sangue gelou.

– Já escolheu a de que mais gostou? – disso o sujeito de rosto duro.

– Eu posso escolher? – disse Dentes Cromados. – Rydell ficou generoso assim, de repente?

– Ele sempre recompensa o trabalho duro, não é? E pensou que você podia gostar de um pouco de diversão.

O motoqueiro notou Laurel olhando na direção deles e ela se virou, indo rapidamente na direção do banheiro feminino, na lateral do posto.

– Que foi? – disse Trish, a voz ainda rouca pelo choro. – Ah, Deus, o que é que eles vão fazer?

Laurel estava com medo de olhar para trás e ver que o sujeito de rosto duro as estava seguindo, e empurrou a outra para dentro do banheiro tão rapidamente quanto pôde.

– Eu acho... Acho que você tem razão – conseguiu dizer. – Eles não querem cozinheiras e faxineiras por aqui. Não sei dos outros, mas nós...

Laurel silenciou-se. Seus pensamentos giravam com as possibilidades horrendas de todo tipo de abuso que poderia sofrer. Tropeçou até a pia e se segurou ali. Seu estômago se contorceu e Laurel sentiu que ia vomitar. O pânico se ergueu dentro dela como uma onda, e ela pôde senti-lo a segundos de tomar conta dela. O medo era diferente de tudo o que ela já sentira até ali. Caso ele se libertasse, ela sabia que a consumiria.

– Não posso voltar para lá! – gemeu Trish. – Laurel, por favor, não me force a voltar.

– Não comece a chorar de novo – disse ela, mas já era tarde. Lágrimas escorriam pelo rosto da outra e Laurel sabia que, se perdesse o controle, terminaria do mesmo jeito, paralisada pelo terror. Ela agarrou o braço de Trish e a empurrou em uma das cabines vagas, trancando ambas ali dentro.

Outras vieram e se foram, passando pelo banheiro enquanto as duas se apertavam em um canto da cabine e esperavam. Como Laurel temera, não havia outra saída dos banheiros de concreto além de uma pequena janela no teto, fora do alcance delas. O vidro sujo e rachado de lá era forrado de arame e trancado permanentemente. A cabine fedia a limpador industrial pungente e dejetos humanos.

– Temos que chamar a polícia – sussurrou Trish, após longos minutos. – Eu não tenho telefone. Você viu algum lá fora?

– Que polícia? – sibilou Laurel de volta. – Você acha que eles vão vir correndo? – ela balançou a cabeça. – Menina, temos que sair dessa sozinhas. Conseguir um carro ou algo assim.

– Eu não sei... – Trish silenciou com o susto de ouvir as portas das outras cabines batendo.

Do lado de fora, Laurel pôde ouvir o ronco do motor do ônibus sendo ligado outra vez. Seria possível que eles não dariam pela falta delas se simplesmente ficassem aqui, quietinhas? Pela primeira vez ela começou a cogitar a possibilidade de *fugir*.

Ela se agachou bem baixo e olhou pelo espaço sob a porta, ignorando o cheiro, que ficava mais forte ali perto do chão. As outras cabines estavam vazias, todas as outras mulheres que as tinham utilizado já estavam de volta no ônibus. Laurel abriu a tranca e Trish se agarrou a ela, tentando impedi-la de virar a maçaneta.

– Não, não – arfou ela. – Não faça isso. Vamos ficar aqui. Só ficar aqui.

– Não podemos – disparou Laurel. – Somos como ratos numa armadilha. Vamos lá, essa pode ser nossa única chance!

Ela abriu a cabine e caminhou em silêncio para a porta do banheiro, esforçando-se para ouvir. Laurel podia ouvir vozes, e reconheceu Dentes Cromados xingando, furioso.

– Como diabos eu vou saber? – ela ouviu-o rosnar. Ele se aproximava.

Atrás dela, as mãos de Trish se agitavam no ar diante dela como pássaros enjaulados, e Laurel lutou contra o impulso de estapeá-la para tentar forçar algum juízo na cabeça da outra.

– Ele vai nos encontrar – ofegou Trish.

De súbito, a porta estava se abrindo para dentro e Laurel pegou um relance do motoqueiro tatuado quando ele tentava forçar caminho para dentro do banheiro.

– O que diabos vocês estão fazendo, suas estúpidas...

Ela não lhe deu a chance de terminar. Sem pensar, Laurel se jogou na porta e colocou todo o seu peso naquilo, com força inesperada. A porta voltou em suas dobradiças que iam para os dois lados e bateu no rosto do motoqueiro, enviando-o de volta aos tropeções pelo asfalto.

Agindo com puro reflexo animal de luta ou fuga, Laurel correu pela porta aberta, ciente de que Trish hesitou uma fração de segundo antes de ir atrás dela.

Laurel pôs-se em disparada, passando entre as bombas de gasolina, mirando na direção contrária à que tinham vindo pela rua principal.

– Trish, vá! – gritou ela.

Ela escutou um grito agudo e arriscou um olhar para trás a tempo de ver Trish perdendo o equilíbrio e caindo. Dentes Cromados tinha se recuperado rapidamente e conseguiu pegá-la, agarrando com violência o rabo de cavalo preto que caía sobre os ombros de Trish e usando-o para puxá-la, levantando-a do chão. Laurel sentiu-se enjoada, ouvindo a outra chorar enquanto caía.

Uma risada insensível e ríspida soou atrás dela.

– Pegue aquela vadia, seu cretino! – gritou o motoqueiro. Laurel correu pela boca de uma viela e dirigiu-se para o primeiro prédio que viu: uma loja de conveniência com fachada de vidro, lavada pela luz impiedosa de lâmpadas fluorescentes.

Ela passou pela porta, trôpega, quase colidindo com um aramado com histórias em quadrinhos e encontrou o rosto chocado de um homem obeso atrás do balcão.

– Você tem que me ajudar – despejou ela.

Mas o homem recuou, erguendo as mãos.

– Eu não quero problemas – disse-lhe ele, aterrorizado pela aparência dela.

A porta se abriu com um rangido atrás de Laurel e ela se virou para ver entrar o sujeito grande e de rosto duro, seus lábios repuxados em um sorriso frio. Ele olhou dela para o cara atrás do balcão e umedeceu os lábios.

– Você acha que ele vai te dar uma mão, irmãzinha? – ela viu o nome dele, Brodur, escrito em sua jaqueta. – Nhé... O que ele vai fazer é virar de costas agora, não é?

O outro olhou para o chão e, encabulado, virou-se, entrando em um escritório nos fundos.

Laurel desceu por um dos corredores, abaixando-se. Ela ouviu Brodur rir.

– Vamos lá – chamou ele. – Do que é que você está fugindo, hein? Você nem sabe. Ficou assustada e resolveu fugir... Para onde? Aonde é que você vai? – ele fez um ruído, como se tivesse cuspido. – Merda. Nós temos trabalho aqui para vocês, entendeu? Vocês podem ganhar dinheiro. Quem mais está oferecendo isso, hein? *Me responda, inferno!* – a última parte tinha sido um grito, sua tolerância com a desobediência de Laurel cada vez menor.

Quando Brodur deu a volta no final do corredor, ele tinha um canivete *butterfly* em sua mão, posicionado baixo e pronto para causar estrago. Laurel também estava armada, segurando uma pesada garrafa de vinho fortificado barato pelo gargalo; ela quebrou a garrafa no torso dele, o vidro se espatifando, encharcando o motoqueiro com o líquido grudento e cortando seu peito e a pele de seu pescoço. Pego de surpresa, ele escorregou, abanando loucamente a faca no ar e errando o alvo, enquanto Laurel corria. Gritando e praguejando, ela o ouviu vindo atrás dela enquanto atravessava a porta e corria, desatenta, para o outro lado da rua.

À sua frente, Laurel viu uma placa como uma tenda indígena estilizada e, além dela, sombras, arbustos crescidos e alguns carros estacionados. Uma das poucas coisas úteis que seu ex-namorado lhe ensinara tinha sido como dar partida por ligação direta. Aqui e agora, isso podia ser sua única salvação.

Jack largou a escopeta e se aproximou da janela para ter uma visão melhor do que estava acontecendo. A chegada do ônibus havia imediatamente despertado seu interesse. Parecia deslocado e o estado do veículo levantou suas suspeitas. Ele duvidava muito que Deadline estivesse em alguma rota comercial... Então, o que isso podia significar?

A lataria do veículo bloqueava a vista do que estava acontecendo do lado mais distante, todavia ele avistou outro grupo de Night Rangers se juntando em volta do perímetro do posto de gasolina. Figuras se moviam dentro do ônibus, mas ele não conseguia perceber mais nenhum detalhe.

Respirando silenciosamente, Jack se esforçou para escutar quaisquer sons que viessem do outro lado da estrada, porém ouviu apenas um riso aleatório ou o ronco de motores, trazidos até ele pelo frio ar noturno.

No entanto, nesse momento houve uma explosão de movimentos e ele viu uma mulher disparar de trás da cobertura do ônibus, correndo para o prédio mais próximo. Um homem a perseguia e Jack o reconheceu como o motoqueiro que liderava o grupo do farol. *Brodur.*

Ele se retesou. O cenário já estava se desenrolando em sua mente. Estava vendo um sequestro que deu errado, tráfico humano, ou coisa pior? O ônibus devia estar conectado ao clube de motoqueiros fora da lei, mas Jack nunca tinha ouvido falar das gangues 1% se envolvendo nesse tipo de crime. Não era o *modus operandi* usual para esses grupos criminosos, que tipicamente se restringiam a cobrar taxas de proteção e contrabandear itens pequenos e de alto valor, como armas e drogas.

Mal havia se passado um minuto antes que a porta de vidro da loja de conveniência se abrisse com estrondo e a mulher saísse de novo. Ela corria como se o diabo estivesse em seu encalço e, enquanto cruzava a rua, Jack percebeu que ela vinha diretamente para o estacionamento escuro do Apache Motel. Brodur veio atrás dela aos tropeços, seguindo-a a trote, como se não quisesse se esforçar mais do que o absolutamente necessário.

A garota era loira e jovem, e olhava desesperadamente ao redor enquanto corria para o pátio do motel, procurando nas janelas e portas por alguma rota de fuga.

O ar de Jack ficou preso em sua garganta. Por uma fração de segundo, viu o rosto de Kim em vez do dela, sua filha fugindo como se fosse um animal apavorado. Então, ele piscou e o momento se foi. Não era Kim, mas o medo no rosto da mulher era bastante real. Ela oscilou, quase tropeçando, e desapareceu nas sombras próximo ao local onde Chase havia estacionado o Chrysler. Brodur caminhava compassadamente no meio da entrada, passando pela recepção do motel sem lançar para lá uma segunda olhada. Ele estava com aquele canivete *butterfly* na mão e Jack podia ver que sua camisa estava rasgada e descolorida pelo que podiam ser ferimentos a faca.

Jack olhou para dentro do quarto. Chase estava desmaiado, morto para o mundo. A escopeta Remington estava à mão, porém usá-la faria barulho, e isso destruiria qualquer chance que eles ainda tinham de permanecer sem serem perturbados. Ele tinha a pistola M1911 na cintura, mas sem um silenciador aquilo também faria todo mundo vir correndo no instante em que a usasse.

Do outro lado da rua, o ônibus expeliu fumaça azulada de seu escapamento e saiu, prosseguindo viagem. Os associados de Brodur ficaram para trás, rodando por ali, à espera do retorno dele. Jack ficou na janela, imóvel. Observou quando o motoqueiro parou e espiou as sombras, a cabeça se mexendo como um cão de caça à procura da presa.

A garota não tinha para onde ir. Dali de cima do segundo andar, Jack podia ver isso claramente. Ela tinha de estar se escondendo atrás do Chrysler ou da picape F-150 arrebentada que estava estacionada pouco depois dele, mas aquele esconderijo era, na verdade, uma armadilha. Brodur chegaria até ela em um instante e então...

E então o que, Jack? A voz de Nina passou pela cabeça dele outra vez. *Se você for lá para fora, se você se envolver, vai estragar tudo isso. É melhor ficar quietinho e deixar que as coisas aconteçam.*

Ele viu o modo como tudo aconteceria. Brodur levaria a garota, e ele não seria gentil. Jack conhecia aquele tipo, o tipo de homem que o deixava enojado por compartilharem o mesmo gênero, que gostava de usar seus punhos em mulheres porque acreditava que isso, de algum modo, tornava-o mais forte. A garota, talvez a filha de outra pessoa, sofreria. Mas eventualmente, ela iria embora, assim como o motoqueiro, e Jack e Chase continuariam escondidos.

Lá embaixo, no pátio, Jack ouviu Brodur soltar um assovio baixo e musical, como se estivesse chamando um bichinho que tinha escapado.

Laurel congelou quando o som a alcançou e sentiu seu coração martelar no peito. Nas mãos ela segurava sua jaqueta, que havia tirado e embolado para poder usar para abafar o som do vidro quando quebrasse a janela do carro prateado. Agora ela se encolhia, captando o ruído das botas pesadas esmagando o asfalto enquanto Brodur se aproximava.

Ela ousou olhar pela curva do para-choque e encontrou a sombra escura dele. Laurel podia sentir o cheiro excessivamente doce do vinho fortificado que tinha jorrado sobre ele na loja de conveniência e ver a pouca luz refletida na lâmina do canivete na mão direita dele.

– Por que elas sempre têm de correr? – disse ele em voz alta, fazendo a pergunta para o ar. – Vem, garota. Venha aqui, tome o seu remédio.

O pânico que ela conseguira conter finalmente desequilibrou a balança e Laurel disparou do esconderijo em uma corrida louca, jogando sua jaqueta em Brodur com toda a sua força, tentando distraí-lo.

O motoqueiro desviou a jaqueta com um tapa e um grunhido e estava em cima dela antes que ela pudesse ganhar distância, acertando-lhe um soco nos rins. Laurel gritou e caiu contra a grade da picape estacionada, suas pernas pareciam ter se transformado em borracha.

– Eu podia ter colocado você para trabalhar no "Caixa" – disse Brodur, usando o canivete para indicar um lugar mais para baixo na mesma rua. – Agora, o que é que vai acontecer em vez disso, hein?

– Você vai recuar e largar o canivete – disse outra voz, e Laurel viu um homem com olhos assombrados surgir de trás da picape.

Os olhos de Brodur se estreitaram.

– Aquela gaiola prateada... Você estava no banco de trás – ele fez uma careta. – Dê no pé, idiota. Você é novo na cidade, então talvez não entenda. Isso é coisa do MC.

– Recue e largue o canivete – repetiu o outro, e havia aço por trás daquelas palavras. – Não vou falar outra vez.

O motoqueiro não perdeu mais tempo falando; em vez disso, girou e partiu para cima do homem com um rosnado gutural.

11

UMA PARTE DE JACK – A PARTE CONSCIENTE E CALCULISTA – FOI EMBORA QUANDO o motoqueiro bandido veio para cima dele. Um aspecto diferente de Jack tomou a dianteira, a parte do antigo soldado, feita de agressão treinada e violência instintiva.

Brodur atacou como se fosse um touro furioso, e tinha a massa corporal para tal abordagem. O homem era densamente musculoso e ágil, mas tinha a técnica rústica de um lutador de rua, sem dúvida aprendida a duras penas por meio de dúzias de brigas de bar e beira de estrada. O método de Jack, ao contrário, era baseado em letalidade e na aplicação de máxima força com mínima hesitação. Nenhum dos dois podia ser considerado um combatente defensivo.

Brodur guiava seus movimentos com o canivete *butterfly* mas era bastante esperto ao usá-lo, esfaqueando o ar para forçar Jack a recuar para seu pé de apoio, sem nunca se estender o bastante para correr o risco de perder o equilíbrio. Cada movimento errava o alvo, porém ele não estava tentando cortar Jack, pelo menos não ainda. O motoqueiro estava tentando limitar sua movimentação, fazendo com que Jack não saísse de seu alcance antes que ele se aproximasse o suficiente para prendê-lo no lugar.

Qualquer outra pessoa teria automaticamente recuado frente à dança da lâmina afiada, mas Jack fez o oposto. Diminuiu o espaço entre ele e Brodur antes que o motoqueiro pudesse mudar sua abordagem e ergueu os antebraços para aparar os golpes, batendo para atrapalhar o recuo do outro, quebrando o ritmo de seu ataque.

O oponente de Jack rosnou e girou a faca em sua mão, transformando um corte em um movimento reverso que morderia a lateral exterior do antebraço de Jack e penetraria fundo. Todavia, ele não foi esperto o bastante para evitar denunciar sua intenção e Jack segurou seu pulso antes que ele pudesse completar o giro, impedindo seu avanço.

Brodur colocou as duas mãos por trás da lâmina e forçou-a na direção do rosto de Jack, que respondeu à altura, e, por um segundo, os dois ficaram travados um contra o outro, os músculos de seus braços se contraindo enquanto eles lutavam com pura força para dirigir a lâmina a seu oponente.

Era difícil para Jack manter a estabilidade de sua empunhadura, e ele podia sentir a lâmina escorregando inexoravelmente enquanto ele cedia terreno. Brodur era mais pesado que ele, mais forte que ele, e tinha vantagem em massa muscular. Jack podia contê-lo por alguns momentos, mas não por tempo indeterminado. Mais de perto agora, podia ver que as pupilas de Brodur estavam claramente dilatadas, e supôs que o motoqueiro estava sob o efeito de algo. Isso podia torná-lo imprevisível, irracional, mais perigoso.

Mesmo enquanto isso ocorria a Jack, Brodur de súbito arrancou adiante e deu-lhe uma cabeçada. O golpe foi mal executado e não atingiu o alvo. Se tivesse atingido, Jack teria ficado tonto e oscilado, abrindo a guarda para uma facada que teria rasgado sua garganta. Da forma como ocorreu, ele ficou apenas surpreso e deu um passo para trás, soltando o braço do outro.

Balançando a cabeça para se livrar da dor, Jack viu Brodur se virar enquanto algo passava pelas bordas de sua visão. Era a mulher: ela tinha recuperado o suficiente de sua calma para tentar escapar.

O motoqueiro não queria isso. Seu outro braço se ergueu e ele a atingiu. A mulher recebeu todo o impacto do golpe no peito e girou, colidindo com a lateral alta da picape F-150.

Jack aproveitou esse momento de distração e avançou sobre seu adversário. Mirando baixo e rápido, acertou três socos fortes seguindo a linha das costelas de Brodur. Seu braço se movia como um pistão, cada golpe mais brutal que o anterior.

Brodur soltou um ganido estrangulado de dor e voltou-se para Jack, mais uma vez atacando-o com o canivete *butterfly*. Mas Jack já tinha analisado o padrão do sujeito agora, e antecipava os caminhos dos ataques do motoqueiro. Brodur não tinha o treinamento ou a habilidade para misturar seu estilo; ele confiava em poder e violência. Essa era a vantagem de Jack, e ele a aproveitou sem dó.

A lâmina veio de baixo para cima e na diagonal. Jack conteve o avanço entre os ângulos de seus antebraços com um rápido contragolpe que quebrou o pulso do motoqueiro. Brodur berrou quando a faca caiu no chão e quicou para longe, mas em vez de reduzir sua fúria, a dor pareceu amplificá-la.

Seja lá o que estivesse em sua corrente sanguínea, deveria estar fazendo o pulso quebrado parecer distante e sem importância. A outra mão de Brodur, uma pata imensa e engordurada de óleo de motor, envolveu o rosto de Jack e o apertou. O motoqueiro estava tentando esmagar seu crânio, o polegar empurrando a órbita de seu olho esquerdo, dedos comprimindo os ossos de sua mandíbula. Jack perdeu o equilíbrio e caiu contra o capô do Chrysler. Ele estava começando a se arrepender de sua decisão de não acordar Chase de seu sono profundo.

Então, no segundo seguinte, a mão que o sufocava tinha sumido e Brodur estava xingando uma torrente de profanidades, girando no lugar e tentando alcançar as costas enquanto sua mão arruinada pendia, inútil, no final do outro braço.

Jack viu a loira recuando, horrorizada pelo que havia acabado de fazer. Todos os dez centímetros da lâmina de aço inoxidável do canivete *butterfly* estavam enterrados no ombro de Brodur, atravessando o couro de sua jaqueta e sua carne.

O motoqueiro conseguiu segurar a empunhadura e retirou a lâmina com um som úmido.

– Sua vadia imunda – cuspiu ele. Deixando a lâmina cair ao chão, Brodur buscou o coldre escondido na parte inferior de suas costas com a mão ainda boa. – Acabou a brincadeira, cadela!

Seu punho reapareceu em volta de um Smith & Wesson de cano curto, o polegar já armando o cão.

Saltando para a frente, a visão ainda borrada, Jack pegou o canivete descartado. Ela estava coberta de sangue fresco e quase escorregou de seus dedos, mas logo ele a segurava com firmeza e se lançava sobre Brodur antes que o motoqueiro pudesse puxar o gatilho do revólver.

A mulher teve a ideia certa, porém não o alvo. Jack usou uma das mãos para contornar a garganta de Brodur e puxar sua cabeça para trás e com a outra, os dedos já brancos de esforço ao redor do cabo do canivete *butterfly*, ele golpeou diretamente no peito do motoqueiro, sentindo a ponta do canivete roçar a borda de uma costela e penetrar fundo. Brodur tentou gritar enquanto Jack o esfaqueava no coração, mas sua voz morreu na garganta, tornando-se um gemido estrangulado.

O grande motoqueiro teve um espasmo e suas pernas cederam, a luz em seus olhos se apagando. Jack deixou Brodur cair no chão, sangue brotando da nova ferida em seu peito.

– Morto – ofegou a mulher. – Ele está morto.

Jack fez-lhe um gesto cansado com a cabeça.

– Obrigado pela ajuda.

O rosto dela se contorceu de ódio e ela cuspiu, rancorosa, no rosto de Brodur.

– Bom. *Bastardo!* – mas o momento passou e ela pareceu se lembrar de onde estava. – Quem é você? É um deles? – ela olhou para o revólver, onde ele tinha caído, e o agarrou antes que Jack pudesse reagir.

– Não estou com ele – disse, controlando sua respiração. – Nós temos de esconder o corpo dele. Se vierem procurar esse cara...

– *Nós?* – retrucou ela. – Eu não tenho nada com isso. – ela olhou ao redor, desesperada. – Tenho que sair daqui... Eu preciso... – a voz da mulher foi desaparecendo. – Ah, Deus. Trish e os outros, eles ainda estão no ônibus. Ah Deus, ah, Deus...

Jack levou um segundo para se certificar de que eles não tinham chamado atenção. Eles pareciam estar limpos naquele momento, a luta tendo ocorrido em um canto escuro do estacionamento do motel, fora da vista da rua principal. Ele limpou as mãos nas roupas de Brodur e, em seguida, largou-o na caçamba da caminhonete, arrastando uma lona solta por cima para cobrir o cadáver.

A mulher observou-o trabalhar, apertando a coronha da arma.

– Eu sou Laurel – disse, encontrando sua jaqueta no chão e apanhando-a. Ela não estava mais apontando a arma para ele.

– Jack – respondeu ele. – Você não é daqui.

Ela fungou, cheia de desprezo.

– Eu nem mesmo sei onde diabos é *aqui*. – Ela olhou para a rua e Jack pôde sentir que ela estava analisando suas chances.

– Se você quiser fugir, eu não vou impedi-la – disse ele. – Mas você deve saber que suas chances, sozinha, não são muito boas.

Laurel olhou para ele com desgosto surgindo em sua expressão.

– E você vai fazer o que, *cuidar de mim?*

Ficou claro que outros homens já haviam usado essa cantada com ela antes, e com a pior das intenções.

Jack afastou da mente o quanto Laurel lhe lembrava Kim e balançou a cabeça.

– Se você for lá para fora, eles vão te pegar. Vão fazer você contar quem matou aquele cretino. E eu não quero ninguém fazendo perguntas sobre mim.

Ela ficou quieta por um longo momento. Então o revólver foi guardado no bolso da jaqueta e Laurel lhe lançou um olhar especulativo.

– Você tem alguma coisa para comer?

– É, é esse aí mesmo o camarada – disse a garçonete. Seu nome era Margaret e ela parecia distraída, seu olhar vagando a intervalos de poucos segundos para o pequeno punhado de clientes que ainda estavam no restaurante e os policiais do condado que passavam pela frente do lugar.

– Tem certeza disso? – disse Kilner, segurando a foto do crachá de Jack Bauer.

– Eu disse que sim, não disse? – Margaret olhou de Kilner para Hadley. – Ele deu uma gorjeta decente. Olha, eu não quero ser rude nem nada, digo, eu cumpro meu dever cívico e tudo mais, só que seus rapazes estão deixando meus clientes nervosos – ela apontou para a esparsa clientela com o polegar. – Por aqui, o governo federal não tem a melhor das reputações, se é que vocês me entendem.

– Sim, tenho certeza de que toda aquela grana que o seu estado suga da previdência social em Washington é um fardo – retrucou Hadley, brusco. – Olha aqui, madame, eu não tenho nenhum interesse nos caminhoneiros locais aumentando os lucros usando diesel agrícola em vez do regular – ele espetou a foto de Bauer com o dedo. – Seja lá o tamanho da gorjeta que ele deixou, esse homem é um assassino procurado. Fui claro?

Kilner viu a cor desaparecer do rosto de Margaret.

– Uau! De verdade? – ela piscou. – Então, o outro cara era o quê? Sua vítima? Cúmplice?

– O outro cara – repetiu Hadley. – Você tem uma câmera de segurança bem ali. Onde está a gravação dela?

– Não existe – contou ela, baixando a voz para que mais ninguém ouvisse. – É só por segurança, sabe como é? É falsa.

Hadley engoliu uma resposta grossa e se afastou alguns passos. Kilner franziu o cenho.

– Gostaria que você falasse com o oficial Roe. Vamos precisar de um depoimento completo seu e de uma descrição do outro homem que você viu aqui esta noite.

– Ele é, tipo, um daqueles matadores em série? – Margaret parecia tirar alguma alegria de fazer essa pergunta.

Antes que ele pudesse formular uma resposta, viu Dell entrar no restaurante e chamá-los. Kilner seguiu Hadley, sentindo a frustração do outro agente. Até o momento, o helicóptero não dera em nada além do que eles já sabiam e nenhum dos moradores locais entrevistados pelos policiais do xerife Bray tinham visto nem sombra de Jack Bauer. O restaurante era a primeira pista real, mas até aquilo estava se provando vago e enlouquecedor.

Bauer tinha parado aqui para comer e fazer uma, talvez duas ligações telefônicas. Por volta de meia hora depois outro homem chegara e eles conversaram antes de saírem juntos. Esta era a soma de toda a informação que tinha sido reunida e Hadley estava se retorcendo na coleira como um pit bull raivoso, ficando mais irritado a cada hora que se passava com a possibilidade muito real de que o alvo deles pudesse deixá-los para trás.

Porém, a expressão de Dell, seu sorriso astucioso, fez Kilner reavaliar aquele pensamento.

– Diga-me que você tem alguma coisa que valha a pena – disse Hadley.

– Acho que posso ter, sim – retrucou ela, guiando-os de volta para fora, para o ar gelado da noite. – Lembram-se de que quando nós chegamos já havia um carro de patrulha aqui? E paramédicos também?

Kilner tinha de admitir, ele não tinha percebido os paramédicos.

– Pensei que estavam aqui pelas entrevistas de Bray.

– Não – disse Dell. – O despachante local recebeu uma chamada de emergência mais ou menos no mesmo horário que Todd Billhight ligou sobre o helicóptero. Parece que um caminhoneiro simpático deu uma de bom samaritano para dois cretinos que tinham tomado uma surra e sido jogados perto da rodovia.

– E o que isso tem a ver com nosso fugitivo? – disse Hadley.

– O mandado de prisão de Bauer estava no painel da patrulha enviada para conferir os dois. Um dos cretinos o viu e abriu a boca. O oficial os trouxe de volta para cá.

– Trouxe, é? – Kilner viu o lampejo de um sorriso frio, surgido e desaparecido quase no mesmo instante, nos lábios de Hadley. – Mostre-me.

Na parte de trás da ambulância estavam dois jovens, e ambos estavam bem acabados. Um deles, o mais magro, tinha os primeiros sinais de um olho bem roxo e o maior deles estava com uma perna em talas e a garganta vermelha e inchada.

Hadley mostrou seu distintivo para o paramédico de pé ao lado deles, interrompendo-o assim que ele começou a dizer algo sobre dar a eles os cuidados médicos adequados. Ele mostrou sua identificação para o par e olhou feio para eles.

– Agente Especial Hadley, FBI.

– Ah, merda – as palavras escaparam do mais magro antes que ele sequer percebesse.

Aquilo lhe garantiu um olhar duro de seu amigo.

– Josh! – murmurou ele. – Cala a boca!

Kilner mostrou a foto de Bauer.

– Vocês conhecem essa pessoa? – pelo modo como o mais magro reagiu, Kilner soube que sim. – Onde o viram?

– Olha – disse o sujeito com a perna arrebentada. – Eu tenho que ir para um hospital. Podemos fazer isso no caminho ou algo assim?

Hadley se aproximou e examinou o ferimento do homem. Ele fez uma careta.

– Isso está com uma cara horrível. Foi Bauer quem fez isso com você?

– Quem?

– Este homem – disse Kilner, tornando a mostrar a foto.

– Frank... – começou Josh, um tom de súplica em sua voz.

Kilner avaliou a situação; conhecia peixes pequenos quando os via. Esses dois eram, na melhor das hipóteses, dois pretensos capangas que tiveram o azar de cruzar o caminho de Jack Bauer e seu companheiro misterioso. Talvez tivessem tentado aplicar um golpe neles, ou talvez houvesse algo mais nessa história. Mas seu instinto lhe dizia que Josh e Frank não passavam de dano colateral, gente apanhada nas consequências da fuga de Bauer, não envolvida diretamente com ela.

Hadley pareceu chegar à mesma conclusão.

– Este homem é muito perigoso. Eu preciso encontrá-lo e qualquer um que estiver com ele. Agora, vocês podem me dizer o que sabem, ou eu posso arrastar vocês para averiguação pelas próximas dez horas, e vocês podem viver com a dor desses cortes, fraturas e hematomas. Porque ninguém vai para o hospital a menos que eu permita. Fui claro?

– Esse é o cara! – soltou Josh. – Ele conseguiu...

– *Cala a boca!* – gritou Frank. – Para. De. Falar. *Idiota*! – ele se encolheu pela dor na perna. – Certo. Certo. Ele tem razão, esse cara, como você chamou, o Bauer? Foi ele que me arrebentou.

– Por quê? – disse Dell.

– A gente só veio aqui pelo carro – disse Frank, entre suspiros ofegantes. – Tipo, uma recuperação de posse.

Sob insistência de Hadley, eles descreveram um Chrysler 300 prateado com placas da Pensilvânia e Dell se afastou para contatar o escritório de Nova York e pesquisar a placa pela base de dados.

– Quem era o motorista? – exigiu saber Kilner. – O homem que Bauer estava encontrando?

– Charlie Williams – disse Josh, depois de um momento. – O carro não pertencia a ele, ele o tomou. É só isso – insistiu ele. – A gente ia pegar ele de volta.

Frank assentiu.

– É. E então, podemos ir agora?

Hadley aquiesceu, distraído, e se afastou para onde Bray se encontrava, conversando com um de seus homens.

– Xerife? Preciso que esses dois idiotas sejam presos por suspeita de ajudar e esconder um conhecido fugitivo federal. Quero que vocês os questionem duramente, e me entreguem depoimentos completos quando terminarem.

Ele não esperou por uma resposta e dirigiu-se para o utilitário estacionado.

Bray disparou um olhar surpreso para Kilner e chamou-o.

– E o que você estará fazendo enquanto isso?

– Eu tenho um nome e um veículo. Vou encontrar os dois.

Chase acordou com uma queimação descendo pelo seu braço, seguindo a trilha de seus nervos. Cerrou os dentes e se apoiou até uma posição sentada, os dedos tocando por um breve momento a coronha de sua Ruger automática no meio da pilha de seu casaco antes de segurar o pulso cheio de marcas. Na semiescuridão do quarto de motel, a rede de cicatrizes e sinais ao redor do lugar onde seu pulso tinha sido decepado era invisível – no entanto, Chase a conhecia intimamente, como as ruas nas quais crescera. Linhas de cicatrizes brancas como a barriga de um peixe que nunca pegavam cor, nunca se bronzeavam no sol; uma lembrança constante pelo resto da vida dele.

– Jack? – sussurrou. A cadeira perto da janela estava vazia e Chase franziu o cenho. Estava sozinho no quarto, esforçando-se para ouvir alguma coisa. Será que Jack tinha saído para tomar um ar? Devia ser isso.

A dor alternava entre pulsos lentos e soturnos e choques súbitos aleatórios que faziam seu braço se contorcer. Já fazia muito tempo desde que doera tanto assim, mas também fazia um longo tempo desde que Chase tinha usado sua mão ruim para dar socos. Uma pontada de desprezo por si mesmo se assentou nele antes mesmo de ele cometer o ato de estender a mão à procura do vidrinho com as pílulas. Com movimentos que tinham se tornado quase um reflexo de memória muscular, Chase abriu a tampa plástica e engoliu um comprimido a seco. Ele massageou a carne de seu braço, como se, ao fazer isso, pudesse acelerar um pouco os efeitos do analgésico.

Sombras passaram pela janela. Ele foi para trás da única poltrona do quarto e sacou a Ruger, mirando na porta.

A tranca se abriu e a porta se abriu devagar até chegar ao ponto em que o móvel estava no caminho.

– Sou eu – disse Jack, e entrou no quarto. Chase se levantou, mas manteve a arma à mão quando percebeu que o outro não estava sozinho.

Uma mulher, cujas feições a escuridão não deixava discernir. Ela se assustou ao ver a pistola e congelou.

– Está tudo bem – disse Jack, fechando a porta e acendendo o abajur. – Esta é Laurel. Nós vamos ajudá-la.

Chase deu uma olhada nela. Um pouco mais jovem que ele, ela parecia tensa e temerosa. Seu rosto estava sujo e arranhado, como se ela tivesse sido derrubada.

– Você disse que tinha algo para comer – começou ela.

Jack indicou com a cabeça uma sacola na cômoda – dentro dela havia petiscos, garrafas de água e refrigerantes que eles tinham comprado em uma máquina de posto de gasolina em algum ponto da estrada. Laurel se serviu de uma 7-Up e um sanduíche murcho, consumindo ambos, faminta.

– Donzelas e vira-latas agora? – disse Chase, irritado. – Que diabos, Jack?

– Este é Chase – Jack disse à garota. – Ele é legal.

– Não no momento – disparou ele de volta. – Quem é essa?

– Laurel – disse ela. – Laurel Tenn.

Chase reparou como ela se posicionara perto da porta, caso precisasse fugir. Pelo jeito como segurava sua jaqueta perto do corpo, ela tinha algo escondido em suas dobras. Uma arma, provavelmente.

Jack suspirou e foi até a pia do cubículo do banheiro.

– Lembra-se do Brodur, aquele motoqueiro? Ele iria matá-la – ele passou as mãos sob as torneiras e pequenos riachos vermelhos escorreram pelo ralo.

– Não logo de cara – acrescentou Laurel, com uma expressão amarga nos olhos.

Os lábios de Chase se apertaram.

– Então você se meteu no meio.

O sangue nas mãos de Jack eram resposta suficiente sobre o destino do bandido.

– Você teria feito o mesmo – Jack se voltou e pegou uma garrafa de água.

Não teria, não. Chase quis dizer essas palavras. *Eu não teria nos colocado em risco.* Mas então percebeu que todos os anos à deriva depois de deixar Valência para trás não o tinham endurecido tanto quanto ele gostaria de acreditar. Na verdade, ficava um pouco bravo ao ver que ainda era o mesmo, lá no fundo. Ele não tinha mudado, e Jack Bauer também não. *Que tipo de idiota isso me faz?* Ele franziu o cenho.

– Isso é uma complicação.

– Ei! – Laurel o encarou, falando com a boca cheia de pão. – Não fale de mim como se eu não estivesse aqui.

– Tem razão – concordou Jack. – Mas não havia uma alternativa boa.

– Nunca há – Chase se sentou na cama e soltou o ar em um suspiro. – Certo. Ela fica aqui até nós irmos embora. Daí ela está por conta própria.

– Eu não sou a única que está encrencada – insistiu Laurel. – Trish e os outros... – a voz dela falhou. – Olha, eu sei o que esses canalhas dos Night Rangers estão fazendo aqui, está bem?

– Tráfico humano – disse Jack, e os olhos de Chase se arregalaram.

Porém, a mulher estava balançando a cabeça.

– Isso é só uma parte. Digo, eu ouvi coisas... Eu vi coisas.... Mas você nunca acredita nesse tipo de merda, não é? – e ela pareceu murchar. – Não até ser tarde demais.

– Desde quando gangues de motoqueiros estão envolvidas nesse esquema de contrabandear pessoas? Não é coisa deles.

Jack fez um gesto encorajador para Laurel.

– Conte a ele o que me contou.

Ela engoliu o resto do refrigerante.

– Esses caras... Recrutadores... Eles vão por aí, procurando por gente que está passando por um aperto. Não só garotas. Trabalhadores. Muitos. Eles oferecem um bom dinheiro, trabalhos temporários, fora do estado. Sem impostos, dinheiro na mão, tudo na miúda.

– E você acreditou nisso? – disse Chase. – Devia saber que seria algo ilegal. No *mínimo*.

– Eu sei! – respondeu ela. – Todo mundo naquela porcaria de ônibus sabia disso! Mas quando você está se afogando, aceita a primeira corda que te jogam, certo? *Certo?*

Ele assentiu, relutante.

– Não vou negar isso.

Laurel ficou em silêncio por um longo instante, depois voltou a falar.

– Só que aí eu me arrependi. Quis fugir, Trish e eu tentamos fugir, ela foi apanhada... – a mulher respirou fundo, trêmula. – Eles não queriam Trish e eu só para *trabalho*. Alguns de nós, sim, mas não nós duas. E as outras garotas.

– Vi o mesmo padrão na Sérvia, anos atrás – comentou Jack. – Comércio de seres humanos. Escravidão moderna.

As palavras dele pareceram disparar algo dentro da mulher, e Laurel subitamente ficou de pé, seu rosto empalidecendo sob a sujeira na pele.

– Eu tenho... Que me limpar.

Ela entrou no banheiro quase correndo, batendo e trancando a porta atrás de si.

Jack foi até o local onde a jaqueta de Laurel havia caído e a apanhou, desdobrando-a. Tirou dali o revólver de Brodur, abrindo a câmara para examinar as balas.

– Posso ver – disse Chase, a voz suave. – Bem ali, quando ela falou sobre a amiga.

– Ver o quê? – Jack colocou a pistola de volta em cima da jaqueta e se virou para olhar para o outro.

– *Kim* – Chase indicou o próprio rosto. – Ao redor dos olhos. E o cabelo. Não finja que também não viu.

Os lábios de Jack se contraíram.

– Não é por isso que eu saí atrás dela.

– Tem certeza?

Ele dirigiu um olhar duro como aço ao antigo parceiro.

– Tenho, sim. Se você acha que eu deixaria *qualquer um* ser atacado e morto a seis metros de onde eu estava sentado, então você se esqueceu de muita coisa a meu respeito, Chase.

O outro indicou com a cabeça os números brilhando em amarelo-alaranjado no relógio digital no criado mudo ao lado da cama.

– Se você queria matar o tempo, que lesse um livro... – ele suspirou. – Então, o que faremos agora? Chamamos o FBI? Isso não vai funcionar. E com certeza não podemos levá-la conosco.

– Estou pesando as opções – disse Jack. Com lentidão exagerada, ele tirou a jaqueta e começou a despir a camisa. A dor que tinha experimentado na luta com Brodur ainda estava ali, e para sua consternação viu que o ferimento a bala que havia sofrido durante o incidente em Nova York tinha reaberto. – Há um kit médico em minha sacola. Passe para cá.

Chase aquiesceu e o encontrou para ele.

– Mais cedo ou mais tarde, os amiguinhos de Brodur vão vir procurar seu colega. E aí?

Jack tirou o curativo usado e começou a limpar o ferimento.

– Quanto tempo temos até o trem de carga chegar aqui? Seis, sete horas?

– Algo assim.

Ele balançou a cabeça para si mesmo.

– Tempo de sobra.

– Para quê?

– Você me conhece – Jack cerrou os dentes enquanto enrolava as bandagens novas sobre sua pele. – Eu gosto de me manter ocupado.

12

O VOLUME DA DISCUSSÃO ERA ALTO A PONTO DE PODER SER OUVIDO NOS DEgraus da casa, filtrando-se através da porta ornamentada de entrada do caro lar suburbano em estilo colonial. O homem parou, sua mão flutuando acima do batedor de latão, e escutou.

Podia ouvir duas vozes distintas. Um homem, rosnando e grunhindo, e uma mulher, seu tom agudo e choroso. As palavras eram indistinguíveis, contudo o tom era claro. *Marido e mulher,* adivinhou ele, *com anos de ressentimento entre eles.*

Ele bateu na porta e, após um instante, viu uma silhueta pelo vidro fosco, descendo pelo corredor em sua direção. O marido, que não parou de discutir enquanto caminhava.

– Pelo amor de Deus – dizia ele –, você não pode calar a boca nem por um maldito segundo? Eu não consigo ouvir nem os meus pensamentos!

A porta se abriu alguns centímetros em uma corrente de segurança e o rosto do marido se revelou. Compleição avermelhada, suada e irritada.

– Sim? – exigiu ele. – O que você quer?

Dimitri Yolkin ergueu uma falsificação passável de um distintivo de detetive da polícia de Nova York.

– Senhor Roker? – ele não precisava perguntar, na verdade. Yolkin tinha visto um pôster sorridente em tamanho maior do que o natural de "Big Mike" Roker dentro da concessionária pouco tempo atrás, depois de ter invadido o local para investigar o escritório. Tinha sido o segundo passo em sua busca, depois de não encontrar nada digno de nota no apartamento esparsamente mobiliado alugado a um tal de Charles Williams, nada que valesse a pena investigar, além da papelada que levava à concessionária. Lá, Yolkin encontrara o endereço da casa de Roker e agora estava ali. – Eu tenho algumas perguntas para o senhor.

Os olhos fundos de Roker se estreitaram.

– Que tipo de sotaque é esse? Você não é policial de Pittsburgh, cai fora.

– Quem está aí? – perguntou uma voz aguda e irritante vindo da cozinha.

Roker desviou o olhar e começou a fechar a porta.

– Cala a boca, não é ninguém.

Big Mike, refletiu Yolkin, não era tão grande assim. Com um golpe forte e rápido, o agente da SVR bateu a base da mão contra a porta com tanta força que a corrente de segurança saiu de sua tranca. A lateral da porta de entrada atingiu a bochecha de Roker e ele se abaixou, chocado pela súbita explosão de movimento.

Yolkin rapidamente passou pela entrada, sacando uma CZ 75 automática com silenciador. Roker entrou em pânico e fugiu para os fundos da casa, quase escorregando no piso laminado do corredor.

– Barb! – gritou ele. – Ah, merda, chame a polícia!

– O quê?

A pergunta da esposa deu a Yolkin tempo suficiente para chegar à cozinha atrás de Roker e, quando ela viu o invasor, berrou e tentou alcançar o telefone preso à parede.

A pistola de fabricação tcheca disparou e o aparelho de telefone explodiu em fragmentos quentes de plástico e placa de circuito, arrancando outro grito da mulher.

– Seu marido lhe disse para ficar quieta – disse o russo, mirando a boca da arma na direção dos dois americanos. – É um bom conselho.

A cozinha era grande, quase metade do tamanho do apartamento em Kiev onde Yolkin e sua família tinham morado quando ele era jovem. No meio dela havia uma ilha com tampo de mármore caro, adornada com vários aparelhos de cozinha elétricos. Ele apontou para dois bancos e gesticulou para que Roker e sua esposa se sentassem.

– Foi Ernie deSalvo quem te enviou? – perguntou a mulher. – Ah, Mike, seu estúpido cabeça de merda, você o irritou vezes demais... – lágrimas começaram a escorrer pelo rosto dela.

Por um segundo, Roker se esqueceu de que tinha uma arma apontada para si.

– Você tem que me culpar por tudo!

– Eu não sei quem é esse "Ernie" – corrigiu Yolkin. Ele deu de ombros. – E não me importo.

– Então, o que diabos você está fazendo aqui? – berrou Roker.

– Acalme-se – Yolkin se moveu para uma posição de onde podia ver todas as entradas para a cozinha e manter o feliz casal sob sua mira. – Charles Williams. Onde ele está?

– Charlie? – a esposa piscou. – Você veio procurar Charlie? Ele não está aqui!

– Ah, sim – Roker se remexeu no banco e indicou o próprio pescoço com o dedo. – Eu vi as tatuagens que você tem. Agora entendi. Você está com a máfia russa, certo? – ele conseguiu dar um sorriso fraco, sua confiança retornando. – Ele está te devendo dinheiro ou algo assim?

– Algo assim – repetiu Yolkin, contente em permitir que o americano continuasse nessa linha de raciocínio errada. – Ele trabalha para você.

– Não trabalha mais – soltou Roker. – Eu demiti o cretino esta noite. Ele roubou a porcaria do meu carro!

– Charlie *se demitiu* – insistiu a esposa. – Como se você pudesse impedi-lo!

– Por quê? – disse Yolkin, a arma sempre estável. – Por que ele foi embora esta noite?

Roker fez uma pausa, a pergunta pegando-o desprevenido.

– Eu... eu não sei. Ele recebeu uma ligação. Conversou com um cara. Quando dei por mim, ele estava mandando eu ir me danar... – o sujeito lambeu os lábios. – Olha, parceiro, você tem alguma coisa contra ele, eu não tenho nada com isso. Nesse momento, não dou a mínima para o que acontece com aquele filho da puta.

– Onde está Jack Bauer? – Yolkin não achava que Roker conhecesse o alvo, mas jogou o nome no ar mesmo assim, só para pescar alguma reação. Ambos, marido e mulher, não mostraram sinal algum de reconhecimento, mas ele precisava ter certeza.

– Nunca ouvi falar dele.

Ele assentiu, enfiou a mão em outro bolso e pegou um gravador digital, colocou-o sobre a mesa e o ligou.

– Quero que me diga tudo o que sabe sobre Charles... *Charlie* Williams. Comece agora. – Yolkin gesticulou com a arma outra vez. – Ou eu mato vocês dois.

Na verdade, a ameaça nem era necessária. Roker estava mais do que disposto a despejar cada detalhe que podia se lembrar a respeito do homem. Além de uma planta do apartamento em que Williams morava e seu conteúdo, agora com a efusiva descrição de Roker, Yolkin estava construindo um perfil do aparente cúmplice de Jack Bauer. *Ex-militar ou antigo agente da lei,* suspeitava ele. *Um companheiro de armas.* Aquilo se encaixava com o tipo de perfil que a SVR tinha de Bauer. Ele era um homem que valorizava a lealdade. Em situações difíceis, era mais provável que pedisse ajuda a quem respeitava do que àqueles cujo silêncio poderia comprar.

Cerca de vinte minutos haviam se passado quando Roker esgotou tudo o que tinha a contar. Yolkin se levantou e fez um gesto positivo com a cabeça.

– Isso é tudo?

– É tudo – retrucou Roker. Sua linguagem corporal tinha se alterado e agora ele parecia quase à vontade com seu capturador, como se eles estivessem em condições iguais. – Ouça, amigo, se você vir meu carro enquanto estiver procurando por esse paspalho, me avise. Há uma recompensa para quem o encontrar.

– Você tem certeza de que isso é tudo o que sabe sobre Williams?

O sorriso de Roker se esvaiu.

– O que diabos acabei de dizer? Sim! Isso é tudo o que eu sei.

– Você compreende que eu preciso ter certeza. Eu tenho que motivar você, caso esteja escondendo alguma coisa – Yolkin se virou e atirou na coxa da esposa de Roker.

Ela gritou e desabou no chão, sangue vazando da ferida. Roker mergulhou atrás dela, o rosto branco de choque.

– Mantenha pressão sobre o machucado – instruiu Yolkin calmamente. – Ela vai sangrar até a morte em poucos minutos se você não fizer isso.

– *Filho da...*

Yolkin o silenciou com um olhar.

– O que você me disse é realmente tudo o que sabe? Pense com atenção.

– Ah, deus. Barbara, ah, não – Roker começou a chorar. – Sinto muito, ah, me desculpe...

– Se Williams precisasse fugir, para onde ele iria? Com quem falaria? Se ele tivesse que desaparecer, o que faria?

– Eu... Eu não... – Roker hesitou e Yolkin viu um início de pensamento se formando nos olhos arregalados e aterrorizados do sujeito.

– Diga-me – instigou ele. – Ela vai morrer se você não disser.

– Matlow! – gritou Roker. – Hex Matlow, aquele hacker com pescoço de lápis... Charlie o conhece. Ele é um espertalhão... Ele poderia, eu não sei, ajudar... – ele olhou para as próprias mãos. – Tem tanto sangue...

Havia um smartphone caro na mesa da cozinha e Yolkin o apanhou.

– Isso é seu? As informações de contato do Matlow estão aqui?

– S-sim – Roker conseguiu dizer. – Por favor! *Eu não sei de mais nada sobre o maldito Charlie Williams!* – As palavras saíram em um grito angustiado.

O russo considerou aquela resposta por um momento.

– Eu precisava ter certeza. Sim. Acho que tenho tudo agora. – Ele ergueu a pistola outra vez.

A bala seguinte entrou na testa de Barbara Roker, matando-a instantaneamente. Os dois tiros que vieram depois atingiram Big Mike na garganta e no peito. Ele levaria um pouco mais de tempo para morrer.

Yolkin desligou o gravador digital e o guardou, junto com o smartphone do americano, antes de parar para cuidadosamente reunir as cápsulas vazias de sua arma.

Enquanto caminhava de volta para o carro, ele discou para um número criptografado.

– Eu achei algo – disse ele.

– Como você quer fazer isso? – disse Chase, enquanto eles atravessavam o estacionamento até a recepção do Apache Motel. Então franziu o cenho e balançou a cabeça. – Espere. Por que eu estou perguntando isso? Vai ser do seu modo habitual?

– E como seria isso? – Laurel estava vindo atrás deles, olhando cada sombra, tentando não demonstrar que estava com medo.

Jack olhou para ela por cima do ombro.

– Você devia ficar no quarto.

– De jeito nenhum – insistiu ela.

Ele cogitou fazer de sua sugestão algo mais forte. Ter uma civil no meio de tudo podia atrapalhar o que Jack planejara, mas algo nos olhos de Laurel lhe disse que sangue e violência não eram desconhecidos para ela. Não parecia ser do tipo de estômago fraco... E o que ela sabia podia se provar valioso. Por enquanto, Jack resolveu mantê-la por perto.

Ele olhou para Chase.

– Precisamos de mais informação antes de qualquer coisa.

O outro concordou.

– Entendido.

Jack já conduzira muitos interrogatórios em sua época, e tinha sido sujeito a muitos mais do que queria se lembrar. Eles eram um jogo, à sua maneira: uma competição de força de vontade. E a verdade sórdida era que, no final, *todo mundo cedia.* Ninguém podia se segurar indefinidamente, nem mesmo alguém com o autocontrole férreo de Jack. Em algum momento, a pessoa fraquejaria... a única variável em questão era por quanto tempo era possível adiar o terrível momento da rendição. Nunca era possível vencer; tudo o que se podia fazer era *suportar.*

Tendo estado do lado errado com frequência, Jack havia ganhado uma percepção única do jogo de poder exigido para arrancar informações de alguém indisposto a entregá-las. Ele era bom nisso.

Se essa fosse uma missão para a UCT, Jack teria planejado tudo até o último detalhe. O alvo seria isolado, talvez levado para longe ou, mais tipicamente, levado para um local vigiado por uma equipe de busca e retirada. Uma unidade móvel especializada estaria preparada para servir como local de entrevista, se necessário. Ou o alvo poderia ter sido deixado inconsciente e levado a uma "sala cega" segura na subestação da UCT mais próxima. Ali teria início um interrogatório hostil, com equipes médicas e técnicas de prontidão. Cada resposta seria analisada e examinada em busca de detalhes, para encontrar mentiras e fraquezas com analisadores de estresse na voz, imagens térmicas e monitoração de pulso.

Porém, aqui e agora, Jack não tinha nenhum desses recursos à sua disposição. Tudo de que dispunha era a experiência duramente adquirida por ele e Chase.

Anos atrás, como agentes de campo para a UCT de Los Angeles, os dois haviam desenvolvido uma linguagem de trabalho que beirava o impossível; o nível de sucesso em suas missões estava entre os melhores que a divisão já tinha visto. Jack nunca havia se considerado um jogador de equipe, e por muito tempo resistira a aceitar alguém que pudesse ser considerado um "parceiro". Porém, Chase Edmunds silenciosamente o impressionara com suas habilidades e sua tenacidade e, por algum tempo, o jovem se tornara um irmão de armas em quem ele confiava. Eles tinham salvado a vida um do outro diversas vezes, e Jack conhecia o valor de ter alguém para cobrir sua retaguarda quando as balas começavam a voar. As pessoas em quem ele confiava para isso podiam ser contadas nos dedos de uma das mãos.

No entanto, isso tinha sido há muito tempo. Muita coisa havia mudado, não apenas entre os dois homens, mas também em suas circunstâncias pessoais. Mesmo com um olhar superficial, Jack podia ver que Chase perdera algo no caminho; alguma faísca vital nele havia sido apagada... ou estaria apenas se escondendo? Ele sabia que este Chase Edmunds ao mesmo tempo *era* e *não era* a pessoa que ele conhecera tantos anos antes. Mesmo assim, não podia negar que parecia *certo* estar trabalhando com ele outra vez. Era isso que eles faziam de melhor, e não importava se estavam sob a égide da Unidade Contraterrorismo ou apenas fincando pé para resistir contra alguma coisa. Ele não precisava perguntar a Chase se o outro também se sentia assim. Sabia que sim.

– Siga o que eu fizer – disse Jack, abrindo a porta de vidro e entrando na estreita recepção. Como tudo o mais no motel, ela era decorada com um verniz de falsa madeira, mais o bônus de alguns rascunhos de pintura ao estilo do Oeste pendurados nas paredes. Um rádio estava tocando uma música cheia de baixos e graves, distorcida pelos autofalantes baratos e pela recepção ruim.

Atrás da mesa, o gerente se endireitou com um susto, largando a revista que estava folheando.

– Sim? – ele piscou lentamente.

Jack se inclinou sobre a mesa e encontrou uma fileira de interruptores que controlavam as luzes de neon que piscavam do lado de fora. Ele clicou no interruptor que acendia o aviso de NÃO HÁ VAGAS e olhou sério para o sujeito.

– Precisamos de algumas informações locais.

"Dino" piscou e encarou Jack, depois Chase, que entrou no escritório atrás dele.

– E eu pareço um guia turístico, por acaso? – ele fez uma careta e ficou de pé, enfrentando-os. – Se vocês duas querem se divertir lá em cima, vão em frente. Eu não julgo ninguém. Mas fiquem fora do meu caminho...

A voz dele foi sumindo quando Laurel entrou e uma expressão lasciva automaticamente tomou seu rosto.

A garota indicou Jack e Chase.

– Acho que eles não têm esse tipo de relacionamento, colega.

O sorriso de Dino derreteu.

– Ocupação tripla, isso vai custar um extra.

– Para quem você está trabalhando? – disse Jack, empurrando a porta na altura da cintura que marcava a linha entre as áreas interna e externa do escritório da recepção.

– Ei! Você não pode entrar aqui, cretino! – Dino tentou pegar o cabo de um taco de beisebol de alumínio todo denteado, escondido na parte de baixo da mesa. – Eu vou acabar com você e o seu parceiro!

Jack atacou, socando o peito do homem com força. Sibilando, este recuou para uma porta e Jack o empurrou para trás. A porta se abriu com uma pancada sob o peso de Dino, que entrou aos tropeços. Atrás dele havia um apartamento encardido e engordurado, fedendo a cigarros velhos e era um pouco maior do que os quartos do motel, com uma cozinha aberta e uma parede dominada por uma TV tela plana. Jack empurrou Dino para uma poltrona reclinável e pegou o canivete *butterfly* de Brodur de dentro do casaco. Os olhos de Dino se arregalaram ao ver a lâmina quando Jack a abriu.

– É melhor responder a ele – Chase entrou com Laurel, fechando a porta.

– Vou perguntar outra vez – disse Jack. – Para quem você está trabalhando?

Dino tentou recuperar um resto de desafio.

– Cara, vá se ferrar!

Jack segurava a faca no punho e pressionou a ponta na junta do joelho de Dino. O grandalhão gritou e se remexeu.

– Quem está te pagando? – exigiu Jack.

– O MC! – despejou Dino, trêmulo e tentando se afastar. – Os motoqueiros pagam todo mundo para olhar para o outro lado, todos que forem burros ou ferrados o bastante para estarem presos aqui! – ele balançou a cabeça. – Vocês são da polícia? Os meninos do Rydell vão mastigar vocês e depois cuspir fora, podem esperar!

– Quem é Rydell? – disse Chase. – Ele está no comando?

– É o chefão. Night Rangers Original, é isso que ele é – disparou Dino. Ele fungou, cheio de desprezo. – Nhé... vocês não são da polícia. Olha aqui, vocês não têm noção! Vocês não têm ideia de onde estão ou em que merda estão pisando, parceiro. – ele tentou se endireitar. – Vocês deviam era correr enquanto ainda podem.

– Onde está o ônibus? – disse Laurel, seu tom duro e cortante. – Vamos lá, pinto de agulha! Onde diabos estão Trish e todos os outros?

– Responda – disse Jack.

– Eu não tenho que dizer nada para vocês – retrucou ele. – Não podem me tocar. Eu trabalho para o MC, eu estou *protegido*. Entenderam?

Jack assentiu.

– Sim, entendi.

E, colocando a mão enluvada sobre a boca de Dino, enfiou a lâmina em seu joelho, indo fundo a ponto de arranhar o osso.

O homem uivou e chorou, e Chase sentiu o odor de amônia de urina.

– Ah, ele se mijou! – disse Laurel, se encolhendo. – Credo.

– Acontece – disse Chase, com um gesto de cabeça.

Dino oscilou para a frente.

– Por quê... – choramingou ele. – Por que está fazendo isso comigo, cara? Eu sou... Sou americano, eu tenho direitos. Você não pode me torturar como um... Um Bin Laden da vida...

– Eu sei o que você é – Jack virou a cabeça de Dino. – Qualquer um com um mínimo de decência já teria saído daqui há muito tempo, mas não você. Você gosta, não é? – ele se aproximou um pouco mais. – Como é que funciona? Os motoqueiros querendo um pouco de privacidade vêm até aqui com as garotas? – ele indicou a recepção com a cabeça. – Você mantém o rádio ligado tão alto para não ter que ouvir quando elas começam a apanhar? Você limpa a barra para o MC quando eles vão um pouco longe demais?

– Eu não fiz as regras! – respondeu Dino, ofegando por ar. – Elas são só prostitutas, cara! Só lixo!

– *Não* – cuspiu Laurel. – Não somos, não! – Ela tentou abrir caminho, porém Chase a conteve. – Saia da minha frente – disse ela. – Me dá aquela faca, eu vou enfiar no traseiro dele!

– Você não tem nenhum amigo nesta sala – disse Jack com frieza. – A única coisa que vai mudar a quantidade de dor que você vai aguentar é o que você me contar agora mesmo.

O homem desabou, encolhendo-se para longe da lâmina suja de sangue.

– O quê... O que você quer? Fique longe de mim...

– Para onde eles levaram Trish... As garotas? – disse Laurel, entredentes.

– O... Caixa de Motor – a respiração dele estava entrecortada. – As bonitas, pelo menos. Algumas são vendidas, às vezes, eu não sei. Não tenho nada com isso. Eles não me deixam entrar lá mais, não depois... – a voz dele foi desaparecendo. – Rydell que mandou.

– Não é só uma boate de striptease para caminhoneiros tarados, é um bordel – disse Chase.

Dino assentiu.

– Isso mesmo.

– Mas e o resto? – Jack levou a lâmina para a frente do rosto do sujeito. – Os trabalhadores? O que acontece com eles?

– Fort Blake. A velha base do exército no sul da cidade. Eles os levam de ônibus até lá – ele balançou a cabeça. – As pessoas mantêm a distância. Qualquer um que vai xeretar por lá não volta mais – Dino lambeu os lábios. – Certo, eu falei. Me deixa sair.

Chase estava prestes a dizer que isso era uma péssima ideia, mas antes que pudesse abrir a boca Dino tentou fugir, saltando adiante, para fora da poltrona. Ele tentou agarrar Jack, que o pegou com facilidade e o atingiu na têmpora com a empunhadura de metal do canivete *butterfly*. O barrigudo teve um espasmo e desabou na poltrona, inconsciente.

Laurel quebrou o silêncio que se seguiu.

– Vocês dois já fizeram esse tipo de coisa antes, não é?

– Temos o que precisávamos – disse Jack. – Ajude-me a prendê-lo aqui.

Eles desceram lentamente a rua principal, passando pelo Caixa de Motor à esquerda. A boate de striptease já tinha sido uma grande oficina, porém aquilo fora há muito tempo. Nos anos desde então, alguém esvaziara o prédio e emparedara as portas de enrolar, colocara alguns tijolos de vidro no lugar de janelas e instalara mais neon escandaloso. Uma placa iluminada do lado de fora com a silhueta de uma mulher curvilínea esparramada sobre o bloco de um motor prometia todo tipo de diversão especial e ilícita – e pelo agrupamento de motocicletas enfileiradas na calçada, o lugar era popular. A melodia de um *southern rock* saia pelas portas de entrada quando elas se abriram para liberar um caminhoneiro um tanto avariado, segurando o nariz ensanguentado.

– Classudo – disse Chase, assistindo o homem oscilar até um beco próximo. – E bastante amigável também, posso apostar.

Jack analisou o *design* do prédio, procurando por outros pontos de entrada e saída, buscando rotas de fuga e possíveis gargalos. O Caixa de Motor era uma construção de dois andares, o de cima quase invisível atrás das letras de neon anunciando o nome da boate. Conseguir entrar não seria a parte difícil, refletiu. Sair inteiro é que seria o desafio.

Ele virou o Chrysler para o outro lado e estacionou em uma rua lateral, do outro lado da estrada.

– A entrada dos fundos deve ser vigiada – disse Jack. – Arriscado demais tentar por ali. Vamos entrar pela frente.

– Então, vamos mesmo fazer isso? – retrucou Chase, retesando o maxilar. – Eu tenho algum voto nisso?

– Não sei. Tem? – Jack checou sua pistola.

– Você quer entrar na central dos capangas sem nenhum plano, nenhum equipamento e nenhum reforço?

– Eu tenho um plano – respondeu Jack, puxando a telha da Springfield para garantir que houvesse uma bala na agulha. Ele indicou a sacola preta que estava perto de Laurel no banco de trás. – Eu tenho equipamento – então olhou para Chase. – Eu tenho reforço.

A despeito de si mesmo, Chase fungou, divertido.

– Três pessoas, um punhado de armas e um carro não é exatamente a UCT.

– Há muito tempo eu não faço parte daquilo, Chase. E você também não.

O outro fez uma pausa.

– É verdade.

Jack se virou para olhar para Laurel.

– Ainda está com aquele revólver?

– Sim – disse ela, tensa.

– Não use a menos que seja obrigada – ele lhe entregou as chaves do carro. – Se as coisas derem errado, pegue isso e vá para a interestadual. Continue dirigindo e não pare até chegar a uma cidade.

– Como eu vou saber se as coisas deram errado?

– Algo vai pegar fogo – sugeriu Chase. – Ou explodir.

– Fique escondida – disse Jack, e saiu do carro.

Chase caminhou ao lado dele, voltando para o Caixa de Motor.

– Então. Qual é o seu plano?

– Lembra daquela vez em Memphis?

– Hum – Chase endireitou o casaco e a arma escondida sob ele. – Memphis foi uma cagada do começo ao fim – tinha sido a última missão em que foram parceiros antes da operação infiltrada no cartel de Salazar.

Jack assentiu.

– Concordo. Minha ideia é: dessa vez, não vamos cometer os mesmos erros.

– Só erros novos – Chase estendeu a mão para fazê-lo parar. – *Jack*. Pare por um segundo. Nós vamos *mesmo* fazer isso? Viemos a Deadline por um motivo, e esse motivo não estará aqui por algumas horas ainda. Se começarmos a fazer barulho e a bagunçar com os locais, não vamos viver o bastante para pegar aquele trem – ele balançou a cabeça. – Está arriscando um bom plano nas consequências de um ato aleatório...

– Vá direto ao ponto – disse Jack, sua paciência se esgotando.

Chase respirou fundo.

– Você me procurou do nada, pediu que o ajudasse a voltar para Kim. Eu vou fazer isso. *Eu te devo isso*. Mas isso aqui? – ele gesticulou, indicando a boate. – Isso não é da nossa conta. Se quiser, quando chegarmos a Los Angeles podemos contar sobre isso a alguém que possa resolver, mas não você e eu, não agora – a voz dele se reduziu a um sussurro. – Se precisa provar alguma coisa, esta não é a maneira de provar.

– É isso o que você acha? – Jack o encarou, controlando seu mau gênio. – Não nos vemos há muito tempo, Chase, mas você me conhece. Acha que eu mudei?

O mais jovem respondeu após um momento.

– Não.

– *Você* mudou?

– Diga-me você.

– Acha que eu conseguiria olhar minha filha nos olhos sabendo que ignorei o que está acontecendo nesta cidade? – antes que Chase pudesse responder, ele foi em frente. – Você pensa, por um segundo, que o FBI e a polícia estadual não sabem sobre os Night Rangers? Para um clube de motoqueiros manter toda uma comunidade de joelhos é preciso dinheiro e força. Propinas. Influência. Como eu disse, vi a mesma coisa na Sérvia quando estive lá com a Delta. Sempre havia mais coisa envolvida além de drogas e prostituição. Aqui não é diferente. Então... eu não vou dar as costas – ele sustentou o olhar do outro. – E acho que você também não.

Depois de uma pausa, Chase assentiu.

– Certo. Vamos pegar os amigos de Laurel. E daí?

Jack voltou a andar.

– Aí viramos algumas pedras para ver o que sai de lá debaixo.

Para alguém que gostava de se considerar um "fora da grade", a velocidade com que agentes do governo russo descobriram a localização de Hector Matlow o deixariam extremamente abalado. O número da caixa postal digital "ponto final" que Matlow dera a Mike Roker tinha o propósito de isolá-lo de uma conexão permanente, todavia depois de algumas ligações a equipe SVR tinha conseguido reunir técnicos de uma de suas instalações de *cyber* segurança em Minsk para rastrear o hacker americano e encontrar uma provável localização para ele. Com a carta branca que o presidente Suvarov dera à equipe de Bazin em sua busca por Jack Bauer, eles tinham os recursos de que precisavam depois de pouco tempo.

Ele pensava nisso quando o Augusta AW109 voava baixo sobre o topo das árvores no escuro para que ninguém que visse o helicóptero pudesse ter uma pista de sua identidade. Como Bazin, todos a bordo da aeronave usavam óculos de visão noturna, o que tornava o mundo ao redor deles uma paisagem lunar em tons de verde pálido e negro profundo. Ele olhou para o mapa de papel em sua mão e então para Ziminova, que se sentava do outro lado do compartimento dos fundos, de frente para ele. Ela tinha uma caixa de plástico aberta diante dela e estava trabalhando, montando uma arma: um tubo curto de boca ampla, a empunhadura de uma pistola, a armação de metal terminando em um apoio para o ombro.

– Eu preferiria uma entrada mais sutil – disse a ela. – Discrição, em vez de som e fúria.

– Como era mesmo aquele ditado inglês? – disse ela, sem erguer o olhar. – *Quando o diabo está no comando, deve-se obedecer.*

– Existe o risco de que você o mate.

Ziminova aquiesceu.

– Uma margem de erro. Mas se o sensor fizer seu trabalho... – ela não completou a frase.

Pensando nisso, Bazin se virou em seu assento para falar com Ekel, que estava sentado na frente como copiloto. Em seu colo ele carregava um monitor portátil de cor oliva e um teclado, rastreando conexões. A tela do aparelho mostrava uma série de displays conforme eles ficavam online. O texto na tela e no teclado estava em chinês. Bazin o cutucou no ombro.

– Você consegue ler isso?

– Mas é claro – respondeu Ekel. – Quem você acha que roubou isso de Xangai?

O helicóptero estava diminuindo a velocidade e Bazin olhou para o mapa outra vez.

– Chegamos – anunciou para a equipe. – Preparem-se.

Quando o AW109 reduziu até flutuar acima de uma clareira nas árvores, Ekel apontou para o chão.

– Senhor, se quiser...

– Mas é claro – conferindo para ter certeza de que estava preso com segurança Bazin se inclinou e puxou a tranca que mantinha a porta do helicóptero fechada. Ela deslizou sobre dobradiças bem lubrificadas, permitindo que o frio ar noturno entrasse na cabine, envolvendo-os. Bazin olhou para baixo, vendo formas retangulares em fileiras desordenadas sob eles. Não havia nenhum sinal de movimento.

Ele apanhou o pesado sensor no chão da cabine, tomando cuidado para não emaranhar os cabos que saíam dele até os orifícios na lateral do monitor de Ekel. Bazin podia sentir a energia correndo pelo monitor quando o apontou para o chão, do lado de fora da lateral do helicóptero.

– Está funcionando – anunciou Ekel.

– Nenhuma outra aeronave na área – disse o piloto. – Mas isso pode mudar a qualquer momento.

– Entendido – Bazin torceu o pescoço para olhar para a tela de Ekel. Ela mostrava uma imagem que lembrava ondas quebrando contra uma praia, vistas de cima. Algumas eram interrompidas por manchas, outras eram lisas e regulares. O sistema de radar de penetração de solo tinha sido originalmente construído pelo exército chinês para detectar minas enterradas no chão, mas nas mãos de um usuário treinado, podia procurar qualquer coisa escondida sob a terra.

Depois de um momento, Ekel apontou para a tela, onde um traço particular estava se movendo.

– Ali. Alguém está lá embaixo, sob os trailers. Tem que ser ele.

– Você acha que ele sabe de nós? – perguntou Ziminova. Ela terminara de montar a arma, um lançador de granadas Pallad de tiro único de 40 mm. Então, abriu a arma e encaixou um explosivo ali.

– Logo saberá – Bazin deu uma olhada pela janela. – Ekel, onde está o nosso homem?

– Doze graus à direita. Afastando-se agora.

– Entendido – retrucou Ziminova e ergueu a arma até seu ombro. Ela levou um segundo para estabilizar a mira e atirou. O som oco do tiro do Pallad se perdeu no som das lâminas dos rotores.

Bazin assistiu a cápsula cair no teto de um dos trailers super crescidos e, no último segundo, ergueu seus óculos de visão noturna para evitar que o clarão o cegasse.

O trailer explodiu em estilhaços, fogo laranja e fumaça preta formando um breve inferno que iluminou a clareira e o arvoredo em volta. Imediatamente em seguida ele pôde ver onde a granada tinha escavado um grande buraco na terra escura debaixo do trailer esmagado. O canto de uma construção escondida agora estava visível, com tijolos desabando e uma viga de metal retorcida.

– Outra? – ofereceu a mulher, rolando um segundo explosivo na palma da mão.

Bazin balançou a cabeça e puxou para trás a telha da submetralhadora Skorpion presa a seu peito.

– Não há necessidade. Vamos entrar por aqui – ele gesticulou para o piloto com a lateral da mão. – Pode nos deixar aqui, depois espere na estação.

Ziminova saiu rapidamente, saltando para a grama úmida antes que as rodas do helicóptero tocassem o chão. Bazin a seguiu com passos mais controlados, no entanto foi o primeiro a ver movimento quando a aeronave voltou a subir, girando a coluna de fumaça no vórtex de seu rotor.

Uma figura se arrastou para fora dos escombros, lentamente, mancando, e começou a se dirigir aos poucos para as árvores. Ziminova disparou uma rajada de sua Skorpion, costurando uma linha pelo chão em frente ao sobrevivente que o fez se encolher e desabar.

Bazin se aproximou, andando por uma nevasca de entulhos jogados para o ar pela explosão da granada: páginas arrancadas de livros, restos de lenços de papel, fragmentos de papelão. Ele ergueu uma sobrancelha quando sua bota pousou em algo que, estranhamente, lembrava um mapa abstrato de Stalingrado. Deixou isso para lá e seguiu em frente, agachando-se perto da figura acovardada e preta de fumaça.

O homem estava sangrando pelos ouvidos e narinas, e seus olhos estavam arregalados em puro pânico. Bazin encaixou o queixo dele em sua mão e virou a cabeça do sujeito para olhar diretamente para ele.

– Hector Matlow – disse, pronunciando as palavras lenta e cuidadosamente. – Boa noite. Você vai me ajudar.

Matlow assentiu debilmente.

13

O INTERIOR DO CAIXA DE MOTOR COMBINAVA COM O NOME. ESCURO E ENCARDIdo, com um forte odor de fumaça e óleo de motor que permanecia no ar, o coração da boate era um palco elevado de dança repleto de postes de latão para *pole dance*. Duas mulheres estavam lá em cima quando Jack e Chase entraram, ambas vestindo um fio dental e mais nada, rebolando no ritmo da áspera música de fundo com olhos vazios e movimentos mecânicos.

Ficou imediatamente claro que havia dois grupos distintos de clientes no Caixa de Motor. O menor era dos caminhoneiros cansados da estrada, que enrolavam com suas cervejas e ficavam do seu lado do clube. O segundo, triplamente mais numeroso do que os motoristas de caminhão, era um coro de motoqueiros que incentivavam as dançarinas aos gritos ou discutiam entre si. Jack viu os emblemas dos Night Rangers MC, as faixas mostrando nomes de vários condados do Meio-Oeste. Eles se juntavam nas mesas contornando o final da passarela velha e, para lá de onde estavam, um lado do interior do clube era composto por um longo bar de madeira. Atrás dele reinava um homem que era praticamente uma montanha com barba, vestido em denim e servindo drinques como se cada um deles fosse um insulto pessoal a ele. Ouviu-se vidro quebrar e alguém gritou, um soco voou, mas isso parecia algo comum.

Tinham dado três passos para dentro quando um motoqueiro vestindo uma jaqueta idêntica à que Jack tinha visto em Brodur se meteu na frente deles.

— E quem diabos são vocês? – exigiu ele. Alto e esguio, ele tinha uma massa de *dreadlocks* pretos que passava dos ombros e um queixo, que empinava ao falar, marcado por uma cicatriz. Carregava um taco de sinuca em uma das mãos, embora Jack reparasse que a mesa mais próxima estava do outro lado do salão. – Vocês não são conhecidos meus.

Jack olhou o motoqueiro de cima a baixo.

— Onde está Rydell? – perguntou, com a voz entediada. – Está aqui?

— É da sua conta?

A pausa antes da resposta disse a Jack que esse cara não sabia a resposta, e ele o dispensou, seguindo em frente.

— Esqueça. Você não tem como me ajudar. Dá o fora.

O taco foi erguido em uma pose ameaçadora.

— Não fale assim comigo, idiota.

Chase se intrometeu, a expressão dura e implacável.

— Não seja estúpido, durão.

— Onde vocês acham que estão? – rosnou o motoqueiro. – Vocês têm dez segundos para começar a mostrar algum respeito, antes de serem arrabentados...

Jack o silenciou com um olhar.

— Este é um daqueles esquemas em que a gente precisa chutar alguém até conseguir uma resposta? – ele lançou a Chase uma olhada de relance e a sombra de um gesto com a cabeça.

Chase pegou a ponta mais fina do taco na mão aberta com um estalo da madeira na carne. Ele empurrou o motoqueiro para trás com tanta força que o terço final do taco se partiu e empurrou a parte arrebentada e lascada na carne macia da garganta do outro. O volume da conversa no resto do bar diminuiu de modo significante.

Sem esperar pela resposta do outro homem, Jack prosseguiu.

— Estamos aqui para ver Rydell. Chicago nos enviou.

— Chicago? – o nome da cidade fez o motoqueiro hesitar. – O que estão fazendo aqui? Vocês não deviam estar aqui.

Chase abriu as mãos, movendo o taco quebrado para longe.

— Quem te disse?

— Rydell não está por aqui – disse o outro, recuperando um pouco de sua compostura. – Esperem aqui. Vou buscar Sammy.

— Faça isso – disse Jack para as costas dele, enquanto se afastava da multidão e dirigia-se a uma porta para lá da linha do palco.

— *Chicago?* – repetiu Chase em voz baixa.

Jack assentiu.

— Este MC não pode mexer em nada que vá fazer dinheiro nessa escala sem trombar com conexões da máfia. A de Chicago é a organização criminosa maior e mais próxima deste lugar. Imaginei que os Night Rangers devem ter algum tipo de relação com as famílias de lá.

— Um bom chute. Vamos torcer para que eles estejam em termos amigáveis.

Jack balançou a cabeça.

— Já vamos descobrir. Se eu estiver enganado, vamos saber assim que eles saírem atirando.

Chase olhou ao seu redor, examinando o lugar.

— Portas nos fundos – disse, indicando o local com a cabeça. Assim que o fez, uma dupla de motoqueiros passou por ali, rindo rudemente. – Provavelmente leva até o bordel.

— Se as mulheres que Laurel mencionou estão todas aqui, eles devem mantê-las bem vigiadas – Jack considerou suas opções. Superficialmente, o Caixa de Motor parecia uma construção improvisada, contudo alguém tinha pensado com cuidado em construir gargalos ao redor das saídas para impedir que alguém pudesse executar uma fuga rápida. – Precisamos de um ângulo melhor.

O motoqueiro de dreadlocks voltou, seguido por um sujeito mais velho que era atarracado e de rosto vermelho. Ele andava arrastando uma das pernas, e Jack presumiu que, sob o jeans, a perna direita era uma prótese.

— Sammy – disse Jack, como se conhecesse o homem. – Agradeça a seu amigo aqui pelas boas-vindas.

Sammy estreitou os olhos para os dois recém-chegados, depois para seu colega.

— Sticks não sabe quando manter a boca fechada – ele fechou a cara. – Eu te conheço?

— Meu amigo Charlie – Jack indicou Chase. – Eu sou Joe. E isso é o que você poderia chamar de uma visita surpresa.

— Surpresa mesmo – disse o motoqueiro que Sammy tinha chamado de Sticks. – Por que é que vocês estão aqui?

— Disseram para a gente vir dar uma olhada – disse Chase, pegando o fio da mentira e desenrolando-o. – Tem havido muita conversa, sabe como é? – ele gesticulou para o ambiente. – Sobre o que está rolando em Deadline.

— Nosso pessoal em Chicago não gosta de conversa – acrescentou Jack. – Deixa eles nervosos.

A expressão fechada de Sammy só piorou.

— Este não é um bom momento. Eu acabo de receber uma nova carga. Estamos bem ocupados por aqui. Voltem amanhã.

Jack deu um sorriso apertado.

— Não vai rolar – ele pressionou, mantendo o ímpeto. – Olha aqui. Eu não queria vir até aqui no meio do nada, e não quero ficar aqui por mais tempo do que sou obrigado – ele tinha aprendido do jeito mais difícil que manter uma "lenda" infiltrado era, prioritariamente, uma questão de confiança. Se pudessem manter Sammy e seus amigos no contrapé e apenas reagindo, os motoqueiros teriam menos tempo para fazer perguntas que Jack e Chase não conseguiriam responder. – Tenho certeza de que você também não nos quer no seu caminho. Então, vamos resolver isso e todos podemos seguir com a vida, certo?

— Reviste-os – mandou Sammy, e Sticks adiantou-se para fazer uma revista superficial em Chase. Ele aceitou e o motoqueiro encontrou sua arma rapidamente.

— Agora, o que é que você está fazendo com isso? – disse Sammy, seus olhos se estreitando.

Jack abriu sua jaqueta para mostrar a M1911 que estava portando.

— Acha que nós viríamos para essa ratoeira sem um ferro?

Sticks executou a mesma revista em Jack antes de dar um passo para trás.

— A menos que tenham algo enfiado na bunda, esses caras não estão grampeados.

— Claro, que seja – disse Sammy, assentindo distraidamente. – Meu escritório fica lá nos fundos. Venham – ele olhou para Sticks. – Mantenha o pessoal do lado de fora até terminarmos aqui, está bem?

— Entendido – Sticks observou os dois homens seguirem Sammy pelo bar e desaparecerem pela porta. Tardiamente, percebeu que ainda estava segurando o taco quebrado e jogou-o para um canto com raiva antes de marchar de volta para o bar e pegar uma garrafa de cerveja. Ele tomou metade da long neck em um gole profundo, analisando toda a conversa outra vez em sua mente. *Como se já não tivéssemos merda o suficiente para resolver por aqui.*

Primeiro, tinha havido problemas com o "vermelho, branco e azul" na base; depois, alguma merda com o ônibus. Ninguém parecia saber aonde diabos Brodur tinha se enfiado. *E agora, isso.*

Sammy parecia ter uma boa noção das coisas, porém Sammy já não era mais um motoqueiro, e isso significava que também já não fazia mais parte do MC, não de verdade. Não como Sticks. Sammy havia perdido aquela perna debaixo de um caminhão perto de Kansas City e, como um tipo de recompensa, Rydell lhe dera o Caixa de Motor para administrar. Mas Sammy estava em terra firme há anos agora, e aquilo mudava um homem. Rydell ia querer saber desse novo problema e Sticks imaginou se Sammy demoraria para contar tudo ao presidente do clube.

Ele decidiu tirar vantagem da situação e procurou no bolso de seu colete pelo surrado celular que todos os melhores soldados do MC tinham de carregar. Depois de alguns toques ele estava falando com Lance, o mestre de armas de Rydell.

— *Que foi?*

— Deixe eu falar com o chefão – disse ele.

— *Por que eu faria isso, Sticks?*

— Estou no Caixa – disse ele. – E temos visitantes de fora da cidade.

O escritório de Sammy era diferente do bar propriamente dito, cheio de paredes de tijolos aparentes e piso de madeira. Mas, ao contrário da outra sala, o ex-motoqueiro tinha imposto sua personalidade ali.

— É como um museu aqui – comentou Chase, o que arrancou um gesto de concordância do outro homem.

— Muitas lembranças – admitiu Sammy. A porta se fechou com estrondo atrás dele, cortando a música constante da boate a apenas uma pulsação baixa.

Jack olhou ao redor. Cada pedaço de parede que podia ser preenchido, foi. Havia ali fotos emolduradas, várias delas mostrando homens de motocicleta dos anos 1970 até os dias de hoje, outras exibindo grupos de soldados contra um fundo de helicópteros e campos de arroz em algum lugar distante no Sudeste Asiático. Havia páginas de jornais, principalmente manchetes sensacionalistas sobre a ameaça das gangues de motociclistas, muitas mencionando os Night Rangers. Uma parede era dominada pelo que parecia ser a pele de um leão da montanha. Na outra, o lugar de honra era dividido entre uma jaqueta de couro preta com as cores do MC e uma caixa de vidro contendo dois objetos diferentes.

Jack olhou mais de perto. A caixa continha um tanque de gasolina muito amassado de uma Harley-Davidson, exposto como se fosse um troféu. Ao lado dele havia um boné de caminhoneiro encardido e descorado pelo sol, com a parte de trás de tela. Manchas de sangue antigas, cor de ferrugem, espalhavam-se pela aba do boné.

Sammy sorriu amargamente, notando a atenção de Jack.

— O primeiro, eu peguei com facilidade. Quase me matou. O segundo... – o motoqueiro assentiu para si mesmo. – Levei dois anos para rastreá-lo.

O velho motoqueiro indicou uma enorme faca Bowie repousando em um expositor diante dele. Eles se sentaram e Sammy se inclinou sobre a mesa de madeira no meio da sala. Quatro telas de monitores preto e branco diante dele piscavam as imagens das câmeras de segurança instaladas pela boate de striptease.

Chase lançou um olhar para Jack e indicou sutilmente as telas. Jack viu cenas das dançarinas deixando o palco, alternando-se com salas nos fundos e corredores, danças particulares e outras atividades mais ilegais acontecendo atrás das portas fechadas.

— Rydell está ficando desleixado – começou Jack, iniciando já com um desafio. – Ele está chamando atenção para este lugar.

— Como, exatamente? – a mão de Sammy continuou perto da faca. – Está dizendo que alguém anda dando com a língua nos dentes? – ele balançou a cabeça. – Nunca aconteceu antes. Este lugar é só um bar de tetas e somos como uma família por aqui, entendeu? Irmãos para a vida toda.

Ele indicou uma das fotos na parede, retratando um grupo de Night Rangers de pé em volta de uma lápide.

— As garotas... – Chase indicou os monitores. – Se o seu pessoal não tomar cuidado com o lugar onde estão buscando...

Sammy bateu na mesa com um dedo forte.

— Não me diga como fazer o meu trabalho, filho. Nós não alistamos ninguém que vá fazer falta. Diabos, a maioria dessas perdedoras vem por vontade própria – ele sorriu. – A economia está difícil aí fora, sabe? Claro, nós não temos um plano de saúde dental, mas pagamos.

— É mesmo? – Jack arqueou uma sobrancelha.

O outro deu de ombros.

— O bastante para manter as putas de pé e os otários trabalhando. Não o suficiente para eles irem para outro lugar – ele deu uma risada áspera. – Como se *houvesse* algum outro lugar para ir, de qualquer jeito.

— Quantas garotas no plantel? – Jack manteve a expressão neutra, mas por dentro seu desgosto com Sammy crescia de minuto a minuto.

— De sobra – Sammy fez um gesto vago e circular com a mão. – Eu perdi a conta.

— Não é verdade – disse Chase. – Aposto um bom dinheiro que você sabe exatamente quantas "dançarinas" tem sob este teto, e exatamente o que está usando para manter cada uma delas na linha.

Os olhos de Sammy cintilaram, mas no momento seguinte ele estava sorrindo.

— Charlie aqui é um espertinho, não é? Certo, certo, você me pegou. Eu sou tipo o vaqueiro-chefe e esse é o meu rebanho – ele apontou para os monitores. – Eu as laço. Se for preciso, eu as marco.

— Você disse que tinha recebido uma nova carga – pressionou Jack.

O outro assentiu.

— É preciso colocá-las em rotação. Temos que manter os irmãos interessados, sabe como é? Eles gostam de carne nova de tempos em temos. As garotas que estão aqui há algum tempo, se não fazem mais dinheiro... – ele deu de ombros outra vez. – São vendidas, ou Lance as leva para as fábricas. Eu faço questão que elas saibam disso. *Para mantê-las na linha* – ele olhou para Chase.

Jack imaginou a que "fábrica" ele se referia, e arquivou o nome para referência futura.

— Você as mantém aqui, no clube?

— Que foi, quer uma amostra grátis? – Sammy inclinou-se para a frente. – Por que é que você se importa com as garotas? Este não é o seu negócio. Você sabe como o acordo funciona. Chicago recebe sua parte do produto, e todo o resto é por nossa conta – Houve um momento de hesitação nas palavras do ex-motoqueiro, e Jack pôde ver as perguntas começando a se formar na mente dele. A mão de Sammy se afastou da faca e foi até o telefone em sua mesa. – Vou dizer uma coisa, acho que já falei o bastante. Rydell está ocupado, mas vou chamar Lance aqui. Vocês deviam conversar com ele.

Pelo canto do olho, Jack viu Chase esfregar o polegar na lateral do nariz, como se estivesse coçando. Para qualquer outra pessoa, o gesto teria parecido casual, até mesmo aleatório, no entanto, para Jack, foi um sinal de alerta – um sinal secreto do tempo em que trabalhavam como agentes infiltrados. *Ele nos descobriu.*

A mão de Jack se moveu, agarrando a faca antes que Sammy pudesse pegar o telefone e trazendo-a para baixo com força, a ponta espetando o meio da palma da mão do sujeito, prendendo-o à mesa.

O nível do ruído ambiente dentro do Caixa de Motor dificultava para Sticks escutar mais do que uma palavra a cada três, por isso ele abriu caminho aos empurrões, passando pelos homens reunidos junto à porta, e saiu. Ele acenou com a cabeça para Fang quando o outro motoqueiro passou por ele na direção contrária, recebendo uma amostra dos dentes cromados do sujeito em troca.

— Já encontrou aquele careca idiota? – sibilou ele, cobrindo o bocal do celular com uma das mãos.

Fang deu de ombros, lânguido.

— Brodur faz o que quer, cara. Provavelmente pegou aquela loira magrela e gostosinha nos arbustos em algum lugar e está voltando à natureza...

— Ele precisa manter as calças fechadas, isso sim – rebateu Sticks. Ficou em silêncio quando ouviu uma voz afiada do outro lado da linha.

— *É melhor que isso seja bom* – o tom de Rydell era grave e áspero.

— Dois caras entraram com tudo vindo da rua, chefe – começou ele. – Do nada. Disseram que vinham de Chicago, dar uma olhada. Como se fosse uma inspeção surpresa ou uma merda dessas.

— *Você está doidão?*

— Não! – insistiu Sticks, embora tivesse fumado um baseado mais cedo. – Chefe, não. Isso é de verdade.

— *Ah, Sticks* – retrucou Rydell. – *Com toda a certeza* não é *de verdade, e sabe por quê?* – ele não esperou por uma resposta. – *Porque eu estava falando ao telefone com nossos associados da Cidade dos Ventos não faz nem três horas. E sabe como aqueles pintinhos da índia gostam de pensar que são mais espertos que nós, caipiras. Se eles estivessem mandando alguém para cá, estariam se gabando disso* – Rydell fez uma pausa. – *Esses caras, eles pareciam policiais ou agentes federais?*

— *Nem* – disse Sticks, balançando a cabeça. – Digo, acho que nenhum dos dois. Policiais não têm os colhões para vir até aqui, de qualquer jeito – o motoqueiro virou a cabeça de lado e cuspiu.

— *Bem, então temos uma dúvida, não temos?* – ao fundo da ligação, Sticks ouviu uma mulher chorar e um homem gritar. Então, houve o eco de um tiro e silêncio. Depois de um instante, Rydell estava de volta. – *Estou resolvendo umas paradas aqui, irmão. Me faz um favor: descubra quem são esses dois cretinos e deixe eles de molho. Vou resolver isso quando tiver tempo.*

— Pode contar comigo.

— *Não estrague tudo* – alertou Rydell e desligou a chamada.

De acordo com as regras da AFA, Hadley e sua equipe deveriam desembarcar do Cessna Citation enquanto o jato era reabastecido, mas o agente do FBI disse ao coordenador do campo de pouso em termos muito claros que nenhum deles estava indo a lugar algum. Pela portinhola aberta, Kilner podia sentir o cheiro de gasolina de aviação enquanto um caminhão-tanque de três eixos se agarrava à asa da aeronave, bombeando combustível fresco nos tanques. A equipe não havia objetado. O FBI estava pagando a conta pelas horas extras.

Dell e Markinson se debruçaram sobre uma mesa nos fundos da cabine, estudando um mapa das rodovias dos estados circundantes.

— Até agora, esse cara, Williams, não rendeu nada – disse Dell, passando a mão pelo cabelo. – Nada na base de dados NatCrime, nem mesmo uma multa por excesso de velocidade. Se pudéssemos achar algo mais, poderíamos descobrir aonde ele está levando Bauer.

— Talvez ele seja só um azarado que Bauer pegou como refém – sugeriu Markinson. – Ele vai forçar o pobre Charlie a levá-lo até algum lugar, e então... – ela imitou uma pistola. – *Pá, pá.* Dois, bem na nuca.

— Esse não é o estilo de Bauer – Kilner franziu o cenho.

— Ah, é – disse Markinson, olhando para ele. – Eu tinha me esquecido. Você é o especialista nesse sujeito – ela se inclinou adiante. – As pessoas mudam, Jorge. Só porque você quer que ele seja um cara bom em uma situação ruim não faz com que isso seja verdade.

— Você está vendo as coisas pelo ponto de vista de Hadley agora? – retrucou ele.

A outra agente deu de ombros.

— Estou considerando todos os ângulos.

— Jack Bauer conhece Charlie Williams – disse Hadley, aproximando-se deles com uma folha de papel em sua mão. – Esta é a única explicação que se encaixa.

O papel era uma impressão dos resultados de uma busca de identidade de Williams conduzida pelo escritório de Nova York. Kilner pegou a página e saltou o texto, reparando no rosto do homem em uma cópia de sua carta de motorista.

— Aqui diz que ele trabalha para as Concessionárias Roker Ltda., uma concessionária automotiva.

— Os policiais de Pittsburgh estão investigando – disse Hadley. – Mas o que me interessa aqui é isso – ele indicou a página. – Volte alguns anos e Charles Williams desaparece. Nenhum detalhe antes desse ponto. É como se ele simplesmente surgisse um dia, vindo do nada.

— Então... – disse Dell, batucando com um dedo nos lábios. – Identidade falsa? Novo nome, nova vida. Ele era um dos nossos, alguém do Programa de Proteção a Testemunhas?

Hadley balançou a cabeça, negando.

— Já conferimos. Eles não conhecem esse cara. Não, estou achando que ele devia ser da CIA, ou alguém do passado de Bauer. Alguém que não tínhamos em nosso radar.

— Podemos conseguir uma ligação com a Unidade Contraterrorismo? – Markinson colocou as mãos nos quadris. – Esse pessoal trabalhou intimamente com Bauer por anos. Poderíamos pressioná-los um pouco.

— Todas as operações divisionais da UCT estão em suspenso, aguardando uma investigação do assassinato de Hassan – respondeu Hadley. – Essa ordem veio diretamente do vice-presidente... – ele fez uma pausa e se corrigiu. – Do *presidente* Heyworth.

— O cara novo não perde tempo – reparou Dell.

Um apito soou vindo do fax anexo à estação de trabalho na frente da cabine do jato e Kilner foi até lá, pegando as páginas ainda mornas assim que elas caíam na gaveta.

— É do departamento de polícia de Pittsburgh. Eles enviaram uma patrulha até o apartamento de Williams, mas ele já tinha sido revistado.

Os olhos de Markinson se estreitaram.

— Tem mais alguém procurando por esse cara?

Kilner seguiu lendo e a testa se franziu ainda mais.

— Tem mais. Um carro de patrulha relatou um possível arrombamento na concessionária Roker, a mesma coisa que no apartamento... – quando ele pegou a última página, parou.

Hadley retirou o papel de sua mão e fez uma careta ao ler o que estava ali.

— Eles enviaram outra unidade para a casa de Roker, o cara para quem Williams supostamente trabalhava. *Identificação preliminar das vítimas: Roker, Michael e Roker, Barbara. Marido e mulher, donos da propriedade.* Ambos mortos com tiros à queima-roupa – ele entregou a página de volta para Kilner. – Certo, talvez estejamos rastreando agora dois assassinos, em vez de um só.

— Você não sabe se Williams é responsável por isso – disse Kilner, porém as palavras saíram sem força nem sentimento.

— Talvez esse cara novo esteja cobrindo seus rastros – disse Dell, pensando alto. – Ele tem algo a esconder. Encaixa com o perfil.

— Qual é a linha do tempo aqui? – Markinson olhou para o mapa rodoviário. – O que estamos sugerindo? Bauer liga para Williams, Williams mata seu chefe e a esposa por sabe lá Deus que motivo, encontra-se com

Bauer e cai na estrada... *E* encontra tempo para surrar dois idiotas no meio do caminho? Não faz sentido.

— O carro está registrado em nome da concessionária de Roker – disse Dell. – Tudo está se conectando. Só temos que descobrir como.

— Jack, o que você está fazendo? – murmurou Kilner. A cada novo pedaço de informação, ficava cada vez mais difícil para dar ao alvo deles o benefício da dúvida.

Um tom estridente soou pela cabine e Hadley pegou seu celular.

— Agente Especial Hadley falando – ele apertou uma tecla para que todos pudessem ouvir a voz no outro lado da linha.

— *Tom, aqui é Mike Dwyer. Eu acabo de receber uma ligação de Liberty Crossing. Quer me dizer do que se trata?*

Kilner observou o outro agente, tentando adivinhar sua resposta. Liberty Crossing, em McClean, Virginia, era a localização do Centro Nacional Contraterrorismo, uma agência mista composta por gente de todos os principais órgãos de segurança e apoio à lei. O FBI era um acionista fundamental da CNCT, oferecendo pessoal e informação para análise de ameaças à América vinte e quatro horas por dia, em associação com a divisão de Segurança Nacional do Bureau. Como *think tank** e ferramenta para previsão e rastreamento de ameaças, o centro era o que havia de mais avançado.

— Eu entrei em contato com um conhecido meu de lá, senhor. Pensei que poderia ajudar.

— *Você passou por cima de mim. Passou por cima desse escritório.*

— Recebi ordens de usar todos os meios à minha disposição para pegar Bauer. Imaginei que seria mais rápido ir direto até meu contato no centro em vez de perder tempo passando pelos canais adequados.

— *Você decidiu que era melhor conseguir perdão do que permissão, foi isso?*

— Sim, senhor – Hadley não exibiu reação. – Presumo que eles tenham encontrado alguma coisa?

Dwyer levou um momento para responder.

— *Encontraram. Há umas duas horas, uma câmera de tráfego capturou uma imagem do carro pelo qual você está procurando, dirigindo-se a leste em*

* Instituto ou grupo de pesquisa interdisciplinar que atua sobre assuntos estratégicos, visando intervir em questões sociais, políticas, econômicas e científicas. (N.T.)

uma junção da Interestadual 70. De acordo com o CNCT, o reconhecimento facial deu uma correspondência de sessenta por cento no passageiro do veículo. É Bauer.

Hadley se virou para Dell e apontou um dedo na direção da cabine do piloto.

— Vá até lá e diga ao piloto que eu quero estar no ar e voando para o leste há cinco minutos! – Kilner viu um sorriso lento cruzar o rosto dele quando se voltou para o telefone. – E o motorista, senhor? É o outro suspeito, Williams?

— *Não exatamente* – respondeu Dwyer. – *O motorista é um homem que deveria estar morto* – ele fez uma pausa. – *Tire-me do viva-voz.*

Hadley olhou para os outros e assentiu para si mesmo.

— Certo.

Ele teclou no telefone e levou-o ao ouvido. Kilner assistiu enquanto ele se movia para o outro lado da cabine e saía pela portinhola, pisando na passarela, onde poderia falar sem ser ouvido.

— Ele quebrou o protocolo. Dwyer parecia estar furioso.

— E daí? – disse Markinson. – Nada disso vai importar quando Bauer receber o que está chegando para ele.

— *Aguarde pelo AEAE O'Leary* – disse Dwyer, e houve um clique no ouvido de Hadley quando a linha foi passada.

— Senhor? – ele se endireitou, aguardando a inevitável censura.

Não precisou esperar muito.

— *Há uma diferença entre agir por sua própria iniciativa e abusar de sua autoridade* – rosnou O'Leary. – *Se você pensou que eu te deixaria fazer qualquer coisa porque minha atenção está nesse negócio do Hassan, está muito enganado.*

— Com todo o respeito, senhor...

— *Jamais use essa frase comigo, Hadley. Você não respeita a cadeia de comando, e nunca respeitou. Eu deveria saber que não podia te deixar encarregado da caça a Bauer. Agora estou começando a me arrepender da minha decisão.*

— Eu tenho boas pistas. Estamos chegando perto.

— *E este é o único motivo pelo qual você não está voltando agora para Newark* – O'Leary respirou fundo. – *Acho que não deveria me surpreender por você ter procurado seu amigo Jacobs no CNCT. Eu sei de tudo sobre ele. Ele serviu sob Jason Pillar na Marinha, assim como você.*

— Sal Jacobs é um bom agente.

— *Há controvérsias. O que eu sei com certeza é que Pillar o ajudou a conseguir aquele emprego, do mesmo jeito que ajudou você a conseguir o seu. Deixe-me perguntar, Hadley. O que foi que Pillar lhe disse? Que um dia, no futuro, ele levaria você para trabalhar com ele no Capitólio? Acha que eu não sei que ele estava montando a própria rede?*

Hadley franziu o cenho.

— Não importa agora, não é? Pillar está morto.

— *Está, sim. Então, faça a porcaria do seu trabalho. Porque se Bauer escapar, você não o manterá por muito tempo.*

O'Leary cortou a ligação.

Atrás dele, o caminhão de combustível estava se afastando e Hadley ouviu o lento gemido crescente das turbinas do jato voltando ao funcionamento.

14

SAMMY SOLTOU UM RUÍDO ESTRANGULADO E AGONIZANTE DO FUNDO DA GARganta, algo entre um uivo e um soluço.

A faca Bowie tinha atravessado diretamente o centro da mão direita do ex-motoqueiro, entrando quase dois centímetros na superfície da mesa de madeira. Jack esperava que ele fosse, por reflexo, agarrar o punho da faca com a outra mão, mas Sammy cuspia maldições e tentava pegar algo embaixo da mesa.

Chase também viu.

— *Arma!* – ele se jogou de lado e Jack fez o mesmo, enquanto os dedos de Sammy agarravam a coronha de uma escopeta de cano serrado escondida ali. Os dois canos dispararam ao mesmo tempo, antes mesmo que a arma se soltasse dos grampos que a prendiam à parte de baixo do tampo da mesa. Uma descarga oca arrancou um naco da cadeira diante de Sammy e explodiu em pedacinhos a caixa de vidro contendo o tanque de gasolina amassado. Jack ouviu o estouro e o assovio de balas ricocheteando nas paredes de tijolo.

Sammy foi jogado para trás, a cadeira girando, tentando manter seu equilíbrio enquanto uma das mãos ainda estava presa no lugar. Ele girou a escopeta ainda fumegante, manejando-a como se fosse um bastão, acertando a cabeça de Jack com uma pancada.

Enquanto Chase se levantava, faixas de um vermelho fresco saindo de seu rosto onde quase tinha sido atingido, Jack pulou por cima da mesa e deu uma trombada em Sammy. Ele o atingiu com tanta força que deslocou a faca e Sammy foi para trás, a mão arruinada se abrindo em um rasgo e esguichando sangue. Jack acertou dois socos curtos na garganta dele. Osso e cartilagem se partiram, e dessa fez Sammy foi ao chão – e ficou por lá.

— Merda... – Chase limpou sangue do rosto com as costas da mão. – Acha que eles ouviram isso?

A batida constante da trilha sonora de rock do clube não tinha diminuído por todo o tempo que eles permaneceram ali, mas Jack não pretendia ficar para descobrir.

— A infiltração já era – resmungou.

Chase sacou sua Ruger automática e foi até a porta do escritório.

— E agora?

Jack chutou a escopeta de lado e abaixou a cabeça para olhar para as telas dos monitores. Lá fora, no bar, tudo parecia seguir como de costume. Ele viu Sticks gesticulando efusivamente para outro Night Ranger, acenando com um celular. Jack olhou os outros monitores.

— Parece que há dois, talvez três homens no andar de cima. Vamos agir com rapidez. Precisamos seguir em frente antes que alguém venha procurar pelo nosso amigo aqui.

— Precisamos de uma distração – respondeu Chase.

— É – em um gabinete com porta de vidro perto da mesa havia duas garrafas de Wild Turkey e Jack tirou as rolhas das duas, derrubando o bourbon por cima das pilhas de papéis e pelas paredes. Sammy tinha uma caixa de charutos na mesa com um isqueiro a gasolina sobre o tampo, e Jack o acendeu.

— Não era bem nisso que eu estava pensando – disse Chase, entendendo o plano.

— Se prepare – Jack sacou a arma e jogou o isqueiro sobre a mesa. A chama nua imediatamente incendiou o álcool derrubado e uma linha de chamas azuladas correu pelo forro de madeira. O escritório estava cheio de itens inflamáveis e levaria apenas alguns segundos para virar uma tocha. – *Vai!*

Ele pressionou a mão contra as costas de Chase e, que saiu para o corredor que vinha do bar. Jack fechou a porta ao sair, prendendo o fogo dentro daquele cômodo.

O corredor levava na direção dos fundos do clube, para lá de um estande de orelhões fora de serviço e portas que davam para banheiros fétidos. Havia uma ampla escadaria de madeira para o andar de cima ali e Jack a indicou com um gesto de cabeça.

— Vá na frente.

— É pra já – Chase se movia com rapidez, segurando sua pistola apontada para baixo. No interior tosco do clube, suas armas não seriam avistadas até ser tarde demais.

Jack olhou para trás e por um instante seus olhos cruzaram com os de Sticks do outro lado do bar.

— Você ouviu isso? – Fang esfregou a tatuagem em forma de garra na lateral do rosto, os olhos se estreitando. – Acho que ouvi alguma coisa.

Mas Sticks estava falando ao telefone, e não ouvia.

— Encontre Marshall e Tyke – disse ele, erguendo a voz para ser ouvido por cima dos berros de guitarra vindo do sistema de som do Caixa de Motor. Ele cutucou Fang no peito para sublinhar seu argumento. – E pegue uns ferros também, porque nós arranjamos um...

Ele parou, imóvel, ao perceber a movimentação atrás do palco, agora vazio. Na beira do brilho rude dos focos de luz, ele viu os dois desconhecidos saindo do escritório de Sammy. Eles se moviam de modo rápido e furtivo, e Sticks imediatamente temeu pelo pior. Se eles não eram policiais, deviam ser coisa pior, supôs. Talvez fossem mesmo de Chicago, mas eram matadores profissionais enviados a Deadline para apagar os Night Rangers por alguma infração de Rydell, ou talvez fossem mercenários despachados para lá por um de seus vários MCs rivais. Não importava. Eles tinham de ser contidos.

Em um impulso, Sticks levantou o celular que ainda tinha na mão e tirou algumas fotos dos dois homens. Um deles deve ter percebido o flash de relance, porque olhou na direção do motoqueiro antes de desaparecer nos fundos da boate de strip.

— O que está fazendo? – Fang girou para ver os dois homens e imediatamente ficou tenso como um cachorro ao detectar o cheiro de um intruso. – Eeei, são aqueles ali?

Sticks abandonou sua conversa e abriu caminho a cotoveladas através dos motociclistas e caminhoneiros reunidos, empurrando-os para longe, deixando um rastro de gritos e xingamentos atrás de si. Fang manteve-se junto dele, a seu lado, até chegarem à boca do corredor.

— Vá ver o Sammy! – disparou ele.

Fang assentiu e agarrou a maçaneta de latão, virando-a antes de perceber que estava super quente.

— Ei...

Seja lá o que ele pretendia dizer, ficou perdido quando a porta se abriu com um forte sopro de fumaça ardente. Fang recuou enquanto chamas se curvavam como garras, sugadas para o corredor pela mudança de pressão no ar. Fazia muito tempo desde a última reforma nos patéticos dispositivos de irrigação anti-incêndio do Caixa de Motor, e ficou claro tarde demais que, mesmo se eles algum dia já funcionaram, certamente não estavam funcionando *agora*.

Sticks agarrou Fang pela gola da jaqueta, arrastando-o para trás enquanto as chamas lambiam o piso de madeira e iam em busca de tudo o mais que pudessem queimar.

Atrás dele, um choque de pânico percorreu a clientela do Caixa de Motor, e o caos se deflagrou quando todos correram para a porta ao mesmo tempo.

O alarme de incêndio do clube berrava, mas, assim como os irrigadores sem manutenção, fracassavam no trabalho para o qual tinham sido projetados, soltando um gritinho abafado que mal era audível no meio de todo o ruído de fundo.

Chase subiu pela escada a passos rápidos, segurando a Ruger apontada para baixo e para o lado. Um motoqueiro loiro estava descendo de um banco quando ele se aproximou.

— Ei, o que tá rolando lá embaixo? Isso é fumaça?

Ele não lhe deu chance para pensar. Chase ergueu a pistola e bateu com a coronha no nariz do motoqueiro, esmagando-a com apenas um golpe. Sangue jorrou pelo rosto dele, que tropeçou para trás, tentando chacoalhar a cabeça para se livrar da dor. No segundo seguinte, o homem rugiu como um touro e avançou para cima de Chase com as mãos vazias.

Foi um ataque fácil de resolver, e uma parte de Chase gostou do fato de que suas velhas habilidades estavam se encaixando de volta no lugar de maneira tão impecável. Ele se esquivou do ataque e atingiu o oponente com um golpe baixo, fazendo-o rolar pela escada abaixo em um tombo feio. Abaixo deles, houve um ruído surdo de deslocamento de ar quando o incêndio começou a tomar o controle.

Jack se desviou do primeiro guarda quando ele caiu e virou-se para o topo da escadaria, mirando baixo no corredor do andar de cima.

— Alvo! – gritou ele.

Outro Night Ranger, esse uma figura desajeitada em denim com um amontoado de cabelos pretos, veio correndo na direção deles com uma submetralhadora mini Uzi. Ao contrário do outro guarda, este não hesitou: apertou o gatilho da sub e deixou o coice jogar sua mão para cima e para o lado, despejando uma salva de cápsulas de nove milímetros no caminho deles.

Chase se jogou atrás de uma poltrona de couro decrépita em busca de cobertura, abaixando-se quando tiros arrancaram o estofado das costas da poltrona. A despeito dos tiros, portas estavam se abrindo por todo o corredor enquanto quem estava lá dentro ouvia a bagunça. Uma ruiva magrinha – uma das mulheres que dançava quando eles chegaram – congelou na porta e gritou, em pânico.

Jack não se encolheu com a nova linha de ataque e disparou sua M1911 automática duas vezes. As balas atingiram o motoqueiro no tronco e ele voou para trás, descarregando o resto do pente da Uzi nas paredes e no teto. Uma bala perdida da metralhadora atingiu a ruiva entre os olhos e ela caiu para dentro do quarto.

Fumaça cinza os acompanhava escada acima agora, e o calor veio com ela. Jack seguiu em frente e à esquerda, mantendo sua arma perto do peito, e Chase se movia paralelo a ele. Eles chutavam as portas, examinando cada quarto com suas armas em busca de alvos.

Cada um dos quartos era o mesmo tipo de espaço sórdido e descuidado, destacado para o insensível comércio humano do Caixa de Motor. Uma paródia de um *boudoir**, cheio de lençóis emaranhados e brinquedos eróticos abandonados de qualquer jeito.

— Todos para fora – gritou Jack. – Esta é a sua única chance! Se ficarem neste lugar, vão queimar com ele!

Suas palavras bastaram: mulheres saíram de todos os quartos em desalinho, desesperadas para escapar das indignidades que tinham sido forçadas a suportar ali.

Jack chamou Chase.

— Não podemos sair pelo mesmo caminho que entramos, tem que haver outra saída.

— Também acho.

— Precisamos encontrá-la, e rápido.

Jack tentou uma porta que não se abriu na primeira tentativa. Então, ergueu seu pé e chutou a tranca, soltando-a do batente. Jack entrou no interior escuro e lá de fora, no corredor, Chase sentiu o fedor de suor rançoso e *cannabis*. Ele vislumbrou uma mancha de movimento e, de repente, Jack foi derrubado, jogado de lado e para fora da linha de visão de Chase. Ele ouviu o grito agudo de uma garota e o impacto de algo se quebrando.

Com a Ruger diante dele, Chase correu para o quarto e deu com Jack nas mãos de um motoqueiro imenso e nu, tão grande quanto um lutador de sumô. Na semiescuridão do quarto, Chase percebeu o braço grosso como um tronco de árvore do sujeito ao redor da garganta de Jack, apertando para sufocá-lo até a morte.

— Eu vou quebrar o seu pescoço, seu bostinha! – berrou ele.

Jack lutava, sua arma tendo se perdido na briga, socando e chutando seu oponente, aparentemente sem efeito algum.

Chase não hesitou. O treinamento *ainda* estava ali. Ele *ainda* era bom o bastante para fazer isso. Não pensou nos danos aos nervos, não pensou no vidrinho de analgésicos, apenas levantou a automática e disparou um tiro único antes que o motoqueiro pudesse posicionar Jack como escudo huma-

* Quarto decorado, usado no passado pelas mulheres para dormir, vestir-se e relaxar. (N.T.)

no. A bala entrou pelo olho esquerdo do grandalhão e saiu em uma explosão de sangue e tecido cerebral na parede atrás dele.

Jack se afastou quando o corpo do motoqueiro caiu como uma árvore derrubada. Ele respirava com dificuldade.

— Obrigado.

Chase acenou com a cabeça, encontrando a garota que tinha gritado escondendo-se perto da cama.

— Vem – disse-lhe ele. – Estamos tirando vocês todas daqui.

Ele estava respirando com força, a velha pontada de adrenalina correndo por seu corpo.

Jack cuspiu saliva com sangue e se abaixou para apanhar a pistola de onde ela tinha caído. Quando se aproximou do chão, sentiu o calor se irradiando do piso, vindo do clube logo abaixo. A fumaça estava se juntando ao longo do teto e não era apenas o aperto assassino do motoqueiro que dificultava a respiração.

Seu plano, se é que podia chamá-lo assim, já tinha passado do ponto em que podiam recuar. *Entrar. Encontrar as cativas. Tirá-las dali com vida.* Tudo o mais era secundário a esses objetivos – porém se ele pudesse destruir esse ninho de víboras no processo, Jack estava pronto para chamar isso de uma vitória em todos os aspectos. Esses motoqueiros não eram o tipo habitual de soldados treinados que ele encarava, mas aquilo não significava que ele podia baixar sua guarda. O que faltava aos foras da lei em matéria de habilidade, eles compensavam em violência e entusiasmo. *O ímpeto seria fundamental aqui*, resolveu. Desde o momento em que Jack fora forçado a atacar Sammy, tinha posto em movimento uma cadeia de eventos que não podia ser interrompida. Bandidos como esses reagiam a ameaças com a mesma mentalidade de matilha que os lobos: lata alto o bastante no começo e talvez consiga forçá-los a recuar... Mas dê-lhes tempo para pensar e eles virão atrás de você com tudo.

Ele saiu para o corredor e encontrou as vítimas dos Night Rangers em um grupo solto e temeroso. Todas estavam olhando para ele e Chase em busca de liderança.

— Por favor, diga que você é um policial – disse uma mulher pequena e de cabelo escuro.

— Cidadãos preocupados – corrigiu Chase, ajudando a garota a sair do quarto descalça pelo piso rústico.

— Este lugar está pegando fogo – disse uma das outras. – Ah, meu Deus, esses tarados deixaram a gente aqui para morrer!

— Não vai acontecer – disse-lhes Jack. Ele disparou um olhar para Chase, baixando a voz. – Eu vou até o teto, para ter certeza de que está limpo. Tem de haver uma saída de incêndio pelos fundos. Deixe-as preparadas para sair correndo. Conte até dois, e venha atrás de mim.

— Entendido – disse Chase. – Vou estar logo atrás de você.

Jack disparou para o final do corredor, transformando seu ímpeto em impulso para abrir com um empurrão do ombro uma porta de trava. Ele caiu no teto acima da entrada do Caixa de Motor e imediatamente um sopro de ar quente e seco o atingiu. Fumaça e labaredas escapavam pela frente da boate. Ele ouviu os estouros e estalos das garrafas atrás do bar explodindo com o calor e, lá embaixo, onde o MC estacionava suas motos, havia uma massa caótica de motoqueiros enfurecidos tentando afastar seus preciosos veículos do inferno crescente. Aquilo era bom: a confusão iria trabalhar a seu favor, mas não por muito tempo.

Com a luz tremeluzente e moribunda da placa luminosa da boate entre ele e os motoqueiros, eles não o veriam se movendo ali em cima, no entanto ficou óbvio que a frente do bar era inviável como rota de fuga. O Caixa de Motor ia queimar até os alicerces e nada impediria que isso ocorresse. Jack supôs que, assim como as agências da lei na cidade de Deadline, o que havia de seu departamento de bombeiros fora abandonado muito tempo atrás.

Ele se virou e subiu em uma parte elevada do teto achatado, indo na direção dos fundos do prédio. O calor também estava irradiando para lá, e suor escorreu pelo seu peito. Jack piscou para clarear sua visão e seguiu em frente, abaixado e com rapidez, mirando a pistola para cada canto banhado em sombras. Tinha sido desleixado, deixando aquele grandalhão levar a melhor sobre ele. Da próxima vez, aquilo podia lhe custar a vida.

Ele contornou um poste, finas colunas de fumaça escapando dos lugares onde os batentes das janelas estavam frouxos. Dentro, o brilho alaranjado fazia parecer que haviam aberto o portal de uma fornalha.

Espiando pela borda do teto, Jack viu um pátio nos fundos do Caixa de Motor com paredes de três metros de altura encimadas por arame farpado.

A única forma de entrar ou sair era um portão de metal que dava para uma ruela e, de onde ele se encontrava, podia ver um pesado cadeado de aço fechando esse portão. Lixeiras transbordando e pilhas de caixas de cerveja se amontoavam em um canto e um furgão Chevrolet estava estacionado junto à parede mais distante. Havia mais três Night Rangers ali, dois deles discutindo o que fazer enquanto o terceiro andava de um lado para o outro, ansioso e agitado. Cada um deles estava armado com uma TEC-9 semiautomática.

— Que se dane – dizia um deles. – Eu é que não vou ficar aqui!

— Quer que Rydell fique sabendo que você abandonou seu posto? – disparou o outro.

— Este não é o exército, parceiro – veio a resposta. – Eu não vou ficar por aqui e assistir a esse lugar queimar.

Ele começou a ir para o furgão, mas deu apenas dois passos antes que seu colega o fizesse parar.

Jack analisou suas chances, considerando e descartando ângulos de ataque, um após o outro, tentando encontrar o caminho de menor resistência para o objetivo que tinha em mente. A saber: três homens mortos e um meio de fugir desse lugar. Tudo naquela situação estava contra Jack: ele era superado em armamento e números, com pouco tempo e poucas opções. Se esperasse demais, o fogo faria o trabalho dos motoqueiros. Ele precisava se mexer e enfrentar as possibilidades...

Sem aviso, de trás de Jack veio o som súbito e violento de vidro se estilhaçando. Causticado pelo calor do fogo, o poste implodiu e desabou nas chamas. Aquilo o pegou desprevenido e ele congelou.

O barulho chamou a atenção de um dos motoqueiros, que ergueu sua arma e vislumbrou a silhueta de Jack em destaque contra o brilho das labaredas no teto.

— Ei! – gritou ele, apontando.

Jack se virou e apontou a pistola. O motociclista viu seu movimento e começou a disparar antes que ele pudesse mirar, atirando nas janelas e ricocheteando por todo o teto. Os outros homens reagiram do mesmo jeito, e em segundos os três estavam tirando lascas dos tijolos, enquanto Jack se abaixava atrás de uma saída de ar condicionado.

Ele disparou de volta, atirando cegamente pela lateral da saída de ar.

— Quem diabos é aquele lá? – Jack ouviu um deles dizer.

— Quem diabos se importa? – gritou outro. – Apaga ele!

Rastejando sobre sua barriga, Jack se arrastou pelo teto na direção do topo de uma escada de incêndio. Balas sibilavam no ar acima de sua cabeça, assoviando, perto demais, fazendo-o se encolher. Ele rolou sobre suas costas, ejetou o pente vazio da M1911 e enfiou um pente novo na arma.

Era como se deitar em uma frigideira. O fogo tinha abocanhado o prédio agora, e se Jack não conseguisse sair do telhado nos próximos instantes, jamais o faria.

Tenho que arriscar, disse a si mesmo. Mas conseguiria derrubar os três homens antes que um deles o atingisse mortalmente? Jack não parou para considerar a alternativa. Podia escutar um rugido ficando cada vez mais alto enquanto rolava pela escada de incêndio. A voz de Chase veio de algum ponto atrás dele enquanto ele saía com as fugitivas a reboque. *Não há tempo para pensar a respeito,* decidiu Jack. Se o teto cedesse, todos eles morreriam.

Ele saltou de trás da borda do teto e o tempo pareceu ir mais devagar, tornando-se fluido. Jack viu os três motoqueiros, cada um deles apontando sua TEC-9 aleatoriamente para onde ele estava. Dois estavam mais perto, e eles quase podiam mirar. O terceiro estava perto do portão, tentando ver aonde atirar.

Ele disparou. A primeira bala atingiu um homem no peito, um bom tiro que matou o alvo de imediato. O segundo foi disparado tão junto do primeiro que, da pistola, ouviu-se quase que um eco. Aquela bala atingiu a garganta do motoqueiro seguinte, colocando-o fora de combate.

O terceiro homem, porém, tinha a localização de Jack e estava disparando de volta enquanto Jack girava a boca da pistola na direção do último atirador. As balas atingiram o teto sob os pés de Jack e o rugido atingiu seu ápice.

Ele viu o brilho forte de faróis brancos na ruela e, do nada, a silhueta de um bloco prateado colidiu com o portão de metal, esmagando as dobradiças. Faíscas voaram quando o Chrysler entrou no pátio com tudo, batendo no último motociclista e lançando-o para longe com o para-choque da frente. O carro derrapou e bateu nos fundos do prédio, a frente amassada.

— Laurel! – Jack pulou para a escada e desceu deslizando, segurando pelas laterais. Ele correu para o carro arruinado e a porta do motorista se abriu. A mulher estava se desvencilhando do air bag que tinha se inflado ao redor dela, espanando a descarga de pó que ele tinha deixado para trás em seu rosto.

— Ei! – ela conseguiu dizer. – Algo pegou fogo.

— Acho que sim – Jack ajudou-a a sair dos destroços enquanto mais mulheres desciam pela escada de incêndio, meio caindo, meio correndo. – Obrigado pela ajuda.

— Eu não fiz por você – Laurel passou por ele, ainda sem estabilidade nos pés, correndo para a garota de cabelos escuros que tinha falado com Jack alguns minutos antes.

— Trish! – Laurel a abraçou. – Você está machucada?

— Depois vocês conversam – Chase foi o último a descer a escada. – Temos que correr!

— O furgão – Jack foi até o veículo e encontrou a porta já aberta. Ele se abaixou sob o painel, quebrando a caixa plástica ao redor do cilindro de arranque, procurando as conexões para fazer a ligação direta. Atrás dele, um painel lateral deslizou, abrindo, e o furgão balançou enquanto Laurel carregava a traseira com as mulheres. Ele torceu juntas as pontas de cobre dos dois fios e o motor deu partida com um ronco.

— Peguei o equipamento – gritou Chase, ao vir correndo do Chrysler batido, arrastando a sacola de Jack atrás de si. Ele bateu a porta enquanto ainda estava subindo. – Pisa fundo!

— Segurem firme – Jack pisou no acelerador e o furgão preto deu um salto adiante, a traseira rabeando enquanto ele mirava o veículo para o portão arrebentado e a escuridão depois dele.

Pelo retrovisor, o Caixa de Motor se retorcia nas chamas alaranjadas, em contraste agudo com o céu negro.

Missão cumprida, Jack disse a si mesmo. Mas a verdade era que o trabalho daquela noite estava apenas começando.

— Ah, merda – suspirou Sticks, ofegando ao tentar se recompor. – Ah merda, ah merda, ah merda.

O lado de fora da boate de striptease em chamas era puro caos, com Night Rangers empurrando para o lado os poucos caminhoneiros que haviam escapado com eles, rolando suas motos para o outro lado da rua em um grupo desordenado. Lutas já haviam irrompido sobre quem tinha começado o incêndio e, em alguns lugares, irmãos motociclistas ajudavam outros membros do grupo a se arrastar para longe, todos ofegando em busca de ar fresco para seus pulmões.

— É... É isso aí – conseguiu dizer Fang. Ele tinha pegado uma garrafa de cerveja na saída e agora se agachava na estrada, virando o conteúdo por cima de sua cabeça. Deixou a cerveja fria escorrer pelas queimaduras na lateral de seu rosto, sibilando entredentes de dor.

O teto do Caixa de Motor deu um gemido forçoso e prolongado e, enquanto Sticks assistia, o andar superior do prédio lentamente se afundou. Madeira se lascou e metal se retorceu, catapultando colunas de brasas vermelhas noite acima. A grande placa de neon, agora destruída e apagada, estremeceu e começou lentamente a inclinar-se para a frente. Ainda havia gente tentando se afastar do clube quando a placa se desmanchou e desabou por cima da entrada frontal. Sticks viu um punhado de motoqueiros e motos desaparecer sob a placa contorcida, chamas rolando no ar deslocado.

— Lerdos demais – comentou Fang. – Pobres coitados.

— Do setor de Kansas City – disse Sticks com frieza. – Quem vai sentir falta deles? – ele balançou a cabeça para a destruição diante de si. – Mas isso... Ah, cara. Rydell vai ficar louco.

— Aqueles caras. Devem ter sido eles.

Sticks concordou, lembrando-se subitamente do celular ainda agarrado em sua mão.

— Acha que eles ainda estão lá?

O vento carregou um débil grito vindo de algum lugar dentro do prédio ardendo, porém ninguém fez menção de se aventurar de volta lá para dentro.

— *Você* estaria?

Ele balançou a cabeça pesarosamente e apertou o botão de discagem rápida.

— Lance – disse ele, engolindo uma tosse quando a ligação foi atendida. – Temos um problemão.

Rydell agachou-se até se sentar nos calcanhares, segurando a grande Desert Eagle folheada a ouro em sua mão, abanando a boca da pistola calibre .50 para ilustrar seus argumentos.

— Eu deixei a situação clara para você? – perguntou ele ao homem à sua frente.

O homem tinha mais ou menos a mesma idade de Rydell, provavelmente 45 anos ou mais. Havia apenas alguns anos de diferença entre eles, só que enquanto o motoqueiro era grande, de ombros largos e rosto duro, esse cara, esse *civil,* estava fora de forma e gordo. Rydell exibia uma expressão de desprezo. Nunca deixava de se espantar com o modo como os chamados cidadãos de bem como esse verme pareciam pensar que o mundo seria justo com eles. Depois de tudo o que esse idiota tinha sofrido, perdendo seja lá qual fosse seu empreguinho de escritório em um cubículo qualquer e sendo reduzido a se arriscar ao serviço com pagamento em dinheiro oferecido pelos recrutadores do MC, ele ainda acreditava que havia algo na vida equivalente a *jogo limpo.* Que ele, de alguma forma, *merecia* isso. Rydell aprendera que aquilo era uma fantasia muito tempo atrás. O mundo era um lugar odioso, e ou o sujeito o usava, ou era usado por ele. Girou a Desert Eagle na mão como um pistoleiro.

O cara andava reclamando muito. Sobre a comida, o trabalho, sobre cada coisinha. O bastante para Rydell ouvir falar por meio de um de seus irmãos que cuidavam das fábricas, e resolver conferir isso pessoalmente. Para criar um exemplo.

Era importante, refletiu Rydell, *certificar-se de que esses inúteis compreendessem seu lugar na ordem das coisas*. "Gado tem que ser marcado", seu pai havia dito uma vez.

O gordinho estava tentando falar, mas não conseguia. Ele estaria morto muito em breve. Uma bala calibre .50 naquela barriga faria isso. Rydell se agachou ali e assistiu enquanto o outro sangrava no asfalto rachado e descuidado do velho pátio de desfiles.

— Eu vou deixar você aqui – ele o avisou. – Para que os outros vejam o que fazemos com resmungões.

Ele apontou com a arma para o lugar onde ficavam as barracas arruinadas. Havia ali rostos nas janelas, todos os outros civis, o resto do *gado* que deve ter escutado a merda que esse idiota bocudo andava despejando. Eles podiam estar tendo ideias; porém, aquilo não iria dar em nada, não agora.

Rydell se levantou.

— Não sinta como se precisasse morrer em silêncio – ele chutou o homem no ferimento, fazendo-o gemer. – É melhor para mim se você gritar e uivar um pouco. Passa uma mensagem.

Lance estava se aproximando, correndo pela casa pré-construída que um dia fora o alojamento dos oficiais. Muito da infraestrutura da base do exército de Fort Blake tinha sido "abandonada no lugar", como os militares gostavam de dizer, e isso funcionara perfeitamente bem para as necessidades dos Night Rangers MC.

— Que foi, agora?

— Você precisa ouvir isso, chefe – Lance ofereceu o telefone. – Sticks ligou de volta.

Rydell não gostou da expressão no rosto de seu robusto mestre de armas, e tomou o telefone dele, irritado por não poder assistir ao moribundo dar o último suspiro. Enquanto erguia o aparelho até o ouvido, pela primeira vez notou algo à distância, na direção da cidade. Era uma coluna de fumaça, preto sobre preto, subindo preguiçosamente pelo céu.

Sua raiva aumentou.

— Qual foi a última coisa que eu te disse, sua anta idiota?

— *Chefe, não* – disse Sticks, e com aquelas palavras Rydell soube que o pior tinha acontecido. Ele segurou a arma com força, e se o outro estivesse ali à sua frente, teria se tornado a segunda pessoa a sangrar até a morte essa noite. – *Não foi culpa minha, foram aqueles caras...*

— Onde está o Brodur? Onde está o Sammy? Quero falar com eles, não com você.

— *Brodur... não sei onde ele está. Mas Sammy, chefe. Sammy deve estar morto.* – Antes que Rydell pudesse fazer outra pergunta, Sticks estava despejando tudo. – *O Caixa está todo queimado! Eles o incendiaram! Os caras de Chicago, tem que ter sido eles!*

— Eles não são de Chicago – disse Rydell, furioso. – Idiota! E as garotas?

— *Não tenho certeza. Elas podem ter escapado com eles* – ele fez uma pausa. – *Eu tenho uma foto* – insistiu Sticks. – *No telefone!*

— Envie para mim – Rydell apertou o botão de "desligar" raivosamente e apertou o celular com tanta força que a estrutura de plástico estalou. Alguns segundos depois o aparelho vibrou e ele olhou para a tela.

— Para quem você está olhando? – Lance olhou por cima do ombro dele, tentando espiar as imagens. Elas estavam borradas e fora de ângulo, no entanto por sorte, mais do que por inteligência, Sticks tinha capturado a imagem de dois homens no corredor dos fundos do Caixa de Motor.

— É isso que eu recebo quando tento delegar – rosnou Rydell. Por um segundo, ele quis esmigalhar o telefone no chão, quebrando-o em pedacinhos sob o calcanhar de sua bota. Respirou fundo com os dentes cerrados e encarou Lance. – Está vendo esses dois? Encontre-os e traga-os para mim.

— Eles podem estar em qualquer lugar, chefe...

Rydell se virou e gritou na cara dele.

— *Encontre-os!* Existem apenas três estradas para entrar ou sair dessa cidade! Você sabe como os policiais fazem, bloqueie tudo! Seja lá quem forem esses idiotas, estão mexendo com propriedade do MC. Isso não se faz.

Lance assentiu e saiu a trote.

Rydell sentiu algo tocar seu pé e olhou para baixo, vendo o homem em quem tinha atirado tentando agarrar sua perna. Ele baixou o pé com força e agilizou o fim da aula que estava dando.

15

PERTO DA FRONTEIRA DA CIDADE, ONDE A PAISAGEM COMEÇAVA A SE ABRIR EM espaços amplos e horizontes escuros, a estrada passava por um celeiro super crescido de aço e concreto, do tamanho de um hangar de aviação. Os restos de sinalização colorida do outro lado dele estavam verdes com musgo e decadência. Ervas daninhas se enrolavam ao redor de tudo.

Aquilo tinha sido o que urbanistas modernos chamariam de "centro comercial" logo que eles começaram a surgir, no início dos anos 1980 – um local para uma grande loja quadrada como uma caixa, jogada sobre a vastidão plana de um estacionamento, onde moradores locais e soldados da base do exército podiam conseguir comida e outros produtos por um preço mais barato. Todavia, o projeto não chegou a se concretizar e o primeiro e único Mega-Mart de Deadline sofreu uma morte lenta e agonizante que acabou deixando-o vazio. Em retrospecto, aquele tinha sido o primeiro sinal do colapso iminente da cidade, embora ninguém que morasse ali quisesse aceitar isso.

Algumas das piores tempestades do século tinham aberto buracos no teto de zinco durante os amargos invernos de alguns anos atrás, e agora ninguém ousava se aventurar para dentro daquela casca vazia. O lugar estava trancado, e cada remendo de placa de fibra sobre as portas e janelas trazia estampado um aviso desbotado pelo sol de que aquele prédio era área de risco.

Jack atravessou um deles com o furgão, abrindo caminho à força pelos fundos para que ninguém passando pela estrada pudesse ver sinais de perturbação. Ele desligou o motor e desceu do banco do motorista, levantando poeira no piso ao andar.

Laurel e as mulheres prenderam o fôlego enquanto ele e Chase iam até as portas arrombadas e escutavam. Em algum lugar lá fora o motor de uma motocicleta zuniu, mas ela estava se afastando, o ruído diminuindo. Depois de algum tempo, havia apenas o sombrio gemido do vento.

— Tudo limpo? – disse Chase.

— Limpo – concordou Jack. – Nós os despistamos, por enquanto.

O outro deu um assovio baixo que ecoou nas paredes.

— Uau! Olha só esse lugar. É como se fosse o fim do mundo.

Jack concordou. O brilho dos faróis do furgão iluminava os pedaços da infraestrutura da grande loja que ainda estavam chumbados ao chão. À distância, as portas de vidro dos gabinetes refrigerados, inutilizados há muito tempo, refletiam os feixes de luz, e havia fileiras e mais fileiras de prateleiras vazias que haviam estado, em algum momento, pesadas com todo tipo de mercadoria. No canto mais afastado, onde o teto havia parcialmente cedido, o nublado céu noturno estava visível através de um grande rasgo no forro. A descrição de Chase era sagaz; os restos do esqueleto do Mega-Mart podia servir de cenário para um filme de terror pós-apocalíptico.

— Vou procurar pelo melhor lugar para um posto de vigia – disse-lhe Chase, desaparecendo na escuridão.

Jack caminhou de volta até o furgão, analisando o local, medindo-o para linhas de visão e possíveis rotas de fuga. Laurel tinha assumido o controle e estava liderando as mulheres, orientando-as a examinar umas às outras em busca de ferimentos, mantendo-as calmas.

A impressão que tinha dela mudou. Ela havia parecido muito vulnerável quando ele a resgatou no estacionamento do motel, no entanto agora Jack percebia que havia mais em Laurel do que ele vira superficialmente. Ela estava com medo, porém não permitia que ele a dominasse. Arriscara muito para salvar sua amiga, a garota chamada Trish, e ele não se esquecera de que sua chegada ao Caixa de Motor – corajosa, mas perigosa – também o mantivera vivo na barganha.

— Nós não podemos apenas esperar aqui, podemos? – Trish estava dizendo. O terror dela era real e palpável, e corria o risco de se espalhar pelo resto das fugitivas como um incêndio. – Eles vão vir atrás da gente!

— Por que nós paramos? – disse uma das outras. – Por que não podemos continuar rodando?

— Não há combustível suficiente – disse Jack, indicando o veículo. – Não conseguiríamos passar nem dez quilômetros dos limites da cidade antes que o motor morresse.

Laurel lançou um olhar sério para Jack.

— Algumas dessas mulheres estiveram naquele lugar por meses. Temos que levá-las para longe daqui.

— Cada gota de combustível neste condado está sob o controle do MC – disse Jack. – Não podemos simplesmente abastecer e ir embora. Precisamos de outra opção.

— Ele tem razão – Uma mulher mais velha, tremendo de frio, assentiu debilmente. Ela dissera a ele que se chamava Cherry, e que fazia três meses desde que viera para Deadline, atraída pelas mesmas promessas vazias que encantaram Laurel e as outras. – Não podemos fugir. E todos os outros?

— Que outros? – disse Jack. Ele olhou de novo para Laurel. – Os que ficaram no ônibus?

— Aqueles eram só os recém-chegados – disse Cherry. – Estou falando daqueles que eles deixam lá nas fábricas – ela gesticulou, indicando as outras mulheres. – Mais do que apenas nós.

— As fábricas – Jack repetiu aquele nome. – O cara que administrava a boate de strip, Sammy. Ele mencionou isso.

— Aquele rato! – disparou outra garota. – Espero que ele tenha sido queimado vivo lá atrás!

— Você não vai mais vê-lo – Jack assegurou-lhe. – Do que ele estava falando?

— Da base do exército, do lado de fora da cidade – disse Cherry. – O que era Fort Blake, até que o governo o fechasse. Rydell e todos os Night

Rangers usam aquilo como se fosse o clube particular deles. É para onde levam os outros. Lá é como se fosse uma prisão. Como a gente vê nos filmes de guerra.

— Quantas pessoas? – perguntou Laurel, o rosto pálido.

— Umas cem? – Cherry balançou a cabeça. – Não sei. Só fui até lá uma vez. Mas eles têm um pessoal vivendo em barracas e os exploram feito cachorros.

— Para quê? – disse Jack.

— Para o MC – insistiu Cherry. – Prometem pagamento para eles, mas tudo o que conseguem é trabalho escravo! E as pessoas fora de Deadline não sabem disso, ou não se importam.

— Essa cidade é um buraco negro – disse Laurel. – Ela atrai o pessoal pobre e desesperado e desaparece com eles, e o mundo segue girando...

Jack se lembrou de outra coisa que Sammy havia dito lá no clube. *Nós não alistamos ninguém que vá fazer falta.*

Ele percebeu a mulher olhando atentamente para ele.

— Então. Você tem algum tipo de plano, moço? Se ainda estivermos aqui quando o dia nascer amanhã, não vai importar em nada você ter queimado aquele lugar. Vamos ser pegos.

— Vão descontar tudo na gente – disse Cherry, assentindo de maneira lúgubre.

Jack olhou para seu relógio.

— Não vou deixar que isso aconteça. Vocês estarão seguras quando amanhecer. Cada um vai para o seu lado.

— E *como,* exatamente, vamos fazer isso? – exigiu Trish.

— Estou trabalhando nisso.

Ouviram passos e Chase retornou, emergindo das sombras.

— Ei, Jack. Encontrei um jeito de subir ao teto – explicou ele. – Dá para ver a estrada que vai daqui para o oeste, só que essa não é uma boa opção.

— Por quê?

— Eu os vi colocando um caminhão atravessado nas duas faixas, fechando tudo. – Chase parecia ansioso e, diante de Jack, distraidamente flexionou a mão direita, como se ela o incomodasse. – Não pude ver com clareza sem binóculos, mas tem uma porção daqueles motoqueiros acampados por lá. Esperando por nós.

O maxilar de Jack se retesou.

— Podemos apostar que eles fizeram o mesmo em cada estrada que sai de Deadline.

Chase assentiu e indicou Laurel e as outras.

— Elas precisam de transporte, Jack. Grande, rápido, e agora mesmo.

— O ônibus! – disse Laurel, de súbito. Ela se voltou para Trish. – O que aconteceu com o ônibus que nos trouxe de Indianápolis?

— Ele seguiu viagem – disse a outra. – Não vi para onde foi.

— Para as fábricas – insistiu Cherry. – Como eu disse, a nova remessa. É para lá que eles levam qualquer um que não queiram como *entretenimento.*

Ela proferiu a última palavra com veneno.

— Todas as estradas levam a Rydell – disse Jack, quase que para si mesmo.

— Ele é um assassino frio – declarou Cherry. – Ele gosta de machucar – ela ficou em silêncio e Jack se pegou imaginando o que a mulher tinha visto, ou pior, *vivenciado,* que tornara o líder dos Night Rangers tão aterrorizante para ela. – Se ele te pegar, já era. É melhor escapar sem que ele tenha posto os olhos em você.

Jack balançou a cabeça.

— Já passamos desse ponto.

As asas do jato retornaram ao equilíbrio do voo e Kilner sentiu um tremor percorrer o comprimento da aeronave do nariz até a cauda quando eles passaram por uma turbulência. A seu lado, a agente Dell agarrava os apoios de braço de seu assento como se estivesse tentando arrancar sangue deles.

Ela reparou na atenção dele e fez uma careta.

— Eu realmente não gosto de voar – admitiu ela. – Provavelmente não ajuda muito o fato de eu ter trabalhado em alguns casos de queda de avião com a NTSB*.

— Ela é um raio de sol – disse Markinson, com um sorriso zombeteiro. – Não é verdade, Kari?

— Vá se ferrar, Helen – rebateu Dell.

---

* National Transportation Safety Board: agência federal independente encarregada de investigar todos os acidentes da aviação civil nos Estados Unidos e acidentes significativos em outros meios de transporte – ferroviário, rodoviário, marítimo e dutos. (N.T.)

Kilner ignorou a conversa e olhou para o relógio digital acima da entrada para a cabine do piloto.

— Se Bauer for esperto, ele já vai ter abandonado aquele carro e encontrado outro veículo.

Markinson tinha uma cópia das imagens capturadas pela câmera de tráfego diante dela.

— Ele parece estar dormindo, para você?

— É o outro cara, o motorista, que eu não entendo – Dell bateu no retrato. – O CNCT não conseguiu encontrar correspondência facial com ele nos registros criminais, mas depois rodamos a foto na base de dados das agências federais e surge um encaixe com um cara morto.

— *Presumivelmente* morto – corrigiu Hadley, sem levantar os olhos da pilha de impressões diante dele. Ele não havia falado nada desde que o material começou a sair da impressora do avião, examinando-o com um foco intenso e inabalável. – Chase Edmunds não é a primeira pessoa a utilizar uma tragédia nacional como meio para criar uma nova identidade. O mesmo aconteceu depois do 11 de setembro.

Kilner lançou-lhe um olhar.

— Então você tem certeza de que é ele?

— É claro que é ele – Hadley quase fez uma careta de desprezo.

— Isso é uma coisa bem calculista de se fazer – disse Markinson. – Você não acha? Digo, milhares morreram quando a bomba de Valência explodiu. O que é mais um desaparecido junto a todos os outros? Não era como se alguém fosse passar no meio da área da explosão checando registros dentários. Não por uns dois séculos, pelo menos.

— Não vem ao caso o motivo pelo qual Edmunds fingiu a própria morte – disse Hadley. – O que importa é que ele está ajudando e escondendo um fugitivo federal e um potencial assassino. Esse homem foi parceiro de Bauer na UCT de Los Angeles e teve um relacionamento com a filha dele... Como um fantasma autofabricado, ele é o cúmplice perfeito – finalmente, ele levantou a cabeça. – Assim, ele pode dividir a culpa quando pegarmos os dois.

— Um antigo oficial no Departamento Metropolitano de Polícia de DC – leu Dell em outra cópia da ficha do suspeito. – Transferido para a Equipe de Resposta a Emergências da SWAT... Posteriormente recrutado para os escritórios de Washington e de Baltimore da Unidade Contraterrorismo. Aposentado devido a ferimentos sofridos em serviço – ela balançou a cabeça. – Como se Bauer não fosse o bastante para a gente lidar.

— Isso não muda nada – insistiu Hadley. – Já sabíamos que o alvo contava com ajuda de fora. Agora temos um rosto e um nome. E podemos usar isso.

Markinson estava concordando com um gesto.

— De acordo com seus registros, Edmunds deixou para trás uma filha e uma irmã em San Diego. E se as rastrearmos, colocarmos um pouco de pressão...?

— Faça isso – disse Hadley. – Chame o AEAE a cargo do escritório de campo de San Diego e faça com que eles convoquem os parentes.

Kilner se remexeu na cadeira.

— Isso é realmente necessário? Edmunds saiu de cena anos atrás. Não há nada indicando que ele tenha procurado por elas em todo esse tempo. Duvido que a família dele ao menos saiba que ele ainda está vivo – Ele fez uma pausa. – Mais uma vez, isso presumindo-se que o motorista de Bauer *seja mesmo* Chase Edmunds.

Hadley fechou a pasta à sua frente e encarou diretamente o outro homem.

— Você vai continuar desafiando tudo o que sair da minha boca, agente Kilner? Está ficando cansativo.

A temperatura dentro da cabine do jato pareceu cair vinte graus.

— Estou apenas fazendo o meu trabalho – rebateu Kilner. – Apontando alternativas. Considerando todas as possibilidades.

— Certifique-se de evitar chegar à obstrução – disse Hadley. – Quando tudo isso terminar, lembre-se de quem vai fazer o relatório ao Diretor Intendente.

Seu celular tocou e ele deu uma olhada. Kilner viu algo na expressão de Hadley mudar e o agente atendeu, afastando-se para a frente da cabine onde poderia falar sem ser ouvido.

Kilner observou-o ir para lá. Quando se virou, Markinson estava olhando para ele.

— Pare de cutucar o urso – disse-lhe ela. – Senão, ele vai acabar te colocando na cela ao lado da de Bauer.

— Você não entendeu? Hadley não quer prender o Bauer – disse Kilner, em voz baixa. – Ele quer *matá-lo.*

— Fale comigo – disse Hadley, dando as costas para os outros agentes. – O que você conseguiu?

— *Pensei que iríamos manter isso em segredo* – disse Sal Jacobs. O agente do FBI estava chamando de sua mesa no CNCT. – *Agora tem gente olhando por cima do meu ombro, perguntando por que eu ignorei o procedimento padrão!*

— Isso é por minha conta – disse Hadley. – Você não vai sofrer por causa disso, eu prometo.

— *Para você é fácil dizer.*

— Lembre-se por quem estamos fazendo isso, Sal. Jason Pillar foi seu mentor, tanto quanto foi meu.

— *Eu sei, eu sei, nós dois estávamos em dívida com ele* – Jacobs respirou fundo. – *Olha, eu combinei com a divisão do Missouri e pedi que os caras da área de tecnologia deles ficassem de olho em qualquer coisa diferente.*

Hadley assentiu. A rota que Bauer estava seguindo quando a imagem foi batida passaria exatamente pelo meio da área operacional administrada pelo escritório de campo do FBI de St. Louis.

— Prossiga.

— *As projeções dos possíveis caminhos de Bauer levavam apenas a cidadezinhas caipiras e minúsculas, e a fazendas cobertas de poeira. No momento, há uma tempestade vindo do Canadá, então nada vai levantar voo, o que significa que ele não está buscando uma pista de decolagem. Ele tem que estar nas estradas secundárias, Tom, fora das interestaduais, onde poderia ser visto.*

Ele assentiu outra vez.

— Estou com você até aí. Vamos passar pela borda dessa tempestade em cerca de vinte minutos. Como isso se conecta a St. Louis?

— *Acontece que nossos colegas do Missouri estão grampeando os telefones de uma gangue de motoqueiros foras da lei que passam contrabando por toda essa área. O caso está todo intrincado e sem objetivo algum, mas eles continuam monitorando. Sem permissão para gravações, apenas meta-data, seja lá qual for a utilidade disso... Você sabe como é hoje em dia. Se o suspeito não está no mesmo saco da Al Qaeda, a prioridade dele vai lá para baixo...*

A paciência de Hadley estava se esgotando.

— Vá direto ao ponto, Sal.

— *Esses grampos acabam de enlouquecer. Todo telefone que eles estão acompanhando se acendeu. Alguém está agitando esses motoqueiros.*

Ele soltou um ruído exasperado.

— E por que eu deveria me importar com o que pode ser só uma guerrinha por território no fim do mundo?

— *Os grampos pegaram uma mensagem com foto. Um desses idiotas que a enviou. Agora, por lei, isso significa que ela é inadmissível como evidência, porém...* – um tom convencido tinha entrado na voz do outro agente. – *Vá em frente. Pergunte para mim de quem é o rosto na fotografia.*

— Bauer?

— *Os meninos e meninas em St. Louis parecem pensar que sim.*

Hadley sentiu uma injeção de adrenalina fluir por seu corpo.

— Onde?

— *St. Louis está encaminhando os dados diretamente para o avião. Você vai recebê-los em breve* – Jacobs ficou em silêncio por um momento. – *Acho que isso elimina o meu débito.*

— Não por completo – disse Hadley. – Mais uma coisa: eu quero tudo o que você tiver sobre esses motoqueiros. Quero saber quem é o chefão.

— *Checando...* – ele ouviu Jacobs digitando em um teclado. – *Benjamin Rydell. Múltiplas acusações de agressão, tentativa de assassinato, está a caminho de mais um monte. Pessoa encantadora.*

Um plano arriscado começou a se formar na mente de Hadley; mas com o alerta de O'Leary ainda ressoando em seus pensamentos, Hadley sabia que teria de ir contra as regras para conseguir fechar essa operação.

— Me dê o numero do celular de onde o pessoal de St. Louis tirou a foto.

— *Por quê?*

— Apenas me dê, Sal.

Chase tirou uma das submetralhadoras MP5/10 da mochila e voltou para o teto, usando a mira telescópica da arma como um binóculo improvisado. Não podia ser considerado um substituto para um equipamento de visão noturna, mas era tudo de que ele dispunha e, no momento, aquele parecia ser o plano a seguir. Adaptar, improvisar, seguir adiante. Não era novidade para ele criar seu plano em movimento, mas, mesmo assim, Chase ansiava por um plano de ataque propriamente dito.

Duas horas atrás ele estava pensando em como matar o tempo até o trem de carga de Chicago passar; agora, eles estavam no meio de uma cruzada contra uma violenta gangue de motoqueiros criminosos.

Ele olhou ao redor. *Onde, diabos, eu estou?*, perguntou a si mesmo. *Eu não quero morrer aqui, no meio do nada.*

O pensamento foi interrompido quando um espasmo passou por sua mão e, súbito, todos os seus nervos se acenderam.

Ele xingou. Essa foi uma das pesadas, a pior contratura que ele tivera em muito tempo, e teve que largar a submetralhadora, agachando-se. A respiração de Chase saía em arfadas curtas e ele sentiu o suor cobrir sua testa, a despeito do vento frio no teto da loja abandonada. Com um rosnado, ele forçou a mão a se fechar em um punho e socou uma saída de ar, tentando combater a dor de seus nervos agonizantes com um tipo diferente de dor. Não ajudou, por isso precisou sentar ali pelo que pareceu ser longos minutos, suportando o sofrimento até que, finalmente, misericordiosamente, a dor começou a se esvair.

Quando a sensação voltou a seus dedos entorpecidos, ele atabalhoadamente destampou o vidrinho de remédio e despejou uma pílula na boca, esmagando-a com os dentes. Chase ouviu movimento atrás de si e guardou o medicamento de modo atrapalhado, no mesmo instante em que uma sombra surgiu pela escada de acesso ao piso inferior.

— Jack...

O outro assentiu e levantou um pedaço de papel em sua mão.

— Tentei conseguir um mapa online da área no meu celular, mas não tem sinal nesse lado da cidade. Então, Cherry nos desenhou um, de memória.

Chase deu um breve sorriso, pegando a arma de onde ela tinha caído.

— Pouca tecnologia é melhor que nenhuma.

Jack mostrou o mapa.

— A velha base do exército fica aqui – disse ele, apontando no desenho. – Podemos evitar a estrada, ir pelo mato – ele fez uma pausa. – Se você acha que está pronto para isso.

Chase hesitou.

— Se você não queria que eu fosse o seu reforço, não teria nem me chamado hoje à noite. Certo? – as palavras tinham saído mais defensivas do que ele esperava.

— Há quanto tempo você tem tomado essas pílulas? – disse Jack, após um momento.

Seu primeiro impulso foi mentir. Era isso o que ele vinha fazendo a cada vez que surgia a pergunta, mentindo para Roker, para os médicos nas clínicas que atendiam gratuitamente, ou para si mesmo. Ele encarou Jack.

— Você sabe disso, hein? Acho que eu não devia ficar surpreso. Digo, você sabe sobre *tudo,* certo? Não dá para pegar Jack Bauer de surpresa.

— Eu estive nessa mesma estrada, Chase – o outro desviou o olhar. – E você sabe disso. Eu larguei o meu vício, mas uma vez que você passa por isso, começa a conhecer os sinais.

Chase mostrou a ele as pílulas.

— Analgésicos. Para os danos nos nervos.

— Eles ainda funcionam para você? – a pergunta não continha nenhum julgamento, era impassível e direta.

— Não tanto quanto eu gostaria.

Ele suspirou.

— Sinto muito.

— *Você* sente muito? – Chase conteve uma onda de amargura. – Diabos, você só cortou fora a minha mão! Fui *eu* que não consegui juntar os meus pedaços.

— Se você me disser que tem tudo sob controle – disse Jack –, não vou duvidar. Mas preciso ouvir você dizer isso.

Pareceu levar uma eternidade para Chase encontrar as palavras.

— Eu dou conta.

— Bom – Jack foi até a beira do telhado e olhou para fora. – Eu tenho dois coletes à prova de bala na sacola. Vamos usá-los. Rádios também. Laurel e as outras podem ficar aqui, fora da vista.

— Então, nós entramos, encontramos o resto do pessoal que os Night Rangers contrabandearam, achamos o ônibus e tiramos eles de lá.

— Isso.

A despeito de si mesmo, Chase sorriu um pouco com a modéstia de Jack.

— Rydell e os caras dele não vão ficar felizes em nos ver. E não sabemos o que mais vamos encontrar por lá.

— Eu faço uma ideia – disse Jack. – E não vou deixar Deadline até ter certeza. – Ele subitamente se virou para ficar de frente com seu antigo parceiro. – Eu sei o que você está pensando. Que não precisamos lutar cada batalha que surgir no nosso caminho. Talvez isso seja verdade. Porém, se não fizermos isso agora, esta noite... Quem é que vai fazer?

Chase assentiu pesarosamente e olhou para seu pulso.

— O relógio está correndo.

Ele estava acendendo um cigarro quando ouviu o toque e, depois de algum tempo, percebeu que o som estava vindo do celular de Lance, ainda no bolso da sua jaqueta, onde o largara.

A tela dizia NÚMERO BLOQUEADO e, por um segundo, ele cogitou jogar o aparelho fora. A noite estava começando a se provar problemática o bastante sem mais alguma coisa vindo para estragar a sua calma.

Ele deu uma tragada profunda e apertou o botão.

— Quem diabo é você?

— *Eu quero falar com Benjamin Rydell* – disse uma voz que ele não reconheceu. Havia um estranho zumbido na linha que fez seus dentes formigarem.

— As últimas pessoas a me chamarem de Benjamin foram as freiras do orfanato, parceiro, e você não é uma delas.

— *Aqui quem fala é o Agente Especial Thomas Hadley, do FBI. Chegou ao meu conhecimento que você está interessado em alguém por quem eu estou procurando. O sujeito na foto que você recebeu?*

Rydell hesitou, sua mente em disparada. *Esse palhaço estava por dentro de tudo? Como os federais tinham conseguido o número dele? Estavam armando para cima dele?*

— Eu não sei nada sobre nenhuma foto – disse ele. – Acabei de achar esse telefone na calçada. Vou desligar agora.

— *Isso seria um erro* – disse a voz. – *Porque aí você perderia a oportunidade de fazer um trato que pode beneficiar consideravelmente os Night Rangers MC.*

Ele queria desligar a chamada, no entanto parte dele estava interessada, atraída. Ele não pôde evitar de perguntar.

— Que tipo de trato?

— *O cara na foto e o cúmplice dele. Eu quero os dois. Pense no que você poderia querer em troca disso.*

Rydell abriu um sorriso torto. De repente, sua noite estava começando a melhorar.

16

A GRAMA LONGA QUE CERCAVA A LOCALIZAÇÃO DE FORT BLAKE TINHA SIDO ABANdonada à natureza até chegar à altura da cintura. Era mais do que suficiente para Jack e Chase usarem para esconder sua aproximação, movendo-se abaixados e com rapidez na direção das cercas caídas que eram tudo o que restava do velho perímetro da base.

Com sinais de mão, Jack orientou Chase para ambos seguirem na direção dos escombros arruinados de uma casamata meio enterrada no solo. Um hexágono de concreto marrom e caindo aos pedaços, o velho posto de vigia fedia a urina animal, mas lhes dava um ponto escuro de onde poderiam pesquisar seu alvo.

— Eu vejo movimento – disse Chase. – Eles têm um fogo aceso do lado de fora daquele prédio de dois andares à direita.

Jack assentiu. Ele ouviu um estrondo enrouquecido quando uma dupla de motociclistas passavam de um lado para o outro no exterior dos alojamentos decadentes dos oficiais, um tentando sobrepujar o ronco do outro com os rosnados dos motores de suas Harleys personalizadas. Outros membros do MC estavam de pé ao redor de uma fogueira em um tambor de óleo, bebendo e fazendo graça, aquecendo-se contra o frio que começava a cair. O ar gelado estava se tornando úmido.

— Está vindo uma tempestade – disse ele, baixinho. – Pode funcionar a nosso favor, se tivermos sorte.

— Sabe – começou Chase –, uma parte de mim não para de imaginar onde diabos eu deixei meu distintivo – ele tateou o peito, onde haveria um escudo federal pendurado sobre seu colete à prova de balas caso esta fosse uma operação sancionada. – Aí me lembro que não somos policiais. Nem UCT.

— Cidadãos preocupados – disse Jack sem se virar, lembrando-se do que Chase havia dito a Trish na boate.

— Só quero me certificar de nossas regras de combate. Isso aqui não é o Velho Oeste.

Jack indicou os homens gritando e uivando enquanto as duas motos giravam em círculos poeirentos no antigo local de desfile.

— Tem certeza disso? – ele fez uma pausa. – As regras de combate são as mesmas de sempre. Existem alvos e alvos em potencial. Como lidaremos com eles depende deles mesmos – para sublinhar seu argumento, Jack parou para checar a MP5/10 pendurada de atravessado em seu peito. – Tente apenas evitar os tiros até estarmos lá dentro. No momento em que um desses cretinos nos perceber, vai chamar seus amiguinhos para virem correndo.

— Entendido – disse Chase. Ele ergueu sua submetralhadora e escaneou a área pela mira. – Vejo luzes acesas no lado mais distante da área para desfiles. Mais prédios. Fumaça saindo de uma chaminé.

Jack não respondeu logo de cara. Ele sentiu uma vibração na lateral do corpo, no lugar onde estava seu celular. Tomando cuidado para cobrir a tela para que seu brilho não fosse visto, ele se debruçou sobre o aparelho e examinou-o. A mensagem de texto que estivera tentando enviar desde o Mega-Mart abandonado tinha finalmente sido enviada; ficou claro que a falha na cobertura da cidade de Deadline se estendia apenas até ali. Ele desligou o telefone e guardou-o em um bolso interno.

— Tem alguém saindo de um dos antigos alojamentos para oficiais – relatou Chase, ainda olhando pela mira de sua arma.

— Reconhece alguém de lá do clube?

Chase balançou a cabeça.

— Não. Mas seja lá quem for esse cara, ele é importante.

Jack pôde distinguir os sons de alguém falando, porém não as palavras. Chase parecia ter razão. O surgimento do recém-chegado tinha feito os outros motoqueiros barulhentos ficarem em silêncio.

Rydell desceu os degraus rachados até onde Lance aguardava por ele, perto da fogueira no tambor, e o mestre de armas assentiu com a cabeça.

— Chefe – disse ele –, eu fiz como você mandou. As estradas para fora da cidade estão bem fechadas, com guardas em cada bloqueio.

Ele aquiesceu, distraído.

— Pegue quem sobrou, diga a eles para se dividirem e começarem a revistar a cidade. Cada lugar de lá. Se encontrarem alguma coisa, ninguém se mexe antes de falar comigo primeiro, certo?

— Certo – repetiu Lance. – Quer apagar esses idiotas você mesmo?

— Apagá-los é a última coisa que me passa pela cabeça.

— O quê? – o outro franziu o cenho. – Mas o Caixa... E Sammy. Digo, eles derramaram sangue. Eles machucaram o clube. Eles têm que pagar por isso.

— Eu quero os dois *vivos* – insistiu Rydell. – Espancados? – ele deu de ombros. – Claro, tanto faz. Só que ainda respirando. Esses idiotas acabaram de virar mercadoria.

Lance seguiu Rydell até onde sua moto – uma Dyna Super Glide Custom em preto e cinza metálico – estava estacionada. Dois outros homens, a "guarda de honra" do presidente do clube, juntaram-se a ele.

— Está indo a algum lugar? – disse Lance.

— Você espera aqui – Rydell lhe disse, ignorando a pergunta. – Mantenha esses caras por perto, vigie as fábricas enquanto eu estiver fora – ele montou a imensa máquina e deu partida no motor com um chute no pedal. – Eu tenho que preparar um negócio. Onde está Fang?

— Na cidade – disse Lance, sua confusão se aprofundando. Ele se aproximou, baixando a voz. – Chefe, que tipo de... Mercadoria? O que isso quer dizer?

Rydell abriu um sorriso predatório de um tubarão.

— Quer dizer que não somos os únicos a querer a cabeça desse cretino em uma estaca – ele apontou dois dedos para os próprios olhos. – Fica frio.

Ele torceu o acelerador e a Super Glide disparou para longe, apontada na direção da rodovia, duas outras motos seguindo seu rastro barulhento.

Os Night Rangers não tinham colocado muitos vigias e Chase supôs que fosse porque estavam ficando complacentes. Os motoqueiros não sentiam nenhum tipo de ameaça aqui, isso estava claro como o dia. Eles eram os donos de Deadline, seu corpo e sua alma, e ele imaginou que a ideia de que alguém fosse contrariá-los nunca ocorrera à gangue de foras da lei. Esses caras tinham erguido seu próprio feudo, bem ali no coração do estado, dominando o lugar como um bando de invasores medievais.

Essa era uma situação que Chase e Jack podiam usar em seu próprio benefício. Da casamata arruinada eles mudaram a linha de sua aproximação e cruzaram por trás de um muro desmoronado na direção dos prédios mal iluminados que notaram antes. Aproximando-se, Chase podia ver que os velhos barracões de madeira eram o que haviam, no passado, servido de barraca para os recrutas de Fort Blake. Dois deles haviam desabado para dentro, os tetos dobrados e as paredes rachadas devido a danos causados por tempestades e negligência, contudo todos os outros mostravam sinais de ocupação.

Cada um dos barracões tinha sido levantado do nível do chão por grossos apoios de tijolos e Jack deslizou para junto do mais próximo, rente contra a parede exterior. Eles estavam em um local bastante escuro ali; o céu limpo que estivera acima deles durante o pôr do sol agora tinha se tornado nublado. Aquilo era bom para eles: ter nuvens significava que não haveria luz da lua, portanto, menos chance de serem vistos.

— Ouviu alguma coisa? – sussurrou Chase.

— Vozes – retrucou Jack, esforçando-se para ouvir pela parede de tábuas. – Não consigo entender nada – ele soltou a MP5/10 em seu cinto e se ergueu para olhar através de uma janela suja e trincada. – Me dê cobertura.

Virando a cabeça de lado para expor seu perfil o menos possível, Jack olhou para dentro. Depois de um momento, ele tornou a abaixar e se inclinou para perto de Chase.

— Mais motoqueiros?

— Não – Jack balançou a cabeça. – Prisioneiros. Dúzias ali dentro, amontoados em todo canto. Esse deve ser o alojamento para seja lá qual for a fábrica que os Night Rangers estão administrando.

— Duvido que eles estejam fazendo falsificação de tênis.

— Precisamos descobrir – disse Jack. Ele chamou Chase para que o seguisse e eles foram em frente, com cuidado e discrição.

Contornando a curva de outro barracão, Chase divisou um hangar com as laterais abertas e um teto de zinco amplo e em ângulo. Sob ele, dois caminhões-baú sem nenhuma marca estavam estacionados, um de cada lado de um velho Greyhound coberto de poeira da estrada.

— Uma frota? – indagou ele.

Jack assentiu e apontou. Um grupo de motoqueiros estava perto dali, dois deles agachados sobre uma motocicleta à qual faltava o tanque de gasolina, o chassi espaçoso cercado por um halo de peças em um lençol branco cheio de óleo. Cada um dos Night Rangers estava oferecendo conselhos conflitantes sobre a melhor forma de fazer manutenção na moto, e a conversa corria o risco de se tornar violenta.

Eles recuaram; não havia como passar desse lado dos barracões sem serem vistos por alguém. Teriam de encontrar uma abordagem diferente.

— Como vamos pegar o ônibus? – sussurrou Chase, quando fizeram uma pausa na grama alta entre os dois barracões.

— Um objetivo de cada vez – rebateu Jack. Ele apontou para o ponto mais distante do local de desfiles, para o que havia sido garagens reforçadas para tanques e blindados. A fumaça que Chase tinha visto mais cedo estava saindo em golfadas constantes das chaminés que cortavam os tetos de concreto. Ele julgou sentir o leve odor de amônia, mas era difícil ter certeza no ar úmido. – Vamos entrar ali. Olhe.

As portas na frente de um dos prédios se abriram e, frente aos olhos de Chase, de lá surgiu um grupo esfarrapado. Homens e mulheres, seus rostos pálidos e sujos, saíram em uma fila desordenada na direção dos barracões. Três motoqueiros caminhavam com eles, cada um armado com uma escopeta ou um bastão elétrico utilizado para controlar gado. Eles forçavam seus vigiados adiante com a brutalidade entediada de carcereiros indiferentes, gritando com qualquer um que se mexesse devagar demais.

Cada um dos trabalhadores parecia prestes a desabar, e Chase não pôde deixar de imaginar há quanto tempo eles estavam ali. Ao lado dele, sentiu Jack se retesar quando um dos motoqueiros usou a coronha de sua arma para disciplinar um cara mais velho que estava arrastando os pés.

— Mudança de turno – reparou Jack. – Esta é a nossa chance.

— Não podemos lutar com três homens de uma vez – apontou Chase.

— Não vamos lutar. Vamos agir com inteligência. Esses idiotas não estão prestando atenção. Vamos nos utilizar disso – Jack recuou pela lateral do barracão vazio quando os guardas chegaram à porta.

Chase deu uma olhada para trás enquanto se afastava. Os motoqueiros enfiaram os trabalhadores em um dos barracões antes de irem para o próximo para acordar o "turno" seguinte. Eles bateram nas paredes com os bastões de gado e fizeram ameaças. Ninguém ousou reclamar, notou ele, e aquilo dizia muito. Aquelas pessoas pareciam violadas e sem esperança, resignadas a seu destino.

Fora da vista do outro lado do prédio, Chase observou o novo grupo sair do barracão, acovardado com as ameaças de violência. Sentiu Jack cutucar seu ombro e se virou. O outro apertou algo em suas mãos: era um cobertor do exército, pesado e sujo de lama, que ele havia retirado de onde ele estava pendurado, por cima de uma vidraça quebrada. Jack tinha um manto semelhante sobre os ombros, transformando-o em um poncho improvisado.

— Infiltrados de novo – disse Chase, baixinho. – Porque da última vez isso funcionou superbem, não foi?

— Mexa-se – retrucou Jack. – Junte-se ao final do grupo. Eles não estão fazendo contagem.

Chase assentiu e fez o melhor para ignorar o fedor abafado do cobertor, envolvendo-o ao redor de seu corpo. Ele era grande o bastante para esconder o volume de seu colete e a submetralhadora, mas ainda assim ele fez questão de se encolher o quanto pôde, segurando-a perto do peito. Manteve a cabeça abaixada, os olhos no chão e se arrastou junto ao resto do grupo de prisioneiros.

Jack caminhava ao lado dele, mantendo uma das mãos no rosto como se estivesse massageando um machucado.

— Fique preparado. Se eles nos descobrirem, teremos de improvisar.

— Como sempre.

Em algum momento, a voz elevada desapareceu, sendo substituída por um tom resmungão e choroso que Ziminova mal podia distinguir sobre o som das corredeiras do rio. Ela repousava contra uma árvore, fumando um dos longos e venenosos cigarros poloneses que eram seu único vício, esperando que o interrogatório terminasse.

Era preciso admitir: Bazin era um mestre nos interrogatórios improvisados. Levando o hacker Matlow com eles a bordo do helicóptero, seu comandante havia dado ordens ao piloto para que os levasse alguns quilômetros ao norte, onde o rio corria com rapidez e profundidade pela margem de uma área de floresta. Eles pousaram a aeronave em uma clareira e, com a ajuda de Ekel, Bazin arrastara o americano ferido até a beira da água e prosseguiu levando-o até o limite do afogamento. Ele fez isso várias e várias vezes no rio gelado e transparente, iluminado pelo facho da lanterna a pilha nas mãos de Ekel.

Ziminova não assistiu, mas não pôde deixar de ouvir. Primeiro às respostas raivosas e inarticuladas de Matlow. Depois, à rápida erosão de sua irritação, chegando ao medo verdadeiro e ao terror abjeto. Finalmente, pôde ouvi-lo quando algo nele se partiu e ele cedeu, o frio entrando em seus ossos e ameaçando-o com hipotermia.

No final, ela ouviu a água respingar de modo frenético e selvagem; depois, apenas o ruído do rio correndo sobre as rochas. Ela se virou e aproximou-se enquanto Bazin atravessava a grama, secando suas mãos grandes de boxeador. Ekel carregava o casaco para ele, seguindo a um ou dois passos respeitosos atrás.

Ziminova não se incomodou em perguntar se Matlow havia falado. *Era óbvio que ele tinha falado.* Aquilo nunca tinha sido uma dúvida.

Bazin olhou para cima e ela fez o mesmo. Estava começando a chover, uma névoa de gotículas caindo de um céu cada vez mais cheio de nuvens.

— O que descobrimos? – perguntou Ziminova.

— Muita coisa útil – respondeu ele, olhando para o piloto a bordo do Augusta. Bazin fez um gesto giratório com um dedo e ela viu o homem assentir. Ele começou a ativar interruptores na cabine e as lâminas do rotor do helicóptero começaram a girar lenta e languidamente em seu eixo central. – Bauer planeja usar a ferrovia para chegar à sua família em Los Angeles.

— Um trem. Que coisa mais europeia da parte dele.

— Bauer está trabalhando com esse tal de Williams, como suspeitamos. Eu persuadi Matlow a entregar tudo o que ele sabia. Ele deu os locais onde Bauer vai embarcar e desembarcar.

— Vou entrar em contato com Yolkin e Mager para eles reorientarem suas equipes.

Bazin soltou um suspiro lento e profundo que se transformou em vapor no ar noturno.

— Isso pode representar nossa última chance de interceptar o homem. Temos de nos mover com velocidade, mas também com cuidado. Se perdermos Bauer agora... – a voz dele sumiu. Em seguida, ele voltou a concentrar sua atenção. – Enquanto eu estava trabalhando, recebemos mais alguma comunicação da equipe do presidente?

— Nem uma palavra de Suvarov ou seu pessoal – confirmou ela. – O voo dele vai pousar em Moscou dentro de poucas horas.

— Talvez até lá eu tenha algo em mãos para relatar – divagou Bazin.

Ela fez questão de olhar sobre o ombro de seu comandante.

— E Matlow... Você o deixou no rio, então?

Bazin confirmou com um gesto eficiente de cabeça.

— Afogamento é um final trágico, e ele o encontrou sem nenhuma coragem.

Ele se dirigiu para o helicóptero enquanto o ruído do motor ficava mais alto e Ziminova o seguiu, jogando seu cigarro na rápida correnteza enquanto caminhava.

As portas para o velho depósito de veículos da base eram feitas de placas de aço com três centímetros de espessura sobre rolamentos enferrujados, que reclamaram quando foram fechadas atrás do grupo. O motoqueiro com a escopeta, o mesmo que tinha sido tão generoso com seus insultos e encorajamento violento, apontou para trás de si com o polegar para os bancos atravessados pelo piso do local.

— Vão trabalhar, seus cretinos – gritou ele. – Já estou enjoado de olhar pra vocês.

— *Minha nossa* – murmurou Chase, vendo o alcance da operação dos Night Rangers.

Jack não disse nada, entretanto compartilhava o sentimento do outro. As antigas garagens de tanques tinham sido despidas até chegar ao concreto quando o exército se mudou, deixando apenas um espaço amplo e ecoante com tetos baixos e paredes reforçadas que podiam parar um tiro de artilharia. O MC havia reformado as baias dos veículos, trazendo geradores portáteis para abastecer fileiras de lâmpadas de construção e equipamento industrial. Bancos de metal e estações de trabalho estavam arranjadas em filas e havia pessoas trabalhando ali, suas feições escondidas atrás de máscaras cirúrgicas ou de máscaras pesadas de borracha contra poeira, tipo focinhos de porco. Jack viu tambores vermelhos de metal com adesivos de alerta em formato de diamante, sacos de polímero com pó e grandes tanques de fluidos, cubos de plástico branco do tamanho de um carro compacto. Era quente ali dentro, com uma espessa neblina de descarga química no ar que imediatamente forrou o fundo da garganta dele. Amônio, hidrogênio, acetona, tudo se misturando para formar uma fermentação desagradável que o fez desejar voltar para o ar fresco outra vez.

O motivo para os rostos enfraquecidos e doentios dos trabalhadores agora estava claro: este lugar era um pesadelo tóxico, cheio com cerca de uma dúzia de tipos diferentes de compostos letais. E o resultado final de tudo aquilo, o produto que "as fábricas" estavam criando, repousava em prateleiras junto a uma das paredes da câmara, secando. Bandejas de aço estavam cobertas com montes do que parecia bala dura, cristais irregulares de um branco leitoso com cerca de dois centímetros. Alguns dos trabalhadores estavam cortando e pesando esses cristais em quantidades pré-determinadas em pequenos saquinhos, sob o olhar vigilante de um motoqueiro com um taco de beisebol apoiado sobre o ombro.

Metanfetamina. Não era nenhuma surpresa ver que os Night Rangers estavam vendendo a versão ilegal das ruas do potente estimulante – era uma mercadoria comum para gangues de motoqueiros traficarem – mas o fato de que eles estavam manufaturando os cristais eles mesmos, e nessa escala... isso era fora do comum.

— Isso não é um *laboratório* de metanfetamina – resmungou Chase. – Isso é uma *fábrica*.

O que estava ali nas prateleiras devia valer milhares de dólares em mercadoria recém-produzida, estimou Jack. E aquilo era só a parte que ele podia ver. Em vez de "cozinhar" fornadas pequenas em algum estacionamento de trailer dominado por drogados, o MC tinha montado uma fábrica nas ruínas de Fort Blake. De repente, as coisas começaram a se encaixar. Deadline não era uma cidade aleatória em que os Night Rangers tinham resolvido fincar sua bandeira; ela era o cerne de seus empreendimentos criminosos. A prostituição forçada na boate de strip e o tráfico de miséria humana eram apenas negócios colaterais. As drogas é que eram o coração podre de tudo.

— Ei! – Um dos guardas os viu hesitando e empurrou Jack pelo ombro. – O que diabos você está olhando aí, paspalho? Vai trabalhar...

O motoqueiro congelou quando Jack reagiu ao empurrão, sua cobertura improvisada escorregando antes que ele pudesse segurá-la. O outro homem viu a coronha da MP5/10 debaixo do cobertor esfarrapado e se afastou, tirando um revólver do cinto.

Jack e Chase reagiram instantaneamente, livrando-se de seus disfarces e erguendo as armas, soltando as travas de segurança. O medo se espalhou pelos trabalhadores e ouviram-se gritos. Os dois assumiram posição de tiro de modo automático, Chase mirando os fundos da garagem, Jack apontando na direção das portas. Mesmo assim, ele hesitou em começar a atirar.

— Puxe esse gatilho e você é um homem morto! – Jack rosnou para o motoqueiro com a pistola, enquanto os comparsas dele tentavam pegar suas armas. – Uma bala perdida e esse lugar vai virar um inferno! Quer correr esse risco?

Ninguém se moveu. O alerta de Jack não era um truque, e todos ali sabiam disso. O processo para produção do cristal de metanfetamina, apelidado de "vermelho, branco e azul", era altamente perigoso devido ao uso de vários produtos químicos muito voláteis. Fósforo, ácido clorídrico e metilamina faziam parte do arriscado coquetel. Sob as condições erradas, um laboratório de metanfetamina mal controlado podia criar gases explosivos ou venenosos, como fosfina e hidrogênio. Ainda pior era o chamado "Willy Pete", o fósforo branco que podia se incendiar em contato com o ar e queimar com um calor intenso.

— Você que sabe – disse Jack.

Lentamente, um sorriso bestial se espalhou pelo rosto do motoqueiro e ele desarmou o cão da pistola. Seus amigos fizeram o mesmo, soltando os dedos dos gatilhos de suas armas de fogo, trocando-as, em vez disso, por outras armas.

— Eu não sei quem vocês pensam que são, ou de onde diabos vocês vieram... – continuou o sujeito, sacando uma faca curva *karambit* com a outra mão, a lâmina curva como uma garra refletindo a luz enquanto ele a girava entre os dedos. – Acho que vou ter de descobrir depois que terminar de estripar vocês.

Jack soltou a MP5/10, deixando-a pendurada na lateral de seu corpo pelo cinto de corda elástica.

— Faça sua jogada.

— O senhor está abusando – Kilner ouviu o piloto dizer. – Senhor, eu sei o que dizem as ordens, mas não posso pousar aqui.

— Você vai fazer o que diabos eu te mandar fazer! – disparou Hadley. – Você tem o local, coloque essa coisa no chão, *agora mesmo!*

Markinson e Dell trocaram um olhar preocupado, porém Kilner não iria esperar por uma explicação. Ele se aproximou da cabine do Cessna, agarrando-se aos topos dos assentos para se equilibrar ao andar. O jato tinha atingido o mau tempo uma hora depois de eles voltarem ao céu e Hadley recusara peremptoriamente os pedidos do piloto para dar a volta e encontrar outra rota para o oeste. Agora, parecia que a discordância dos dois ameaçava transbordar para algo pior.

— O que está havendo aqui? – disse Kilner ao chegar à porta da cabine.

— Isso está acima da sua faixa salarial – retrucou Hadley, disparando--lhe um olhar duro. – Volte lá para trás e sente-se.

— Ele quer que a gente pouse – disse o copiloto, segurando um mapa.

— E por que isso é um problema?

— Porque não há uma porcaria de uma pista de pouso aqui! – disse o piloto, sem conseguir controlar o mau humor. Ele pegou o mapa das mãos do copiloto e espetou um dedo no que era claramente uma longa extensão de rodovia pavimentada. – Isso é uma estrada, não uma pista de pouso! – ele balançou a cabeça. – Agente Especial Hadley, não sei onde o senhor está conseguindo suas informações, mas não podemos descer ali. Fim da história.

— Você é treinado para fazer um pouso de emergência nesse tipo de superfície – disparou Hadley de volta. – Essa aeronave é mais do que capaz de fazer isso.

Kilner não podia acreditar no que estava escutando.

— Hadley, espere. Você não pode estar falando sério...

— Eu disse para você *voltar lá para trás!* – berrou Hadley. Ele voltou-se para o piloto e apontou o dedo para ele. – Você, me escute aqui. Pouse este avião onde estou dizendo para pousar. Senão, vou garantir que vocês dois percam sua licença para voar, sua pensão, *toda a sua maldita carreira!* Jack Bauer é o homem mais perigoso na América e ele está lá embaixo! Se nós o perdermos, vou queimar vocês por causa disso. *Acreditem em mim.*

As palavras dele eram como trovões e, naquele momento, não havia uma pessoa na aeronave capaz de duvidar que ele cumpriria sua promessa. A mão do agente tinha se aproximado da arma em seu coldre de ombro e Kilner empalideceu.

Mas nesse momento o piloto assentiu sombriamente.

— Ótimo. Voltem para a cabine e coloquem o cinto de segurança. Estou fazendo isso sob protesto. E você pode apostar que eu vou apresentar a maior de todas as reclamações junto ao comando divisional quando isso terminar.

— Apenas coloque-nos no chão – ordenou Hadley, passando por Kilner com um empurrão e indo para seu assento.

— Ah, isso vai acontecer – disse o piloto, amargo. – De um jeito ou de outro.

Kilner caiu em sua cadeira e puxou seu cinto de segurança bem apertado enquanto o jato baixava de altitude subitamente.

— Eu sei que você quer Bauer — disse ele –, mas está arriscando as nossas vidas!

O momento de fúria de Hadley tinha ido embora com a mesma rapidez com que surgira.

— Eu já arrisquei tudo para encontrá-lo – retrucou ele, e desviou o olhar para a janela enquanto o solo se apressava de encontro a eles.

17

O MOTOQUEIRO COM A FACA *KARAMBIT* CURVA ATACOU JACK, RINDO, OS OLHOS arregalados. Sob a luz implacável das lâmpadas industriais atrás dele, Jack notou que o Night Ranger vinha abusando de sua posição no laboratório de drogas para se servir do produto puro; suas pupilas estavam escuras e dilatadas.

Lidar com um atacante em estado quimicamente alterado sempre apresentava outro nível de risco. Alguém sob a influência de metanfetamina podia ser impulsivo e perigoso de formas imprevisíveis, com as quais Jack não podia contar. Com um adversário comum, há certas reações previsíveis que um lutador experiente é capaz de medir e contrabalançar. Mas nenhuma ação podia ser descartada contra alguém assim, que saltou no ar esfaqueando a esmo, usando todo o seu foco em nada além de cortar Jack Bauer com tanta velocidade e violência quanto fosse possível.

Se eles estivessem sozinhos, Jack teria ampliado sua distância, deixado o motoqueiro perder seu impulso e esperado pelo momento ideal para golpear. Ali, porém, essa opção não existia. Havia pouco espaço para manobra entre as bancadas de trabalho e os tambores químicos, e muitos civis próximos que poderiam entrar no caminho ou acabar como dano colateral. Ele teria de terminar essa briga rápido. O motoqueiro tinha o reforço de mais três amigos, e Jack não podia esperar que Chase desse conta da diferença sozinho.

A *karambit* cantou ao fazer um arco horizontal pelo ar no nível da garganta de Jack. Ele se esquivou, curvando-se para deixar a arma passar, no entanto não foi ligeiro o suficiente para evitá-la por completo. A ponta afiadíssima mal roçou a pele sobre a maçã do rosto do lado esquerdo, todavia deixou um toque gelado ao cortar a carne, fazendo o calor aflorar ali um milésimo de segundo depois. Jack se encolheu com a pontada de dor, mas aquilo não o fez parar. Ele viu seu oponente vindo com um golpe na direção contrária, querendo enterrar a lâmina em seu peito.

Os braços de Jack capturaram os do motoqueiro e os cruzaram um sobre um outro, como uma tesoura se fechando. O movimento prendeu o braço do motoqueiro e quebrou o rádio na metade de sua extensão, fazendo com que alguns centímetros dele rompessem a carne e saíssem pela manga de sua camisa jeans.

O atacante soltou um uivo de agonia e perdeu a *karambit,* sua mão se abrindo com o choque da dor. Mesmo a metanfetamina que tinha consumido pouco tempo antes não foi o bastante para deixá-lo amortecido e ele se encolheu.

Porém, não com a velocidade necessária. Jack pegou a faca enquanto ela caía, apanhando-a antes que chegasse ao chão e quicasse para longe. Sem pensar, espelhou o ataque de seu oponente e mandou a *karambit* de volta a seu dono. A ponta da lâmina perfurou o olho esquerdo do motoqueiro e Jack a enterrou até o fim, afundando-a como um anzol de pesca.

Um já foi.

O motoqueiro desabou no chão, mas enquanto ele caía um segundo homem já avançava para cima de Jack, um rugido cheio de fúria em seus lábios. Esse homem era bem maior, um dos guardas que ficavam caminhando pela fábrica. Se não fosse pelo espesso rabo de cavalo que caía até seus ombros, ele poderia se passar por irmão do homem-montanha que Jack tinha visto atrás do balcão no Caixa de Motor.

Ele correu até Jack, apanhando-o antes que este pudesse fintar para o lado. Os dois colidiram com o impacto de um trem de carga e Jack sentiu a submetralhadora MP5/10 pendurada em seu ombro se enganchar em alguma coisa e ficar para trás. Antes que pudesse processar esse fato, o enorme Night Ranger já estava com as duas patas ásperas e carnudas nas faixas frontais de seu colete à prova de balas. Jack sentiu o mundo girar ao seu redor quando o capanga gigantesco o ergueu do chão e começou a girá-lo de forma rápida e atordoante.

Chase se abaixou e gingou, relembrando velhos filmes sobre boxe, enquanto o motoqueiro magricela com o bastão de gado estalando golpeava o ar à sua frente. O forte brilho actínico da descarga elétrica deixava manchas púrpuras disformes nas retinas de Chase e ele piscava furiosamente, sabendo que tudo o que o separava de uma surra era um contato direto com a arma. Ele tinha sido atingido por um *tazer* quando treinara para a SWAT, em outra vida, uma sacudida selvagem no tronco para ensinar a ele e seus colegas policiais como lidar com essa eventualidade. Não era algo que ele sentisse alguma pressa em repetir.

Ele viu de relance uma segunda figura se juntando à primeira; agora havia duas pessoas atacando-o por trás do borrão de movimentos e do crepitar da eletricidade. Um golpeava por cima enquanto o outro atacava por baixo, forçando Chase a permanecer na defensiva. Ele tentava se manter fora do alcance deles, mas sabia que o estavam guiando mais para dentro da fábrica, tentando limitar as opções dele. Chase deixou seu treinamento assumir o controle, desviando, deslocando-se, apresentando-se como um alvo sempre em movimento. Para os motoqueiros, era como tentar agarrar fumaça, mas eles sabiam que tudo o que precisavam fazer era cansá-lo. Mais cedo ou mais tarde, Chase daria um passo em falso e ambos cairiam sobre ele, esmagando-o no concreto.

Ele não podia esperar até que isso acontecesse. Pelo canto do olho, Chase viu um tambor de plástico pintado de vermelho berrante. Letras pretas e selos de alerta para material contaminado na lateral do contêiner avisavam sobre a volatilidade de seu conteúdo, porém Chase não tinha tempo para conferir o que seria aquilo. Ele se jogou na direção do cilindro, ouvindo gritos alarmados enquanto alguns dos trabalhadores cativos se espalhavam diante dele.

Chase colocou seu peso na parte superior do tambor e o fez balançar no suporte de madeira que o sustentava. O recipiente estava pela metade; dentro, um líquido espesso se agitava. Ele dirigiu um chute à base do tambor vacilante e aquilo bastou para separá-lo do palete. A gravidade fez o resto. O contêiner de plástico tombou sobre sua lateral e o impacto estourou a tampa de segurança, vomitando o conteúdo sobre o piso de concreto. Uma torrente fétida de solução de iodo de concentração industrial lavou as botas dos motoqueiros. O derramamento disparou uma onda de pânico entre os trabalhadores, que correram para as portas, o caos irrompendo na câmara ecoante de concreto.

Houve um momento desnorteante em que Jack realmente voou pelos ares; aí ele colidiu com um dos contêineres de água, atingindo-o com um ruído oco e ressoante. Ele tentou ficar de pé, mas o grandalhão já estava lá, levantando-o pelas correias do colete. Jack chutou e esmurrou, contudo seus golpes não pareciam ter qualquer efeito. O motoqueiro gigante o jogou para a esquerda e para a direita, de um lado para o outro, lançando-o sobre as prateleiras de secagem diversas vezes. Uma enxurrada de pedras de metanfetamina voou ao seu redor, cascateando, as bandejas cheias de cristais recém-fabricados virando e eles sendo esmagados sob as botas do homem que tentava surrá-lo até a morte.

Talvez o sujeito que Jack matara com a faca fosse um irmão de sangue desse motoqueiro imenso, ou talvez ele simplesmente estivesse irado e em busca de sangue. Fosse qual fosse o motivo, o grandalhão parecia não perceber o dano que estava causando à propriedade e a quantidade de produto que estava destruindo. Só queria moer Jack com as próprias mãos.

Jack sentiu gosto de sangue na boca ao atingir as prateleiras de novo, e o ferimento a bala que tinha recebido um novo curativo se abrir outra vez sob a camisa. Ele estava à beira de uma concussão, perdendo o controle da luta, subitamente preso sob uma onda da fadiga que vinha combatendo desde que deixara a cidade de Nova York. Se perdesse o controle agora, seria o fim de tudo.

Não. Jack arqueou as costas e jogou as mãos para cima. Antes que o grandalhão pudesse reagir, trouxe as duas para baixo em movimentos duros de corte em cada lado daquele pescoço grosso. O golpe duplo foi suficiente para tirar o motoqueiro de seu ritmo, e Jack prosseguiu, lançando-se para a frente. Ele desceu a cabeça de repente, atingindo o nariz do sujeito com toda a força que conseguiu, e foi recompensado com o som de cartilagem se quebrando. De súbito, estava livre do aperto sufocante de seu oponente e caído no chão, enquanto o motoqueiro rosnava e segurava o rosto com as mãos. Jack caiu de mau jeito e praguejou, lutando para ficar de pé tão rápido quanto podia e ignorando a cascata de dores subindo por seu tronco.

Com filetes de sangue escorrendo pelo nariz, o motoqueiro de cabelo comprido deu um grito inarticulado de dor e se estendeu na direção de Jack outra vez, as mãos como garras ansiosas.

Jack agarrou a primeira coisa que poderia servir como arma – um frasco de vidro cheio de algum produto químico – e lançou-a sobre o outro homem. O frasco se quebrou contra o peito dele e, na mesma hora, um cheiro acre e enjoativo encheu as narinas de Jack. Todo lugar onde caíra o líquido contido na garrafa – a camisa, a jaqueta, até a pele do motoqueiro – queimava com uma cor branca fantasmagórica, em uma reação ácida violenta. Os olhos do grandalhão se arregalaram e ele se esqueceu completamente de Jack, pateando e tentando se livrar da mancha crescente de tecido sibilante a derreter. Ele gritou e cambaleou para trás, o ácido clorídrico devorando tudo em seu caminho. Antes que Jack pudesse se afastar, os movimentos frenéticos do homem ferido o levaram a tropeçar e cair sobre outra bancada, onde um bico de Bunsen desprotegido estava aceso, emitindo uma chama amarelada. O cabelo do motoqueiro pegou fogo e transformou-se instantaneamente em uma tocha. Ele derrubou o queimador de lado e Jack viu as chamas se espalharem pela bancada, devorando com avidez tudo em que tocavam.

Houve uma onda quente de ar abrasador, e, pela segunda vez naquela noite, Jack virou-se de costas enquanto um calor infernal o atingia.

A explosão do outro lado da fábrica de drogas foi tão brilhante, tão súbita, que fez Chase hesitar – e era por um momento assim que seus atacantes estavam esperando. O sujeito mais próximo dele o atacou com o bastão de gado em um movimento repentino. Chase tentou evitar o golpe, fazendo um bloqueio por puro reflexo, mas sua ação foi atrasada e não funcionou. Em vez de desviar o golpe, os dentes metálicos do bastão encontraram a carne logo acima de seu pulso, no músculo de seu antebraço.

Aquilo o atingiu como um martelo. Fogos de artifício detonaram atrás das pálpebras de Chase e um tremor de choque percorreu todo seu corpo, enquanto cada nervo seu parecia se retesar ao mesmo tempo. Chase, porém, combateu a sensação, não se entregando à dor, forçando-a a se afastar. O clarão agudo e rápido de agonia não era novidade para ele. Tinha sentido a mesma queimação brutal em sua carne danificada mais de uma vez antes, e aquilo não o paralisou como o *tazer* tinha feito naquele treinamento, tantos anos atrás. Talvez fosse o machucado, os lugares em que os nervos de sua mão decepada e reimplantada nunca haviam se curado de verdade. Talvez esse tipo de dor era algo a que ele se tornara insensível. Não importava.

Chase golpeou com a mão boa e agarrou o bastão antes que o primeiro atacante pudesse se afastar. Ele defletiu a ponta brilhante da arma para longe de sua cintura e forçou-a de volta para o peito do atacante. Chase bateu a palma morta da mão ruim na base do bastão, onde ficava o botão de gatilho, e, antes que pudesse impedir, o motoqueiro foi forçado a descarregar sua arma no próprio torso. Um zumbido estalou, atravessando a camisa do Night Ranger, e ele entrou em convulsão, gritando ao sentir suas pernas ficarem bambas.

Desarmando-o enquanto o motoqueiro caía no chão tornado escorregadio pelo derramamento químico, Chase girou para encarar o ataque que sabia que viria do outro motoqueiro. Ele bateu o bastão do outro para longe usando o que havia tomado e acertou-o no rosto do atacante. Os dentes condutores não chegaram a fazer contato com a pele, mas a explosão causticante da descarga foi suficiente para cegar o sujeito à queima-roupa. Enquanto ele esfregava os olhos, Chase adiantou-se e atingiu-o com força na cabeça, inutilizando o terceiro guarda.

Ofegante e trêmulo, ele se virou e ouviu o ruído característico de uma bala sendo carregada na traseira de uma escopeta.

Com a fábrica agora em chamas, o último guarda Night Ranger decidiu ignorar o alerta de Jack sobre as consequências de atirar com armas de fogo dentro da garagem-casamata e abriu fogo com uma Winchester M12 de ação de bomba, disparando a munição pesada que abriu buracos denteados nos tanques de água e espalhou entulhos por cima das bancadas.

Jack mergulhou em busca de proteção enquanto um garrafão de vidro cheio de produtos químicos explodia atrás dele, derramando mais líquidos venenosos na mancha que se propagava pelo piso de concreto. Faixas de chama alaranjada subiam pelas paredes próximas, reunindo-se no teto. Sua garganta ardia com a quantidade de gases tóxicos que se acumulavam no espaço fechado. Todos os trabalhadores tinham conseguido fugir, deixando para trás aquilo em que estavam mexendo – e esse material estava agora fervendo, pegando fogo, enfim, tornando-se letal.

Ele se moveu, agachado, mais tiros de bombardeando escavando a bancada ao seu lado. O motoqueiro com a arma estava gritando alguma coisa, mas Jack não escutou. Esse tonto estava entre ele e a saída.

Ele tirou a pistola M1911 do bolso da jaqueta e, em um movimento fluido e elegante, Jack saiu de onde estava se protegendo para o espaço aberto, a arma se erguendo na posição Weaver modificada enquanto a mira chegava à sua linha de visão. O guarda armado já estava mirando na direção de Jack – hesitar aqui seria fim de jogo.

Jack disparou um único tiro da munição .45 ACP que pegou o motoqueiro no meio do corpo, atingindo seu peito logo abaixo do esterno. O homem caiu, a caverna desigual que a bala havia aberto em seus pulmões se enchendo de sangue.

Ele chutou a escopeta para longe das mãos do moribundo e olhou ao redor. Estava ficando mais difícil respirar agora, e a fumaça nociva preenchendo o local fazia seus olhos arderem. Jack viu movimento e uma figura se lançou para fora da névoa em sua direção.

— Chase...

O outro assentiu, entregando-lhe a MP5/10 que ele perdera mais cedo, durante a luta.

— Achei que iria querer isso de volta.

Jack assentiu e guardou a pistola, começando a correr enquanto checava a submetralhadora e deixava-a a postos.

— Vamos!

— Logo atrás de você...

Um vapor acre e azedo saiu pelas portas abertas da garagem enquanto Jack e Chase tropeçaram para fora sem enxergar – e caindo em uma chuva de tiros.

Os Night Rangers reunidos do lado de fora tinham testemunhado o êxodo súbito e massivo dos trabalhadores escapando da antiga garagem de tanques e sua reação fora previsível. Armas foram empunhadas e eles abriram fogo sobre os cativos, gritando para voltarem. Presos entre um incêndio infernal e uma saraivada de balas, eles tinham se espalhado. Muitos foram mortos ou gravemente feridos quando os motoqueiros reagiram com repressão brutal.

Jack ajustou sua Heckler & Kock para rajadas e disparou nas fileiras de Night Rangers, que ficaram chocados, jamais esperando receber salvas fulminantes de balas de dez milímetros daquilo que julgavam ser alvos desarmados. Chase fez o mesmo, disparando rajadas de três tiros no amplo pátio de desfiles. Atiradores, pegos de surpresa, foram atingidos e caíram; contudo, o resto deles levou apenas alguns segundos para localizar a fonte dos tiros.

Encontrando abrigo temporário atrás de uma pilha de paletes de madeira, Jack descarregou o resto de seu pente em uma rajada cega e recarregou. Atrás deles, as portas abertas da casamata eram como a boca do inferno, o hálito quente do fogo a um só tempo abrasador e venenoso. Ele olhou para Chase, que escolhia seus alvos.

— O ônibus – disse Jack, inclinando a cabeça na direção do velho Greyhound. – Consegue dirigi-lo?

— Claro, se não fosse pelos dez caras entre mim e ele – Chase se encolheu quando balas arrancaram lascas da pilha de paletes.

— Coloque os cativos a bordo e tire-os daqui. Não pare por nada.

Chase o encarou, sério.

— E você vai estar fazendo o que, exatamente?

— Vou atraí-los para longe.

Chase chegou a abrir a boca para responder, talvez sugerir que esta era uma ideia estúpida que poderia terminar com ele morto, no entanto Jack não esperou para ouvir.

Ele saiu do abrigo de repente, com um grito nos lábios, correndo o máximo que podia em uma linha diagonal pelo pátio aberto, disparando a MP5/10 na altura do quadril em rajadas de fogo.

Tiros vindos dos Night Rangers cortaram o ar ao redor dele, munições de calibre pesado batendo no chão perto de seus pés enquanto corria na direção de um amontoado de prédios que já tinham sido usados, anteriormente, como instalações para duchas. Ele ouviu o rosnado baixo de motores de motos atrás de si e o feixe branco de um farol se espalhar por seu caminho como uma lanterna de busca. Um tiro sibilou perto demais da sua orelha, tão próximo que o fez se encolher e quase tropeçar nos tijolos quebrados que cercavam o blocausse desmoronado. Jack se escondeu na lateral do prédio, enquanto armas pipocavam e mais tiros eram lançados em sua direção.

— Peguem aquele idiota! – Jack ouviu alguém gritar, querendo seu sangue. – Peguem as motos, deixem ele na poeira!

Mais motores rugiram depois do primeiro, e ele soube que a caçada tinha começado. Sorriu. *Bom.* Quanto mais deles estivessem atrás de Bauer, melhores as chances de Chase fazer o que eles haviam vindo até aqui para fazer.

O feixe de luz que havia brevemente destacado sua silhueta enquanto ele corria pelo pátio agora vasculhava as laterais do blocausse, e Jack sabia que o líder dos motoqueiros o encontraria em instantes. Pendurando a MP5/10 no ombro, agarrou um pedaço de vergalhão enferrujado caído entre as ruínas do prédio semidesmoronado e se espremeu junto à parede.

A moto veio trovejando pelo canto do blocausse, uma Harley-Davidson Iron 883 preta fosca, seu motor emitindo um rosnado felino e anasalado. O motoqueiro – um Night Ranger do grupo Dakotas – teve apenas uma fração de segundo para processar o vislumbre de movimento no canto de seu campo de visão antes que Jack atacasse com a viga de ferro. O vergalhão atingiu o peito do motoqueiro no sentido da extensão, desmontando-o do veículo na mesma hora e jogando-o para trás, por cima do pneu traseiro. Com as costelas quebradas pelo impacto, o Night Ranger pôde apenas jazer ali, lutando para recobrar o fôlego.

A motocicleta sem piloto oscilou e caiu, deslizando até parar, levantando uma chuva de cascalho. Jack correu até ela, colocando a Harley de pé com um grunhido de esforço. Ele se ajeitou no banco com facilidade e acelerou, girando a moto na direção de onde ela tinha vindo. Com a MP5/10 em sua mão esquerda, Jack acelerou, voltando pelo estreito corredor entre as instalações das duchas. Ele saiu na frente do resto do bando de Night Rangers, desfechando tiros na direção deles enquanto desviava a moto da garagem de tanques e do hangar da frota.

A noite foi rasgada pelo ronco de outros motores quando os motoqueiros transformaram a perseguição em uma caçada, partindo atrás de Jack e sua moto roubada, seguindo-o enquanto ele fazia um zigue-zague ao redor de veículos abandonados e setores esburacados das amplas ruas da antiga base. Os prédios abandonados de Fort Blake ecoavam com o barulho. Jack se atreveu a olhar para trás enquanto tornava a apertar o gatilho da submetralhadora. A culatra da arma se abriu com um estalo metálico quando a última bala do pente foi gasta, mas os tiros disparados tinham encontrado um alvo. Uma das motos mais próximas dele virou abruptamente e deslizou de lado, caindo em uma vala cheia de lama. Jack deixou a arma descarregada de volta no cinto, e inclinou-se sobre o tanque de gasolina da Harley, diminuindo a resistência do ar que inflava sua jaqueta.

A estrada à frente terminava em um cruzamento em T. A planta das estradas da base militar dessa cidade fantasma tinha apenas três ou quatro quarteirões, espalhados em uma rede ampla que se dobrava. Por um momento, Jack pensou em ignorar as opções disponíveis e abrir caminho seguindo reto pela grama alta – porém, a pesada Harley não era um veículo adequado à prática de *motocross*, e se ele atingisse um buraco escondido ali, tudo se acabaria.

Em vez disso, esperou até o último segundo e então fez uma curva fechada para a esquerda, acelerando a moto o tempo todo e deixando, com o pneu traseiro, uma faixa preta no asfalto decadente. Armas foram disparadas atrás dele. Alguns dos motoqueiros estavam tentando um tiro de sorte, esperando derrubá-lo da moto. Jack mexeu o guidão, colocando a moto em uma posição meio deitada para atrapalhar a mira deles.

— *Jack! Jack?* – ele levou um longo segundo até perceber que a voz fraca que podia ouvir vinha do rádio tático ainda preso em seu cinto. – *Estamos andando* – ele ouviu Chase dizer. – *Estamos saindo. Entendido? Entendido, Jack?*

Ele não podia arriscar soltar o guidão para pegar o rádio e responder. Jack só torcia para que Chase fosse capaz de levar o ônibus e os trabalhadores escravizados para longe da base antes que os motoqueiros percebessem que tinham sido enganados.

— Puta merda! – gritou Fang, enquanto o jatinho passava com um som alto e estridente, voando baixo sobre sua cabeça, e fazia uma curva ampla e brusca antes de se alinhar ao meio da estrada. Ele piscou e sorriu ao perceber o que iria acontecer. – Olha só! Isso vai ser interessante.

O jato desceu na direção da linha branca que corria no meio de estrada, as luzes em suas asas e a parte de baixo da carenagem ofuscantes durante a aproximação do nariz. Fang ouviu os pneus cantando ao tocar o asfalto e o trovão dos motores entrando em reverso. Freios gritaram enquanto a aeronave freneticamente diminuía a velocidade, tremendo e convulsionando enquanto saltava sobre uma superfície que não tinha sido projetada para a corrida relativamente suave que um jato requeria.

Sentado em sua moto, não ocorreu a Fang sair do caminho, ao contrário de alguns outros Night Rangers que tinham vindo com ele até ali, além dos limites de Deadline. Eles recuaram, mas Fang continuou à espera, sorrindo para o jato conforme a distância entre o cone do nariz da aeronave e o guidão da sua *panhead** diminuía cada vez mais. Afinal de contas, Fang já tinha encarado um urso pardo e sobrevivido para contar a história. Tinha sido assim que ganhara seu apelido. Ele não via nenhuma diferença nisso.

O motoqueiro podia ver o rosto do piloto e do copiloto claramente quando o avião parou, a não mais que seis metros da sua motocicleta ligada. Ele lhes fez uma saudação garbosa, à qual nenhum dos dois respondeu. Fang riu para si mesmo e desmontou, indo até a lateral do avião quando a porta da cabine se abriu.

Um sujeito de aparência raivosa vestindo terno encheu o espaço da porta.

— Você não é Rydell.

— Não – admitiu Fang – sou o comitê de boas-vindas. Você deve ser o agente especial Hadley, não é? – ele indicou o avião. – Qualquer aterrissagem da qual você sai andando é uma boa aterrissagem, hein? – ele deu um assovio baixo.

— Onde ele está?

Fang gesticulou na direção da cidade.

— Está preparando um negócio pra você.

Outro homem, jovem e sério, apareceu atrás de Hadley.

— Onde estamos?

Fang abriu as mãos.

— Bem-vindos a Deadline! – ele apontou para um carro, um Ford Contour empoeirado que o MC mantinha para os momentos em que era necessária uma gaiola, e jogou as chaves para Hadley – Arrumamos uma caranga

* Modelo de Harley-Davidson. O nome provém do tipo de motor da motocicleta. (N.T.)

pra vocês enquanto estiverem de visita. Vocês podem deixar seu passarinho aqui e nos seguir.

Ele voltou para sua moto e acelerou, virando-a de volta pela estrada. Ao seu redor as primeiras gotas de chuva começaram a cair.

Ele ouviu o outro agente do FBI arriscando uma pergunta.

— O que você fez, Hadley? O que está havendo?

— Estou usando os recursos disponíveis – rebateu o outro. – Chame as outras. Estamos de saída.

18

OS NIGHT RANGERS AINDA O SEGUIAM QUANDO JACK TIROU A HARLEY-DAVIDSON roubada da rua cheia de rachaduras e levou-a por uma rua lateral mais estreita que passava entre uma fileira de hangares baixos e amplos. Muros feitos apenas com folhas de metal se erguiam dos dois lados, capturando o uivo das motos e refletindo-os de volta. Ao longe, em uma das laterais, Jack podia ver o crescente pilar de fumaça subindo da fábrica de drogas incendiada e usou isso como ponto de referência, orientando-se. Havia pouca luz aqui, nada além do brilho do farol de sua Harley, nada para alertá-lo sobre algum buraco à frente ou um pedaço de asfalto mortalmente arrebentado, até que fosse tarde demais. Umas das motocicletas perseguindo-o já tinha sido vítima de algo assim e Jack não desejava seguir o mesmo destino.

À sua direita, ele viu que um dos hangares tinha as portas parcialmente abertas, uma brecha fina e alta o bastante para dois homens passarem lado a lado. No último segundo possível, Jack puxou o guidão e saiu da estrada, entrando no espaço ecoante. Pensou ter escutado uma bala atingir uma das portas, contudo a esse ponto já havia entrado e estava voando pela área vazia do tamanho de um galpão.

Ele esperava que houvesse outra porta do lado oposto, mas imediatamente viu que tinha se enganado. Pelo feixe do farol era impossível ver qualquer coisa além de paredes, e Jack percebeu que teria de agir com rapidez. Seu erro de cálculo poderia deixá-lo preso ali, e então os motoqueiros o pegariam.

A Harley saltou por cima de alguma coisa e ele viu de relance um pedaço de corrente corroída serpenteando pelo concreto empoeirado. Jack apertou os freios e reduziu a velocidade, inclinando-se para fora do banco para apanhar um largo elo de ferro e puxá-lo contra seu peito. A corrente chocalhou quando ele voltou a acelerar e Jack desligou o farol da moto, mergulhando a paisagem adiante na escuridão.

Outras motos tinham avançado para dentro do hangar atrás dele e clareavam o espaço com sua própria iluminação instável. Jack apontou a Harley roubada para seus perseguidores e disparou como um míssil, sentindo a corrente puxando e batendo no chão enquanto vinha com ele.

Tarde demais; os outros motoqueiros o viram correndo na direção deles e tentaram se desviar. Entretanto, Jack girou a corrente enferrujada acima da cabeça como um laço, lançando-a com toda sua força sobre seus perseguidores. Ele passou por eles, mirando nas portas abertas, escutando a catastrófica pancada de metal se encontrando com concreto a altas velocidades, enquanto motos e motoqueiros caíam atrás dele.

O ônibus trovejava pela estrada, sacolejando sobre cada pedaço de asfalto irregular, o som do motor a diesel zumbindo pesadamente sob os resmungos e choros amedrontados dos passageiros. Chase afastou-os de sua mente enquanto se concentrava em manter o grande veículo seguindo a linha central, na esperança de que eles não se encontrassem com nada vindo do outro lado.

Era difícil virar o volante, e dobrar esquinas era um esforço que fazia seus ombros doerem. Sua mão ruim escorregava de vez em quando e ele praguejava, lutando para impedir que o veículo escapasse a seu controle.

O grande para-brisa estava marcado com impactos que formavam teias de aranha nos lugares em que os motoqueiros nos portões haviam tentado impedi-los de fugir – e falhado em sua intenção. Chase passou pelas motos que agiam como bloqueio na estrada sem fazer uma pausa, e houve um som repulsivo de esmigalhar quando um atirador – lento demais para sair do caminho – desapareceu sob o eixo dianteiro do velho Greyhound. No reflexo interior do vidro rachado, Chase podia enxergar as pessoas atrás dele apertadas dentro da cabine do ônibus, em um número muito maior do que o veículo deveria carregar. O ônibus sobrecarregado traduzia aquele peso em uma rodagem barulhenta e trêmula, ameaçando desistir a qualquer segundo.

Foi quando ele viu, logo adiante, a sombra escura e baixa do prédio deserto do Mega-Mart. *Quase lá.* Se conseguissem chegar ao interior do prédio em segurança, poderiam pensar em alguma coisa, encontrar um jeito de levar todos para longe das garras dos motoqueiros fora da lei.

— Segurem-se! – avisou ele, usando os freios, enquanto o ônibus sacolejava pela estrada e parava, estremecendo, no estacionamento dominado pelo mato. Chase ficou de pé e ergueu as mãos quando dúzias de rostos se voltaram para ele, perguntas e exigências atingindo-o todas ao mesmo tempo. – Estamos fora da base. Vocês entendem? Estão livres.

Confusão e medo o encararam de volta. Tinha sido difícil convencer essas pessoas a embarcar no ônibus, e agora elas estavam ouvindo o que ele dizia, mas sem acreditar de fato em suas palavras. Não tinham motivo algum para confiar nele. Depois das mentiras que haviam trazido essas pessoas a Deadline, Chase não podia culpá-las por isso.

— Ouçam – recomeçou ele, abrindo as portas. – Há outro veículo dentro daquele prédio. Se houver aqui outro motorista, será muito útil... Podemos fugir todos juntos...

Chase estava na metade da escada quando uma figura surgiu da escuridão chuvosa e agarrou sua jaqueta, jogando-o para a frente e para o chão. Antes que ele pudesse reagir, uma pesada bota com biqueira de aço atingiu seu estômago e ele se encolheu, a dor fazendo com que se engasgasse.

Ele ouviu gritos e berros e subitamente havia luzes por todos os lados. Chase protegeu os olhos com a mão, piscando furiosamente.

O mesmo homem que vira saindo da base abandonada pouco tempo antes, aquele que parecia ser o líder do bando, surgiu de trás de uma fileira de motocicletas estacionadas. Emoldurado pelos faróis flamejantes com luz branca de sódio, ele veio até o ponto em que Chase estava caído, afastando seus homens para poder olhar melhor.

— Você é qual deles? – exigiu ele, apenas para dispensar a própria pergunta logo a seguir. – Ah, não importa. Você não é de Chicago. Está bagunçando o meu esquema e isso não vai rolar.

— Você... Deve ser Rydell – conseguiu dizer Chase.

Aquilo fez com que recebesse um sorriso frio.

— Isso aqui é o meu reino, companheiro. Meus soldados, meus súditos, sacou? E você não pode vir entrando e começar a ferrar com tudo – ele olhou ao redor. – Você achou mesmo que seria capaz de sair com essas vadias do Caixa? E esses otários? – ele apontou para os rostos aterrorizados das pessoas amontoadas no ônibus. – Estúpido. Isso vai te custar caro.

Rydell assentiu para seus homens e todos eles cercaram Chase para terem a sua vez com ele.

Jack viu as ondas de fumaça saindo da garagem de tanques em chamas e percebeu que havia dado uma volta completa pelo perímetro de Fort Blake. Enquanto corria, ele ousou olhar para trás e disparou um tiro de sua pistola. Apesar de tudo, ainda havia motoqueiros seguindo-o e ele imaginou se em algum momento conseguiria se livrar deles.

Porém, no segundo seguinte, isso já não tinha importância. Jack mal havia passado pelos restos calcinados da fábrica ilegal dos Night Rangers quando o fogo lá dentro disparou uma detonação que ressoou como uma bomba. Ele não tinha como saber o que havia sido aquilo – talvez algum tambor químico tivesse superaquecido até ultrapassar sua temperatura crítica – mas a explosão massiva foi suficiente para estourar as portas de metal e as passagens de ar das laterais da casamata, além de fazer o espesso teto de concreto desabar.

A onda de pressão derrubou Jack da moto e enviou ambos para direções diferentes, girando. Ele caiu no chão e rolou, aterrissando com força em um vau coberto de mato, o ar sendo expulso de seus pulmões.

Escombros em chamas choveram ao redor dele, e enquanto Jack rolava, viu outra moto, com piloto e tudo mais, ser envolta em chamas quando a bola de fogo a pegou diretamente em seu caminho. Se os outros motoqueiros também estivessem nas proximidades da onda de calor massacrante, então tinham sofrido o mesmo destino.

Ele ficou de pé, oscilante, a cabeça latejando, e encontrou sua moto caída de lado a alguns metros de distância, as rodas ainda girando. A carenagem estava torta e alguns detalhes tinham sido arrancados, mas a Harley era uma máquina resistente e ainda podia ir para a estrada.

Um calor abrasador, mortífero e infernal, atingiu Jack enquanto ele empurrava a moto adiante, andando com ela até que o motor pegasse e ele pudesse voltar a se sentar nela. A cena à sua volta lembrava uma foto de algum campo de batalha devastado pela guerra. Ele deu as costas àquela imagem e seguiu em frente, deixando que o fogo consumisse tudo.

Kilner assumiu o volante do surrado Ford e, por insistência de Hadley, seguiu os motoqueiros de volta pela estrada, reta como uma seta, para dentro da cidade.

Dell ficou para trás no local da aterrissagem improvisada, mas Markinson tinha vindo com eles e agora estava sentada no banco de trás, conferindo sua arma e observando os acompanhantes fora da lei com cautela.

— Esses caras vão nos levar a Bauer e Edmunds? – a relutância dela era evidente. Ela leu o nome do clube de motoqueiros nas costas de uma das jaquetas. – Night Rangers MC... quem diabos são eles?

— Um meio para um fim – disse Hadley. – Estou cuidando disso.

Kilner teve vontade de dizer que *não, não parece que você esteja cuidando de nada*. Estava ficando cada vez mais preocupado que o Agente Especial Hadley tivesse perdido toda a perspectiva dessa missão. Mesmo assim, conteve a língua. Kilner estava honestamente inseguro sobre como o sujeito reagiria se ele o desafiasse ainda mais.

Ele esperava ser levado diretamente para o centro da cidadezinha, no entanto, antes que saíssem da parte mais externa de Deadline, os motoqueiros fizeram uma curva e saíram na direção de um amontoado de estruturas escuras. Quando se aproximaram, Kilner viu o que parecia ser um galpão abandonado e uma concentração de mais Night Rangers do lado de fora.

— Aquilo ali... É um ônibus? – Markinson olhou pela janela. – Tem um ônibus Greyhound ali. O que é isso?

Ela estava correta. Um pouco mais afastado, um ônibus de passageiros estava estacionado e uma dupla de motoqueiros montava guarda ao redor dele. Kilner pôde ver rostos pressionados contra as janelas. Mas, então, eles estavam parando e o motoqueiro tatuado que os saudara estava chamando para que saíssem do carro.

— Fiquem aqui – ordenou Hadley, e desceu.

Kilner lançou um olhar para Markinson.

— Você escutou.

— Ele estava se referindo a nós dois – retrucou ela.

— Eu sei a que ele estava se referindo. Venha para a frente e fique preparada para cair fora daqui se algo der errado – Kilner saiu do carro e foi atrás de Hadley, colocando a mão na empunhadura da arma em seu coldre enquanto se movia.

Hadley o encarou.

— Eu disse para esperar – atrás dele, um motoqueiro de rosto duro se aproximava. – Isso é uma ordem direta!

— Política do Bureau. Sou seu reforço.

Hadley ia dizer mais alguma coisa, porém houve um rugido baixo e longo de detonação à distância. Todos se retesaram, e Kilner se virou para ver um turbilhão de fogo vermelho-alaranjado subir no ar a alguns quilômetros de distância.

— *Mas que diabos?!* – o motoqueiro atrás de Hadley falou com a voz cheia de veneno e ódio. – Malditos estúpidos... – ele se calou, respirando fundo entre dentes cerrados e apontando para o agente líder. – Está vendo aquilo, senhor FBI? Aquilo ali é o meu dinheiro queimando! Tudo porque eu estou cercado de idiotas!

Ele olhou para seus homens, carrancudo, e alguns deles recuaram.

— Benjamin Rydell, eu presumo? – Hadley manteve sua voz tranquila.

— Seu *timing* é muito ruim ou muito bom, senhor Agente Especial Hadley – cuspiu Rydell. – Já vou avisando, se *aquilo* for coisa sua... – ele apontou para a distante torre de chamas. – Os juízes terão de inventar novas palavras para descrever os crimes que vou cometer contra você e os seus.

Hadley cruzou os braços, sem se intimidar com o alerta.

— Eu vou te contar o que está acontecendo aqui, Rydell. *Jack Bauer.* Ele é um desastre ambulante. E posso presumir que seus pequenos e sujos empreendimentos nesta cidade, sejam lá quais forem, entraram no caminho dele.

Rydell fungou, rindo.

— Isso é algum tipo de ameaça?

— Não. É um fato. Ele é um homem muito perigoso, como eu te disse ao telefone. Está entendendo isso só agora?

O sorriso de lobo do bandido motoqueiro se desvaneceu.

— Você falou algo sobre um trato.

— Isso mesmo.

— Eu pensei a respeito – Rydell indicou o prédio escuro adiante deles, o esqueleto de uma enorme loja abandonada. – Venha ver.

Ele começou a andar, seus homens seguindo-o.

Hadley fez menção de acompanhá-lo, mas Kilner agarrou-lhe o braço.

— Espere – disse ele, em voz baixa para que não o escutassem. – Que *acordo*? Você não tem autorização para fazer isso! O que foi que prometeu a esse sacana?

— Informação sobre a investigação paralisada de St. Louis a respeito dos Night Rangers MC. Detalhes de quais telefones estão sendo grampeados. Nomes dos informantes confidenciais. Basicamente, o suficiente para Rydell se esconder e fugir antes que seu circuito de drogas seja descoberto e exposto.

Kilner não conseguia acreditar no que estava ouvindo.

— Tudo isso em troca de quê? Da vida de Bauer? Você está maluco?

— Duas coisas – Hadley se inclinou mais para perto. – Primeira: o que eu *disse* a Rydell que lhe daria não é o que ele vai *receber de fato* – rosnou o agente. – Segunda: se você se colocar entre mim e o meu alvo, vou te dar um tiro.

Chase piscou, seu olho direito grudando com o sangue pegajoso, e rolou sobre os quadris. Os motoqueiros o haviam arrastado para dentro do Mega-Mart esvaziado e o largaram perto do furgão roubado da boate de striptease. Enquanto ele observava, incapaz de intervir, o motoqueiro chamado Sticks tinha pegado Laurel, Trish e as outras garotas e feito com que formassem uma fila.

Ele viu Laurel olhar para ele, o rosto pálido e cheio de terror.

— Sinto muito – disse ele, sem saber mais o que dizer.

— Não é culpa sua – disse ela. – Eu devia saber que a gente nunca ia sair vivo desse lugar.

— Ainda há tempo – insistiu Chase.

— Calem a boca! – gritou Sticks. – Vocês dois! Vai pagar pelo que fez a Sammy, panaca!

Rydell entrou pela porta quebrada e com ele estavam duas figuras que definitivamente *não eram* da gangue. Ele conhecia agentes federais quando os via, só pelo corte de suas roupas e pelo jeito como se comportavam. Mas o fato de estarem ali, naquele momento, só lhe deu mais medo.

— Então... – dizia o motoqueiro. – Este não é seu garoto, o Bauer?

O agente mais alto, um homem de rosto escuro com um olhar frio, balançou a cabeça.

— Chase Edmunds – ele disse o nome como se declarasse um fato, não como se estivesse falando com ele. – Você deveria ter permanecido morto.

— Ele estava com isso aqui, chefe – Sticks ofereceu algo a Rydell, e Chase entendeu, em alguns segundos, que aquilo era seu rádio tático, tirado dele junto com seu colete e suas armas quando os motoqueiros o espancaram.

— Muito bem... – Rydell brincou com o aparelho. – Vamos direto ao ponto, então.*

Ele abriu um sorriso e foi até a fila de mulheres, agarrando Laurel pelo pulso e separando-a das outras. Colocando o rádio nas mãos dela, disse:

— Vá em frente, docinho. Fale com o senhor Bauer. Descubra onde ele está. Segure o rádio bem alto, para todos podermos ouvir.

Laurel olhou para Chase, deu um passo na direção dele e hesitou.

— Eu... Eu não sei...

Rydell foi até Chase e se agachou perto dele. Sacou uma enorme Desert Eagle automática de debaixo da jaqueta e abanou-a na direção da mulher.

— Você tem que incentivá-la, parceiro. Porque, com o dia que eu estou tendo, talvez estoure aquela linda cabecinha se ela desperdiçar meu tempo.

— Ela não faz parte disso – disse Chase.

— Ah, ela *faz, sim* – insistiu Rydell. – Você e ela e o seu parceiro, olhem só pra toda a merda que vocês trouxeram pra minha casa essa noite – ele indicou os dois agentes com a cabeça. – Agora, os federais? Matar meus irmãos, queimar minha mercadoria não era o bastante?

O outro agente, o mais jovem, deu um passo adiante, mas o agente sênior bloqueou seu caminho e disse algo que Chase não escutou.

— Eu vou matar ela – disse Rydell. – Para começo de conversa.

Chase encarou o homem de pele escura.

— Você vai deixar que ele faça isso?

— Se eu fosse você... – o agente não fez nenhum movimento para intervir. – Eu faria exatamente o que ele está dizendo.

---

* No original, o personagem faz uma brincadeira com o nome Chase, dizendo “Let's cut to the chase, then”, expressão que significa “ir direto ao ponto, sem perder tempo” e é intraduzível no trecho acima. Logo depois, o personagem ri da própria piada. (N.T.)

Quando Chase desviou o olhar, encontrou Laurel fitando-o diretamente. Ele assentiu, relutante.

Laurel engoliu um soluço e levou o rádio até a boca, apertando o botão "falar".

— Jack? P-pode me ouvir?

Ele parou a motocicleta no abrigo oferecido por uma colina baixa ao lado da estrada e pegou a bolsa de equipamentos que havia deixado ali. Jack estava recarregando sua pistola M1911 quando ouviu a voz feminina no canal aberto, acima do leve sibilo da chuva caindo.

— Laurel? – ele olhou ao redor, procurando qualquer ameaça visível no matagal, sem ver nada. – Onde você está?

— *Com o Chase... Eu...* – o pânico a dominou. – *Eles estão aqui, Jack! Eles encontraram a gente!*

Ele a chamou outra vez, mas a voz que escutou em seguida não lhe era familiar.

— *Jack Bauer. É você, certo?*

— Quem é?

— *Estava procurando por mim, Jack? Você vem pra minha cidade, vindo de lugar nenhum, começa a mexer com a minha operação, e acha que vai conseguir se safar?*

— Rydell – ele franziu o cenho. O Night Ranger tinha sido mais esperto do que ele esperara. – Tenho más notícias para você – Jack olhou para trás, na direção da antiga base militar. – Sua operação agora é um buraco fumegante no chão. A maioria dos seus homens está dispersa ou morta.

Houve uma pausa.

— *Deixa eu te perguntar uma coisa. Eu te irritei de alguma forma? Digo, eu comi a sua irmã ou roubei a sua conta corrente? Me dá uma mãozinha, Jack. Me diz por que está andando por aí com tanta mágoa.*

Jack olhou para o relógio.

— É isso o que eu faço – O trem de carga estava a menos de uma hora de distância agora. Ele não tinha mais tempo para complicações. – Se você for esperto, vai deixar a cidade agora mesmo. Ao amanhecer, agentes federais vão inundar esse lugar, e você não vai ter por onde escapar.

Rydell deu uma risada seca.

— *Os federais, hein? Isso sim é uma preocupação. Mas quer saber? Eu tenho um plano melhor. É assim: eu vou te matar a tiros, e depois saio e volto ao trabalho como se você nunca tivesse passado por aqui.*

— Então vem me pegar.

— *Nem* – disse Rydell. – *Acho que vou começar botando uma bala na loirinha aqui. A menos que queira me impedir.*

Ao fundo, ele ouviu Laurel gritar. Jack ficou tenso.

— Você mataria uma mulher desarmada? É tão covarde assim?

Rydell deu de ombros de modo exagerado, e passou os olhos pelo interior do prédio decrépito.

— Jack, camaradinha... – ele empostou a voz para poder ser ouvido pelo rádio, porém estava, na verdade, interpretando para sua audiência. – Você acha mesmo que eu ligo para uma vadia que tiramos da sarjeta? Acha que eu dou a mínima para *qualquer um* que não seja um irmão? – ele riu. – Acho que você não acredita na minha palavra. Deixe-me corrigir isso.

Ele se virou e ergueu a Desert Eagle, puxando o cão da pistola para trás com o polegar.

Laurel se encolheu e levantou as mãos, como se assim pudesse impedir a bala que acabaria com a sua vida.

Chase reuniu toda a energia que ainda tinha e se impulsionou do chão em um avanço súbito. Ele agarrou Rydell e os dois se uniram em uma horrível colisão de golpes, enquanto giravam e tropeçavam.

Segurando o braço do motoqueiro com a mão boa, Chase desviou-o para longe e houve um estampido repentino quando a pistola disparou. A boca da arma tinha sido forçada para o lado e o tiro assobiou quando atingiu uma viga de ferro no teto. Ele estava cara a cara com o outro homem, lutando, arranhando e esmurrando.

Sticks e o punhado de motoqueiros tinham sacado suas armas em segundos, mas nenhum deles estava disposto a arriscar um tiro. Chase e Rydell estavam um em cima do outro com um espaço de menos de um palmo entre eles. E, na verdade, era bem provável que o presidente do clube ficasse bravo se algum irmão roubasse dele a chance de matar pessoalmente esse sujeito.

Chase sentiu golpes atingindo seu peito e sua barriga, mas tentou ignorá-los. Deu uma cabeçada no rosto de Rydell e acertou um soco na garganta do motoqueiro, fazendo-o cuspir sangue. Eles rodaram de um lado para o outro em uma pirueta vacilante e violenta, como uma paródia brutal de dois bailarinos.

Presa entre eles estava a massiva Desert Eagle, a boca se agitando de um lado para o outro enquanto cada um tentava mantê-la apontada para seu oponente. Rydell gritou e puxou o gatilho de novo, abrindo outro buraco no teto. Chase estava tão perto que se encolheu quando a cápsula de cerâmica foi expelida pela abertura do ejetor e o cheiro do gás de escape soprou sobre seu rosto. Ele agarrou o cano da arma e sua palma queimou onde o metal estava quente pelo disparo.

Lenta e inexoravelmente, Rydell começou a tomar o controle do duelo. Pouco a pouco, ele empurrou a boca da Desert Eagle na direção do peito de Chase.

— Morra... morra – Rydell dizia entredentes.

Chase recolheu a mão queimada e atingiu o motoqueiro com um golpe invertido que fez as orelhas de Rydell assoviarem. Na abertura mínima que aquilo lhe deu, ele agarrou a pistola em um reflexo e lutou para arrancá-la das mãos do outro homem.

No entanto não conseguiu. Seu braço ruim ardia com trilhas de fogo fluindo pela extensão de seus nervos. Seus dedos eram pedaços de carne amortecidos e convulsionantes. Ele não conseguia pegar a empunhadura da pistola, apertar o gatilho, nem agarrar a arma. A mão arrebentada e semimorta que havia amaldiçoado sua vida e lhe custado tanto, mais uma vez falhava, e no momento em que Chase Edmunds mais precisava dela.

A expressão de Rydell mudou, como se ele tivesse visto algo em Chase, da mesma forma que o predador supremo sentia a sombra da morte caindo sobre uma presa. O braço do motoqueiro estava travado ao redor do de Chase; o dele, sujo de terra e escurecido por tatuagens complexas; o de Chase, marcado pela teia branca de cortes cirúrgicos e suturas há muito curadas.

Um terror horrível e congelante soprou sobre Chase quando percebeu que jamais conseguiria impedir o que viria a seguir. *Não era assim que deveria ser! Isso não está certo!* Havia lutado muito por cada vitória que sua vida tentara arrancar dele, e sobrevivera a cada queda, a cada perda. Subitamente, lembrou-se do rosto de Kim, de seu sorriso e seus olhos brilhantes. Pensou em Angela, no quanto a amava e no quanto sentia por nunca ter sido o pai que ela precisava que ele fosse.

Lentamente, a mandíbula da Desert Eagle se ergueu cada vez mais, até pressionar o peito de Chase à queima-roupa.

— *Bang* – disse Rydell, e puxou o gatilho.

— *Droga!* – rugiu Jack para o rádio assim que ouviu o grito oco do tiro. – Seu filho da puta!

Uma sensação gelada cobriu sua pele e sua respiração ficou presa na garganta. Jack agarrou o rádio, ficando em silêncio quando o canal aberto estalou.

— *Seu... Amigo...* – a voz era de Laurel, e ela estava soluçando. – *Ah, Deus. Chase...*

— O quê? – as palavras dela o atingiram como um soco no estômago.

Houve um ruído confuso, como se alguém estivesse arrancando o aparelho de Laurel, e então ele ouviu Rydell, com a respiração entrecortada.

— *Jack... mudança de planos. A garota ainda está respirando. Mas o seu colega... não mais.*

E então, como se não fosse o suficiente deixá-lo com essa terrível informação, Jack ouviu um ofegar sibilante e sentiu suas pernas cederem sob ele. Desmoronou ao lado da estrada e escutou a última respiração de Chase Edmunds.

— *Sinto muito...* – a voz estava tão fraca que ele não teve certeza de ter ouvido direito. Depois disso, apenas o silêncio.

Naquele momento, Jack Bauer foi coberto por uma sensação de ódio. A emoção parecia escorrer de seu corpo. A fúria ardente em seu cerne havia sido apagada, o fogo fora extinto – e tudo o que sentiu em seu interior foi o vazio.

Mais um. Ele olhou para suas mãos, pretas pela fumaça, e pensou no sangue que caía sobre elas. *Outro amigo que se foi.* As cicatrizes invisíveis, queimadas em sua alma, uma para cada vida perdida ao longo dos anos que se passaram.

Jack respirou fundo, trêmulo, e nas bordas de sua percepção podia sentir a compaixão e a dor se aproximando, inúmeros fantasmas ameaçando afogá-lo em uma torrente de pesar.

— Não – ele se levantou e o vazio interior foi embora com a mesma rapidez que tinha chegado. Sob aquela emoção havia mais alguma coisa, algo mais antigo e familiar a Jack do que qualquer outro sentimento que ele já conhecera.

Raiva. Dura e cortante, ela o preencheu de novo.

A voz de Rydell estava saindo do rádio.

— *Eu sei que você ainda está escutando! Chega dessa merda. Você tem uma conta a pagar, cara. Se não se entregar em dez minutos, vou matar duas das mulheres. Dez minutos depois, mais três.* – ele gritou no microfone. – *Está me ouvindo? Seu garoto foi só o primeiro! Vou matar cada um desses miseráveis moradores de trailer até você vir até mim!*

Jack deixou o rádio cair no chão e caminhou em silêncio até a Harley.

19

— VOCÊ SABE O QUE RAIOS ESTÁ ACONTECENDO? – MARSHALL PERGUNTOU PARA Fang, as mãos nos quadris.

— Vingança – respondeu ele. Os dois estavam em frente à porta do velho Greyhound, dividindo a atenção entre a gritaria que podiam ouvir de dentro do Mega-Mart abandonado e os passageiros temerosos no interior do ônibus. Fang fez uma pausa. Por um momento achou ter ouvido no vento o motor de uma moto.

— Parece que Rydell está morrendo lá – Marshall ainda estava falando, esfregando o queixo. – Cara, se esse negócio está indo pro brejo, talvez seja a hora de pensar em *alternativas*...

— O que quer dizer com isso?

Fang lançou um olhar inflexível ao outro e se virou. O Ford empoeirado estacionado do outro lado chamou-lhe a atenção e ele encarou a agente federal no banco do motorista. Ela o encarou de volta com firmeza, como o desafiasse a fazer alguma coisa.

— Digo, quem é o cara que estava lá, assustando esses idiotas para trabalharem fazendo as pedras, hein? – Marshall indicou o ônibus com a cabeça. – *Eu*. Todos eles conhecem a minha cara. Eu fui *visto,* Fang. Tenho muito a perder se esse negócio der errado!

O outro motoqueiro o cutucou no peito com um dedo grosso.

— Está esquecendo quem você é, Mitch? Se passar muito tempo sem andar com o grupo, começa a pensar como um civil. O MC é nossa família, parceiro. Não se esqueça disso.

Marshall soltou o fôlego em um sopro.

— É. É, eu sei. Mas, merda, primeiro o Caixa pega fogo, e agora as fábricas também... Digo, será que despertamos algum fantasma de todo o azar que há no mundo ou o quê?

— Algo do tipo – disse uma voz.

Do outro lado da parte dianteira do ônibus estacionado veio o cara com cabelo curto e rosto sulcado que Fang havia vislumbrado na boate de striptease, o mesmo que Sticks dissera ter matado o pobre Sammy e iniciado o incêndio.

Marshall girou, porém seus reflexos tinham se deteriorado em seu tempo longe da estrada, e, com movimentos que pareciam um borrão, o homem o atacou. Ele tinha uma pistola em uma das mãos e usou a arma como um porrete, atingindo a têmpora de Marshall e deixando-o desabado no mato.

Fang foi mais rápido, sacando da cintura um revólver Colt .38 de cano curto, mas a arma mal tinha saído de seu cinto quando ele se viu encarando a boca de uma automática M1911 apontada diretamente para o seu nariz.

— Largue o ferro – disse Jack, e Fang obedeceu com relutância, deixando a arma cair no chão a seus pés. Acima dele, o motoqueiro viu alguns dos cativos no ônibus ousando assistir à luta que se desenrolava pelas janelas.

Contudo, Marshall ainda não estava fora de combate. O outro homem chacoalhou a cabeça para se livrar do efeito do golpe de Jack e ficou de pé, oscilante, ignorando o profundo corte em sua cabeça e os fios de sangue que lhe escorriam pela bochecha. Ele partiu para o ataque, rígido, as mãos se erguendo como garras.

Percebendo a ação dele pelo canto dos olhos, Jack girou para enfrentar o atrapalhado ataque de Marshall ao mesmo tempo em que Fang se jogava no chão tentando agarrar a arma que havia acabado de soltar. Jack bloqueou o golpe de Marshall no meio do caminho e torceu seu braço para trás, agindo em puro instinto de matar ou morrer. Usando o peso de Marshall contra ele, Jack apanhou o sujeito pela garganta e torceu, quebrando-lhe o pescoço com um estalo nauseante.

Marshall caiu pela segunda e última vez. Virando-se, a bolsa pesada jogada sobre o ombro e impoturnando suas costas, Jack viu os dedos de Fang se fecharem sobre o gatilho do .38 e, mais uma vez, reagiu sem decisão consciente. Lançando-se para baixo, aterrissou em cima do motoqueiro antes que ele pudesse se levantar e pressionou o joelho sobre a garganta de Fang, sufocando-o. Fang levou mais tempo do que Marshall para morrer, mas acabou chegando lá. Ambas as mortes tinham sido quase silenciosas, o que significava que Rydell e o resto de seus homens continuavam sem saber do que acontecera.

Jack embarcou no ônibus em três passos rápidos e encontrou os passageiros encarando-o em um silêncio chocado. Para eles, Jack devia estar parecendo um espectro enegrecido e sangrento. Como um só, eles se afastaram enquanto ele avançava.

— Onde estão os outros? – exigiu ele.

— Lá de-dentro! – disse um homem de rosto corado. – Por favor, não nos machuque!

— Fiquem escondidos – ordenou Jack, afastando-se e voltando para fora.

— Bauer – uma mulher em um terninho escuro e severo estava à sua espera com uma arma engatilhada e apontada para sua cabeça. Ela parecia austera e cansada, com o olhar inflexível de um oficial da lei. – Mãos ao alto.

Ele não obedeceu, preferindo analisá-la.

— Eu te conheço – começou ele. – Eu te vi em Nova York. Com Hadley – o lábio de Jack se retorceu em um sorriso sem humor. – Estava imaginando quando vocês apareceriam.

— Agente Markinson, FBI – explicou ela, tirando suas algemas. – E você está preso.

Jack olhou para o Mega-Mart.

— Eu não tenho tempo a perder com você – seu olhar pousou sobre o Ford Contour estacionado perto deles. – Vou precisar daquele carro.

— Você não vai sair daqui, Bauer! – disparou ela.

— Se você colocar essas algemas em mim, acha que eu vou durar mais de dez segundos antes que Rydell estoure meus miolos? – ele deu um passo na direção dela. – Você escutou os tiros. Ele acaba de matar meu amigo a sangue frio! Será que Hadley chegou a tentar impedi-lo?

O cano da arma de Markinson se abaixou um pouco, escorregando junto com a expressão rígida dela.

— Eu tenho as minhas ordens...

— O que as suas ordens dizem a respeito de um ônibus cheio de inocentes forçados a trabalhar como escravos em uma fábrica de drogas? – Jack indicou o veículo atrás de si com o polegar. – Quer fazer algo bom? *Ajude-os.* Tire essas pessoas daqui. Porque eu estou apostando que o agente Hadley não dá a mínima para eles, nem para você, nem para mais nada além de me ver morto.

Ele viu a transformação no rosto dela, a lenta aceitação.

— Hadley passou dos limites – admitiu Markinson, abaixando sua arma. – Passou longe deles.

— Não cometa o mesmo erro – Jack disse a ela e foi para o carro, tirando a bolsa do ombro no caminho.

Rydell lançou um olhar para Sticks.

— Quanto tempo?

— Dois minutos e já era – disse o outro.

Rydell assentiu.

— A coisa não está boa para você, Laurel, não é? – ele fitou-a com lascívia, voltando então sua atenção para a mulher mais velha ao lado dela. – Nem pra você, Cherry. É melhor fazer as pazes com o Senhor. Tic tac.

Seu olhar encontrou o do agente mais jovem do FBI que havia acompanhado Hadley. Rydell conhecia o olhar que estava recebendo do sujeito, conhecia-o muito bem. Repulsa e ódio. Vira aquilo centenas de vezes no rosto de homens que se julgavam melhores do que ele. Abrindo as mãos, desafiou o agente a responder.

Ele respondeu.

— Este animal matou Edmunds bem na nossa frente! – disse o agente a Hadley. – Vamos ignorar isso?

— Edmunds era um fugitivo e suspeito de assassinato, Kilner – Hadley inclinou a cabeça. – E, para mim, aquilo pareceu defesa própria.

— E duas mulheres inocentes? – o jovem estava procurando a arma em seu coldre. – Vai ser o quê?

— Não, não – Rydell fez um gesto e, de repente, os outros Night Rangers que estavam por ali, um punhado deles, apontaram suas armas na direção geral do agente Kilner indiferentes. Ele congelou. – Você não quer se enfiar no meio disso, filho. – continuou Rydell – Aqui em Deadline a coisa funciona como nos velhos tempos, sabe? *Justiça feroz,* tipo isso. Se o seu camarada Bauer não der as caras, então é culpa dele essas damas serem postas pra dormir. Tudo que ele tem a fazer é se render.

— Ele estará aqui – disse Hadley.

— Sessenta segundos... – começou Sticks, mas sua voz foi sumindo quando um motor roncou no exterior do prédio e pneus cantaram no concreto rachado. – O carro... Rydell, ele está se mexendo...

O Ford Contour que o MC oferecera à equipe de Hadley ganhou vida e, sem aviso, fez uma curva fechada e ficou de frente, encarando as portas arrebentadas e abertas que levavam ao interior do prédio. Com faróis altos, o carro disparou adiante a todo vapor, indo diretamente para a entrada.

— O que raios aquela mulher está fazendo? – gritou Sticks.

— É o Bauer, seu estúpido! – berrou Rydell. – Atirem no filho da puta!

Os Night Rangers miraram e começaram a atirar enquanto o Ford avançava aos saltos sobre o estacionamento coberto de mato, aproximando-se a cada segundo. Rydell apontou para Hadley e Kilner.

— Fiquem fora do caminho, a menos que queiram levar um tiro!

Ele deixou os agentes do FBI para se abrigarem com as mulheres do furgão, enquanto assumia uma posição de onde pudesse atirar para o carro conforme ele chegasse mais perto.

A pesada automática de Rydell abriu buracos do tamanho de punhos na grelha do radiador e no para-brisa, no entanto ele não conseguia ver nada dentro do veículo. Colunas de espessa fumaça branca rolavam para fora das janelas abertas do Contour, como se o interior do carro estivesse pegando fogo – mas não havia chama alguma...

Tiros atingiram o capô do carro e um, mais sortudo, estourou o pneu dianteiro direito, porém isso não o fez parar. Rydell se jogou para o lado enquanto o veículo entrava com um estrondo pelas portas abertas, arrebentando uma parte do batente ao mesmo tempo que arranhava as paredes e derrapava no piso úmido de cimento.

Ainda soltando fumaça, o Contour parou com um estrondo ao atingir uma coluna de suporte de ferro com tanta força que todo o prédio pareceu estremecer. A sufocante fumaça branca continuava escapando pelas janelas quebradas do carro, e Rydell soube que Jack Bauer jamais estivera dentro do veículo, desde o começo. Provavelmente tinha travado o câmbio e jogado uma dúzia de bombas de fumaça no banco de trás e lançado o veículo para cima deles.

O que significava que...

Rydell girou na direção das portas estilhaçadas enquanto um punhado de estreitos cilindros pretos vinham rolando pelo chão. Ele não teve tempo de alertar mais ninguém; em vez disso, enterrou o rosto na dobra do cotovelo e virou de costas, enquanto as bombas de efeito moral detonavam em rápida sucessão, temporariamente cegando e ensurdecendo todo mundo ao seu redor.

Ganhar acesso ao prédio abandonado tinha sido até fácil. Esses eram criminosos comuns, afinal, não o tipo de ameaça treinada e disciplinada com que a mercenária estava acostumada a lidar.

Chegar em segredo a Deadline e encontrar a cidade mergulhada em caos tinha sido um feliz acaso. Aquilo tornava a missão muito mais fácil de executar. Enquanto esses bandidos de moto estavam distraídos pela devastação causada em seu imperiozinho imundo, a mercenária simplesmente caminhara pelas suas fileiras. Dois guardas do perímetro mais externo tinham sido mortos no processo, cada um com um tiro à queima-roupa de uma Walther P99 automática com silenciador. Seus corpos agora repousavam em uma galeria a poucas centenas de metros do esqueleto do Mega-Mart, e era bem provável que só fossem descobertos depois que começassem a apodrecer.

Subir ao ponto mais alto no teto sem chamar a atenção tinha sido um desafio. A princípio, havia apenas as refugiadas ali com o furgão, mas logo depois a chegada de um grupo dos motoqueiros e seu líder havia complicado as coisas. Contudo, a mercenária era bastante versátil e, depois de encontrar uma posição adequada para atirar, era só descarregar as peças do rifle Nemesis Arms de uma mochila e montar a arma ali mesmo.

A arma esquelética tinha uma mira óptica de imagens térmicas que atravessava a névoa das granadas de fumaça, fazendo todas as silhuetas humanas surgirem como um fantasma branco. Piscadas mais claras de luz mostravam onde havia armas disparando, as bocas se acendendo em explosões mal controladas.

A visão pela mira se movia de um lado para o outro, brevemente passando por uma figura solitária que passou pela porta esmagada. Um homem, abaixado, segurando uma submetralhadora.

Jack entrou na loja abandonada com a MP5/10 firme em seu ombro e seguiu em frente, escolhendo seus alvos. Encontrou meia dúzia de Night Rangers ainda desorientados pelas granadas de distração, disparando a esmo ou tropeçando em busca de cobertura. Metodicamente, ele os eliminou da equação.

Usando calculadas rajadas de três tiros da submetralhadora, ele mirou na cabeça de seus alvos, acabando com eles antes que pudessem se acalmar e oferecer qualquer tipo de resistência. Jack deixou seus pensamentos se reduzirem, por um curto espaço de tempo, à mente de um caçador, onde havia apenas alvos, apenas inimigos a serem despachados com um distanciamento clínico e frio. Neste momento era outra vez um soldado, e conhecia esse tipo de guerra.

Um motoqueiro com uma pesada escopeta SPAS-12 se desviou de seu arco de tiros e tentou mirar em Jack. Contudo, Jack já tinha sua posição e atirou no motoqueiro assim que ele se levantou de trás de uma gôndola empoeirada. Jack se abrigou atrás de um grosso pilar de concreto e vasculhou o espaço a seu redor, encontrando mais alvo e acabando com eles antes que pudessem combinar sua força para atacar em massa.

A linha de visão de Jack foi até o furgão estacionado e seu olhar encontrou o de Laurel, encolhida perto do volante. A jovem estava em choque e, ao mesmo tempo, aliviada ao vê-lo ali, mas ele podia ver que ela compreendia que o perigo estava longe de ter acabado. Então Laurel desviou o olhar, uma expressão de culpa em seu rosto, e Jack seguiu a direção dos olhos dela.

Chase estava por ali, esparramado de barriga para cima, seus olhos abertos e fitando o espaço sem ver. Um feio halo vermelho cercava sua cabeça e seu pescoço, e Jack sentiu seu momento de desconexão desabar ao ver o corpo de seu antigo parceiro largado onde caíra. A raiva que tinha propelido Jack por tantos confrontos ressurgiu, a necessidade pura de vingança correndo por ele como combustível de octano.

— Rydell! – rosnou ele. – Eu vou te pegar!

O motoqueiro ouviu Bauer gritar seu nome e fungou, rindo. Se ele ia gritar seu nome como se isso aqui fosse um duelo de Velho Oeste, então Rydell estava mais do que feliz em aceitar. Não passou por sua cabeça que talvez seus homens estivessem caindo ao seu redor, que talvez Jack Bauer fosse um tipo de oponente que ele nunca havia enfrentado antes. Aquilo não era relevante. Sticks estava sangrando até a morte pelo tiro que levara à queima-roupa na barriga, mas Rydell nem parou para considerar isso. Estava além de suas forças imaginar quantos Night Rangers haviam caído no caos das últimas horas. *Ele* era tudo o que importava; *ele* era o clube, o último dos fundadores originais, a mente e a vontade no coração de tudo aquilo.

Naquele momento, Rydell não se importava se tudo desabasse ao seu redor, cada dólar manchado de sangue que o MC reunira sumindo como fumaça. Tudo o que ele desejava era Bauer morto, aqui e *agora*.

Gritando de fúria, Rydell saiu com a grande Desert Eagle no alto e começou a atirar, soltando bala após bala da munição pesada no pilar onde Bauer estava se escondendo. Pedaços de concreto explodiam em fragmentos e poeira, o trovão do canhão portátil ecoando pelo interior do prédio arruinado.

Bauer saiu dali em uma corrida, disparando da altura do quadril enquanto ia na direção de uma pilha de geladeiras abandonadas. Rydell sentiu a agonia abrasadora de uma bala entrando na carne de sua coxa, abrindo um buraco profundo e sangrento, porém continuou atirando, e uma bala finalmente atingiu seu alvo.

Um tiro calibre .50 acertou Bauer no peito, derrubando-o no chão com o impacto. Rydell o viu desabar, contorcendo-se.

No entanto, não estava morto. *Ainda não.* Rydell avançou, mancando sobre a perna ferida, ignorando o sangue que empapava sua calça jeans. Ele ia acabar com isso.

A transição da corrida para o tombo de costas pareceu ocorrer instantaneamente. Jack sentiu o impacto em seu torso como o coice de um touro, e agora, tentando se endireitar, a dor explodiu em seu peito como um rastro de fogo. Seus pulmões pareciam estar cheios de facas enquanto ele lutava para tomar fôlego, sentindo o gosto de sangue em sua boca. A MP5/10 tinha sumido.

Buscando lá no fundo, Jack encontrou a energia para rolar de lado. Podia sentir o cheiro quente de plástico queimado vindo do colete à prova de balas sob sua jaqueta, onde a energia cinética da enorme bala havia sido transformada em calor ao se achatar contra a proteção.

Rydell estava vindo atrás dele, deixando uma trilha carmesim pelo chão. Os aliados do motoqueiro estavam mortos ou morrendo. Agora eram só os dois.

— Você devia ter ficado longe dos meus negócios, cretino! – gritou Rydell, erguendo a Desert Eagle.

Por causa da dor, Jack não conseguiu responder. Em vez disso, seus dedos se fecharam na empunhadura da automática em seu cinto e ele deixou que a arma falasse. Antes que Rydell pudesse reagir, Jack disparou baixo de onde estava, meio deitado, e acertou o outro com dois tiros que atravessaram os ossos de suas canelas.

Rydell berrou de dor e caiu, aterrissando com força contra o piso de concreto. Ele conseguiu conter sua queda empurrando a Desert Eagle contra o chão como suporte para apoiar seu peso.

Qualquer outro teria desistido e se deixado cair, mas o motoqueiro não conseguia desistir, mesmo quando não havia outra opção. Rydell cuspiu seu ódio a Jack e inclinou-se para trás, erguendo o braço para disparar o último cartucho em seu pente.

Jack tornou a disparar antes que o dedo de Rydell pudesse apertar o gatilho. O tiro penetrou no meio da mandíbula do motoqueiro e explodiu uma confusão de fluidos escuros pelo piso manchado de sangue. O corpo de Rydell desmoronou sob seu próprio peso e caiu para a frente.

Jack levou uma eternidade para conseguir ficar de pé, e todas as suas ações causando dor, cada movimento enviando pontadas de dor por todo seu corpo; ergueu os braços e puxou as faixas que seguravam a pesada proteção sobre seu peito. O apertado colete à prova de balas caiu de seus ombros e ele sentiu que podia respirar de novo, mesmo que ainda fosse um esforço fazer isso sem se encolher de dor. Ele olhou para cima, seu olhar cruzando as vigas do teto e se desviando.

— Jack... – chamou uma voz. Ele a ignorou.

Guardando sua pistola, Jack mancou até o furgão, parando perto do veículo para se agachar junto ao corpo de Chase. Uma mistura turbulenta de emoções se agitou dentro dele ao estender a mão para o falecido. Gentilmente, roçou os dedos sobre o rosto do amigo e fechou-lhe os olhos.

— Sinto muito – conseguiu dizer, as palavras saindo baixas e entrecortadas. *Eu nunca desejei isso para ele.* O sofrimento de Jack ecoava em seus pensamentos. *Eu precisei de sua ajuda, e ele nunca questionou isso.*

E olhe só o que lhe custou. O fantasma de Nina estava ali mais uma vez, e, se fechasse os olhos, Jack sabia que a veria ali de pé, acusando-o em silêncio. *Mais morte, mais vingança... Em algum momento vai ser suficiente?*

O que acontecerá quando você não tiver mais ninguém, Jack?

— Jack, cuidado!

Tarde demais, ele percebeu que Laurel estava chamando o seu nome.

— Bauer!

Uma sombra caiu sobre ele e Jack olhou para cima, para os olhos de Hadley. O agente do FBI estava com sua arma nas mãos, apontada para a cabeça de Jack.

Com o fim da briga, a bagunça do tiroteio já não era mais um problema e a mercenária podia se concentrar no resultado desejado. Tinha havido um momento em que pareceu que o motoqueiro tornaria sua missão desnecessária, mas Bauer lidara com o criminoso de maneira rápida. Mesmo ferido, ele ainda era um adversário letal – um que jamais deveria ser subestimado.

O rosto atrás da mira da arma se partiu em um sorriso. A experiência comprovava aquela evidência em mais de uma ocasião. Lentamente, de forma a se mover em silêncio total e garantir que ninguém lá embaixo entrasse em alerta, a mercenária soltou o punho do rifle e abriu seu ferrolho azeitado, revelando uma câmara vazia. Dedos enluvados procuraram e encontraram um cartucho solitário Winchester .308 de carregamento manual de um bolso no colete. Como todos os cartuchos disparados pela mercenária, este tinha sido preparado individualmente: a cabeça da bala, a pólvora, a cápsula e o *primer*, tudo feito à altura dos padrões exigentes de um assassino profissional.

O cartucho caiu na câmara e o ferrolho foi fechado. Inclinando-se sobre o rifle, o dedo indicador da mercenária se assentou suavemente sobre o gatilho cheio de nós. Um fôlego foi inspirado, semiexpirado, contido.

Jack lentamente se levantou, as mãos erguidas na lateral de seu corpo.

— Conseguiu o que veio buscar? – indagou ele.

— Como é que você ainda está respirando? – perguntou Hadley, seus olhos se estreitando. – O que é que te dá o *direito* de sobreviver, Bauer? Bons homens perecem ao seu redor, mas você segue em frente, intocado.

O olhar de Jack foi ao chão.

— Não se passa um dia sem que eu me faça essa mesma pergunta.

— Você matou Jason Pillar? – cuspiu o agente. – Foi você quem fez acontecer? – ele não esperou por uma resposta, e Jack sabia que, não importava o que dissesse, seria a resposta errada. – Eu sei sobre você e o que fez a Charles Logan! Sei exatamente o que você é, Bauer! Este país está à beira de uma guerra por causa do que você fez! Homens como você não podem andar nas ruas com pessoas normais. Você é uma *arma*. Uma ameaça – ele balançou a cabeça. – Terroristas, criminosos como esses peixes pequenos... – Hadley indicou os cadáveres dos motoqueiros. – Você é um risco maior para este país do que qualquer um deles!

— Ele salvou as nossas vidas – conseguiu dizer Trish, um pouco afastada, junto a Laurel e as outras. – Ele voltou por nossa causa.

— Saiam daqui – avisou Hadley. – *Vão!*

Seu grito bastou para que elas saíssem correndo para as portas, porém Laurel ficou para trás, congelada no lugar e incapaz de desviar o olhar.

Jack levantou as mãos, os pulsos juntos.

— Você vai me prender, agente Hadley? É para isso que está aqui, certo?

Hadley rosnou e mirou, apontando a boca da automática para a testa de Jack.

— É tarde demais para isso. Alguém tem que pôr um fim em você.

— Hadley, pare! – atrás dele, Kilner sacou a própria arma. – Não posso permitir que faça isso. Abaixe a arma, agora!

— Ele não vai te ouvir – Jack disse ao outro agente. – Não pode voltar comigo vivo para falar. Comigo morto, ele pode inventar qualquer história que quiser. Não é verdade? – ele deixou suas mãos caírem. – Então vá em frente. Atire em mim – Jack fez um gesto imitando uma pistola apontada para sua cabeça. – Acabe com o seu sofrimento.

O que aconteceu a seguir foi tão rápido que, quando olhava para trás nos dias que vieram depois, Kilner achava difícil separar tudo em momentos individuais.

Bauer virou de costas e deu um passo, como se fosse recolher o corpo de seu amigo, Edmunds.

Hadley gritou para que ele virasse de frente e a última reserva de juízo do agente sênior se esgotou.

Kilner adiantou-se e agarrou o braço de Hadley, puxando-o de lado, lutando para impedir o homem antes que ele cruzasse uma linha da qual não haveria volta.

E foi então que todos ouviram o disparo de um único tiro, vindo lá do alto, das vigas do teto do prédio em ruínas. Eles viram Bauer girar de modo brusco, sacudindo com uma marionete, e então desabar contra a lateral do furgão. Sangue, fresco e brilhante, desabrochou e se ampliou em seu peito. A mulher, Laurel, gritou.

Rígido com o choque, Kilner assistiu a luz nos olhos de Bauer se apagar enquanto ele caía no chão.

— Atirador! – gritou ele, mirando nas sombras. Será que tinham perdido um dos Night Rangers se escondendo na escuridão, esperando pela oportunidade para abrir fogo sobre todos eles?

Mas um segundo tiro não seguiu o primeiro, e então ouviu-se um som sibilante quando um cabo negro baixou de lá do alto. Laurel correu até o corpo caído de Jack e, enquanto Kilner assistia, uma figura vestida em roupa tática desceu pelo cabo com uma facilidade quase de bailarina, o formato esguio de um rifle atravessado em suas costas.

Ele sabia que a atiradora era uma mulher antes do capuz ser jogado para trás: a silhueta era flexível e equilibrada demais para ser um homem. Kilner viu um rosto pálido, de feições aquilinas, emoldurado por cabelo preto e curto. Em uma das mãos, ela segurava uma pistola P99 com silenciador; com a outra, trazia o rifle de precisão para mirar do quadril.

— Afaste-se dele – ela avisou a Laurel. O sotaque era americano, todavia Kilner não conseguia ter certeza se era aprendido ou natural. A inflexão não parecia correta. – Você não está na minha lista, mas isso vai mudar se ficar no meu caminho. Qualquer um que se mova vai morrer.

Hadley se mexeu e ela apontou a pistola para ele.

— Não fui clara?

— Quem é você? – soltou Hadley. – Você atirou nele...

— Me chame de Mandy. É um nome tão bom quanto qualquer outro. E sim, eu acabei de matar Jack Bauer – ela se aproximou do homem caído e o examinou de cima a baixo. – Não era isso o que você queria?

Kilner hesitou, ciente de que a mulher tinha o rifle apontado para ele.

— Você não é do pessoal do Rydell...

Ela abriu um sorriso vago.

— Não. Estou um pouco acima da faixa de preço deles – ela olhou para Laurel. – Você. Pegue o corpo dele e coloque-o na traseira do furgão.

Com cautela, a mulher fez o que lhe fora pedido, arrastando Bauer para lá. Lágrimas escorriam pelo seu rosto.

— Sua vaca.

— Eu já ouvi esse codinome antes – comentou Hadley em voz baixa. – O sequestro Heller. O assassinato de Palmer. Você é procurada por conexão com os dois crimes. Você é uma assassina de aluguel.

— Ainda estão falando sobre eles, hein? – Mandy franziu os lábios. – São só negócios, entende? Não interfira e não sairá machucado.

E agora tudo vinha a Kilner de uma só vez.

— No escritório de campo... Houve uma conversa do Serviço Secreto de que os russos tinham sua própria disputa com Jack... Foram eles que te enviaram?

— Isso importa? – Mandy deu a volta para a frente do furgão e jogou o rifle lá dentro. – Vocês queriam o Bauer morto... Ele está morto – ela abriu a porta do lado do motorista. – Mas meus contratantes querem provas. Não façam nada tão estúpido quanto me seguir.

O motor do furgão ganhou vida e o veículo derrapou antes de sair pelas portas arrebentadas e para a noite chuvosa.

Hadley ainda correu atrás dele, parando quando Kilner chegou a seu lado. Markinson veio correndo.

— Acabou? – perguntou ela. – Eu vi Bauer...

— Agora acabou – o maxilar de Kilner se retesou e ele guardou sua arma, pegando, em vez disso, suas algemas. Ele agarrou o pulso de Hadley antes que o outro agente pudesse reagir e prendeu a argola de metal ao redor dele. – Thomas Hadley – disse ele, seu tom firme. – Estou retirando você do comando operacional desta missão. Você está preso, e será submetido a uma investigação completa de suas ações na noite de hoje.

— Você não pode... – a negativa de Hadley pareceu débil. Era como se toda a energia do sujeito tivesse subitamente sido drenada. *Ele está perdido,* pensou Kilner, *e sabe disso.*

— Você está acabado – disse Kilner. – Markinson, pegue o distintivo e a arma dele.

A mulher assentiu e desarmou Hadley.

— Merda. Que bagunça.

Kilner olhou para trás e viu Laurel e as outras reunidas na porta do ônibus. As expressões delas eram um misto de sofrimento e júbilo, porém também havia ali esperança, pela primeira vez.

— É – concordou ele.

20

ALÉM DOS LIMITES DA CIDADE DE DEADLINE, A ESTRADA DE FERRO SAÍA DE UMA curva longa e ampla para o início de uma reta que seguia como uma flecha a atravessar o interior do país. Ela desaparecia no horizonte ocidental, perdida nas nuvens baixas e na chuva laminada que agora caía constante e intensa.

Os trilhos desceram por um pequeno vale, abrindo caminho logo em seguida por uma leve elevação. Uma esguia ponte metálica feita de ferro fosco, grande o suficiente para carregar um amontoado de cabos de força acima da linha férrea mas pouco além disso, reluzia na noite, molhada, quando os faróis do furgão a atingiram.

Mandy fez o veículo parar, derrapando na estrada de terra que corria paralela aos trilhos, e virou-se para olhar para trás. Bauer estava deitado na traseira do furgão, seu rosto pálido e sem vida, sua camisa, uma confusão molhada e empapada de sangue.

Quantas pessoas querem esse homem morto? A questão flutuou por sua mente. Alguns diziam que pode-se medir o calibre de uma pessoa pelo número de inimigos que ela tinha. Se isso fosse verdade, então o valor de Jack Bauer devia ser, de fato, inestimável. Os sérvios, os chineses, os russos, os cartéis na

América do Sul, e só Deus sabe quantos grupos radicais extremistas, tanto no Ocidente quanto nas nações árabes... Todos rezavam para este fim, por vingança contra ele. E agora, ela podia lhes dar exatamente o que eles queriam.

Mandy afastou o punho da luva e olhou para seu relógio de pulso, vendo os numerais brilhando ali em verde. A quilômetros de distância, porém se aproximando, o distante gemido de um apito de trem soou. Ela saiu do furgão e pegou uma bolsa grande à prova d'água que havia escondido ali mais cedo, ao pé do pilar principal da ponte de cabos. A bicicleta de trilha que Mandy usara para chegar até ali ainda estava onde a deixara, camuflada sob alguns galhos soltos.

Ela levou a bolsa de volta para o furgão, abriu a porta de carga e jogou-a lá dentro. Mandy pegou um smartphone TerreStar de satélite entre o equipamento contido ali e começou a tirar fotos de Bauer. Ela pegou imagens de seu rosto e seu peito. O clarão branco da câmera do telefone iluminou a escuridão.

Selecionando as melhores imagens, ela digitou um número no aparelho e apertou a tecla ENVIAR. O aparelho emitiu um som melodioso e, com aquilo, estava feito. Mandy olhou de novo para o relógio. Dez minutos, mais ou menos, e seu cachê se materializaria na conta das Ilhas Cayman.

Ela pegou uma caixinha plástica preta de dentro da sacola e abriu a tampa. Lufadas de vapor de gelo seco escaparam dali. Lá dentro, uma seringa já carregada repousava sobre um apoio resfriado, e ela a apanhou, sentindo o frio através das luvas de couro. Mandy pesou a injeção em sua mão, considerando sua importância.

Seria fácil *esperar*. O tempo já estava quase esgotado. Ela podia simplesmente ficar ali e não fazer nada.

A bala de velocidade reduzida que Mandy disparara no peito de Bauer tinha penetrado as camadas mais externas de sua carne, contudo não entrara em sua cavidade torácica nem fizera danos graves a seus órgãos. A pequena quantidade de tetrodoxina contida na cabeça da bala era suficiente apenas para simular a aparência de morte. Extraída do veneno de baiacu, a neurotoxina TTX análoga podia matar instantaneamente com uma dose grande o bastante... Mas mesmo uma dose pequena podia ser fatal se deixada à natureza. O composto na injeção era capaz de neutralizar a neurotoxina. Se ela *quisesse*.

Pela segunda vez naquela noite, Mandy tinha a vida de Bauer em suas mãos. E gostava da sensação.

Mas, então, sorriu para si mesma e pressionou a seringa na artéria carótida dele. Sibilando como uma cobra, a seringa descarregou a droga na corrente sanguínea.

Por longos segundos Bauer não se mexeu, e Mandy imaginou se seu *timing* estava errado. De repente, porém, ele estava se contraindo e tossindo, os braços e as pernas se curvando para dentro enquanto a dor devastava seu corpo. Ele rolou para o lado e vomitou uma bile rala e aguada, ofegando em busca de ar.

— Bem-vindo de volta, Jack – Mandy recolocou a injeção na caixa e começou a reunir seu equipamento.

— Onde...? – ele conseguiu dizer.

— Do lado de fora de Deadline – explicou ela. – Exatamente onde você queria.

— Bom – a cor começou a retornar ao rosto dele e Mandy observou-o conferir sistematicamente todo o seu corpo. Ele chegou ao local da ferida superficial em seu peito, onde a bala "quebrável" o atingira, e olhou para ela.

Mandy lhe entregou um pequeno kit de primeiros socorros.

— Você disse que seriam dois aqui. O que aconteceu com o outro cara?

Jack desviou o olhar, encolhendo-se ao limpar e tratar o ferimento.

— Chase... Ele não conseguiu.

Ela pegou seu rifle e prendeu-o à lateral da sacola de equipamento.

— A taxa continua a mesma.

— Você vai receber o seu dinheiro – confirmou ele, irritado.

— Eu sei que vou – Mandy sorriu. – Porque você é um homem de palavra, Jack. É por isso que estou aqui – ela ergueu a sacola e se afastou. – Mas tenho de dizer... Você é a última pessoa que pensei que fosse me contratar.

Bauer confirmou com um gesto cansado.

— Tenho poucos amigos agora. Você era a escolha sensata – ele sacou a arma e a checou. – Só não pense que isso nos torna aliados. Você é uma assassina, uma mercenária, e se as coisas corressem do meu jeito, estaria atrás das grades pagando por seus crimes.

Ela inclinou a cabeça.

— Você não teria chegado a Habib Marwan se não fosse por mim. Não se esqueceu disso, não é, Jack? Eu ajudei a UCT a impedir uma dúzia de explosões nucleares por todo o país – Mandy sorriu, maliciosa. – O presidente me perdoou. Acho que é esperar demais que você pudesse me perdoar também.

— Você teria deixado o plano de Marwan ir até o fim se não tivéssemos te apanhado, ou caso isso a beneficiasse. Não finja que o entregou por algum restinho de consciência.

Vacilante, Jack ficou de pé e desceu do furgão. Ele sacou sua arma e conferiu o ferrolho.

— É verdade – ela deu de ombros. – Por mais que seja divertido conversar sobre os velhos tempos, isto ainda é uma transação comercial. – Mandy lhe passou o smartphone. – Fiz o que você pediu. Eu te matei em frente a um punhado de testemunhas, até mesmo agentes do FBI. Você é outra vez um homem morto, Jack, conforme solicitado. Agora pague.

Ele não se mexeu.

— Os russos te passaram esse mesmo serviço, não foi? Quando a SVR entrou em contato com você? Antes ou depois de eu te ligar do restaurante?

O sorriso dela retornou.

— Ainda tão esperto como sempre, não é? – Mandy aquiesceu. – Tem razão. Eles sabiam que eu estava na Costa Leste. Sabiam que você e eu temos uma história. Eu assumi a missão. O dinheiro deles é tão bom quanto o seu... – ela o espiou. – Embora eu presuma que seja lá qual for o fundo secreto que você esteja usando, ele não chega tão fundo quanto as reservas financeiras de Moscou. Afinal, você é só um cara.

— Essa é a sua jogada? – ele ainda estava com a pistola na mão. – Eu te pago para você me ressuscitar, aí você me mata de qualquer forma e ainda pega a recompensa russa também?

Quando Mandy se virou, estava com a Walther na mão.

— Jack – ela disse o nome dele em um tom de censura. – Eu *já* reclamei o preço que eles colocaram na sua cabeça – ela ergueu o telefone, mostrando as fotos do "cadáver" dele. – Assim, vamos nos comportar como profissionais aqui. Eu já te matei uma vez essa noite. Quer que eu mate duas?

A arma de Jack não se mexeu.

— Por que você estava na Costa Leste?

A pergunta a pegou desprevenida.

— O quê?

Ele puxou o cão da pistola.

— Você estava em Nova York?

Ela viu aonde ele estava querendo chegar e balançou a cabeça.

— Se está perguntando se eu tive algo a ver com o complô contra Omar Hassan, a resposta é *não* – ela balançou a cabeça. – Eu recusei aquele trabalho. Variáveis demais.

O apito do trem soou novamente, muito mais perto agora.

Finalmente, Jack baixou sua arma.

— Nossa carona está aqui.

— *Nossa* carona? – repetiu ela.

Ele assentiu, indo para uma escada de manutenção que corria pela lateral da ponte de cabos.

— Quer o seu dinheiro? Você vai consegui-lo quando eu estiver naquele trem, e não antes.

O trem de carga de alta velocidade Blue Arrow da Union Pacific que sai de Chicago com destino ao Porto de Los Angeles tinha perdido um pouco da velocidade. Forçado a seguir abaixo de sua velocidade normal ao entrar na grande curva que dividia o mapa do município como um arco de ferro, a procissão de vagões de carga, vagões-plataforma e vagões cegonha de dois andares para carregar carros estava quase a um quilômetro dos motores duplos na dianteira do par de propulsores de energia localizados na parte de trás.

Quando a locomotiva principal do Blue Arrow finalmente saiu do final da curva e estabeleceu-se no começo da longa linha reta em frente, os sistemas automáticos começaram a empregar mais força nos vagões de plataforma para compensar a perda na velocidade. Uma lenta e inexorável subida até a velocidade máxima se iniciou, e a partir daquele ponto o trem seguiria com o nascer do sol às suas costas por todo o caminho até a Costa Oeste.

Na cabine, a equipe do trem estava prestando atenção ao painel controlado por computador enquanto o vagão principal ribombou sob a ponte de cabos, a única coisa que marcava sua passagem pela cidade de Deadline. Eles não viram as duas figuras agachadas no meio do arco de metal com estrutura exposta.

Maciços vagões de carga cheios de carregamentos moveram-se rapidamente sob a ponte, seguidos por vagões-plataforma onde os pesados tambores de ferro de enormes motores elétricos haviam sido amarrados. Depois deles vieram os vagões com contêineres e mais vagões-plataforma; estes, no entanto, estavam carregados com os familiares blocos de metal retangulares dos vagões de carregamento. Com suas superfícies longas e planas, eram o melhor lugar para embarcar no trem em movimento. Se esperassem demais, os vagões carregados com automóveis chegariam sob a ponte, e tentar saltar na superfície irregular deles seria muito arriscado.

Jack deu uma última olhada para trás para se certificar de onde iria cair, em seguida saltou para a frente, para fora da ponte de cabos, jogando-se na mesma direção do trem em movimento. Ele ainda estava tonto e nauseado pelos efeitos da tetrodotoxina em seu organismo, porém não havia tempo para esperar aquilo passar.

Ele sentiu o ar passando ao seu redor, a chuva fina contra seu rosto, e a queda pareceu durar para sempre. O espaço entre a ponte de cabos até o topo do vagão em movimento era de menos de um metro, mas podia ser até um quilômetro, pelo tempo que Jack levou para atravessá-lo.

Então seus pés atingiram o teto do contêiner de metal e ele tropeçou adiante, golpeado pelo vento, lançando as mãos para a frente. Jack desceu o corpo, deixou que isso acontecesse espalhando seu peso para não tropeçar e rolar para o lado. Se rolasse, seria lançado para o chão que corria sob eles, ou, pior ainda, arrastado sob as rodas e esmagado.

Ele ouviu um par de impactos atrás de si; o primeiro, quando Mandy jogou sua bolsa de equipamentos atrás dele; o segundo quando ela se jogou, logo em seguida. A mercenária fez o ato parecer fácil, caindo em uma pose felina sem jamais perder o equilíbrio.

Jack levantou-se para uma posição agachada e olhou para a frente, para a extensão do trem. À distância, podia ver as luzes das locomotivas gêmeas, porém não havia nenhum sinal de que alguém ali detectara a chegada dos clandestinos. Ele esperou por um momento para ter certeza, depois começou a ir para o final do vagão. O balanço do movimento do trem exigia algum tempo para se habituar, e Jack avançou em um padrão de zigue-zague, deixando o balanço do contêiner sob seus pés governar a velocidade de seu avanço.

Mandy puxou sua sacola de equipamentos para junto de si quando ele se aproximou, mantendo a cabeça baixa.

— E agora? – gritou ela, lutando para ser ouvida sobre o uivo do vento.

Ele apontou adiante, indicando o vagão cegonha mais próximo.

— Por ali.

Lentamente e com passos seguros, eles avançaram pelo trem em movimento até chegar ao fim do vagão contêiner e, um de cada vez, Jack e Mandy se jogaram no piso da plataforma. A chuva fina e o barulho do vento diminuíram no abrigo do contêiner e Jack fez uma pausa para respirar. Ele olhou para a paisagem que passava pelas laterais do trem. Era tudo um borrão indistinguível que parecia seguir por toda a eternidade. *Território sombrio,* pensou consigo.

Os veículos na plataforma mais baixa do vagão cegonha eram todos minivans ou furgões Volkswagen. Mandy rapidamente destrancou a mais próxima delas, abrindo a porta deslizante para entrar. Jack a seguiu até lá dentro e fechou-a.

— Não é exatamente uma cabine exclusiva, mas é quase – resmungou ela. A sacola de equipamentos caiu no chão entre os assentos e ela se pôs a trabalhar em seu cabelo desarrumado pelo vento, deixando-o o mais arrumado possível. – Seja sincero comigo, Jack – perguntou Mandy, reclinando-se. – Você tem mesmo algum plano de ação, ou vai simplesmente continuar fugindo até chegar ao fim da linha?

— Não é da sua conta – retrucou ele.

— Tenho de discordar. Quando há pessoas como você no mundo, eu gosto de saber onde é que elas estão. Para eu poder estar em outro canto. Acredita mesmo que alguém vai pensar que você está indo para Hong Kong?

— Quando eu te liguei, por que você atendeu? – ele sustentou o olhar dela. – Por que simplesmente não me entregou ali mesmo? Teria sido um pagamento bem fácil.

— Chame de nostalgia, se quiser. Eu não penso só em dinheiro – discordou ela. Depois aquele sorriso astuto voltou. – Na verdade, isso é uma mentira – Mandy tirou seu smartphone e começou a digitar. – E falando nisso... Preciso da senha para pegar o extrato do seu pagamento da conta caução. Então vamos acabar com isso, pode ser?

Ele assentiu.

— Eu tenho uma senha: *avidaeumamerda,* tudo junto.

O sorriso dela se ampliou quando ela digitou a sequência.

— Isso é a sua cara – após alguns momentos, o aparelho apitou e Mandy aquiesceu. – Transferência completa. Foi um prazer fazer negócios com você.

— Não posso dizer o mesmo – rebateu Jack, servindo-se de uma garrafa de água da bolsa dela.

Ele tomou tudo em um longo gole, depois respirou fundo, estremecendo. Quando levantou os olhos, viu que a expressão dissimulada de Mandy tinha se endurecido, tornando-se outra coisa: irritação. Ela apertou o minúsculo teclado do aparelho, seus olhos se estreitando.

— Qual é o problema?

— O dinheiro – disse Mandy, baixinho. – Não está aqui.

A mão de Jack recaiu sobre sua arma.

— Eu te paguei. Estamos quites.

— Não *você* – sibilou ela. – Os russos. Eles cancelaram a transferência para minhas contas no exterior. Eles deram para trás no acordo...

Ele achava difícil reunir qualquer compaixão pela mulher. Ela era, afinal, uma assassina de aluguel.

— Acho que eles também não confiam em você...

Do nada, o celular por satélite tocou, e o som abrupto do tom digital fez com que ambos silenciassem. Mandy estendeu a mão para apertar a tecla ACEITAR CHAMADA, porém Jack segurou-lhe o pulso.

— Não se preocupe – disse ela, soltando-se. – Vou colocar em viva voz. Ela pressionou o botão e a ligação foi completada.

— Arkady. Eu estava mesmo pensando em você. Cadê meu pagamento?

Dimitri Yolkin pressionou dois dedos à lateral de seu fone de ouvido e falou com cuidado ao microfone.

— Bazin não está disponível – disse ele à mulher. – Ele está a caminho de outro lugar. Você falará comigo. Há algumas questões.

Do outro lado da cabine mal iluminada do helicóptero de carga Super Puma, o compatriota de Yolkin na SVR, Mager, olhava para a tela de um laptop. Ele assentiu sem olhar para cima, apontando para o chão abaixo deles. Atrás de Mager, havia dois outros agentes, ambos no processo de preparação de suas armas. Nas sombras, no fundo do compartimento, os cadáveres da equipe do Super Puma estavam quase invisíveis, empilhados como tocos de madeira. Eles recusaram a exigência de Yolkin para decolar com mau tempo quando ele chegou à pista de decolagem, mesmo depois de lhes mostrar sua falsa identidade policial. No final, a alternativa mais prática tinha sido matá-los e colocar um de seus homens para pilotar a aeronave.

De fato, Yolkin não tinha certeza absoluta de para onde Bazin, Ziminova e o outro helicóptero se dirigiam. Aquilo não era relevante. Ele e sua equipe de caça tinham suas ordens e iriam executá-las.

— *Que questões?* – exigiu saber a mercenária. – *Você recebeu as fotos? Você viu? Acabou. Bazin me disse para proceder como eu julgasse melhor. Foi o que fiz. Suvarov teve o que queria.*

— Sim – concordou Yolkin, sentindo o helicóptero começar a descer pelos ventos cortantes e a chuva persistente. – No entanto ele não ficará satisfeito apenas com fotos. Onde está o corpo? Será necessária uma prova física.

— *Isso não fazia parte do acordo* – a pausa momentânea antes de seguir em frente disse a Yolkin que ela estava mentindo. – *Ele se foi. Eu o queimei.*

— Eu não estou convencido – adiante, através dos para-brisas na cabine do piloto, ele podia ver uma longa faixa de luzes brilhando enquanto se movia pela paisagem estéril lá embaixo.

— *Não é problema meu.*

— Você verá que é, sim – ele desligou e desconectou o fone de ouvido do aparelho, devolvendo-o ao painel de comunicações do helicóptero.

— Localização confirmada – disse Mager. – Ela está no trem.

— Ela está tentando nos enganar – Yolkin disse a Mager e aos outros. – Encontrem-na. Matem-na.

— Merda – Mandy olhava para o aparelho silencioso em sua mão. – Bazin deve ter... Inserido um vírus nos dados que mandou. Eles me *rastrearam.*

Ela largou o aparelho no chão e o pisoteou.

Jack foi até a janela da minivan quando o clarão de um relâmpago iluminou o céu.

— Um pouco tarde agora para isso – ele vislumbrou algo acima deles e percebeu que era a pá de um rotor. – Eles estão chegando.

Ele se virou e encontrou a boca da Walther P99 de Mandy apontada diretamente para seu olho direito.

— Eu sabia que deveria ter te matado de verdade – soltou ela.

— Faça isso – disse ele. – E o que vai conseguir, hein? Mais uns trinta segundos até que os russos decidam te matar de qualquer jeito? Você sabe como a SVR funciona. Eles não gostam de pontas soltas.

Jack ouviu o ruído repetitivo dos rotores quando o helicóptero passou baixo sobre o topo do trem, o piloto se alinhando e equiparando as velocidades.

Mandy xingou outra vez e deixou a arma cair.

— Só saiba de uma coisa. Fique no meu caminho e eu não vou cessar fogo.

— Eu ia dizer o mesmo – Jack tirou o rifle de precisão Nemesis das faixas de velcro que o prendiam à sacola de equipamentos e embolsou um pente reserva de munição. – Se a equipe do trem for alertada, estamos ferrados. Temos de lidar com isso com rapidez.

Ele agarrou a maçaneta da porta da minivan e abriu-a com um puxão.

— Chame a atenção deles.

Chuva com vento ensopou seu rosto enquanto saía do veículo para o fundo do vagão cegonha. Jack manteve o rifle esguio próximo a seu peito e foi, abaixado, na direção do final do vagão.

Acima deles, a forma cinzenta da parte inferior do helicóptero estava visível, e ele assistiu enquanto uma portinhola era aberta. Uma cabeça espiou para fora, depois tornou a desaparecer lá dentro. A aeronave se mexeu, descendo ainda mais para perto do teto do vagão cegonha. Jack não tinha nenhum ângulo para atirar, e continuou se movendo, deixando que as sombras o escondessem.

Uma silhueta – um homem troncudo segurando uma pequena AKS-74U com silenciador – emergiu da portinhola aberta e hesitou ali, procurando por um lugar onde descer. Sua demora lhe custou a vida.

Mandy abandonara o silenciador da Walther e, portanto, Jack pôde ver o clarão e ouvir o *crack-crack* dos tiros disparados por ela lá de baixo, diretamente para cima. Os dois tiros atingiram o agente russo e ele caiu da portinhola aberta no helicóptero, aterrissando com força no teto de um sedã na plataforma superior do vagão. O corpo deslizou pelo teto molhado de chuva antes de cair pela lateral. A escuridão em movimento engoliu o cadáver e ele desapareceu.

Armas abriram fogo de dentro da área de carga do helicóptero e Jack se encolheu enquanto balas despedaçavam metal e esmigalhavam vidro. A aeronave cinzenta flutuou adiante, virando-se para apresentar sua lateral.

O piloto colocou o helicóptero em uma posição perpendicular à linha dos vagões do trem, e os homens lá dentro continuaram atirando, as balas indo para todo lado para forçar Jack e Mandy a permanecerem encobertos.

Mais duas figuras saltaram pela portinhola e pousaram no teto dos contêineres, um vagão atrás do deles. Eles começaram a seguir adiante, contudo, dispondo apenas da iluminação fantasmagórica e inconstante dos relâmpagos distantes, era difícil enxergar algo deles além de vagas sombras.

Já o volumoso helicóptero Super Puma era outra história. Apesar de o piloto haver apagado todos os indicadores de navegação, a cabine continuava brilhando através da estrutura parecida com uma estufa e uma luz fraca vazava pela portinhola, ainda aberta.

Mexendo-se com rapidez, Jack abriu as duas pernas que apoiavam o cano do rifle de precisão e colocou-o sobre o capô de um Jetta acorrentado à plataforma do vagão cegonha. Ele aproximou o olho da mira óptica de imagem térmica no momento em que o helicóptero virava, apontando seu nariz na direção do final do trem. Seu primeiro tiro errou o alvo, algo a ser esperado com uma arma desconhecida, e ele viu um clarão quando a bala ricocheteou no casco da aeronave, perdendo por pouco a figura disforme de outro atirador no compartimento traseiro.

Ele moveu o ferrolho, ejetando a cápsula e recarregando em um movimento elegante, e agora a proa do helicóptero estava virada diretamente de frente para ele, apresentando um alvo perfeito. Pela estrutura da aeronave, a mira térmica mostrou o fantasma branco do torso do piloto. A imagem era um borrão, cada elemento do tiro estava em movimento. Jack atirou outra vez e acertou a cabine do piloto, mas não atingiu nada vital. Ele viu o piloto ter um espasmo de choque e hesitar.

Foi o bastante. Menos de um segundo depois, Jack já tinha recarregado o rifle e atingira o esterno do piloto com seu terceiro tiro.

Caindo para a frente, as mãos do piloto se afrouxaram nos controles e os motores do Super Puma aceleraram. Como se tivesse sido puxado por uma corda invisível, o helicóptero se afastou de súbito, fazendo um arco terminal que o enviou para cima e depois de novo para baixo, escorregando de lado em uma plantação de milho a algumas centenas de metros da linha férrea.

Os rotores cortaram a terra, dobraram e se partiram. A fuselagem rolou para o lado, amassada e partida. Em segundos, começaram incêndios no sobrecarregado compartimento de motor.

O trem já havia passado há muito quando as chamas atingiram o tanque de combustível e transformaram a aeronave caída em uma tocha fumegante, a pancada da explosão e o clarão resultante dela se misturando com o trovão e os relâmpagos da tempestade lá no alto.

Os homens que haviam descido do helicóptero vieram até a ponta extrema do contêiner de carga, as armas diante do corpo, disparando rajadas de contenção no vagão cegonha abaixo deles. Balas atingiram o capô da minivan e passaram através do metal, forçando Mandy a abrir mão de sua cobertura e sair correndo. Ela correu para os fundos, passando por Jack com um empurrão, e saltou pelo vão até o vagão seguinte.

Jack a viu partir e franziu o cenho. Recuar não resolveria nada. Eles ficariam sem ter para onde ir muito antes dos caçadores da SVR ficarem sem munição. Ele se agachou, os pensamentos em turbilhão. Cada segundo em que os russos ainda estavam respirando era um segundo em que podiam estar chamando reforços. Com o helicóptero fora da equação Jack tinha a vantagem, porém sua experiência lhe ensinara a jamais confiar nas probabilidades.

À frente deles, os dois homens desceram do vagão anterior e começaram a caminhar adiante. Yolkin bateu no ombro de Mager e apontou para a plataforma superior do vagão. Mager assentiu, compreendendo, e pendurou sua Kalashnikov, estendendo a mão para os degraus de uma escada de metal.

Yolkin encaixou um lanterna tática sob o cano de sua arma e avançou, lançando o feixe de luz à esquerda e à direita pelos flancos dos carros que rangiam e puxavam contra as cordas que os prendiam no lugar. Vislumbrou um movimento no vagão seguinte e sorriu. A mulher – a mercenária – não tinha para onde ir. E se, como ele tinha certeza, ela tinha Bauer consigo, os dois em breve estariam mortos. Yolkin se permitiu um sorriso, e imaginou se seria pessoalmente recompensado pelo presidente Suvarov por acabar com a vida do americano problemático.

Ele passou lentamente por um sedã prateado, ignorando a força da chuva, que só aumentava, enquanto o trem mergulhava ainda mais fundo na linha da tormenta. Um relâmpago lhe deu um momento de visibilidade implacável e branca, entregando a mulher. Ele a viu encolhida contra a roda de um vagão para passageiros, a arma segura bem alto.

Yolkin ergueu sua arma e mudou o seletor para automático.

Jack aguardou até que a silhueta do russo estivesse no lugar certo, e então, com toda a força que conseguiu reunir, chutou o interior da porta de passageiro do Jetta com os dois pés. Deitado nos bancos de trás, o atirador havia perdido Jack ali, nas sombras, e agora iria pagar por isso.

A porta se abriu como uma palheta de máquina de *pinball* e derrubou o russo, esmagando-o contra a armação do vagão. Jack deslizou para fora do carro e o atingiu de novo com o rifle. A arma era longa demais para utilizá-la em um espaço tão reduzido, então ele a adaptou para uso como cassetete, acertando o atirador na lateral do crânio enquanto o outro tentava se recuperar. O russo, magro como um palito, atrapalhou-se com sua arma e Jack continuou golpeando-o, mantendo-o desequilibrado.

O outro xingou em sua língua natal e reagiu, agarrando a coronha do rifle quando Jack atingiu sua cabeça outra vez. Apesar da compleição alta e magra do russo, ele era forte o bastante para ser páreo para Jack. Eles acabaram em uma selvagem batalha de puxões e empurrões, indo de um lado para o outro pelo molhado deque de metal do vagão, batendo nas laterais dos carros encharcados. O russo forçou a estrutura do rifle contra a garganta de Jack, colocando toda a sua força nesse movimento, tentando sufocá-lo.

Jack escorregou contra o porta-malas de um sedã e usou isso em seu favor, empurrando-se para o lado, abruptamente girando o atirador para encará-lo, porém na direção oposta.

Tiros de pistola ecoaram no ar úmido e o atirador teve um espasmo, seus olhos se arregalando em agonia. Suas pernas se dobraram e ele oscilou. Jack vislumbrou feias feridas de entrada de balas nas costas dele, e viu Mandy, meio escondida, no local de onde atirara no sujeito. O russo desmoronou no deque e ficou imóvel.

No segundo seguinte, Mandy estava gritando em meio ao vento.

— Acima de você!

Jack se desviou enquanto disparos de uma automática caíam sobre ele vindos da plataforma superior do vagão cegonha, perdendo, com isso, o rifle. Ele sentiu a ardência de uma bala vincar seu braço enquanto saltava para fora da linha de tiro e quase se desequilibrou. Por um momento desagradável, Jack foi lançado no vento que chicoteava o trem, e agarrou-se a uma corrente pendurada ali para não cair na escuridão.

Balançando-se de volta, ele usou a corrente para se jogar no teto do VW batido, e dali abriu caminho para o nível superior.

O segundo atirador ainda estava olhando para baixo do lado errado do vagão, mirando as sombras onde erroneamente achava que Jack havia caído.

Jack plantou seus pés com firmeza contra as chapas do deque, sacando e apontando sua M1911.

— Quem mandou você aqui? – ele gritou.

O outro russo se contraiu, surpreso, e lentamente se virou para encarar Jack. Suas mãos ainda estavam no rifle de assalto, mas a boca da arma apontava para o outro lado. Com um rosto comum e ordinário, o segundo atirador encarou Jack sem dizer nada.

— Suvarov? – sugeriu Jack, o que lhe valeu um gesto lento e ranzinza do russo confirmando com a cabeça.

Ele imaginou se o homem podia compreendê-lo por completo. Podia ver os pensamentos se desenrolando por trás dos olhos do atirador, os cálculos de sobrevivência *versus* desinência. Se um deles se mexesse, a morte seria o resultado.

— Quantos de vocês ele enviou? – Jack exigiu saber.

O russo sorriu.

— *O suficiente*. Não há caminhos abertos para você, Bauer. Nenhum lugar onde se esconder. Ninguém a quem possa recorrer. Nós estaremos lá.

Um farol passou pelo trem, uma brilhante luz rubra tremeluzindo sobre ele, e o movimento fez com que Jack, por reflexo, desviasse o olhar, apenas por uma fração de segundo. O atirador havia visto sua brecha, esperara por aquele momento, e agora erguia sua arma, virando-a na direção do alvo.

A mira de Jack, porém, não vacilou. Ele disparou três vezes em rápida sucessão, os tiros formando uma linha que subiu pelo peito do russo. O sujeito caiu pela lateral da estrutura e se foi.

Jack se virou quando ouviu a escada atrás dele ranger. Arrastando sua sacola de equipamento sobre o ombro, Mandy emergiu no deque superior e olhou para ele, a expressão fechada.

— É sempre uma festa quando você está por perto – gritou ela, acima do vento. Ela tirou um carretel de linha de náilon da sacola e conectou uma das pontas a um grampo em seu cinto. – Mas, se não se importa, é aqui que nos separamos.

À frente, Jack podia ver um arco borrado acima dos trilhos se aproximando velozmente. Outra ponte de cabos, como a que tinham usado do lado de fora de Deadline. Mandy passou por ele e se colocou na ponta do vagão.

— Aonde está indo?

— Esta é a minha parada – disse ela, abrindo uma garra de metal na outra extremidade da linha de náilon. – Da próxima vez que estiver encrencado, faça-me um favor: *perca* o meu número.

Jack se abaixou quando a ponte de cabos passou sobre sua cabeça e Mandy jogou a garra para cima para se prender nela quando foi o momento. A linha estalou e a puxou para cima e para longe do trem, dando-lhe um puxão para trás. Pendurada do arco de ferro enquanto o trem seguia sua viagem, a assassina encolheu-se na névoa. Jack observou-a ir, depois se virou para buscar abrigo.

Los Angeles ainda estava a horas de distância e ele estava todo dolorido. Descendo até o deque inferior, mergulhou nas sombras, vigiando os trilhos adiante e os quilômetros a serem cobertos.

As palavras do atirador o incomodavam. *Nós estaremos lá.* Jack fez uma careta e desviou o olhar.

— Vou vê-la em breve, Kim – disse ele para o ar. – Eu juro.

21

ELE ACORDOU QUANDO O TREM MANOBROU NOS TRILHOS QUE VINHAM DE TERMINAL Island e das docas do Porto de Los Angeles. O sono havia derrubado Jack com rapidez e intensidade enquanto a tempestade ressoava ao seu redor. Agora, acordando para ver feixes de luz do sol atravessando as frestas da carroceria do vagão de carga, ele sentia como se tivesse acordado em outro mundo. Jack se moveu rápido, ignorando os vários níveis de dor que o percorreram quando ficou de pé. Em momentos ele já estava na portinhola.

Cronometrando com cuidado, Jack saltou do trem que rolava com lentidão e aterrissou como se estivesse caindo de paraquedas, os joelhos dobrados, deixando o impulso se esvair em um rolamento para a frente pelo cascalho em volta dos trilhos. Reunindo suas forças, deslizou para o vão entre os para-choques de dois vagões-tanque na passagem seguinte. O grande Union Pacific seguiu viagem, e ele viu os vagões-cegonha passarem como um borrão. A polícia seria chamada quando os inspetores de doca encontrassem as manchas de sangue e os buracos de bala nos veículos, e ele precisava estar em outro lugar quando isso acontecesse.

Mantendo-se escondido, ele passou de abrigo em abrigo até enxergar uma rodovia do outro lado de uma cerca de metal enferrujada. Jack olhou à esquerda e à direita para se certificar de que não estava sendo observado, e então saiu, caminhando calmamente em paralelo à barreira até chegar a um intervalo que desembocava em uma via de serviço que dava para a rua. Não havia ali nada que se assemelhasse a segurança, nem mesmo um arame farpado ou uma cancela – nada além de uma placa alertando sobre os perigos de trens em movimento. Por outro lado, havia pouca coisa ali digna de chamar a atenção de ladrões, e do outro lado das quatro pistas da rodovia existiam apenas fileiras sem fim de desmanches e estacionamentos para carretas. Tráfego pedestre não existia.

Jack fechou sua jaqueta e começou a se dirigir para o leste, no sentido Long Beach, procurando um lugar onde atravessar a estrada. Los Angeles deu-lhe as boas-vindas com o mesmo ar seco, empoeirado e cheio de fumaça que havia se tornado tão familiar para ele desde os dias de sua juventude, quando crescera em Santa Monica. A despeito das graves circunstâncias, havia algo tranquilizante em estar de volta a uma cidade que ele conhecia bem, como uma saudação de um velho amigo. Era sua terra natal, percebeu. Jack havia lutado e sangrado nas ruas dessa cidade, e a recuperara da beira do caos em mais de uma ocasião. Sentiu uma pontada de remorso quando uma voz irritante no fundo de sua mente o relembrou de que em breve teria de deixá-la outra vez, talvez para nunca mais voltar.

Não há tempo para chafurdar nisso, Jack disse a si mesmo. Estava perto agora, perto de alcançar seu objetivo, e não podia perder isso de vista nem por um segundo.

Não levou muito tempo para encontrar um pátio de carros usados próximo à East Anaheim Street e, ali, um Hyundai Accent Hatch em que podia fazer uma ligação direta com rapidez. Jack entrou no tráfego esparso e dirigiu-se ao norte, seguindo a linha do rio Los Angeles para a rodovia 405. Conferiu seu relógio. Seu genro, Stephen, era um oncologista no Centro Médico Cedars-Sinai em West Hollywood, e encontrá-lo por lá seria a melhor opção para Jack entrar em contato com Kim sem alertar ninguém para sua presença na cidade. Ou assim ele esperava.

Jack se forçou a manter um estilo de direção casual, não fazendo nada que pudesse chamar a atenção, apesar de tudo nele desejar apenas meter o pedal do acelerador no chão e disparar pela cidade. Ele ergueu a mão e ligou o rádio do painel, ajustando-o para uma estação de notícias, e pegou no meio de uma reportagem ao vivo em Washington, D.C.

As ondas geradas pelo chocante anúncio de Allison Taylor há menos de um dia ainda ressoavam pelo país. Depois de abandonar uma histórica conferência de paz entre as Nações Unidas e a República Islâmica do Camistão, Taylor seguira em frente, renunciando à presidência apenas algumas horas depois. Ela tinha dado uma espécie de confissão sobre seu conhecimento a respeito de um plano contra a RIC e seu líder, Omar Hassan. Morto em solo americano como o resultado de uma conspiração de seu próprio povo, havia agora pouquíssimas pessoas que sabiam exatamente o que acontecera – e Jack Bauer era uma delas. Ele ouviu o repórter fazendo a pergunta que todo o mundo devia estar fazendo: *o que acontece agora?*

A honestidade de Taylor, a promessa que ela havia feito a Jack e mantido, significava que podia suportar o peso de quaisquer acusações criminais levantadas contra ela. A despeito de como as coisas terminassem, sua carreira política estava em ruínas e ela podia enfrentar uma longa sentença de prisão. Não foi fácil para Jack confiar nela, e ele ainda estava dividido a respeito das escolhas que ela fizera... Mas Allison Taylor mantivera sua palavra, e isso era algo bastante raro no mundo clandestino em que Jack caminhava.

A discussão prosseguiu, primeiro com uma menção passageira a Charles Logan. Contra todas as probabilidades, o político maquinador ainda estava vivo. As mãos de Jack se apertaram no volante. Não havia justiça nisso, divagou ele. Levado ao ponto de cometer um ato suicida pela revelação de suas tramoias, agora estava lentamente vindo à tona que Logan tinha, pelo visto, arruinado uma tentativa de atirar em si mesmo. Também se dizia que ele podia ser o responsável pela morte de seu assistente, Jason Pillar. Jack imaginou se o agente Hadley também estava ouvindo essa história. Como o resoluto jovem agente do FBI reagiria a essa revelação?

Se o mundo fosse justo, então Logan estaria morto ou pagando por seus crimes. Em vez disso, os médicos no Centro Médico Militar Walter Reed haviam anunciado que Logan estava em coma profundo. *Caso* ele algum dia despertasse da inconsciência, era provável que o profundo dano cerebral tivesse destruído tudo do homem que ele fora.

Fácil demais, refletiu Jack. Era uma punição muito branda para alguém que merecia pagar o preço total por sua traição e sua ganância.

Mas não eram apenas os Estados Unidos que estavam reagindo às consequências do que a mídia agora chamava de "o incidente Hassan". Ao longo das horas desde que Jack fugira de Nova York, enquanto ele e Chase se envolveram na situação em Deadline, o assassinato de Omar Hassan continuou reverberando pelo mundo. Da Rússia vinham relatos fragmentados e rumores de que o presidente Yuri Suvarov recebera uma fria recepção em sua volta para casa, depois de retornar correndo a Moscou à frente das insinuações de que havia tido um papel essencial no assassinato de Hassan.

Jack mantinha um tipo muito específico de ódio pelo oficial russo, uma vez que fora sob ordens diretas de Suvarov que Renee Walker recebera uma ferida mortal. Racionalmente, Jack sabia que alguém como Suvarov estaria para sempre fora de seu alcance; contudo, em seu coração, queria ver o sujeito destruído. Agora, imaginava se seriam os próprios ministros do governo russo que fariam isso por ele. De acordo com o noticiário, alguns membros da Duma – a assembleia de Estado russa, equivalente à Casa dos Representantes dos EUA – estavam agitando as coisas para que Suvarov seguisse os passos de Taylor e se entregasse para a justiça. O envolvimento de Suvarov no assassinato de Hassan estava tão claro para Jack quanto sua participação na morte de Renee, e parecia que o temor russo da reação da RIC talvez conseguisse o que Jack não podia. Entretanto, ainda que a carreira de Yuri Suvarov acabasse em desgraça, ainda que ele apodrecesse em algum *gulag** pelo resto de seus dias, isso não seria o *bastante*. Assim como Logan, o preço que Suvarov pagaria seria uma mera sombra do preço de sangue que ele realmente devia.

E havia também o povo camistanês. Adversários da América por tanto tempo, o tratado de paz que seu líder viera a Nova York para assinar carregava um enorme significado. Mesmo alguém que se considerava tão apolítico como Jack, não podia negar que fazer as pazes com a RIC era a coisa certa, um primeiro passo na direção da estabilidade para o problemático Oriente Médio e um modo de construir pontes. No entanto, todas essas boas intenções agora tinham virado poeira.

A esposa de Omar Hassan, Dalia, havia assumido o papel dele como presidente, e agora a líder da RIC era uma viúva cujo marido estava morto por causa de uma conspiração envolvendo justamente os estados-nação que tinham buscado a paz. Enquanto o noticiário se aproximava do fim, apesar de ninguém falar isso em voz alta, Jack podia ouvir o eco de outra insegurança, muito mais premente, sob tudo aquilo. Havia muita gente lá fora que usaria os eventos dos últimos dias para incentivar hostilidades... Talvez até mesmo *guerras*.

Seu maxilar se contraiu. Antes, aquilo podia ter pesado sobre ele, mas aqui e agora Jack achava difícil se conectar ao estrondo dos eventos globais ocorrendo em outras partes do mundo. Havia passado a maior parte de sua vida como soldado de uma forma ou de outra, sacrificando muito de si para garantir que sua terra natal permanecesse segura e a salvo. Confiara nos homens e mulheres dando as ordens, acreditando que eles eram honestos e verdadeiros. Jack sempre acreditou estar fazendo a coisa certa, apesar das dificuldades daquela jornada.

Agora era diferente. Muito daquela certeza tinha sido extirpada dele. Haviam lhe pedido para fazer coisas questionáveis, várias e várias vezes. A traição e a perda cobravam seu preço. Agora, Jack compreendia que ele *ainda era* aquele soldado, sempre pronto a se sacrificar e sangrar por aquilo em que acreditava; o que mudara era a natureza das coisas pelas quais lutava. Não era por nações nem por bandeiras, não por um uniforme ou uma medalha, mas pelo que era *correto*. Por esse ideal e por aqueles a quem amava.

---

* Na antiga União Soviética, gulags eram cárceres onde ficavam presos aqueles que eram contra o regime. (N.T.)

Ele piscou e engoliu o nó em sua garganta, relembrando por um momento dos rostos de Renee Walker, Audrey Raines, sua esposa Teri e sua filha Kim, seus amigos Chloe O'Brian, Chase Edmunds e todos os outros. Era por essas pessoas que ele lutava; eram eles o peso que ele carregava e a força que o alimentava. Nada mais lhe importava.

Abandonando o carro em uma rua lateral perto do Beverly Center, Jack levantou o colarinho da jaqueta e manteve a cabeça baixa enquanto partia para o Cedars-Sinai. O complexo hospitalar assomava sobre os prédios vizinhos e se esparramava por vários quarteirões. Jack passou pela memória tudo o que Kim lhe contara sobre seu marido médico, pensando em como iria encontrá-lo ali.

Na verdade, ele não conhecia Stephen Wesley muito bem, porém Jack sempre fora um homem que confiava em seu instinto para analisar as pessoas. Stephen fazia Kim feliz, e aquilo era o mais importante. Jack só precisou ver os dois juntos para saber que eles se amavam, e era isso o que desejava para sua filha. Kim merecia uma vida boa, uma vida normal, e Stephen a ajudara a encontrar isso.

Parando no cruzamento, Jack analisou a rua ao seu redor – o ato vindo como uma segunda natureza para o antigo agente federal. Seus olhos passaram sobre rostos, medindo e descartando as potenciais ameaças ou possíveis observadores. Fez isso quase sem pensar, uma parte de sua mente buscando por padrões e formas que parecessem deslocados.

Ele encontrou algo.

Um Chevrolet Suburban de cor pálida estava estacionado na sombra de uma palmeira descorada pelo sol, o capô apontando para a entrada do hospital. As janelas do utilitário possuíam filme preto nos vidros, mas o sinal mais óbvio era o modo como os amortecedores do veículo estavam baixos. O utilitário era muito mais pesado do que um modelo normal e isso só podia vir pela adição de janelas à prova de balas, blindagem da carroceria e um motor mais poderoso. Jack conhecia esse tipo de veículo intimamente. Tinha treinado direção tática com um modelo assim.

O que significava apenas uma coisa. O Suburban era parte da divisão de Los Angeles da Unidade Contraterrorismo.

O farol abriu e Jack atravessou a rua, mantendo o utilitário sob vigilância, decidindo seu próximo movimento. *Por que a UCT estaria aqui?* Então ele se lembrou das últimas palavras que dissera para Chloe em Nova York, uma conversa que parecia ter ocorrido em outra vida.

Minha filha... A família dela... Vão tentar usá-la contra mim.

Chloe não hesitara. *Vou garantir que estejam protegidos. Eu prometo.*

Ela foi leal à sua palavra, como sempre era. Chloe deve ter usado seus últimos momentos na UCT para empregar uma equipe para manter a família de Jack a salvo, mesmo enquanto a casa estava caindo para ela.

No entanto, agora aquela proteção representava um problema. A probabilidade era de que todos naquele utilitário conhecessem o rosto de Jack Bauer. Podiam até ser agentes com quem ele havia trabalhado ou treinado no passado. Não podia se arriscar a ser reconhecido por nenhum deles, não depois de ter arriscado tanto para escapar de seus perseguidores. Bastava que uma pessoa relatasse o que vira, e Los Angeles estaria bloqueada. A caçada recomeçaria tudo de novo.

O farol mudou e Jack, de súbito, viu a solução para o seu problema. Uma ambulância a caminho do hospital parou na interseção, o motor ligado. Nenhuma luz de alerta, nenhuma sirene tocando, o que indicava que a chamada de emergência da qual o veículo estava voltando não era algo que corria contra o tempo.

Jack passou pela lateral da ambulância, reparando nos dois paramédicos dentro da cabine conversando sobre seus planos para o almoço. No último segundo possível, deu um passo para o lado, colocou a mão por dentro do veículo e torceu a maçaneta da porta traseira. Ela se abriu com facilidade, revelando o compartimento traseiro vazio. Jack ouviu o motor acelerar quando o farol ficou verde e entrou, a porta se fechando silenciosamente, enquanto a ambulância se afastava. Mantendo a cabeça baixa, Jack olhou pelo para-brisa traseiro enquanto a ambulância passava pelo utilitário estacionado, a caminho da recepção. Ele não viu nenhum movimento no interior do veículo da UCT e soltou o fôlego. *Tudo limpo,* disse a si mesmo.

Agindo com rapidez, abandonou seu casaco escuro e roubou um casaco de paramédico e um boné de beisebol de uma prateleira nos fundos da ambulância. O veículo mal tinha parado quando ele saiu pela traseira, já disfarçado.

Não correu. As testemunhas notavam quando pessoas se moviam com pressa. Em vez disso, Jack andou calmamente pela área reservada para ambulâncias, seguindo um grupo que levava uma maca para dentro do hospital. Mantendo a aba do boné baixa sobre o seu nariz, o olhar inquisidor de Jack encontrou uma placa direcionando-o mais para dentro do prédio, para a ala de oncologia.

Ele olhou para o relógio. *Ainda tenho tempo.*

— Isso é uma enfermaria? – o tom de Bazin beirava o incrédulo, e ele olhava à sua volta para o quarto particular. – Já estive em puteiros menos extravagantes. – ele retorceu o lábio para o quarto bem equipado.

Ziminova não duvidava de que a análise de seu comandante estivesse correta. Ela foi até a janela e olhou para a rua lá embaixo. De costas para Bazin, conteve um bocejo e piscou para afastar um momento de fadiga. Ela não havia dormido no voo para Los Angeles e estava começando a ficar cansada.

— Isto é uma aposta – comentou ela. – Não sabemos se Bauer virá para cá.

Bazin fungou e assentiu para o homem loiro que os encontrara na pista de pouso.

— Fique de guarda.

O homem assentiu e foi para o corredor.

Seu nome era Lenkov. Tudo o que ela sabia é que ele era um dos agentes locais da SVR na Costa Oeste americana, e que seu trabalho era auxiliar Bazin, Ekel e ela a encontrar e exterminar o alvo.

— A filha de Bauer está a caminho – explicou Bazin. – O marido dela cuida daqueles que têm câncer... Uma profissão tão digna, hein? – como se em zombaria, Bazin pegou um isqueiro e um cigarro, levando-o à boca.

Ziminova deu dois passos ligeiros até junto dele e tirou o cigarro de seus dedos. Desviando-se do olhar furioso de seu comandante, ela indicou com a cabeça um cilindro verde pálido perto da cama desocupada.

— Oxigênio – disse ela, como explicação.

Bazin fez uma carranca e guardou o isqueiro.

— Ele vai vir. E se não vier, usaremos sua família como isca para atraí-lo.

— Você está depositando muita fé nas últimas palavras de um covarde moribundo – Ziminova olhou ao redor. O quarto que eles haviam conseguido dificilmente era a base de operações ideal, mas eles estavam indo muito além do pagamento de sua missão agora. Bazin não tinha feito contato com o consulado em Nova York há horas, e ela começava a se preocupar com Yolkin e Mager, que também estavam silenciosos.

— É claro – replicou ele. – Precisamente *porque* Matlow estava morrendo e *porque* ele era um covarde. Em momentos assim, a capacidade de mentir foge de homens desse tipo.

Ela cruzou os braços.

— E aquelas imagens que a sua mercenária nos enviou?

O rosto vincado de Bazin se transformou em granito.

— Falsas, suponho – rosnou ele. – Estou muito desapontado com ela. Gosto de pensar que Dimitri deixou claro para ela meu desprazer com essas mentiras.

— É isso o que você acha que aconteceu?

Ele fitou-a.

— Não – disse ele, finalmente. – Yolkin não hesitaria em quebrar o protocolo e entrar em contato comigo se tivesse matado Bauer ou a assassina. Ele iria querer se gabar.

— O fato de que ele não entrou... – começou ela.

— O fato de que ele não entrou em contato significa que Bauer o matou – disparou Bazin, irritado. – Mager e os outros também, creio eu. Mais motivo ainda para sermos bem-sucedidos aqui.

Ziminova ficou quieta, incapaz de encontrar palavras para formular seus pensamentos de maneira a não irritar seu comandante ainda mais se ela os revelasse.

Contudo, ele viu em seus olhos.

— Galina, seu silêncio é insultante.

Ela suspirou.

— Você não se preocupa por não termos ouvido mais nada do consulado em Nova York nem do quartel-general em Moscou? Já faz várias horas que o presidente Suvarov aterrissou em Sheremetyevo. Se a captura de Bauer é tão relevante para ele, por que o silêncio?

Bazin desviou o olhar.

— Suvarov tem mais coisas para lidar do que apenas o pagamento dessa dívida.

— Esse é exatamente meu ponto – disse Ziminova. – Ele pode nem estar mais na presidência. Nesse caso, nossas ordens serão questionadas.

Ele a encarou.

— Acha que estou excedendo meu limite? Bauer matou cidadãos russos. Isso é motivo suficiente.

— Estamos muito além dos parâmetros dados a nós no início da operação, senhor.

— Eu esperava mais de você – fungou Bazin. – Não a trouxe para o meu comando porque *questiona* ordens, e sim porque você as *obedece*.

— Eu sirvo a Mãe Pátria – respondeu ela, após um momento. – Não a necessidade de beligerância de um homem.

Bazin estava prestes a censurá-la, mas antes que pudesse juntar o fôlego para isso ouviu-se uma campainha vinda do bolso de seu casaco. Ele tirou dali um celular e falou nele:

— Relatório.

Ziminova ouviu o baixo resmungo da voz de Ekel no outro lado da linha.

— Localizei os vigias.

— *Cuide deles* – disse Bazin, e desligou.

Ekel assentiu como se o comandante estivesse ao seu lado, e continuou andando pela calçada sombreada na direção do Suburban estacionado. Ele fez questão de olhar com cuidado para o veículo, apesar de já tê-lo observado da entrada frontal do hospital por vários minutos. Os agentes de segurança americanos tinham escolhido um bom ponto para ficar de vigia, mas ao custo de tornar sua presença totalmente visível para qualquer um com a mais básica compreensão de técnicas de vigilância. Talvez fosse parte da descrição da missão deles garantir que se destacassem para deter qualquer um que pudesse vir procurar seus protegidos. Se fosse isso, então os americanos haviam entendido muito mal os adversários que enfrentavam.

Por outro lado, pensou Ekel, *eles faziam isso com frequência.* Ele supôs que esses homens se sentiam seguros e no controle aqui, nas ruas de uma cidade que lhes pertencia. Aquele excesso de confiança trabalharia a favor do russo.

Ele se aproximou da porta do passageiro e chegou bem perto, batendo no vidro preto e opaco da janela. Depois de um instante o vidro abaixou alguns centímetros, revelando o rosto de um latino de óculos escuros.

— Sim? – perguntou ele.

Ekel pegou um distintivo dourado de detetive com uma das mãos, segurando-o na palma. Ele havia trocado o distintivo falso da polícia de Nova York por um falso da polícia de Los Angeles, na vinda da pista de pouso.

— Vocês não podem estacionar aqui – ele indicou uma placa em um poste próximo que dizia o mesmo, alertando motoristas para não bloquear uma rua usada com frequência por veículos de emergência.

— Não tem problema.

— O quê? – Ekel gesticulou para a janela, pedindo que o homem a abrisse um pouco mais. – Você tem que tirar essa coisa daqui – ele imitou um sotaque que ouvira em programas policiais americanos.

A abertura se ampliou, revelando um distintivo diferente pendurado em uma corrente ao redor do pescoço do sujeito.

— Agentes federais – explicou ele. – Isso não se aplica a nós.

Ekel reparou no outro homem no banco do motorista e em um terceiro atrás dele. A mão livre do russo se abaixou, ficando fora da linha de visão e entrando discretamente nas dobras de sua jaqueta.

— Mostre o seu distintivo de novo – disse o latino, com um tom duro e inflexível.

— Certo, claro – assentiu Ekel, oferecendo-o para escrutínio. Enquanto o agente inclinava-se adiante para olhar com mais atenção, a outra mão de Ekel ressurgiu segurando uma Makarov P6 automática. A arma modificada tinha um silenciador integrado, capaz de reduzir o som de um tiro a uma tosse alta, e Ekel disparou no rosto do agente à queima-roupa. Ele seguiu atirando, colocando balas no motorista e no outro agente da UCT até que o pente estivesse vazio, descarregando a arma em menos de três segundos. Não se preocupou com a possibilidade dos tiros atravessarem a carroceria ou os vidros do carro; a blindagem funcionava bem para os dois lados.

Quando terminou, Ekel escondeu a P6 e se inclinou rapidamente para dentro do utilitário para apertar o controle automático das janelas, escorregando para fora quando os vidros subiram, escondendo as mortes.

Ele caminhou casualmente de volta para o hospital, vendo uma ambulância passar em disparada com sirenes uivando e luzes piscando.

— Está feito – disse ele para o celular. – E agora?

— *A filha chegou* – respondeu Bazin. – *Certifique-se de que a encomenda esteja no lugar.*

Ekel assentiu e foi para o estacionamento subterrâneo.

— Confirmado. E o primário?

Ele ouviu o sorriso na voz de Bazin.

— *Paciência.*

22

AS PORTAS DO ELEVADOR SE ABRIRAM E O PRIMEIRO ROSTO QUE KIM VIU FOI O DO seu marido. Ele não estava em nada diferente da primeira vez em que o havia visto, um encontro fortuito no hospital antes de um almoço com sua amiga Sue. Nos meses que se seguiram Kim descobrira que Sue, uma colega de quarto da faculdade que agora era enfermeira sênior no Cedars-Sinai, tinha planejado o encontro de ambos desde o princípio.

Aquela memória parecia algo de outra vida, como se pertencesse a outra Kim. Ela estivera solteira por um longo tempo, flanando por um punhado de relacionamentos depois da separação tumultuosa com Chase Edmunds, sem nunca encontrar alguém com quem conseguisse se conectar de verdade. Posteriormente, Sue admitiu que quando conheceu o doutor Stephen Wesley soube de imediato que era dessa pessoa que Kim precisava em sua vida. E ela tinha razão.

Stephen era gentil e paciente, mas, principalmente, ele sempre estava ao seu lado para apoiá-la. Agora, Kim precisava disso mais do que nunca.

— Ei, docinho – disse ela à sua filha, ajeitando o peso de onde a menina estava deitada, sobre seu ombro. – Olha aqui o papai...

— Bom – Teri piscou e bocejou.

Stephen sorriu pesarosamente enquanto Kim se aproximava.

— Ela ainda está sonolenta?

Kim assentiu.

— O voo vindo de Nova York a deixou esgotada, acho.

— Sei como é isso – disse o marido, contendo um bocejo.

A viagem de volta para casa não tinha sido tranquila. A adição súbita e sem explicação de medidas extras de segurança no aeroporto JFK atrasou tudo, e aquilo, por si só, já seria estressante; porém, ser forçada a voar para casa sem seu pai deixara Kim irritadiça e preocupada. Um dia, ela o abraçara quando ele tinha prometido que voltaria para a Califórnia com eles, para finalmente se aposentar do serviço governamental e encontrar um emprego em alguma empresa de segurança particular. Mas aquilo não havia acontecido. Os eventos sobrepujaram Jack Bauer, como parecia ser o destino dele, e agora Kim estava na mesma posição em que se encontrara várias vezes nos últimos anos. Não havia como ter certeza se o pai estava vivo ou morto, e ela odiava o fato de essa sensação vazia em seu peito lhe ser tão familiar, tão conhecida.

Stephen chegou perto e, sem dizer nada, trouxe a esposa e a filha para um abraço. Kim viu a compreensão nos olhos dele e piscou para afastar as lágrimas antes que elas pudessem se formar.

— Obrigado por vir me ver – disse ele. – Como você está?

— Não sei.

Ela colocou Teri no chão e, de repente, a menininha ganhou vida e um novo sopro de energia, disparando pelo corredor na direção do consultório de Stephen. Outras enfermeiras e o pessoal do hospital sorriram e acenaram para a criança. Os colegas de seu marido gostavam dela, que era uma visita regular ali. Kim tentava fazer com que houvesse pelo menos um almoço com pai, mãe e filha por semana.

Quando Teri estava longe e não podia mais ouvir, Kim se inclinou mais para junto do marido.

— Ninguém diz nada. Todas as notícias vindas de Nova York são assustadoras: esse assassinato, a renúncia da presidente... E ninguém sabe onde está meu pai.

Ele franziu o cenho.

— Você trabalhava com esse pessoal, certo? A Unidade Contraterrorismo? Não tem ninguém para quem você possa telefonar?

Ela balançou a cabeça.

— Eu já tentei. Mas Chloe não está atendendo o telefone, e os números que eu tinha para a UCT de Los Angeles parecem estar desligados – Kim engoliu seco, combatendo um soluço. – Ah, meu Deus, Stephen, está acontecendo igualzinho da última vez. Acho... Acho que vou perdê-lo – ela desviou o olhar. – Não posso passar por tudo aquilo de novo.

Stephen apertou a mão dela.

— Você não sabe se ele foi envolvido em todo aquele problema.

— *Eu sei!* – ela parou. Teri estava absorta em uma conversa com Sue; mesmo assim, Kim se virou para que a menina não pudesse ver a angústia no rosto de sua mãe. – Eu conheço meu pai – prosseguiu Kim. – Sei que ele jamais conseguiria ficar indiferente e deixar algo ruim acontecer a pessoas boas; faz parte de quem ele é! – ela enxugou os olhos. – E... E eu disse a ele que tudo bem. Eu disse a ele que ele podia ficar na UCT e voltar para cá depois... – as palavras seguintes fizeram o sangue dela gelar. – E se aconteceu algo terrível com ele por ter ficado em Nova York?

Ele a puxou para perto outra vez.

— Kim, não. Você não tem nada a ver com isso. Não se culpe.

— Eu disse a ele para ter cuidado – disse ela, a voz débil.

Stephen assentiu.

— Vamos lá, meu bem. Venha até meu consultório. Vamos ver se não conseguimos encontrar alguém que tenha respostas.

Kim aquiesceu e foi com ele até a porta. Teri passou na frente deles para entrar lá antes, correndo pela antessala do lado de fora do consultório, arrastando seu ursinho de pelúcia consigo.

Ela ouviu a filha gritar de surpresa quando Stephen fechou a porta.

— *Jack*! – gritou Teri. – Digo, *vovô*!

Kim passou pelo marido e entrou no consultório. Ali, agachado para poder olhar a neta nos olhos, estava seu pai. Um sorriso, exibindo um misto de alegria e fadiga, alívio e medo, partiu o rosto dele.

— Oi, querida. Como está o urso?

Teri ergueu o brinquedo.

— Está bem. Ele estava triste porque você não veio com a gente, mas agora está feliz.

— Eu também – ele se levantou. – Olá, Kim. Stephen. Me desculpem pela surpresa.

— *Pai* – Kim foi até seu pai e o abraçou. Sentiu o corpo dele se retesar e percebeu na mesma hora que ele estava ferido. Ele cheirava a suor, cordite e fumaça, como se estivesse vindo de um campo de batalha. – Você está aqui.

— É.

Stephen se adiantou, lançando um olhar experiente sobre o sogro.

— Jack... Você parece estar precisando de um pouco de ajuda – ele indicou um espaço separado para exames do outro lado da sala. – Leve tudo o que precisar.

Uma comunicação silenciosa se passou entre os dois e o pai de Kim assentiu.

— Obrigado – ele sorriu para Teri. – Querida, o vovô e a mamãe precisam conversar. Por que você e o papai não vão brincar com o urso, hein?

— Tudo bem... – o tom de Teri foi um pouco rabugento, porém a menina não reclamou. Jack sabia lidar com ela, reparou Kim. Ela confiava no avô implicitamente.

Stephen lançou um olhar questionador para Kim, ao qual ela respondeu com um gesto de cabeça.

— Vamos estar logo ali fora – disse ele, pegando a filha pela mão e levando-a para o corredor.

Quando a porta se fechou, o pai de Kim se apoiou contra a maca.

— Ei. Eu sei que não era isso o que você tinha em mente quando me pediu para vir.

— Você está encrencado – não era uma pergunta.

Um sorriso triste passou pelo rosto dele.

— É complicado – ele tirou a jaqueta. – Você pode me ajudar a tirar essa camisa?

Kim assentiu e fez uma careta ao ver os hematomas e as feridas cobertas de sangue coagulado sendo reveladas. Ela levou a mão à boca.

— Pai... Minha nossa, o que aconteceu com você?

— Não é tão ruim quanto parece.

— Você é o pior mentiroso – Kim forçou-se a colocar suas preocupações de lado e pôs-se ao trabalho, ajudando-o a trocar as ataduras de seus ferimentos, encontrando roupas limpas no armário de trabalho de Stephen.

Quando ele finalmente encontrou seu olhar, havia tanto sofrimento ali que o fôlego de Kim ficou preso em sua garganta. A última vez que ela vira aquela expressão nos olhos do pai tinha sido quando ele viera lhe dizer que sua mãe estava morta. *O que eles tiraram de você dessa vez?*

— Eu sinto muito – disse ele.

— Pelo quê?

— Não vou poder cumprir a promessa que fiz.

— O vovô vai ficar com a gente?

Stephen não pode evitar franzir o cenho ao levar a filha para a sala de espera que ficava depois dos consultórios dos médicos.

— Não sei, docinho. Isso é com ele. O vovô tem um emprego muito importante.

Teri assentiu, com o tipo de seriedade que só uma criança da sua idade podia reunir.

— Eu me lembro. Você disse que ele tem um trabalho para fazer – ela analisou o rosto de seu ursinho, como se ele também tivesse algo a dizer.

— Isso mesmo – ele ergueu os olhos e notou a tela da TV montada na parede. O aparelho estava mudo, exibindo a programação da CNB, que ainda rodava as mesmas imagens de ontem de ambulâncias correndo pelas ruas de Nova York, misturadas com alguns vídeos de helicópteros da polícia sobrevoando os vãos entre arranha-céus e os âncoras de telejornais com expressões sérias.

Stephen suspirou. Kim nunca lhe dera muitos detalhes sobre o trabalho de seu pai, contudo ele sabia o suficiente para adivinhar o teor. Sabia que Jack Bauer havia sido um agente federal de alto nível e feito parte da Unidade Contraterrorismo, e, pela reticência da esposa a respeito de certas coisas, tinha certeza de que o sujeito estivera trabalhando contra ameaças aos EUA por vários anos. A dor de Kim pela perda de sua mãe, a mulher a quem homenagearam com o nome da filha deles, tinha tudo a ver com isso, porém Stephen nunca pressionara Kim a lhe contar mais do que ela estava disposta. Ele a amava muito, mas tinha aprendido que existiam coisas na história da família Bauer que eles queriam manter enterradas... E não tinha problema. Quando viesse o dia em que Kim quisesse lhe contar, ele estaria lá, e isso não mudaria em nada o modo como se sentia sobre sua família.

— Doutor Wesley? – ele se virou quando uma enfermeira que não reconheceu veio em sua direção. Ela tinha cabelos loiros presos em um coque apertado e severo, acentuando um rosto atraente, apesar de austero. – Me perdoe. Sei que está em seu intervalo...

— Algum problema? – ele reparou que ela não usava um crachá de identificação.

A enfermeira ergueu um histórico médico.

— O doutor Lund tem um assunto que requer uma segunda opinião... É coisa de um minuto.

Ele pegou o histórico e o examinou.

— Tudo bem... – Stephen chamou Sue. – Oi! Pode cuidar da Teri para mim? Tenho que ver uma coisa – ele se abaixou e beijou a filha no topo da cabeça. – Já volto.

— Tudo bem – Teri não levantou o olhar, ainda distraída em sua disputa de olhares com o urso de pelúcia.

Sue sorriu.

— Claro, doutor – seu sorriso desapareceu quando ela olhou para a enfermeira. – Me desculpe, você é...?

— Sou nova aqui – foi a resposta. – Prazer em conhecê-la.

A enfermeira seguiu para o elevador e Stephen foi atrás dela, ainda analisando o histórico. O paciente era um dos casos problemáticos de Lund, mas Stephen tinha certeza de ter ouvido o outro médico dizer que a pessoa em questão vinha apresentando melhoras. Prosseguindo na leitura, ele não encontrou nada que requeresse a opinião de outro oncologista.

Ele ergueu os olhos quando as portas do elevador se fecharam.

— Tem certeza de que este é o histórico certo?

A enfermeira o ignorou e apertou um botão. Em vez de descer ao piso em que Lund mantinha seus pacientes, o equipamento começou a subir para as alas superiores.

— Ei – começou ele, estendendo a mão para cutucá-la no ombro.

Ela se moveu como uma cobra atacando. A mulher girou no lugar, agarrando seu braço esticado e torcendo-o com força bastante para forçá-lo para baixo, na direção do piso do elevador. Com a outra mão, ela puxou uma adaga de lâmina serreada de um cordão pendurado em seu pescoço, escondido pelo colarinho de seu uniforme, e pressionou a ponta na garganta dele.

— Não peça ajuda. Não fale nada – o sotaque da enfermeira tinha mudado abruptamente para uma inflexão europeia que ele não reconheceu. – Não tente fugir. Faça que sim com a cabeça se entendeu tudo.

Ele assentiu, lenta e cuidadosamente para evitar a ponta da adaga que pressionava sua carne.

O elevador parou e as portas se abriram, revelando dois homens em roupas civis. Um deles, um grandalhão bronzeado, gesticulou para ele ficar de pé. A enfermeira – embora agora ele duvidasse muito que ela fosse uma – recuou e permitiu que ele se levantasse, empurrando-o para o corredor.

Aquele andar do Cedars-Sinai estava vazio no momento, desobstruído para uma reforma programada para começar em mais ou menos um dia. Stephen olhou ao redor e percebeu que estavam completamente sós.

— O que vocês querem?

O grandalhão sorriu sem nenhum calor.

— Você é um sujeito inteligente, doutor Wesley. Não quer adivinhar?

Kim piscou para afastar as lágrimas, mas não desviou seu olhar do dele.

— Pai. Não, por favor, não faça isso – ela balançou a cabeça.

Com cada palavra, Jack sentia que seu coração estava sendo arrancado do peito.

— Eu vim até aqui porque eu precisava te ver, Kim. Eu te devia isso. Não podia simplesmente desaparecer da face da terra e te deixar imaginando, sem nunca saber... – ele se lembrou do resultado dos ataques a reatores nucleares alguns anos antes e as circunstâncias que o haviam forçado a fingir sua própria morte. Aquele ato ainda o assombrava pelo modo como tinha feito sua filha sofrer. – Eu me odiei por ter feito isso antes. Não quero nunca mais te fazer passar por aquilo de novo.

– Mas você fez. E vai fazer de novo! – ela recuou com raiva nos olhos quando ele lhe estendeu a mão. – Eu perdi a mamãe. Perdi Chase. Perdi você, mas consegui você de volta...

Jack franziu o cenho. Parte dele queria contar a Kim a verdade sobre Chase Edmunds, que ele não havia morrido no bombardeio a Valência, e sobre a bravura e a lealdade que demonstrara até o fim... No entanto, a morte do outro ainda era muito dolorosa e Jack não viu motivos para jogar mais dor e angústia sobre sua filha.

Ele optou pela única verdade que sabia ser imutável.

— Sua mãe te amava. Chase gostava muito de você. E eu também vou te amar para sempre, Kim. É por isso que tenho que agir assim.

Ela se sentou em silêncio e absorveu o conciso relato do incidente em Nova York, quebrando seu silêncio com um soluço sufocado quando Jack contou sobre a morte de Renee Walker. Kim imaginava o quanto Renee significava para seu pai, e o fato de que ela partilhava da mesma dor que ele naquele instante lhe doía como uma facada. Ele lhe contou sobre os homens e mulheres que estavam em seu encalço e sobre sua corrida para atravessar o país. E que agora tudo estava chegando ao fim, agora que ele a encontrara, não conseguia encontrar palavras para expressar como se sentia. Tudo o que dissera era uma pálida sombra, um fantasma de seus sentimentos reais.

Ele tomou fôlego.

— Enquanto eu estiver aqui, você estará em perigo. E não só você. Stephen e Teri também. Há pessoas lá fora que vão te usar para me atingir, pessoas impiedosas. Você já fez parte da UCT, sabe que tipo de mundo é esse. Existe muita escuridão, e eu não quero que isso volte a afetar sua vida – ele se aproximou e pegou a mão dela, e, dessa vez, Kim permitiu. Jack deu um sorriso trêmulo. – Sua mãe ficaria tão orgulhosa de você, vendo a mulher que se tornou. E eu sei de uma coisa com certeza, Kim. *Você é a melhor coisa que já fiz.* Você é a única luz no centro da minha vida, e apesar de todos os lugares sombrios em que estive, todas as coisas que tive de sofrer... Você fez tudo valer a pena.

Sem palavras, ela o puxou para um abraço e ele sentiu as cálidas lágrimas da filha em seu peito.

— Você é tudo o que me resta – disse ele, a emoção sufocando suas palavras –, e eu não quero colocá-la em perigo. Mesmo que isso signifique ter de deixá-la para trás. Não vou permitir que ninguém machuque minha família. Você merece uma vida boa. Eu quero que você a viva.

— Isso não é justo! – disparou Kim. – Droga, pai... Você não precisa mais ficar sozinho. Não tem que suportar tudo sozinho. Podemos encontrar um jeito... Podíamos... – a voz dela foi sumindo quando ela, afinal, chegou às mesmas conclusões que ele. – Não é justo – repetiu ela.

— É assim que tem de ser – disse Jack. – É o único caminho possível.

Eles se abraçaram em silêncio por longos momentos. Finalmente, Kim tornou a falar.

— Para onde você vai?

— Algum lugar fora do mapa – disse ele. – Vou me esconder, sumir... E você estará segura.

Lenkov empurrou o americano para uma cadeira vazia e assumiu posição bem perto dele, impondo-se sobre o sujeito em óbvia ameaça. Bazin reclinou-se indolentemente contra a parede do outro lado da sala, em frente ao jovem médico, seus olhos indo de relance para Ziminova. Ele não precisava ordenar que ela mantivesse guarda. Ela apenas assentiu e esperou junto à porta, examinando o corredor.

Bazin, contudo, não esperava ser interrompido. Ele analisou o homem na cadeira e adivinhou que isso não demoraria muito.

— E então? – incentivou ele. – Diga-me porque estou aqui, doutor Wesley.

— Como você sabe quem sou eu?

— Temos um dossiê – explicou Bazin, com um gesto vago. – Informação é algo disponível tão abertamente neste país, honestamente... – ele riu. – É embaraçoso. Sequer é difícil de encontrar.

Ele contou ao homem como tinha usado um serviço de busca comum na internet para não apenas rastrear detalhes sobre a posição do doutor no hospital, mas também como tinha conseguido encontrar rapidamente sites de redes sociais com fotos de jogos de beisebol e piqueniques para caridade, nas quais a esposa e a filha de Wesley apareciam para a câmera.

— Uma criança muito meiga – concluiu ele. – Eu mesmo tenho duas.

O médico umedeceu os lábios.

— Isso é sobre o pai da Kim.

— Onde está ele? – o doutor não falou, mas Bazin viu a resposta nos olhos dele. Assentiu para si mesmo. – Algumas horas atrás, eu afoguei repetidas vezes um homem nas águas de um rio. Repetidas vezes, até ele parar de esconder a verdade de mim. Fiz isso para encontrar Jack Bauer. E sou capaz de coisa muito pior.

O jovem olhou para Lenkov, que permanecia impassível.

— Eu... Eu não posso te ajudar.

Bazin prosseguiu como se o outro não tivesse dito nada.

— Trair alguém não é uma coisa simples. Vai contra os instintos. Você é um bom homem, doutor Wesley. Eu vi isso em você, então compreendo sua relutância em cometer um ato de deslealdade. Você imagina como conseguiria viver consigo mesmo depois, não é? Posso lhe dizer uma coisa: é mais fácil do que pensa.

— Bauer está aqui – disse Lenkov, falando pela primeira vez.

Pego de surpresa, o doutor se encolheu e Bazin soube que o palpite de Lenkov estava correto. Ekel já estava fazendo uma varredura no hospital, caso Bauer tivesse conseguido entrar no prédio, porém esta era a primeira confirmação do fato.

— Vou facilitar as coisas para você, doutor – Bazin saiu de onde estava e se aproximou. Wesley conteve seu temor de modo até admirável para alguém em sua posição, ainda se agarrando a um fiapo de desafio. Bazin inclinou a cabeça. – Você já tomou decisões de vida ou morte várias vezes em seu trabalho, sim? Isto não é diferente. E não há necessidade de se culpar. Não é culpa sua, meu amigo. Eu não estou lhe dando escolha.

— Eu... Eu não...

Bazin silenciou-o com um olhar.

— Quer mesmo considerar o que será feito, caso se recuse? – as palavras vinham sem nenhum esforço, com a mesma suavidade de uma performance bem ensaiada. – Se você não fizer exatamente o que eu lhe pedir, ou se tentar me desobedecer, vou fazer com que sua esposa e sua filha sejam mortas.

A cor se esvaiu do rosto do médico.

— Por favor – conseguiu dizer. – Não.

— Basta uma palavra minha – explicou Bazin. – E eu posso lhe assegurar, vai ser bem horrível.

Aquele desafio voltou para um último lampejo de raiva.

— Seu filho da puta!

— Ah, sim – ele assentiu, aceitando o insulto como um presente. – As vidas da sua família não significam nada para mim. Mas a de Jack Bauer, sim, tem valor. Portanto, essa é a troca que faremos, doutor Wesley. Você vai entregar seu sogro, e, em troca, você, Kim e a pequena Teri vão seguir vivendo.

— Você vai matar todos nós! – soltou ele. – Eu sei como isso funciona... Eu vi o rosto de vocês...

Lenkov deu uma risada áspera.

— Você anda assistindo filmes demais.

— Deixe-me lhe explicar – prosseguiu Bazin. – Não tenho interesse algum em você, na mulher ou na criança. Só me importo com quem você é neste momento porque tem uma conexão com Jack Bauer. Quando isso desaparecer, você não será mais digno de nota para mim. É por isso que estamos fazendo esse acordo – ele falava sobre o trato odioso como se Wesley já tivesse concordado, pois, em algum nível, já havia mesmo. – Você jamais falará com ninguém a respeito dessa conversa, ou sobre com quem você se encontrou, porque isso significaria que sua mulher descobriria seu papel nisso. Você não quer que isso ocorra. Você quer que Bauer simplesmente vá embora e que sua vida adorável continue como antes.

Quando o médico abaixou a cabeça, Bazin soube que o convencera.

— O que eu preciso fazer? – sussurrou ele, derrotado pelas circunstâncias.

Bazin assentiu para si mesmo. Não sentia piedade alguma pelo sujeito, nenhuma culpa pelo que acabara de fazer. Era uma transação, nada mais.

— Uma coisa simples. Eu quero que o ajude – explicou ele.

Jack seguiu Kim até o corredor e observou-a se abaixar para pegar sua neta em um abraço. Ela abriu um sorriso agradecido a uma das enfermeiras e se voltou para ele.

— Ei, vovô – disse a menina. – Você precisa ir trabalhar agora?

— Preciso – disse ele, forçando um sorriso. Ele apertou a pata do brinquedo que ela estava segurando. – Ouça, querida. Seu amigo urso aqui vai cuidar de você enquanto eu não estiver por aqui, tudo bem? Mantenha-o por perto e obedeça a mamãe e o papai.

— Tudo bem – respondeu Teri. – *Tome cuidado.* É o que a mamãe sempre diz ao papai quando ele vai trabalhar de manhã.

— Tomarei – Jack se virou e viu o marido de Kim andando rapidamente até eles, vindo dos elevadores. Ele parecia pálido e suado, e Jack soube por instinto que algo estava errado.

Hora de ir embora, Jack, disse uma voz sedosa vinda das profundezas de sua mente.

Kim também reparou.

— Stephen, qual o problema?

Ele respirou fundo, olhando para a esposa antes de se convencer a olhar para Jack.

— Alguém, hã, alguém está aqui. Eu acabei de falar com os caras da segurança e eles me disseram ter visto um homem com sotaque russo andando pela recepção. Disseram que ele parecia um soldado.

— A SVR – o sangue de Jack gelou. – Se viram um, deve haver muitos outros. Vieram atrás de mim – ele virou-se para Kim e apertou a mão dela. – Chegou a hora. Tenho que ir.

Ela aquiesceu, os olhos brilhando, e deixou ele se afastar. Jack desceu pelo corredor até o elevador de serviço e Stephen juntou-se a ele.

— Jack... Olha, eu não posso fingir que sei o que está acontecendo com você, mas tenho... Tenho de proteger minha família.

— Eu sei – concordou ele. – É tudo o que te peço.

Stephen suspirou.

— Certo – ele engoliu seco e pressionou um chaveiro na mão de Jack. – Pegue o meu carro. É o Audi R8 preto, no estacionamento de funcionários. Desça pelo elevador até o porão e corte pela primeira sala de estoque à direita. Isso vai te levar até a garagem.

— Obrigado.

Stephen desviou o olhar.

— Boa sorte – disse ele, quando as portas do elevador se fecharam.

Jack desceu até o porão sem nenhuma parada, usando esse tempo para checar sua pistola. *Só resta um pente.* Ele fechou a cara. Enfrentamento desarmado não era uma boa escolha. *Tenho que atraí-los para longe...*

O corredor inferior estava vazio e Jack saiu do elevador abaixado e correndo. Enquanto se movia, ele pesava diversos planos em sua mente, analisando suas opções táticas.

Todavia, até entrar no estoque não lhe ocorreu que pudesse ter sido traído.

Ele mal tinha passado pela porta quando eles o atacaram.

23

— PAPAI, QUAL É O PROBLEMA?

Kim ouviu o pânico nas palavras da filha. Teri era uma criança com muita empatia, sempre percebendo as emoções das pessoas ao seu redor. Naquele momento, ela estava sentindo o medo de ambos.

— Está tudo bem – insistiu Stephen. – Está tudo certo, docinho. – Ele levou Teri para junto de seu peito, os braços ao redor dela como se fosse a coisa mais preciosa.

E ela é, pensou Kim. Ela manteve-se ao lado do marido enquanto saíam do elevador e abriam caminho rapidamente para o estacionamento público onde ela tinha deixado o sedã da família.

— Stephen – insistiu ela. – Ele te disse alguma coisa? – quando ele não respondeu, Kim puxou-lhe o braço. – *Stephen!* Fale comigo!

Ele se virou de repente e ela viu uma expressão em seu rosto que não reconheceu. Medo – sim, havia medo ali. Contudo, também havia algo mais. *Angústia. Culpa.* O estômago de Kim se contraiu e ela sentiu a náusea de um terror súbito e inominável.

— Você precisa tirá-la daqui – disse ele. – Pegue Teri e leve-a para longe. Vá até a casa da minha mãe, em Pasadena, e fique lá até eu entrar em contato. Não abra a porta para mais ninguém...

Kim balançou a cabeça.

— Não até você me dizer o que ele te falou!

— Droga, Kim! Pelo menos uma vez, dá para você simplesmente fazer o que estou pedindo? – gritou Stephen, e ela se encolheu, surpresa pela reação inesperada. Nos braços dele, Teri começou a chorar. Tão rápido quanto havia surgido, o momento de raiva foi embora. – Me desculpem. *Me desculpem* – disse ele para ambas. – Por favor. Só faça isso por mim. Não pergunte o porquê.

Eles haviam chegado ao carro, e Kim pegou sua filha, colocando-a na cadeirinha. Ela prendeu o cinto de segurança em Teri e seu ursinho e voltou-se para Stephen.

— Você sabe que eu não vou fazer isso. Não é assim que eu sou, não foi assim que meu pai me criou.

— Ah, Deus, o seu pai... – Stephen desviou o olhar. – Kim, estamos todos em perigo.

— O que ele falou? – repetiu ela.

Stephen balançou a cabeça.

— Eu não tive escolha – ele tomou fôlego, trêmulo. – Ele não disse nada. Foi o que Jack fez, as pessoas que estão atrás dele...

Um calafrio percorreu a coluna de Kim.

— O que houve?

Ele olhou para o hospital.

— Vou consertar tudo. Só que você tem que ir para longe daqui, entende? As pessoas à caça dele, elas já estavam aqui! Eles sabem quem somos nós, sabem onde eu trabalho... Podem estar vigiando a casa, ou olhando para nós agora mesmo. Não posso permitir que eles nos machuquem. Não posso perder vocês duas.

— Você... – ela mal conseguia formar as palavras. – Você o entregou?

— Eles disseram que iam matar você. E Teri – as palavras escaparam dele em uma enxurrada. – Eu não tive escolha! Tinha que atrasá-los...

Kim recuou.

— Não...

— Eu vou consertar isso! – disse ele. – Mas vocês têm que ir embora. Por favor.

Por um instante, tudo o que Kim queria fazer era empurrar Stephen de lado e correr de volta para o hospital para procurar por seu pai, mas então viu Teri no banco traseiro olhando para ela com olhos cheios de dúvida.

— Mamãe – disse a menininha. – Nós não vamos?

Ela parecia tão pequena, tão frágil, e subitamente Kim sentiu um forte impulso de proteção à filha, tão intenso que se viu compreendendo a escolha debilitante que seu marido havia feito.

— Sim – disse Kim, as palavras deixando um sabor de cinzas em sua boca. – Estamos indo.

Ao redor deles, havia centenas de vidraças que davam para a rua, e qualquer uma delas podia estar escondendo alguém com uma arma, algum matador pronto para lhes fazer mal. Stephen olhou para cima, pensando na mesma coisa, e empurrou Kim para o banco do motorista.

— Não vou deixar nada acontecer à nossa família – prometeu ele.

— Eu acredito em você – disse Kim, e era verdade.

Dois minutos depois, elas estavam correndo na rodovia sentido leste e Kim sentia dificuldade para se concentrar na estrada à sua frente. Lágrimas borravam sua visão.

Ziminova parou para checar a trava de segurança em sua pistola Makarov e devolveu a arma ao coldre na parte de trás da cintura. A arma se encaixava mal no disfarce de uniforme de enfermeira que usava, porém agora eles estavam nos níveis mais baixos do complexo hospitalar, o que tornava menos provável um encontro com alguém que fosse reconhecer a equipe de caçadores da SVR como intrusa. Ekel esperava por eles no andar inferior, aquele sorriso presunçoso que ele costumava exibir colado em seu rosto. Ele falou sobre os agentes americanos jazendo mortos em plena vista, na rua, escondidos dentro de seu carro, e fez uma menção rápida a "outras preparações" que havia feito. Bazin aceitou isso com um gesto desatento e não explicou mais nada. Ziminova imaginou a que Ekel estava se referindo, mas manteve-se em silêncio.

Eles encontraram a sala de estoque e aguardaram ali, entre as prateleiras de suprimentos médicos, velhos cilindros de ar comprimido e cadeiras empilhadas. Lenkov saltava de um pé para o outro como um boxeador soltando os músculos antes de um *round*, rolando um cassetete em uma das mãos.

— Você deveria ter colocado alguém seguindo o médico – insistiu Ekel. – Ele pode entrar em pânico e fugir.

— Não – Bazin balançou a cabeça. – Ele não vai fugir. Um jovem pai amoroso tem pouca perspectiva das coisas no que diz respeito a sua esposa e sua filha. Eu sei. Já fui assim – ele sacou sua Makarov automática e instalou um silenciador comprido na boca da arma.

Ekel ergueu uma sobrancelha.

— É mesmo? Acho difícil acreditar que você seja apegado a alguma coisa, senhor.

— Alguns pais são capazes de grandes sacrifícios – retrucou ele. – Outros não percebem que seu amor pelos filhos é uma fraqueza que jamais irão superar.

— Se você estiver errado... – começou Lenkov.

Lá fora, no corredor, eles ouviram o ruído do elevador de serviço chegando. Bazin sorriu.

— Não estou errado – ele assentiu para os dois homens, sua voz baixando para um sussurro. – Lembrem-se: eu quero ele vivo.

Ziminova tornou a se encolher nas sombras lançadas pela lâmpada de luz intensa balançando do teto, enquanto Ekel e Lenkov assumiam suas posições nos dois lados da porta.

Esta se abriu no momento seguinte e Bauer entrou na sala com pressa. Ziminova reconheceu o rosto que havia visto encarando-a dos documentos no arquivo que lera no consulado, agora fixa em uma expressão resoluta.

Ficou para trás e assistiu enquanto Lenkov e Ekel o atacavam. O agente loiro da SVR liderou o ataque, desarmando o americano enquanto Ekel adiantou-se para tentar atingir o sujeito. A silhueta metálica da arma de Bauer deslizou pelo piso de concreto.

O alvo deles, no entanto, livrou-se do momento de choque frente ao ataque surpresa quase que instantaneamente. Ziminova ficou impressionada com a rapidez com que ele reagiu. Em segundos, Ekel estava recuando com ossos quebrados, enquanto Bauer engajava Lenkov em um combate mano a mano no espaço reduzido.

Não foi um combate elegante, nem de longe. Lenkov tomou uma surra, tossindo gotas de sangue vivo. O estilo de luta de Bauer era baseado em violência e velocidade, ferindo seus atacantes tanto quanto era possível no menor espaço de tempo.

Ziminova já o analisava, considerando como abordar esse homem se a luta viesse para o lado dela.

De repente, essa questão se tornou retórica. Ela viu o momento em que isso ocorreu, quando a maré da luta de súbito se voltou contra Bauer. *Ele está cansado, sim.* Toda aquela pressão da fuga, hora após hora, correndo pelo país, batalhando a cada passo do caminho... Aquilo cobrava um preço. O americano cometeu um erro: ele hesitou. Foi o bastante para derrubá-lo. Ekel atingiu-o atrás do joelho e Bauer caiu.

— Acabem com isso – disparou Bazin, com um gesto brusco. – Agora!

O homem de cabelo escuro assentiu, cauteloso, e tirou uma arma de choque do bolsa da jaqueta. Ele deu um passo à frente antes que Bauer pudesse se levantar e pressionou os pontos de contato da arma no peito do homem. Ziminova fez uma careta quando a voltagem percorreu o americano e enviou-o de volta ao chão.

Com o pé, Bazin empurrou uma cadeira de escritório gasta para o meio do porão, diretamente abaixo da lâmpada de luz branca intensa.

— Prendam-no – ordenou ele.

Lenkov e Ekel lutaram com o "peso morto" de Bauer, ambos sentindo os duros efeitos dos golpes que seu alvo conseguira acertar neles. Levou algum tempo para colocarem-no no lugar.

Finalmente, Lenkov virou a cabeça e cuspiu uma mistura de saliva e sangue, e arrumou dois lacres de plástico que usou para prender os pulsos de Bauer aos braços da cadeira.

O alvo – não, o *prisioneiro* agora – inclinou-se adiante e piscou lentamente. Ziminova tirou seu celular do bolso e ergueu-o na altura de seu rosto. Selecionou o aplicativo da câmera e tirou algumas fotos de Bauer. Ele pareceu ficar ciente da presença dela e olhou naquela direção. Seu olhar era feroz, cheio de raiva.

Bazin andou em volta da cadeira até estar olhando Bauer nos olhos.

— Fico impressionado que ainda esteja vivo. Você já devia ter morrido uma dúzia de vezes.

— Já me disseram isso – as palavras de Bauer saíram ásperas.

— Não mais – Bazin continuou falando, divertindo-se com a conversa que fluía principalmente de um lado só, quase tentando incitar o americano a... *O quê?* Ziminova cogitou qual seria a intenção de seu comandante. Será que Bazin achava que isso era algum jogo? Ou será que gostava de desfrutar da vitória?

A morte de Bauer, quando viesse, seria um momento importante. O sujeito era um renegado, e, se seu dossiê era confiável, um problema no mundo das operações infiltradas. Matar o americano seria um belo troféu para Bazin levar para casa consigo. Era por isso que tinha impedido que os outros simplesmente atirassem em Bauer no momento em que ele entrasse na sala. Bazin queria fazer isso pessoalmente.

De sua parte, Ziminova achava tais atitudes deselegantes. Havia as necessidades da missão e as ordens vindas das autoridades apropriadas a se considerar, e mais nada. Ela não gostava da forma como Bazin executava suas operações, como se fossem um jogo para pontuar e classificar no final.

— Sua própria gente te quer morto! – dizia ele. – Estou lhes fazendo um favor.

A resposta de Bauer foi um rosnado desgastado e fatalista.

— Então faça logo e vá embora.

Com sua respiração raspando a garganta machucada, Lenkov ergueu seu próprio celular e apertou um botão para começar a gravar um arquivo de vídeo.

Bazin levantou sua arma e mirou.

— Jack Bauer... Seu tempo se esgotou.

Ele se virou e olhou diretamente para a câmera do celular, passando a falar em russo por um momento para fazer da gravação um documento oficial do ato.

— Eu sou o Major Arkady Bazin, comandante de campo da Unidade Ativa Verde Seis. Presentes comigo para testemunhar esta execução sancionada de um combatente terrorista inimigo estão os agentes Lenkov, Ekel e Ziminova. As ordens foram autorizadas diretamente pelo presidente – ele continuou em inglês, falando dos homens que o americano matara em Nova York durante sua cruzada solitária para encontrar os responsáveis pela morte de sua amante, a raiz da caçada que os levara a atravessar os Estados Unidos até esta sala escura e subterrânea neste momento final. – Você é culpado pelos assassinatos do Adido Diplomático Pavel Tokarev, do Ministro das Relações Exteriores Mikhail Novakovich e dos membros de sua equipe de segurança, por conspirar para assassinar o presidente Yuri Suvarov e diversos outros crimes contra o povo e o governo da Federação Russa. Você é uma ameaça à segurança de nossa nação. Por isso, foi declarado um inimigo do estado e sentenciado à morte. Tem algo a dizer?

O prisioneiro ergueu os olhos e os encarou, um por um. Quando seus olhos encontraram os de Ziminova, ela se assustou com uma súbita vibração do telefone em sua mão. Olhou para baixo e franziu o cenho. A tela dizia: RECEBENDO CHAMADA: CONSULADO.

A resposta de Bauer veio em um russo perfeito, sem nenhum sotaque.

— Talvez você devesse atender.

— Ignore isso – disparou Bazin. – Falaremos com eles quando isso estiver acabado.

No entanto a mulher, a que chamavam de Ziminova, balançou a cabeça e levou o telefone ao ouvido, andando para o outro lado da sala. Ela falou russo em uma voz tão baixa que Jack mal conseguiu registrar. Algo sobre "a missão", e ele supôs, pelo seu comportamento, que ela estava falando com alguma autoridade.

Bazin, claramente o comandante de campo da SVR, lançou-lhe um olhar zangado por sua desobediência. Jack presumiu que esse cara já tinha planejado uma bela história em sua cabeça sobre como esse confronto se desenrolaria, e agora que o fluxo estava sendo interrompido ele não estava nem um pouco feliz.

Jack aproveitou esse momento para testar a flexibilidade nos lacres que o prendiam à cadeira. Eles estavam apertados, mas suas pernas ainda estavam livres, o que significava que ele tinha uma chance de explorar uma possível fraqueza nos lacres.

Foi quando a distração de que precisava surgiu. Lá fora, no corredor além da sala de estoque, as portas do elevador de serviço se abriram e todos ouviram a voz que veio dali um segundo depois.

— Jack, onde você está? – Stephen Wesley estava gritando, desesperado e apavorado.

— *Stephen!* – Jack tomou fôlego e gritou de volta para ele. – Corra! Não...

Suas palavras foram interrompidas quando seu pretenso carrasco o atingiu na têmpora com a coronha de sua pistola. A dor acendeu luzes giratórias sob as pálpebras de Jack, e ele deliberadamente permitiu que o poderoso impacto o derrubasse. A cadeira se inclinou sob seu peso e ele caiu no chão, de lado.

O golpe ecoou pelo seu crânio como um sino, porém permitiu que Jack colocasse o braço esquerdo da cadeira bem debaixo dele. Escondido pelo seu corpo, ele esmagou o pequeno bloco de plástico que agia como trava do lacre entre o peso de seu corpo e o duro piso de concreto. Sentiu quando o plástico arrebentou e seu pulso se soltou, o sangue retornando a seus dedos com um formigamento agudo.

Do chão, ele viu Lenkov, o agente SVR de cabelos loiros, aquele que havia sido atingido na garganta, sacar um revólver Smith & Wesson de cano curto e se mover na direção da porta que se abria.

Sem dar atenção ao alerta de Jack, Stephen correu para a mesma armadilha em que Jack caíra apenas momentos antes. Lenkov pegou o marido de Kim de surpresa quando ele entrou e usou a mão livre para esmurrá-lo diretamente no rosto. Um jato de sangue jorrou do nariz de Stephen, que gritou de dor. Antes que pudesse reagir, Lenkov agarrou o avental do médico e o arrastou mais para dentro da sala no porão. Ele o empurrou para um lado e deu um passo para trás, apontando o revólver.

Bazin fez um ruído de desapontamento.

— Doutor Wesley. Você está sendo muito tolo – ele caminhou até o outro homem. – Qual é o problema com vocês, americanos? Parecem pensar que podem ser os heróis da história, só porque querem assim. Pensou que ia chegar aqui e salvá-lo? – ele apontou para o lugar onde Jack estava caído. – *Você?* – ele soltou uma risada e balançou a cabeça. – Não, não. Você podia ter ficado longe dessa sujeira, doutor. Agora vai fazer parte disso.

Pelo canto do olho, Jack viu que a mulher havia desligado o telefone. Ela tinha ficado completamente imóvel, assistindo os eventos se desenrolarem. Ele considerou o *status* dela como combatente: nenhuma arma visível, fora do alcance. Não seria o principal fator de ameaça para ele. Os outros, Bazin e Lenkov, os que tinham pistolas nas mãos, eram esses os inimigos com quem Jack teria de lidar. O terceiro, Ekel, ainda estava ofegando, apertando sua costela quebrada.

Jack moveu sua mão com cuidado, preparando-se. Só teria uma chance.

— Senhor – disse Ziminova. – Temos novas ordens. A situação mudou.

Bazin a ignorou.

— Levantem-no – disse ele, e Lenkov aproximou-se, um sorriso formando-se em seus lábios enquanto massageava a empunhadura de seu revólver. Ele queria vingança pela dor que Jack lhe causara e via agora sua oportunidade. *Isso é bom.* Isso o deixaria mais negligente.

— *Senhor* – repetiu Ziminova, com mais força. – Moscou quer que abortemos.

— Vou tratar da falta de vontade deles quando isso tiver terminado – respondeu Bazin. – Viemos longe demais para titubear agora.

A mulher prosseguiu.

— A ordem para matar Bauer foi suspensa pela Duma. Ele deve, em vez disso, ser levado em custódia. Deve enfrentar um julgamento oficial por seus crimes.

— Esta é a corte de justiça, bem aqui – disse Lenkov. – E a sentença já foi pronunciada – ele estendeu uma das mãos para baixo e puxou com força o braço da cadeira barata, colocando sua força em trazer Jack para uma posição sentada.

O que ele não contava era com Jack deslizando seus pés pelo piso e usando-os para se impulsionar no concreto ao se levantar. Ainda preso à cadeira pelo pulso direito, Jack atacou com violência com a mão esquerda, agarrando a arma de Lenkov antes que ele pudesse trazê-la para a luta. No mesmo movimento, ele agitou o outro braço estendido e a cadeira veio junto, girando. Ele a arrebentou contra o tronco de seu adversário e sentiu o outro lacre estourar com a força do impacto. Os pedaços da cadeira caíram no chão e os dois entraram em uma disputa frenética com a pistola entre eles.

— Stephen, abaixe-se! – Jack lutou com o agente da SVR e o revólver disparou no teto baixo. A bala assoviou ao atingir os canos ali. Lenkov era forte e tentou empurrar a arma para baixo, para o rosto de Jack, mas este se contorceu, afastando a boca da pistola. Quando giraram no lugar, Jack viu Ekel tentando sacar sua própria arma.

Ele apertou a empunhadura do revólver e Lenkov não pôde impedir seu dedo de se contrair no gatilho. Mais tiros soaram, ensurdecedores no minúsculo espaço do porão, os cartuchos soltando clarões ao ricochetear nas prateleiras do estoque. Jack forçou a arma a mirar na direção de uma dúzia de cilindros de oxigênio medicinal e uma bala atingiu a lateral de um deles.

O tiro não causou uma explosão; para isso uma chama seria necessária e, em um espaço tão restrito, isso seria a morte para todos eles. A bala, porém, conseguiu atravessar o tubo de aço e liberar o gás lá de dentro, e o jato de oxigênio comprimido subitamente transformou o cilindro em um míssil. O cilindro saltou da prateleira em uma trajetória enlouquecida, girando e indo na direção de Ekel, que tentou se desviar. O topo do cilindro o atingiu na nuca com um feio estalo de vértebras se partindo. O homem foi ao chão e não se mexeu mais.

Por cima do ruído agudo do assovio do gás, Jack gritava com o esforço, escavando as profundezas de si mesmo para encontrar a força para tomar o revólver. Vagamente, pôde vislumbrar Bazin levantando sua pistola para atirar nos dois combatentes, ignorando Stephen, que havia se lançado ao chão perto dali.

Jack deixou-se desequilibrar de propósito, fazendo uma meia-volta que girou o russo loiro bem na hora que o comandante dele abriu fogo. As balas da Makarov silenciosa atingiram as costas do sujeito com um estampido raivoso e o corpo dele dançou enquanto as balas atravessavam sua coluna e seus pulmões.

O aperto mortal de Lenkov se afrouxou e Jack o deixou cair, ainda segurando com força o metal quente do Smith & Wesson. Pulando sobre o corpo, ele apontou o revólver para o peito de Bazin. Em sua pressa para acabar com Jack, o enorme georgiano de rosto sulcado havia esvaziado sua própria arma, e agora o ferrolho da Makarov estava travado, o pente, zerado.

Esgotado com o esforço daquilo tudo, Jack não ofereceu palavras de despedida. Apenas puxou o gatilho do revólver.

O cão do revólver caiu sobre um cartucho vazio com um clique oco. Jack xingou por dentro.

Bazin sorriu.

— Perdeu a conta, não é?

— Não se mexa! – Stephen se arrastou na direção de algo no chão e no segundo seguinte estava de pé. – Fique onde está!

Jack viu que ele havia agarrado a arma de Ekel de onde ela tinha caído, e agora brandia a arma à sua frente, movendo a pistola massiva de um lado para o outro entre os dois agentes da SVR remanescentes.

Ziminova ergueu as mãos devagar, mas seu comandante apenas inclinou a cabeça, o sorriso se ampliando.

— Stephen – disse Jack. – Me dê a arma – ele estendeu a mão.

— Eu não faria isso! – disparou Bazin. Jogando sua pistola inútil para o lado, ele tirou um pequeno retângulo preto do bolso de seu casaco, do tamanho de um maço de cigarros. Uma antena curta e flexível se estendia do topo do aparelho, e na frente havia um interruptor iluminado. – O Bauer sabe o que eu tenho aqui, não sabe? Você já viu isso antes.

— Sim – toda a fúria de Jack, toda a sua energia, foram drenadas de forma brutal, como se fossem água escorrendo de seu corpo e encharcando o chão pétreo. Subitamente o ar denso e fedendo a cordite do estoque no porão o estava asfixiando, sufocando sua garganta com a poeira e o cheiro de sangue.

Bazin segurava um detonador via rádio de banda estreita e longo alcance, o mesmo tipo que as forças especiais russas *spetsnaz* usavam em emboscadas e missões renegadas.

— O que é aquilo? – indagou Stephen, sem compreender.

— Acho que o seu sogro sabe aonde estou querendo chegar com isso – Bazin lançou um olhar para a mulher, que permanecia imóvel, seu rosto impassível.

— Major, você deve recuar – disse Ziminova. – Não pode seguir em frente. Temos as nossas ordens.

— Para o inferno com aqueles tolos vacilantes! – rosnou Bazin. – Vou terminar o que comecei. Este é o meu plano de contingência – ele prosseguiu, gesticulando com o detonador. – Eu só preciso apertar esse botão e aquele espaçoso sedã que você possui, doutor Wesley, vai virar uma massa de metal retorcido e carne queimada espalhada em algum trecho de estrada.

— Bauer é o único alvo! – retrucou a mulher, chocada com as palavras de seu comandante. – Não estamos aqui para assassinar inocentes!

Jack se sentiu petrificar, sua mente incapaz de abarcar o horror daquela imagem estarrecedora, sabendo que aquilo não era um blefe. Ele se lembrou das palavras que dissera para a assassina no trem de carga. *Você sabe como a SVR trabalha. Eles não gostam de pontas soltas.*

— Eu pedi para Ekel colocar uma carga de explosivos no veículo logo depois que a sua esposa chegou ao hospital – acrescentou Bazin.

— Não! – berrou Stephen, empalidecendo e agarrando seu estômago, quase como se estivesse prestes a vomitar. – Deus do céu, você não pode ser tão cruel...

– Eu vou te dar isso – Bazin balançou o controle entre seus dedos. – Vou mesmo, de verdade. Em troca, tudo o que lhe peço é que pegue essa arma que está segurando, aponte-a para o seu sogro ali e atire nele – seu tom mudou enquanto falava, indo de casual e simpático para duro e inflexível. – Um novo acordo entre nós. Igual ao antigo, em essência. A vida de Bauer em troca das de sua esposa e sua filha.

— Jack... – a voz de Stephen se tornou um murmúrio. – Eu... Eu não posso...

— Por que hesitar? – Bazin perguntou, brusco. – Apenas alguns minutos atrás, você estava disposto a concordar com essa troca, mas agora não está mais? Você, que põe suas mãos no sangue de outras pessoas o tempo todo, não pode sujá-las agora, é isso? – ele estava perdendo a paciência e cuspiu no chão. – Patético.

— Não – a expressão de Jack era de total desprezo. – Você é que é o fraco nesta sala, não ele. Ele veio aqui para me ajudar quando podia simplesmente fugir. Isso não é covardia.

— Tem razão – retrucou Bazin. – É *sentimento.* E vocês são cheios disso – ele encarou Stephen. – Mate-o. Não vou falar outra vez.

Jack abaixou as mãos e virou-se para olhar nos olhos de seu genro. O rosto do médico estava cinzento.

— Está tudo bem – disse, baixinho. – Proteja Kim e Teri. Elas valem mais do que eu jamais valerei. Eu sei que você as manterá a salvo. O fato de estar aqui neste momento... Só prova isso.

A pistola tremeu nas mãos de Stephen quando ele a ergueu.

— Eu sinto tanto, tanto...

— Eu perdoo você – Jack se virou de costas para poupar o homem da aflição de ter que ver o seu rosto e puxar o gatilho.

Estranhamente, não lhe pareceu errado que tudo terminasse em um momento como esse. Sua vida colocada em risco por aqueles a quem amava. Afinal, não era essa a barganha que ele *sempre* havia feito?

Está na hora de pagar, Jack, disse a voz de Nina, à distância. Ele recuou um passo, preparando-se para o tiro que sabia estar a caminho.

Mas, então, outra voz, de outra mulher, falou.

— Não – disse Ziminova, dando um passo adiante e sacando sua arma. – Não é assim que vamos proceder – disse ela, com firmeza.

O olhar duro de Bazin se voltou para a outra agente.

— Não interfira! – soltou ele.

E, naquele segundo, Jack estava pronto para aceitar a morte.

— *Não*! – o grito veio de Stephen, e ele puxou o gatilho duas vezes. Jack se encolheu, seu corpo instintivamente se retesando em antecipação ao impacto brutal e abrasador dos tiros. Em vez disso, as balas assoviaram por seu ouvido e ele ouviu um grito estrangulado atrás de si.

Bazin recebeu os dois tiros no peito e desabou sobre uma caixa de estoque, resfolegando quando eles atingiram seus pulmões. Stephen gritou de horror pelo que havia feito, em repulsa pelo ato, encarando a arma em sua mão como se fosse uma cobra venenosa.

Ainda vivo, poréma segundos da morte, Bazin segurava seu torso sangrento. O rádio detonador estava no chão, perdido quando o impacto das balas o lançara de costas, e Jack viu um clarão de malícia brutal nos olhos do outro quando percebeu que já estava praticamente morto. Bazin se jogou da caixa, tentando pegar o detonador.

Jack mergulhou, aterrissando com força em cima do outro homem, lutando para conseguir alcançar o aparelho antes. Tossindo golfadas de fluido rubro, Bazin se arrastou na direção do detonador, querendo apenas cometer um ato final de ódio contra um país e um povo que ele abominava.

Agarrando a garganta de Bazin, Jack lutou para esmagá-la, estrangulando seus últimos fôlegos. Cara a cara, os dois batalhavam para executar seu assassinato, um tão determinado quanto o outro.

— Não – Jack lhe disse, intensificando seu aperto inexoravelmente. – *Não.*

Finalmente, Bazin parou de lutar, de se mover, de respirar.

Jack se afastou dele e, com cuidado, pegou o detonador caído, localizando o botão de desarme. O gatilho do detonador se apagou e ele respirou fundo, trêmulo.

Quando Jack olhou para cima, a mulher estava junto dele. Ela segurava sua arma em uma posição relaxada, mas pronta, sem exatamente mirar para ele.

— O que acontece agora? – indagou ele, incapaz, no momento, de reunir forças para ficar de pé.

— A ligação – explicou ela. – Era uma mensagem de Moscou. Yuri Suvarov foi expulso do gabinete da presidência da Federação Russa. Ele foi preso e enfrentará uma investigação sobre seu envolvimento em uma conspiração para assassinar um chefe de estado estrangeiro – ela fez uma pausa para permitir que ele absorvesse aquilo. – Assim, todas as ordens executivas emitidas por Suvarov foram temporariamente suspensas. Esta... Caçada... – Ziminova olhou para a sala ao redor deles. – Nunca deveria ter chegado tão longe. Bazin sabia disso. Mas prosseguiu mesmo assim.

Jack observou-a reunir dos homens mortos tudo que pudesse ser usado para identificá-los, enfiando carteiras e identidades falsas em uma sacola. Stephen veio ajudá-lo a ficar de pé, e ele fez uma careta de dor ao se levantar.

— Obrigado – Jack conseguiu dizer. Ele tomou a Makarov das mãos do genro, que a entregou de boa vontade.

Ziminova ficou na porta, hesitando. Ela ainda estava com a arma na mão. Jack encontrou o olhar dela, seu dedo tocando o gatilho da pistola que ele segurava.

— É por sua conta como isso segue a partir daqui – disse ele.

Os olhos dela se estreitaram.

— Eu sigo minhas ordens – disse ela. – Mas que fique claro, Bauer: isso é apenas um adiamento da execução. Uma suspensão temporária. Você matou russos. Homens importantes. Meu povo vai querer que essa dívida de sangue seja paga em espécie.

Então, antes que ele pudesse encontrar uma resposta, ela saiu para o corredor e desapareceu.

Stephen tomou um fôlego, trêmulo, e respirou.

— Acho... Acho que este é o pior dia da minha vida.

— Você se acostuma com eles – disse Jack, assentindo, carrancudo.

24

— AQUI – LAUREL OLHOU PARA CIMA E VIU O AGENTE DO FBI OFERECENDO-LHE UM fumegante copo de plástico com café.

Ela aceitou com um sorriso de gratidão.

— Obrigada. Agente Kilner, certo?

Ele assentiu e se sentou perto dela no baixo muro de concreto do lado de fora do Apache Motel.

— Como você está?

Laurel quase caiu na risada com a banalidade da questão.

— Eu não tenho nem com o que comparar isso – disse ela. – Eu pensei estar mal antes, mas... – Laurel indicou os prédios ao redor deles, observando a cidade. – Diabos. Da panela para o fogo, acho.

Nas horas que se seguiram ao tiroteio no velho prédio do Mega-Mart, um pequeno exército de homens da lei invadiu a cidade de Deadline, principalmente por causa do chamado de Kilner e seus companheiros agentes. Policiais estaduais, oficiais US Marshal e mais gente com as jaquetas de visibilidade do FBI haviam chegado, e agora eles pareciam estar no processo de desmanchar todo aquele local podre.

— Você está a salvo – garantiu Kilner. – Pelo jeito, o que restou dos Night Rangers MC subiu em suas motos e fugiu para o sul quando as coisas começaram a se desmantelar. Eles devem ter percebido que seu imperiozinho estava prestes a explodir – ele apontou na direção da antiga base militar com a cabeça, para a fumaça que ainda subia das ruínas danificadas pelo incêndio. – Literalmente, neste caso, graças ao Bauer.

Laurel bebericou seu café, pensando no olhar intenso e firme do homem que salvara sua vida a uma distância tão curta de onde estavam sentados agora.

— Ele pegou um ódio intenso por aqueles cretinos. Eu sei como ele se sentia.

— Você passou algum tempo com ele?

— Um pouco – ela assentiu. – Com Chase também – Laurel sentiu uma pontada de dor ao pensar no jovem, que tinha levado uma bala destinada a ela. Desviou o olhar, enxugando os olhos. – Por que eles vieram para cá? Digo, não precisavam ter vindo. Podiam ter ficado fora disso.

Kilner balançou a cabeça.

— Bauer... Edmunds... Nenhum dos dois era do tipo de ignorar uma injustiça.

— O que vai acontecer com Chase... Digo, com seu corpo?

— Será devolvido à família, acho. Nosso escritório em San Diego os localizou... Eles nem sabiam que ele ainda estava vivo.

Laurel tornou a assentir.

— Quando isso acontecer, eu gostaria de falar com eles. Contar o que ele fez por mim.

— Verei o que posso fazer.

— E Jack? Aquela mulher, para onde ela o levou?

Ele balançou a cabeça.

— A verdade é que há um monte de gente que queria Jack Bauer morto.

— Como o seu chefe?

Os lábios de Kilner se apertaram.

— Ele vai pagar por seus erros, pode contar com isso. Dell, Markinson e eu já prestamos depoimento sobre os atos de Hadley. Ele nunca mais vai receber um distintivo. E pode encarar um bom tempo na cadeia – Kilner ficou em silêncio por um momento. – Bauer merecia um fim melhor do que o que teve. Edmunds também. Os dois colocaram sua vida em risco por esse país mais de uma dúzia de vezes.

— Não sei nada a respeito disso – aventurou-se a dizer Laurel –, mas sei que eles arriscaram a vida por *mim*. E por todo aquele pessoal para quem os motoqueiros tinham mentido.

— Sobre isso – Kilner olhou para ela. – Laurel, há muita gente aqui assustada e relutante em conversar com as forças da lei. Mas isso é importante. Nós tropeçamos em uma parte de um círculo de produção e venda de metanfetamina com base em Deadline, junto com crimes de fraude, sequestro, tráfico humano e tudo o mais conectado a isso.

— Cherry é quem estava aqui há mais tempo, acho – disse ela. – Fale com ela.

— Talvez você pudesse estar junto quando eu fizer isso – sugeriu ele. – Mostre a ela e aos outros que eles podem confiar nos policiais. Todos nessa cidade são testemunhas do que estava acontecendo aqui, porém não podemos fazer nada a menos que eles estejam dispostos a testemunhar.

Laurel franziu o cenho.

— Com todo o respeito, estou apostando que ninguém por aqui dava a mínima para eles, agente Kilner. Nenhum policial veio até aqui antes. E essa ao menos é a sua jurisdição, para começo de conversa?

— Isso não vem ao caso – disse ele. – O que importa é ajudarmos a esse pessoal agora.

Por um longo instante, Laurel não disse nada, olhando fixamente adiante sem ver nada. À luz do dia, Deadline tinha toda a aparência de um gueto, desgastado e decadente. Era uma cidade vampira, percebeu ela, algo que já deveria estar morto há muito tempo mas se mantinha vivo alimentando-se da vida de outros. Alguém precisava enfiar uma estaca em seu coração.

Alguém como eu? Ela queria fugir. Era a coisa mais fácil a fazer, a escolha mais familiar para ela. Era assim que ela havia lidado com os valentões no colegial, com os pais adotivos insensíveis e com os namorados abusivos. *Simplesmente fugindo.* Porque defender-se requeria uma coragem que Laurel nunca ousara exibir, sempre com medo de que, quando fosse buscá-la dentro de si, não haveria nada lá.

Pensou em Jack e Chase. Ambos estranhos para ela, pessoas que não lhe deviam nada, e não queriam nada em troca. Entretanto, eles haviam lutado para mantê-la viva, resistindo às ameaças, mesmo quando o preço foi o mais alto possível.

Serei capaz de viver comigo mesma se nem ao menos tentar *fazer o mesmo?* A pergunta ecoou pelos seus pensamentos.

Finalmente, Laurel acabou com o café e jogou fora o copo.

— Você deve me deixar falar primeiro – disse ela. – Tudo bem?

— Tudo bem – disse ele, com um sorriso. – E obrigado.

Laurel balançou a cabeça.

— Estou só pagando uma dívida, isso é tudo.

Hadley soube que havia alguma coisa errada quando o helicóptero enviado para levá-lo de volta à divisão saiu da rota e a equipe de voo se recusou a responder às suas perguntas.

Agora estava em uma sala de seis por seis com paredes de concreto, olhando para si mesmo sentado em uma cadeira de metal em frente a uma mesa de metal, seu reflexo encarando-o de volta em uma janela de espelho cinzento. Sua expressão era vazia, seu olhar, oco e derrotado. Algemas de aço inoxidável prendiam seus pulsos a um anel chumbado ao tampo da mesa. Não havia relógio na sala, nada para marcar a passagem de tempo. Eles haviam tirado o seu relógio, seu cinto, seus cadarços e tudo que estava em seus bolsos. Thomas Hadley nunca tinha sido um prisioneiro antes, e não gostou da sensação.

Do outro lado da sala, uma porta se abriu e duas pessoas entraram. Uma era uma mulher hispânica com uma expressão inescrutável; a outra, um homem alto de pele morena. Hadley o identificou como sendo do Oriente Médio, mas não tinha como ter certeza. Ambos vestiam o mesmo tipo de terno discreto que era praticamente um uniforme para agentes do governo.

Ele arriscou um palpite.

— Vocês não são do Bureau.

A mulher sentou-se na outra cadeira, em frente a Hadley, e colocou uma pasta de couro diante de si. O homem ficou de pé junto à porta, os braços cruzados sobre o peito.

— Agente Especial do FBI Thomas Hadley – disse a mulher. – Do escritório de campo de Nova York. Você se desviou bastante das regras, agente. Vai haver consequências.

— Quero falar com meu supervisor – retrucou Hadley. – Mike Dwyer.

— Não – disse o homem. – Vai falar com a gente.

— Sobre Jack Bauer – acrescentou a mulher. – Pelo que entendi, você se passou um cheque em branco para despedaçar tudo procurando por ele. Uma perseguição armada pela Hell's Kitchen. Apropriação indébita de um avião pertencente a uma agência federal. Interferência com uma investigação de nível local e estadual, conluio com criminosos conhecidos, sem mencionar atos que causaram risco temerário a outros agentes e civis.

— Não se esqueça da bagunça naquela operação de vigilância em St. Louis – completou o homem.

Hadley se remexeu na cadeira, sentindo seu mau gênio se manifestar.

— Quem são vocês? CIA? Segurança Nacional? ASN? – ele balançou a cabeça. – Eu tomei a iniciativa. Bauer é um homem muito perigoso e um alvo excepcional. Se eu tive de trabalhar além dos limites para prendê-lo e...

— *Além dos limites* – repetiu a mulher, com um sorriso sarcástico. – Isso é adorável.

— Mas você *não* o prendeu, prendeu? – disparou o homem. – De acordo com o relato de testemunhas oculares, tanto Bauer quanto seu parceiro foram mortos a tiros. E é preciso dizer que sua conduta não é coerente com a intenção de fazer a captura de alguém vivo.

A mulher o examinou.

— Você queria vingança pelo assassinato de Jason Pillar? Culpa Bauer por tudo que levou a essa morte? Você se permitiu ficar obcecado com ele?

Hadley percebeu que eles estavam deliberadamente tentando provocá-lo e desviou o olhar.

— Bauer está morto. Por que isso importa agora?

— Onde está o corpo? – disse o homem.

— Não sei. A atiradora o levou. A assassina – ele fez um gesto no ar. – Ela usa o codinome "Mandy".

— Nós a conhecemos – a mulher olhou para seu parceiro. – Também sabemos que, sem um cadáver, não temos prova concreta de que Jack Bauer foi efetivamente assassinado.

— Ele já esteve morto antes – comentou o homem. – Mas não pareceu "colar" muito com ele.

— Eu sei o que vi.

— Ahã – a mulher abriu a pasta para revelar um tablet em seu interior, e utilizou-o para mostrar uma foto. Era uma imagem de um cadáver de um homem, deitado em uma mesa mortuária. – Fale-me sobre isso.

Hadley analisou a imagem.

— Queimaduras de pólvora e um ferimento de entrada na garganta. Parece que o cara colocou uma arma sob o queixo e atirou em si mesmo. Não o conheço.

— Este é Arthur Nemec. Gerente técnico sênior na Atlantic Cellular Systems, Inc. Ele estourou a própria cabeça ao amanhecer de hoje. Deixou uma nota de suicídio explicando que tinha sido coagido a trabalhar como informante para agentes do governo russo. Forçado a rastrear celulares em segredo na rede telefônica. Quer adivinhar quem eles o forçaram a encontrar?

Hadley umedeceu os lábios.

— Como eu disse, não o conheço.

Ela tocou na tela do tablet, mostrando outras fotos. Estas continham imagens de uma cena de crime, em um porão qualquer. Mais três homens mortos, cada um iluminado de modo cru pelo flash da câmera, passaram pela tela.

— Esses são um pouco mais recentes – apontou ela. – Mortos no porão do hospital Cedars-Sinai em Los Angeles, hoje mesmo, há pouco. As análises iniciais identificam todos eles como ex-integrantes de forças especiais russas.

— Também temos relatos confirmados de que uma unidade móvel da UCT foi eliminada no mesmo local – disse o homem. – E, aparentemente, uma de suas equipes especialistas em desarmamento de bombas foi enviada para a rodovia 110 pouco tempo depois. Sabe algo sobre isso?

— A UCT estava fechada desde ontem – insistiu Hadley.

— Bem, eles *deveriam* estar – corrigiu a mulher. – Não estão exatamente cooperando conosco neste momento.

— Eu não tenho conexão alguma com tudo isso! – disse o agente. – Vocês me digam quem são, agora mesmo! Não têm direito algum de me manter aqui!

Ela lhe mostrou mais duas imagens, ignorando o tom raivoso dele. Lado a lado, as duas fotos pareciam ter sido retiradas de vídeos granulados de câmeras de segurança. A primeira mostrava uma mulher que Hadley nunca tinha visto antes, que claramente sabia onde a câmera estava e tentava evitar ser filmada. Quando ele não respondeu, ela apresentou a outra imagem para sua inspeção. Nela, havia um homem com uma jaqueta de paramédico, um boné puxado sobre seus olhos e o colarinho levantado. Ele não tinha como ter certeza, mas podia ser Bauer.

— Bem? – incentivou o homem.

A mandíbula de Hadley se contraiu e ele olhou adiante, para lá dos dois interrogadores, na direção da janela espelhada.

— Não vou dizer mais nenhuma palavra. Podem me acusar se quiserem, ou me deixem sair desse lugar!

A mulher observou-o por um momento, depois pegou abruptamente o tablet.

— Isso é uma perda de tempo. Ele não pode nos dizer nada. Acabamos por aqui.

Ele observou os dois saírem da sala e as trancas magnéticas da porta se fecharam quando ambos o deixaram sozinho.

No silêncio que se seguiu, Hadley pôde escutar apenas o pulsar do sangue em seus ouvidos, como se sua vida estivesse lentamente desabando ao seu redor.

Os dois interrogadores entraram na sala de observação onde seu supervisor estivera assistindo a tudo do outro lado do espelho, virando-se para ver três homens armados entrando na sala de contenção e pegando Hadley para o transporte. O rosto do homem desapareceu debaixo de um capuz amortecedor dos sentidos. Ele lutou enquanto o levavam para fora.

A mulher deu as costas para a janela.

— Inútil – explicou ela.

Seu supervisor, um homem calvo com cabelos grisalhos nas têmporas, assentiu brevemente.

— Valia a pena tentar. Joguem-no de volta para o Bureau, deixem que eles limpem essa confusão. Mas fiquem de olho no que eles fizerem, só para garantir.

— Houve um novo relatório de Nova York – disse o outro homem. – Uma equipe do FBI prendeu uma das associadas conhecidas de Jack Bauer esta manhã. Uma técnica sênior da UCT chamada Chloe O'Brien. Prenderam-na bem na frente do filho.

— Classudo – comentou a mulher. – Vou colocar alguém no interrogatório dela.

— Faça isso – disse o supervisor. – No meio tempo, vamos colocar os motores em movimento. Tudo isso prova que Jack Bauer é um risco grande demais a este país para poder andar livre por aí. Vocês dois viram a ficha dele. Ele foi exposto a muita coisa. Tem conhecimentos que teriam efeitos devastadores se caíssem nas mãos de uma potência estrangeira. Vou emitir um mandado válido para todas as agências para sua detenção e prisão, e colocar cada estação que tivermos ao redor do mundo em alerta. Se ele estiver morto, precisamos ter cem por cento de certeza. Se não... Precisamos encontrá-lo e isolá-lo. Não importa para onde ele vá.

— Essas são as nossas ordens? – disse a mulher.

Ele aquiesceu em resposta.

— Vindas diretamente do topo. O FBI claramente não conseguiu lidar com um alvo com as habilidades de Bauer... Mas nós o treinamos. Nós ajudamos a fazer dele aquilo que ele é – o supervisor se afastou. – Ele é um problema da CIA agora.

— Ei – disse o tripulante, atravessando o deque na direção dele. – Você é Barrett?

— John Barrett – mentiu ele. – Sou eu.

— Já trabalhou para pagar sua passagem em barcos antes?

Ele assentiu.

— Algumas vezes.

— Bom. Vai ser útil ter umas mãos experientes nessa viagem – o tripulante olhou para o céu acima deles. – Parece que vai ser uma navegação tranquila. Estamos com tudo ajeitado agora, então acho que vou te mostrar o seu catre, se você quiser.

— Tudo bem – disse ele, balançando a cabeça. – Vou descer em um instante.

— Você que sabe, cara – o tripulante deu de ombros e foi embora.

Jack se virou para o corrimão de popa e observou o porto de Los Angeles recuar atrás dele, as águas lisas e calmas do Oceano Pacífico levando o *Veracruz* na direção do horizonte distante.

O MV *Veracruz* era um navio de carga de bandeira holandesa. Era um navio velho, um Panamax com pouco mais de 270 metros, pesado de ferrugem e cheirando a óleo de motor. No entanto, também era o tipo de navio que não chamava a atenção, um trabalhador diligente que fazia a rota entre Port Botany, em Sydney, até Los Angeles, ida e volta, traçando o mesmo curso da Califórnia a Nova Gales do Sul mês após mês, o ano todo.

Jack não queria desviar o olhar da paisagem que ficava para trás do rastro de espuma branca da embarcação. Não queria perder um segundo dessa vista de seu país, porque, em algum nível, estava dizendo a si mesmo que essa era provavelmente a última vez que o veria.

Muito da vida turbulenta de Jack, desde a adolescência rebelde até sua fase como agente federal e fugitivo internacional, havia girado ao redor desse pedacinho da costa californiana, e parecia cruelmente adequado que, se ele tinha que deixar sua terra natal para sempre, seria por esse caminho.

Eles levariam dias até alcançar a Austrália, e assim que estivesse lá, Jack não seria capaz de descansar. Sydney era apenas a primeira parada para ele, o início de uma nova existência que aconteceria abaixo do radar, longe de olhos curiosos. Não tinha certeza para onde iria em seguida, porém havia uma fartura de possibilidades.

Não pela primeira vez, Jack pensou em voltar à África Ocidental, para a escola em Sangal que seu velho amigo, Carl Benton, havia construído. Ele imaginou como aquele assediado país vinha caminhando desde a tentativa de golpe militar. *Será que iriam me procurar ali?*, ele se perguntou. Franziu o cenho. Este era um risco que ele não queria correr, um perigo que não desejava levar até eles.

Em vez disso, Jack pensou nos lugares onde tinha *mais* inimigos. A América do Sul, cheia de cartéis de drogas e milícias lutando por poder e controle. Europa Oriental, onde dívidas do passado ainda rendiam mágoas. Por mais que houvesse gente lá fora que o odiasse, também havia gente que lhe devia favores. E ninguém são pensaria em procurar por ele nesses lugares, porque ir até lá era colocar sua cabeça de volta na boca do leão. *Mas eu nunca apostei pequeno na vida.*

Ele tinha toda a viagem para pensar bastante a respeito. Ninguém o vira escapar da cidade e, graças a alguma ajuda de Stephen, ele tinha chegado ao porto sem ser parado.

Jack observou a costa ficar cada vez mais distante e pensou em Kim e sua família. Ele havia falado sério na sala de estoque do porão. Não mantinha nenhuma mágoa contra seu genro por ter colocado o bem-estar de sua esposa e sua filha antes do de Jack, e se os papéis fossem invertidos, ele teria feito o mesmo. O fato de o jovem médico ter arriscado sua vida para salvar o pai de Kim, e de, apesar de si mesmo, ter apertado aquele gatilho, falava muito a respeito de Stephen Wesley. Kim tinha escolhido um bom homem, alguém com um tipo diferente de força se comparado a Jack, mas alguém forte, mesmo assim. Jack não sentia nenhum temor pela segurança da filha – ela era resiliente, como sua mãe também tinha sido – e, com alguém como Stephen a seu lado, eles iriam sobreviver.

A ameaça da bomba havia sido bem real, no entanto Stephen chegara à esposa com rapidez e, após uma ligação anônima para a UCT, o artefato foi encontrado e desarmado. O fato de Kim e a pequena Teri terem chegado tão perto da morte gelava o sangue de Jack, e ele sabia que, se precisasse pensar em um motivo pelo qual precisava ficar longe para mantê-las seguras, era aquela sensação que o convenceria.

Mesmo assim, ficava triste ao saber que nunca poderia ver sua neta crescer, talvez formar uma família. A vida pacífica e a aposentadoria que Jack estivera pronto a abraçar um ou dois dias antes agora pareciam uma fantasia.

Você nunca vai conseguir isso, disse uma voz em sua mente. *Não depois de tudo o que já fez, Jack. Não depois de todo o sangue em suas mãos.*

Ele olhou para suas palmas, e, por um momento, sentiu uma pontada irracional de medo de que, caso se virasse, encontraria Nina Meyers de pé atrás dele, aquele sorriso predatório brincando em seus lábios.

Afastou o pensamento, banindo o fantasma da memória, sabendo que era apenas a fadiga falando e jogando com sua mente.

Enquanto olhava a terra finalmente escorregar para debaixo do horizonte e desaparecer, ele assentiu para si mesmo. A verdade era que havia muitos fantasmas seguindo Jack Bauer, tanto de amigos e amantes quanto de inimigos e vítimas.

Há muito tempo Jack fizera as pazes com esse fato, e sabia que, em algum lugar lá fora, o prazo final para sua vida estava se aproximando, um relógio chegando perto do zero. Ele sabia que, um dia, seus fantasmas o alcançariam.

Mas esse dia não seria hoje.

AGRADECIMENTOS

OBRIGADO A MELISSA FRAIN, AMY SAXON E MARCO PALMIERI DA TOR BOOKS POR me darem a oportunidade para contar essa história perdida da turbulenta narrativa de Jack Bauer; a Joshua Izzo e Katie Caswell da Fox por sua conveniente assistência; a Ethan Katz e Manny Coto por me cederem algum tempo de sua agenda apertada para responder às minhas perguntas, enquanto escreviam *24: Live Another Day*; a Roberto Suro, e os fãs dedicados de *24 Wiki* e *24 Spoilers* pelas inestimáveis pesquisas de dados; também não posso esquecer de tirar o chapéu para meu velho amigo Keith Topping, pelo pioneirismo com *A Day In The Life,* e meus colegas Dayton Ward e David Mack, porque os dois entendem como isso é legal. E, finalmente, um obrigado à minha própria *femme fatale*: a adorável Mandy Mills, que está sempre lá para mim quando o relógio está correndo.

SOBRE O AUTOR

JAMES SWALLOW É AUTOR *BEST-SELLER* DO NEW YORK TIMES E NOMEADO AO PRÊMIO BAFTA. Escreveu mais de trinta e cinco livros, que vão desde a não ficção (*Dark Eye: The Films of David Fincher)* até a série de western steampunk *The Sundowners,* além de *Jade Dragon, The Butterfly Effect* e romances passados nos universos de *Star Trek, Doctor Who* e muito mais. Seu nome também consta nos créditos de *videogames* e roteiros para rádio, entre os quais *Deus Ex: Human Revolution, Fable: The Journey, Battlestar Galactica* e *Killzone* 2. James Swallow mora em Londres, e, no momento, trabalha em seu próximo livro.

QUER SABER MAIS SOBRE A LEYA?

Fique por dentro de nossos títulos, autores e lançamentos.

Curta a página da LeYa no Facebook, faça seu cadastro na aba *mailing* e tenha acesso a conteúdo exclusivo de nossos livros, capítulos antecipados, promoções e sorteios.

A LeYa está presente também no Twitter, Google+ e Skoob.

www.leya.com.br

Este livro foi composto em Fairfield para LeYa
em setembro de 2014.